SI JE MENS, TU VAS EN ENFER

Paru aux éditions Préludes :

MON AMIE ADÈLE

Sarah Pinborough

SI JE MENS, TU VAS EN ENFER

TRADUIT DE L'ANGLAIS PAR PAUL BENITA

PRÉLUDES

Titre original :
CROSS HER HEART
Publié par HarperCollins*Publishers*, Londres, 2018.

Couverture : © Mark Harless / Arcangel.

Préludes est un département de la Librairie Générale Française.

ISBN : 978-2-253-04564-9

Pour Irvine, merci d'avoir la foi

1

APRÈS

Lui

Salope.

Il tient la feuille de papier avec une telle tension que les lignes pourtant bien tracées se tordent en d'étranges zigzags qui effacent certaines phrases… et en soulignent d'autres qui le narguent.

Je n'y arrive pas.

Tu as trop de colère en toi.

Tu me fais du mal. J'ai peur de toi.

Je ne t'aime plus.

Le monde tremble et son souffle s'accélère quand il arrive à la fin.

Ne me cherche pas. N'essaie pas de me retrouver. N'essaie pas de nous retrouver.

Il lit la lettre trois fois avant que ça rentre enfin. Elle est partie. Elles sont parties. Il sait que c'est vrai. Il sent le vide tout neuf dans la maison, mais il se rue quand même dans chaque pièce, ouvre chaque placard, chaque tiroir vidé de son contenu. Plus aucune trace d'elle ; pas de passeport, pas de permis de conduire, aucune de ces choses importantes sans lesquelles elle n'aurait pas de vie.

N'essaie pas de nous retrouver.

De retour dans la cuisine, il réduit la lettre en boule, broyant ses mots dans son poing serré. Elle a raison. Il y a de la colère en lui. Plus que de la colère. De la rage. Une brûlure. Il regarde par la fenêtre, la boule de papier humide de sueur dans sa paume moite. De la vodka. Il lui faut de la vodka.

Et pendant qu'il boit, une graine de plan prend racine dans le terreau sombre de son esprit.

Elle n'a pas le droit de lui faire ça. Pas après tout ce qu'ils ont traversé.

Il va la détruire.

PREMIÈRE PARTIE

2

MAINTENANT

Lisa

— Joyeux anniversaire, ma chérie, dis-je depuis le seuil.

Il n'est que six heures et demie du matin et je suis encore à moitié endormie, mais la cuisine vibre de vie adolescente. C'est comme une vague qui déferle sur moi. Je ne me souviens pas d'avoir *jamais* eu une telle énergie. C'est bon. Tout cet espoir et cette confiance en soi.

— Tu n'étais pas forcée de te lever, m'man. De toute façon, on va partir.

Elle sourit en venant m'embrasser sur la joue, un nuage de shampoing aux pommes et de déodorant rose, mais elle a l'air fatiguée. Peut-être en fait-elle trop. Son brevet des collèges est pour bientôt et, avec ses entraînements de natation matin et soir plusieurs fois par semaine, le temps qu'elle passe avec les filles et les cours, je la vois à peine. Ce qui est – je ne cesse de me le répéter – normal. Elle grandit. Elle grandit *sans* moi. Je dois apprendre à lâcher prise. Mais c'est dur. Pendant si longtemps, ça n'a été que nous deux contre le reste du monde. Et maintenant, le monde s'offre à elle.

— Ce n'est pas tous les jours que ma petite fille a seize ans, dis-je en lui adressant un clin d'œil tout en remplissant la bouilloire.

Elle lance un regard un peu exaspéré à Angela et à Lizzie, mais je sais qu'elle est heureuse que je me lève encore pour elle les matins d'école. Elle est grande, oui, mais c'est encore mon bébé.

— Et de toute manière, ajouté-je, j'ai ma grande présentation au travail ce matin. Il fallait que je me lève.

Un téléphone vibre. Leurs trois têtes plongent aussitôt vers les écrans et je m'occupe de ma bouilloire. Je sais qu'il y a un certain Courtney dans la vie d'Ava. Elle ne m'en a pas encore parlé, mais j'ai vu un message arriver quand elle a laissé son portable sur la table de la cuisine la semaine dernière, une rareté. Il m'arrivait de le vérifier de temps à autre quand c'était possible, mais elle utilise un mot de passe maintenant ; même si ça me chagrine de l'admettre, elle a droit à son intimité. Je dois apprendre à faire confiance à l'esprit sensé de ma brillante enfant. Elle saura se protéger.

— Tu veux ton cadeau tout de suite ou ce soir à Pizza Express ?

Elle a déjà reçu plusieurs petits paquets-cadeaux multicolores, mais elle ne partage pas avec moi ce que ses amies lui ont offert. Elle le fera peut-être plus tard. Il n'y a pas si longtemps, elle serait venue en courant me les montrer. Plus maintenant. Le temps passe. Sans trop savoir comment, j'ai presque quarante ans et Ava en a seize. Bientôt, elle quittera le nid.

— Jodie nous attend dehors, déclare Angela en levant les yeux de son iPhone. Faut y aller.

— Ce soir, dit Ava. J'ai pas trop le temps maintenant.

Elle me sourit et je me dis qu'un jour elle sera franchement belle. Soudain, j'éprouve un terrible sentiment de perte, alors je me concentre sur mon thé et sur mes tableaux de présentation qui traînent encore sur la table pendant que les filles récupèrent leurs vestes, leurs affaires de natation et leurs sacs de cours.

— À ce soir, m'man, lance Ava par-dessus son épaule, et elles disparaissent dans le couloir.

Elles sortent, aussitôt remplacées par un courant d'air humide. Sur une impulsion, j'attrape un billet de vingt livres dans mon porte-monnaie et je cours derrière elles.

— Ava, attends !

Je ne porte que ma chemise de nuit, mais je suis déjà dans l'allée, brandissant le billet.

— Pour les filles et toi. Prenez un bon petit déjeuner avant l'école.

— Merci !

Ses amies lui font aussitôt écho avant de s'entasser dans la voiture de Jodie, la minuscule blonde qui est au volant ; je me retrouve seule devant le petit portail de l'allée. À peine sont-elles installées que Jodie démarre et je grimace tout en continuant à agiter la main : elle roule assez vite et elle n'a pas regardé dans ses rétroviseurs. Ava a-t-elle mis sa ceinture ? *Inquiète-toi, inquiète-toi.* C'est tout moi, ça. Mais les filles ne savent pas encore à quel point la vie est précieuse. Comment le sauraient-elles ? À leur âge, elles ne sont qu'insouciance.

L'été approche, mais le ciel est lourd de pluie ; il fait frais, presque froid. J'attends qu'elles disparaissent au carrefour et, quand je me décide enfin à rentrer dans la chaleur de la maison, je remarque une voiture garée un peu plus haut dans notre rue paisible. Je me fige. Elle ne m'est pas familière. Bleu sombre. Je ne l'ai encore jamais vue. Je connais toutes les voitures de la rue : c'est devenu une habitude chez moi de noter ce genre de détails. Celle-ci n'est pas du quartier.

Mon cœur s'affole dans ma poitrine, un oiseau qui s'acharne contre une vitre. Je ne bouge plus ; je ne sais pas quoi faire. Le froid m'envahit. Le moteur de la voiture est éteint, mais il y a quelqu'un au volant. Un individu massif. Trop loin pour que je distingue son visage. Me regarde-t-il ? Il y a comme un bourdonnement dans ma tête, je m'efforce de respirer. Alors que la panique menace de me submerger, un autre homme, encore en train d'enfiler la veste de son costume, descend l'allée devant chez lui tout en faisant signe au type dans la voiture. Je remarque enfin le petit macaron rouge. *Eezy-Cabs*.

Le soulagement est tel que j'en ris presque. Presque.

Tu n'as rien à craindre, me dis-je alors que le taxi me dépasse sans que personne à l'intérieur s'intéresse à moi. *Tu n'as rien à craindre et Ava non plus. Il faut que tu te détendes.*

Plus facile à dire qu'à faire. Les années se sont chargées de me l'enseigner. La peur ne me quitte jamais vraiment. J'ai bien quelques moments de répit où je peux presque oublier le passé, jusqu'à ce qu'arrive un événement insignifiant comme celui-ci qui déclenche la panique, comme si mon ventre était tapissé de goudron qui ne demande qu'à bouillir. Et puis, ces derniers temps, j'ai ce sentiment troublant, une intranquillité permanente, comme si je ne voyais pas un truc qui se trouve juste sous mon nez. Je ne sais pas. C'est moi, sans doute. L'âge. Les hormones. Ava qui grandit. Je me fais des idées. Pourtant…

— C'est si grave que ça ?

Je sursaute, avant de rigoler un peu bêtement, comme quand on se fait surprendre. La main sur la poitrine, je me retourne vers Mme Goldman debout devant sa porte.

— Ça va ? demande-t-elle, surprise par ma réaction. Je ne voulais pas vous faire peur.

— Non, ce n'est rien. Désolée. J'étais perdue dans mes pensées. Tout ce qui m'attend aujourd'hui. Vous savez ce que c'est.

Je retourne vers ma porte. Je ne suis pas sûre que Mme Goldman *sache* ce que c'est. Elle se baisse prudemment pour prendre en grimaçant l'unique bouteille de lait que le livreur a laissée sur sa marche. Que lui réserve sa journée ? Un long face-à-face avec la télé ? *Countdown* ? *Pointless* ?[1] Ça fait un moment que ses fils ne sont pas venus la voir.

— Il y a de l'orage dans l'air. Voulez-vous que je vous fasse quelques courses ? De toute façon, je dois y aller pour moi. Mais je ne pourrai vous les rapporter que ce soir, car j'ai promis une pizza à Ava après le travail. C'est son anniversaire.

Je n'ai besoin de rien, mais l'idée que Mme Goldman sorte sous la pluie me chagrine. Elle a les hanches en mauvais état et les rues sont glissantes.

— Oh, si ça ne vous dérange pas, dit-elle avec un soulagement évident. Vous êtes un ange.

— Mais non… Ce n'est rien.

Je souris, en proie à une peine déchirante que je ne comprends pas vraiment. Une sorte d'empathie devant tant de fragilité. Tout ce que les gens n'osent pas avouer.

---

1. Jeux télévisés britanniques, équivalents de *Des chiffres et des lettres* et de *Personne n'y avait pensé !* (*Toutes les notes sont du traducteur.*)

Gardent en eux. Quelque chose comme ça. Elle me donne sa liste de courses. Le strict minimum pour une personne. J'y ajouterai une génoise. Un petit cadeau. Et puis, j'essaierai aussi de passer prendre un thé avec elle ce week-end. Ses journées doivent être interminables ; c'est si facile d'abandonner les solitaires à leur sort. J'en sais quelque chose. J'ai longtemps été seule. D'une certaine façon, je le suis encore. Alors, je m'efforce d'être attentive à ceux qu'on délaisse. J'ai appris à quel point la gentillesse est importante. Essentielle, même.

Depuis que PKR a ouvert une nouvelle succursale, on nous a installés dans un bureau plus petit mais plus stylé. Quand j'y arrive à huit heures, et même si Simon Manning n'est pas censé passer avant un bon moment, je suis déjà sur les nerfs ; mes mains tremblent. Je me dis que c'est juste à cause de la présentation, mais non. C'est à cause de Simon Manning. Il est entré dans des limbes étranges, quelque part entre éventuel futur client de la boîte et *autre chose*. Un flirt. Une attirance. Sa façon de me regarder a changé. Je ne sais pas comment réagir face à ça. Un autre bourdonnement dans ma tête.

— C'est pour toi.

Je lève les yeux de mes pages de présentation pour trouver Marilyn qui me tend un paquet de Ferrero.

— Pour te souhaiter bonne chance. Et ça…

Son autre main qui était cachée dans son dos brandit une bouteille de mousseux.

— … c'est pour quand tu l'auras alpagué.

Une immense chaleur m'envahit. Dieu bénisse Marilyn.

— *Si* je l'alpague. Je sais qu'il a vu d'autres recruteurs.

— Bah, ne t'inquiète pas. Et, au pire, si tu foires, j'ai aussi une bouteille de vodka dans un tiroir.

— Waouh… merci.

— C'est à ça que servent les amies, non ?

Le truc génial avec ce nouvel open space, c'est que ma table est face à la sienne, une petite île rien que pour nous deux. C'est Marilyn qui a conçu l'agencement intérieur et ça fonctionne plutôt bien. Elle a l'œil pour ce genre de choses. Les espaces. Peut-être parce qu'elle est depuis si longtemps mariée à un type qui est dans la construction.

— Regarde un peu Toby, dit-elle en le montrant du menton à l'autre bout de la salle. Comme il se la joue.

Elle a raison. Il est en train de faire le beau auprès des nouvelles dont aucune n'a plus de vingt-cinq ans. Avec ses trente ans, il adorerait les convaincre qu'il est un type raffiné. Des gloussements nerveux nous parviennent tandis qu'il raconte un truc apparemment hilarant à propos de la photocopieuse.

— Elles en reviendront, dis-je.

Et ce sera assez drôle à observer. C'est bon d'être au travail. Toute cette banalité : les néons, les chaises tapissées de rouge, les tenues bien sages qu'on ne met que pour venir bosser. Grâce à cela, mon trouble de ce matin commence à se dissiper comme le souvenir d'un mauvais rêve.

À neuf heures, Penny, notre chef glorieuse – la PK dans PK Recruitment –, convoque ses troupes. Nous nous rassemblons en demi-cercle autour de la porte de son bureau, Marilyn et moi légèrement en retrait, un peu comme des gardiennes de troupeau, ou des nounous. J'aime bien Penny. Elle est vive, efficace et n'éprouve pas le besoin de se montrer trop familière avec ses employés. Cela fait plus de dix ans que je travaille ici et je ne me souviens pas d'une seule fois où on aurait eu des rapports personnels, juste elle et moi. Marilyn trouve ça bizarre ; pas moi. Même si Penny a à peu près mon âge, c'est ma patronne. Je ne voudrais pas qu'elle cherche à être ma copine. Cela me mettrait mal à l'aise.

— C'est une joie d'accueillir enfin de nouveaux membres dans notre équipe, déclare-t-elle. Je suis ravie qu'Emily, Julia et Stacey nous rejoignent et j'espère que vous serez toutes très heureuses parmi nous.

Les trois jeunes créatures, bronzées et maquillées jusqu'à la pointe des cils, lui adressent des sourires rayonnants avant d'échanger des regards béats. J'espère qu'elles resteront toujours aussi sympas les unes envers les autres. J'ai rencontré Marilyn lors de ma première journée dans la boîte et je ne pourrais plus imaginer ma vie sans elle. À la fois collègue et meilleure amie. Elle torpille ma solitude.

— Et puis, je dois un grand merci à Toby, Marilyn et Lisa qui accomplissent des merveilles en cette période de transition. Marilyn et Lisa sont les plus anciennes ici. Si vous avez le moindre souci, n'hésitez pas à les solliciter… Elles en savent probablement plus que moi sur la gestion quotidienne de l'agence.

Tandis que des yeux curieux se tournent vers nous, Marilyn sourit alors que je contemple mes chaussures. Si seulement j'avais son aplomb et sa confiance. Rien ne la perturbe jamais.

— Quoi qu'il en soit, il y aura des gâteaux dans la cuisine tout à l'heure et des verres au Green Man au coin de la rue après le travail pour celles et ceux qui le voudront… en espérant que vous le voudrez tous.

Elle disparaît dans son bureau et notre petit troupeau se disperse. Je jette un coup d'œil vers l'horloge. J'ai encore un peu de temps avant l'arrivée de Simon et l'importance de la réunion s'impose à moi, bannissant toute idée ridicule de mutuelle attirance. Le ventre noué, je tâche de prendre deux ou trois profondes inspirations. Je vais y arriver, me dis-je pour me convaincre. Je dois y arriver. La commission à elle seule vaut bien toute cette angoisse et il y a de fortes chances que ça gonfle ma prime de fin d'année. Je peux même espérer une augmentation. C'est important. Je dois faire des économies si Ava va à l'université et je tiens à ce qu'elle y aille, si possible dans les meilleures conditions. Je ne veux pas qu'elle entame sa vie avec un handicap. Je suis déterminée à l'aider de toutes mes forces. À la protéger de mon mieux.

Il le faut. Je sais à quel point le monde est terrible.

3

Ava

Il fait aussi chaud et humide dans la cafétéria que dans les vestiaires de la piscine. Les vitres martelées par la pluie sont couvertes de buée. Ce qui ne me dérange pas trop. Contrairement à Ange avec ses cheveux trop bien lissés qui se mettent à friser dès les premières gouttes. S'il n'y a pas un soleil d'enfer, je préfère qu'on reste à l'intérieur. Une habitude que j'avais réussi à imposer quand je traînais avec Caz et Melanie, une époque désormais morte et enterrée. C'est le seul truc qui me manque avec elles. Angela est plutôt plein air, ce qui signifie qu'en général on mange dehors, sur les bancs. Mais sous une telle averse, aucune chance.

— Alors, qu'est-ce que tu en penses ? dit-elle. Pour samedi ? On dort chez Jodie ? On pourrait d'abord aller au pub puis préparer un punch ou autre chose. Et inviter les garçons ?

Un gros sourcil noir, épaissi au crayon, se tortille comme une limace sur son front bronzé alors qu'elle le lève d'un air qui se veut salace. Si j'en faisais autant avec les miens, il faudrait que je me tartine toute la figure. Angela supporte beaucoup mieux le maquillage et les fringues. Quand elle a fini de se préparer, au bout de trois heures à peu près, on lui donne vingt ans. Moi, j'ai juste l'air de peser cent vingt kilos. Je suis le vilain petit canard de la bande, je le sais. S'il te plaît, Dieu, fais que je devienne un cygne un jour.

— Ouais, dis-je. Bonne idée. Si les autres sont d'accord.

Ses doigts volent déjà sur le clavier de son téléphone et je sais que le mien va vibrer dès qu'elle va envoyer son message sur notre groupe de discussion WhatsApp, *MesSalopes*. C'est Lizzie qui a trouvé le nom. Après tout, on est *toutes* la salope de quelqu'un, a-t-elle dit, ce qui nous a bien fait marrer. Elle avait raison. Je n'arrive pas à croire que ça fait à peine un an que je suis inscrite au Larkrise Swimmers. Je connais ces filles depuis dix mois à peine et on dirait qu'on est ensemble depuis toujours. Bon, je connaissais vaguement Angela puisqu'on est dans le même bahut, mais, comme on n'a jamais fait partie des mêmes clans, elle n'était qu'un visage dans la foule, comme je l'étais pour elle. Maintenant, regardez-nous. *MesSalopes*. J'en rigole encore. Mais je crois que je préfère quand même *Les Quatre Fabuleuses,* comme nous appelle notre coach. Ses filles qui gagnent. Même si on nage en individuelles, on s'aide à devenir meilleures. Ça a tout de suite fonctionné entre nous, dès le premier entraînement, comme les pièces d'un puzzle qui s'emboîtent les unes dans les autres pour former une image impeccable. Grâce à nous, Larkrise est un club qui compte.

Nous n'avons pas toutes le même âge et c'est tant mieux. Ça multiplie les sujets de discussion. Ange et moi sommes à la King Edward Grammar School ; Lizzie est en terminale à la Harris Academy, le lycée pourri en plein centre-ville, et Jodie est en fac à Allerton Uni.

Même si elle a presque vingt-deux ans et nage avec les seniors, elle fait réellement partie de la bande. Elle n'a pas l'air de se soucier qu'on soit beaucoup plus jeunes qu'elle. Elle s'entraîne avec nous parce que ses cours sont aux mêmes heures que les entraînements adultes et puis elle préfère nager tôt le matin. Elle n'habite pas à la cité U, mais chez sa mère ici à Elleston, ce qui fait qu'elle n'a pas à proprement parler de vie à la fac. Elle nous aide à améliorer notre technique et elle est trop cool. Avec elle, je n'ai jamais l'impression d'être si jeune. Cinq ans de différence, c'est pas si énorme après tout. Ouais, sauf avec les terminales à KEGS qui nous snobent parce qu'elles s'imaginent qu'elles ont trente balais.

— Lizzie en est, marmonne Ange, concentrée sur son portable, comme si je ne pouvais pas lire mes propres messages. Jodie dit que sa mère ne reviendra pas ce week-end. Elle va vérifier, mais elle en est à peu près sûre.

Un autre avantage d'avoir une copine à la fac : des relations mère/fille bien plus relax. Celle de Jodie fait de la déco intérieure ou un truc dans le genre pour de grosses baraques de riches et elle a un petit copain à Paris où elle travaille en ce moment sur un projet. Ce qui a l'air très glamour, mais qui signifie surtout qu'elle est rarement chez elle. Je ne l'ai encore jamais rencontrée. Jodie a pratiquement la maison pour elle toute seule.

— Cool, dis-je.

J'ai envie de checker mon Facebook, mais je me suis promis de ne pas le faire avant la fin du déjeuner. Au lieu de ça, je picore les dernières miettes froides de mes pommes de terre en robe de chambre. J'ai mal aux épaules à cause du papillon de ce matin – pas ma meilleure nage – et de la séance de muscu hier soir. On s'entraîne dur, et j'ai un peu lâché l'affaire ces derniers temps ; ça se sent. Il faut que je me reprenne, sinon les autres vont s'en apercevoir ou, pire, je vais trahir le club. J'ai toujours dû en faire plus qu'elles pour rester en forme. Lizzie est une sportive-née, elle court comme une gazelle. Jodie ne fait qu'un mètre soixante-deux, mais elle a la rage : toute en muscles, mince et plutôt garçonne en maillot de bain ; quant à Ange, c'est un mystère aérodynamique : un corps tout en courbes. Ses *flotteurs personnels,* comme dit Lizzie. Et faut pas croire que ses seins l'empêchent de filer dans l'eau. Toute sa féminité se dissout dès qu'elle plonge dans une piscine. Je ne sais pas trop comment je m'insère là-dedans. *Plus cul que nichons,* voilà ce que ce con de Jack Marshall a dit de moi le trimestre dernier – et ça me met encore la honte – sans se douter que je l'entendais ; il avait probablement raison. J'ai hérité du corps en poire de ma mère. Le moindre gramme superflu fonce tout droit dans mes cuisses et elles sont déjà assez grosses comme ça alors que je mange à peine.

Pour qu'elle ne s'inquiète pas, je dirai peut-être à maman que la mère de Jodie sera là ce week-end. Je préférerais éviter, seulement elle est trop protectrice, plus en tout cas que les mères de mes amies. Je ne l'avais jamais remarqué avant. Ça a toujours été nous deux ensemble – avec tante Marilyn – et je sais qu'elle m'aime plus que tout, et je l'aime aussi, mais j'ai seize ans, merde, et j'ai besoin d'avoir mon espace, mes amies à moi. *Envoie-moi un texto quand tu arrives. Envoie-moi un texto quand tu pars. Je viendrai te chercher, non, honnêtement ça ne me dérange pas.* Je sais qu'elle cherche à bien faire, mais aucune des autres mères ne se comporte comme ça et parfois c'est extrêmement gênant. J'ai l'impression d'être une gamine, ce que je ne suis pas. Je suis une femme, ou presque. J'ai mes secrets maintenant.

Nos portables vibrent à nouveau et le message de Lizzie nous fait rire à l'unisson. Un gif d'une grosse bite qui gicle.

— Alors, tu vas le faire ?

Ange fait toujours une drôle de tête dès qu'il est question de cul. Elle se fourre un morceau de donut dans la bouche sans me lâcher des yeux.

Je hausse les épaules, genre tranquille, alors que mon cœur fait du trampoline. Est-ce que je vais le faire ? J'ai dit que je le ferais pour mes seize ans et une part de moi en a envie – ou, du moins, en avait envie –, toutefois je ne vois pas pourquoi il est si *urgent* que je le fasse tout de suite. Sauf que Courtney est très chaud et qu'il n'est pas comme les autres : il est cool. Je n'ai jamais eu trop la cote avec les mecs cool jusqu'à présent, du coup, j'ai l'impression de lui devoir quelque chose. Il ne doit pas avoir l'habitude d'attendre, même si on ne sort ensemble que depuis quelques mois.

— Il y a des chances, dis-je.

À voir son sourire, Ange est tout excitée.

— Oh, merde, je parie qu'il a une sacrée expérience. Ce qui est une bonne chose pour ta première fois.

— J'ai pas à me plaindre, jusqu'à présent.

Je sors la langue façon pétasse en lui faisant un clin d'œil.

Cette fois, elle hurle carrément et plusieurs filles aux tables voisines se tournent vers nous.

C'est facile de blaguer et je sais que je *vais* probablement le faire avec Courtney ce week-end, ne serait-ce que pour me débarrasser du truc, et puis ce n'est pas comme si on n'avait pas déjà fait tout le reste *sauf* ça, cependant je n'ai plus les mêmes sentiments envers lui. Mon cœur ne bat pas comme avant en sa présence. C'est plus pareil depuis… eh bien… depuis que les messages ont commencé. J'ai un nouveau secret désormais. Un secret que je n'ai même pas partagé avec les filles. Impossible. C'est quelque chose qui est à moi, rien qu'à moi. À côté de lui, Courtney, le mec si *cool*, me fait l'impression de n'être qu'un gamin.

Mon nouvel ami Facebook. Quelqu'un à qui je peux *vraiment* parler.

La cloche sonne, signalant la fin du déjeuner, et mon cœur fait carrément un triple saut périlleux. J'ai réussi à tenir toute l'heure sans regarder Messenger. Je ne veux pas le faire devant Ange et les autres ; j'ai coupé mes notifications. Nous, les filles, on a des muscles, mais on a l'œil aussi. Et on exige de tout savoir les unes des autres. Si elles avaient entendu une notif, j'aurais dû leur dire. Nous sommes *une*.

Tandis qu'Ange file en géographie, je rapporte nos plateaux avant d'aller en révision d'anglais. C'est seulement alors que je consulte FB Messenger. La déception est atroce. Pas de nouveau message. Je n'arrive pas à y croire. C'est mes seize ans. Une date importante. Je croyais qu'il tenait à moi.

Plus tard peut-être, me dis-je en rangeant mon portable, bien décidée à ne pas flipper. À croire en lui, comme il me l'a demandé. Il y aura un message plus tard.

4

Lisa

Ça s'est beaucoup mieux passé que je ne m'y attendais. En deux heures, l'accord est conclu. J'en tremble encore, cette fois de fierté, d'exaltation et du soulagement de ne pas avoir tout gâché. C'est la tête haute que je conduis Simon dans le bureau de Penny et tous les regards se tournent vers nous, même celui de Marilyn. Pas seulement parce que j'ai réussi à décrocher le contrat – et quel contrat ! –, mais aussi parce qu'il est difficile d'ignorer un homme comme Simon Manning. Non pas qu'il soit très mignon, comme Toby essaie de l'être en s'aspergeant de produits capillaires et d'après-rasage odorant, mais il dégage quelque chose. Non, mignon n'est franchement pas le mot qui convient. Le nez déformé, comme s'il avait été cassé plusieurs fois, et un corps qui s'épaissit un peu, comme celui d'un ancien joueur de rugby qui ne s'entraîne plus autant. Toujours en forme, sans être tout à fait au top. Quelques cheveux gris aux tempes et une évidente confiance en lui qui est à la fois attirante et amicale. Et pourquoi ne serait-il pas confiant, me dis-je en lui serrant la main – tout en essayant de ne pas trop apprécier la fermeté de sa paume – pour le laisser avec Penny. Il est sur le point d'ouvrir son cinquième hôtel de luxe avec club de remise en forme. Il a à peine dépassé quarante ans et il est en train de bâtir un empire.

Je ferme la porte du bureau de Penny derrière lui, les laissant régler les formalités. J'ai chaud et je sais que je suis congestionnée. Incroyable comme ça s'est bien passé. Il a besoin de personnel de nettoyage, de cuisine et d'accueil et il est heureux de laisser PKR – *moi* – s'en occuper. S'il m'avait dit lors de notre premier contact le nombre d'employés qu'il comptait engager, j'aurais foncé voir Penny pour qu'elle s'en charge ; c'est sa boîte et c'est un énorme contrat, peut-être un des plus importants que la compagnie ait jamais signés. Maintenant, je suis heureuse de ne pas l'avoir fait. Je croyais qu'il voudrait embaucher trente personnes ; j'aurais eu une attaque si j'avais connu ses besoins réels. Mais voilà, c'est signé. Et brillamment. Je ne peux m'empêcher de sourire quand je pénètre dans l'open space.

— J'essaie toujours de venir et de rentrer à pied. Pour garder la ligne.

C'est Julia, une des nouvelles, une brune avec une coupe au carré, qui est en train de parler.

— Alors ? s'enquiert Toby en levant les yeux vers moi, plus du tout intéressé par la conversation des filles.

Je discerne la lueur d'envie dans ses yeux. Il est tellement accro à la réussite. Sa spécialité, c'est les clients branchés, ceux qui recherchent des designers ou des développeurs Web pour des contrats annuels de cinquante ou soixante mille livres et qui lui lâchent sûrement une sacrée commission quand il réussit à placer quelqu'un. Cela dit, ce n'est pas le genre de deal qu'on conclut tous les mois. J'ai toujours aimé l'autre versant du marché. Aider les gens pour qui un boulot, quel qu'il soit, est une nécessité. Ceux qui ont besoin du sentiment d'estime de soi qui vient avec un chèque de salaire hebdomadaire. Je sais ce qu'ils ressentent. J'ai connu ça.

— Ça s'est très bien passé. Mieux que je ne m'y attendais, à vrai dire. Ça va être un contrat assez important. Cent cinquante personnes, au moins.

Je frime, c'est vrai, mais c'est plus fort que moi : je m'octroie ce petit moment de triomphe.

— Waouh, bien joué !

C'est une des nouvelles. Stacey. Longs cheveux blonds, faux ongles. Son commentaire pourrait paraître condescendant ; il ne l'est pas. Sous le masque de maquillage et de bronzage, je sens qu'elle est nerveuse et qu'elle tient désespérément à être aimée et à s'intégrer.

— Merci.

— La tournée sera pour vous, ce soir.

Julia, encore.

— Je n'y serai pas, désolée. Je bois rarement et puis c'est l'anniversaire de ma fille. Seize ans. On sort ensemble.

— Sympa, dit-elle. En général, à seize ans, elles préfèrent être avec leurs copines, non ? En tout cas, moi, j'étais comme ça.

Il y a quelque chose d'abrupt dans sa façon de parler et ça me hérisse. Pour son premier jour, elle est un peu trop sûre d'elle.

Je l'observe de plus près. Elle n'est pas aussi jeune que je le pensais. Malgré tous ses efforts. Elle a plus de trente ans, à coup sûr. Botoxée, sans doute.

— Nous sommes très proches.

Elle sourit, des cubes de glace qui baignent dans du cyanure, et me montre des dents parfaites et blanches de requin. Elle me rend nerveuse et ça m'agace.

— Je n'aurai jamais d'enfant, dit-elle. Je tiens trop à ma carrière. Et pas question d'être une mère célibataire non plus. Je vous tire mon chapeau.

C'est une insulte déguisée en compliment. Stacey écarquille les yeux devant un tel culot et Toby, à l'évidence celui qui lui a raconté ma vie, a le bon sens de garder le regard braqué sur son écran, comme s'il était en train de lire un mail d'une importance capitale.

— Heureusement, Lisa, c'est notre Wonder Woman. Elle est capable de tout et plus encore. On devrait toutes s'inspirer d'elle.

Marilyn vient de se matérialiser à mes côtés. Son sourire de requin rencontre l'autre sourire de requin et, cette fois, Julia se tasse sur sa chaise.

— On déjeune ? enchaîne Marilyn.

Cela n'est adressé qu'à moi, comme si les autres n'étaient pas là. Des mouches qu'elle a déjà chassées.

— Faut toujours qu'il y en ait une, marmonne-t-elle pendant que nous récupérons nos vestes et nos sacs. Dans n'importe quel groupe de femmes. Il y en a toujours une qu'il faut tenir à l'œil. Au moins, maintenant, on sait qui c'est.

Elle lance un regard noir en direction de Julia. *Pourquoi faut-il toujours qu'il y en ait une ? Pourquoi les choses ne sont-elles jamais simples et sympas ?*

— Et en plus, il est splendide.

Marilyn s'est occupée de nos verres, deux prosecco, et moi de nos couverts. Nous sommes installées à une table dans un coin.

— Dans le genre gros dur, reprend-elle. Et tu lui plais, c'est évident. Tous ces rendez-vous pas franchement nécessaires. Sa façon de te regarder marcher quand il te suivait dans le bureau.

— Oh, tais-toi.

— Je ne comprends pas pourquoi tu ne tentes pas ta chance.

— Tu imagines la réaction de Penny ? Mélanger le travail et le plaisir. Et, de toute manière… Non.

Elle m'observe, pensive. Une fois par an, au moins, elle aborde le sujet de façon *sérieuse* : l'absence d'un homme à mes côtés. Le reste du temps, elle se contente de saupoudrer nos conversations de sous-entendus. Je redoute qu'elle ne se lance dans un nouveau sermon. Heureusement, non. Elle lève son verre.

— Bravo et félicitations !

Nous trinquons avant de siroter nos bulles. J'aime bien comment elles frisouillent dans ma bouche. Et je préfère qu'on boive à midi, car on s'arrête toujours au premier verre.

— Ah, et avant d'oublier…

Elle fouille dans son énorme sac.

— … J'ai quelque chose pour Ava.

Elle sort un petit paquet-cadeau.

— De la part de Richard et de moi. Seigneur, seize ans ! Je n'y crois pas. Où sont passées toutes ces années ? Si elle a seize ans, combien on a, toi et moi ?

— Beaucoup.

Je souris et je bois encore.

Je prends le cadeau que je range dans mon sac. J'ai de la chance d'avoir Marilyn. Mais Ava aussi.

Je n'ai rien avalé au petit déjeuner parce que j'étais trop sur les nerfs et, après un demi-verre, le vin me monte déjà à la tête. La tension dans mes épaules commence à se dénouer. Puis je vois le regard de Marilyn et je comprends ce qui m'attend. J'ai cru un peu trop vite qu'elle avait lâché l'affaire.

— Pas de nouvelles du père d'Ava ?

— Non.

Même si elle a demandé ça très délicatement, ça me hérisse. Un autre sujet de discussion qui surgit un peu trop souvent à mon goût.

— Et je n'en attends pas.

Il faut faire diversion. J'enchaîne :

— Et toi, comment *vas-tu* ? Hier, tu étais très silencieuse. Tu avais l'air un peu absente. Tout va bien ?

— J'avais une migraine. Rien de grave. Ça m'arrive. Tu me connais.

Elle regarde vers la serveuse qui nous apporte nos plats. Est-elle en train d'éviter mon regard ? Elle a souvent ces migraines ces derniers temps.

— Tu devrais peut-être voir un docteur.

— Et tu devrais peut-être sortir avec M. Manning.

Je lui lance un regard noir.

— D'accord, d'accord, fait-elle. Excuse-moi. Mais Ava est presque adulte. Il est temps que tu reviennes dans le circuit.

— On ne pourrait pas oublier ça et nous concentrer plutôt sur mon brillant succès ?

J'essaie de détendre l'atmosphère. L'arrivée de la serveuse avec nos sandwichs et nos frites est un réel soulagement. Comment pourrais-je jamais dire quoi que ce soit à Marilyn ? Elle sait que ce n'était pas une histoire d'un soir – le mensonge que j'ai fait à Ava –, cela dit elle ne connaît pas la vérité. *Toute* la vérité. Elle ne comprendrait pas. Marilyn avec sa vie de rêve, son mari génial, sa belle maison, son bon boulot… heureuse et jolie Marilyn. Si je le lui disais, cela changerait sa façon de me voir. Ne vous méprenez pas. Je voudrais lui en parler. Parfois, les mots sont là, dans ma bouche, tout prêts à sortir, mais je les ravale comme de la bile. Je ne peux pas lui dire. C'est impossible.

Je sais comment les mots se répandent. Ils prennent feu et l'incendie se propage d'une personne à une autre, dévorant.

Je ne peux pas prendre le risque qu'on découvre qui je suis.

5

Ava

Quand on arrive à la maison, la pluie a pratiquement cessé, mais ma veste est trempée car j'ai été prise sous l'averse tout à l'heure en courant jusqu'à la voiture. Je martèle le trottoir avec mes pieds, comme si j'étais frigorifiée, alors qu'en fait je n'en peux plus d'attendre.

— On peut regarder un film, si tu veux, dit maman quand elle descend enfin. Il est encore tôt.

— Il faut que je révise.

Il n'est que sept heures du soir et je ne compte pas dormir avant au moins minuit, mais je veux être tranquille dans ma chambre. Elle a l'air déçue, pourtant c'est elle qui rabâche tout le temps à propos de mes examens. Ça ne calme pas mon sentiment de culpabilité, ce ver qui se tortille dans mon ventre. Avant, on passait des tas de soirées sur le canapé à regarder des films en se bourrant de popcorn cuit au micro-ondes. J'adorais ça. J'adore encore ça. Mais la vie est plus compliquée maintenant. Il est en train d'attendre. Il *faut* que je lui parle. Il y a des moments, le simple fait de ne pas lui parler, c'est comme si je mourais.

— Oh, zut, dit soudain maman. J'ai oublié les courses de Mme Goldman. Il faut que je passe chez Sainsbury's. Ça ne te dérange pas de rentrer seule ? J'en ai pour dix minutes à peine. Ou alors, tu peux m'accompagner.

Ça m'énerve et je préfère ça à mes tristes remords parce que je suis en train de créer des failles dans notre relation. Chaque fois qu'elle sort et qu'elle me laisse, elle me demande ça. *Chaque fois.* Elle s'imagine quoi ? Que je vais m'enfoncer les doigts dans la prise parce qu'elle n'est pas là ?

— J'ai seize ans. Arrête de me traiter comme si j'étais encore une gosse.

— Oui, excuse, excuse.

Elle est trop pressée pour être vraiment offensée et ça me convient. Je ne tiens pas à lui faire de la peine. À vrai dire, je ne tiens absolument pas à lui faire de la peine, mais elle est tellement *collante* à présent qu'elle ne peut plus tout contrôler comme quand j'étais petite. On n'a pas vraiment profité de notre pizza. Je sais qu'elle faisait des efforts pour être drôle, mais toutes ses questions étaient étouffantes. Mièvres et étouffantes. Elle veut tout savoir de moi en permanence, sauf que maintenant je ne peux pas tout lui dire. Je ne *veux* pas tout lui dire. Chaque fois que je veux lui parler d'un truc – par exemple de Courtney et du sexe –, ça reste coincé dans ma gorge et ça me met de mauvaise humeur. Tout est en train de changer. J'ai besoin d'avoir mon espace. Maintenant surtout.

Mais, quand même, elle m'a donné mes cadeaux d'anniversaire. Un iPad mini et un lecteur MP3 étanche, bien plus cher que celui que je voulais. J'adore aussi le collier que Marilyn m'a offert, une chaîne en argent assez épaisse avec une pierre pourpre très sombre. Un truc lourd et trop cool, parfait pour moi. Parfois, j'aimerais que maman soit un peu plus comme Marilyn. Détendue et drôle. Si elle était un peu plus relax, je lui *parlerais* de certaines choses. Pas de tout, me dis-je en m'efforçant de ne pas remonter l'allée de la maison en courant. Je ne pourrais pas lui parler de *ça*. Elle deviendrait folle.

« Envie d'un chat d'anniversaire, ce soir ? Je serai dispo pendant une heure si tu n'es pas sortie faire la fête ! » Le message Facebook est arrivé pendant que je vérifiais mon téléphone aux toilettes avant le dessert. J'ai répondu que je rentrais à la maison le plus tôt possible, s'il voulait bien être sympa et m'attendre un peu. En l'envoyant, je ne me suis pas rendu compte à quel point c'était *moi* qui avais l'air collante, ce qui m'a foutu la trouille de devenir comme maman. Bon Dieu, pourquoi les gens n'installent pas Messenger sur leurs téléphones ? Comme si les données de tout le monde ne se baladaient pas déjà dans la nature. Tous ceux qui ont moins de vingt-cinq ans s'en accommodent. Il n'y a que les vieux pour s'en soucier. À quoi sert un service de messagerie si on ne l'utilise que depuis un ordinateur ?

Une autre sorte d'intimité.

La pensée s'insinue dans ma tête. Le genre d'intimité dont on a besoin quand on cache des choses à ceux qui vous sont le plus proches. Une femme, peut-être ? Quelles que soient *ses* raisons, c'est ce genre d'intimité qui m'a fait couper mes notifications.

On a tous des secrets.

Je commence à comprendre que c'est peut-être génial.

J'essaie de ne pas être trop déçue quand je descends boire quelque chose vingt minutes plus tard. Notre conversation a été brève ; toutes ses réponses étaient courtes. Distraites et ne répondant pas vraiment à mes questions. Je ne veux pas être troublée – au moins, on a eu *un peu* de temps ; en fait, je suis surtout frustrée.

Courtney a envahi mon WhatsApp. Je sais ce qu'il veut. C'est drôle comme ça me fout un peu les boules maintenant. Il y a quelques semaines de ça, j'aurais été si heureuse qu'il me drague, qu'il me donne l'impression d'être jolie et sexy. Ce soir, c'est juste un truc de plus qui m'énerve.

Je ne fais pas de bruit sur les marches avec mes chaussettes, mais, au moment d'entrer dans la cuisine, je m'arrête. Maman est là. Debout près de la table, les yeux dans le vide, elle est toute raide, rigide même. Sans savoir pourquoi, je lui trouve un air très bizarre. Soudain, elle fouille dans son sac pour en sortir la petite bouteille de prosecco que Marilyn lui a donnée, elle enlève le bouchon et boit directement au goulot. Elle a une tête d'hallucinée.

Je suis sidérée. Un peu perdue et angoissée aussi. C'est à cause de moi ? Parce que j'ai été chiante avec elle ? Je reste dans le couloir, ne sachant pas quoi faire. Dois-je lui demander ce qui ne va pas ? Oui ? Non ? J'ai l'impression d'être redevenue une gamine. Je me décide à entrer, puis je m'arrête. Il y a quelque chose chez elle – cette rigidité *douloureuse* – qui me donne l'impression d'être en train de l'espionner. D'assister à un truc qui ne me regarde pas. Est-elle, elle aussi, en train de creuser des failles dans notre relation ? A-t-elle des secrets qu'elle ne partage pas ? Je trouve ça difficile à croire. Maman, c'est un livre ouvert.

C'est trop bizarre. Dans ces petites bouteilles, il y a à peine de quoi remplir un verre, mais pourquoi boire au goulot ? Et elle l'a avalé d'un trait, elle qui ne boit jamais ou presque. Finalement, l'estomac noué, je remonte en silence. Je survivrai sans ma tasse de thé.

6

Lisa

Il fait un noir d'encre dehors, pas la moindre grisaille réconfortante annonçant l'aube. Je m'assieds, parfaitement réveillée, les genoux sous le menton, le ventre noué de crampes. Ce n'était pas Pierre Lapin. Je le sais. Pierre Lapin a disparu depuis longtemps. Ça ne pouvait pas être Pierre Lapin, *le* Pierre Lapin, pourtant j'ai envie de courir jusqu'aux poubelles au bout de la rue pour les fouiller et m'en assurer. Je prends une longue inspiration. Ce n'est pas Pierre Lapin. C'est juste une coïncidence.

Quand j'ai vu la petite peluche là sous la pluie, abandonnée contre le portail de Mme Goldman, mon cœur s'est arrêté. Elle était sale et trempée, laissée là depuis des heures peut-être, mais sa veste bleu vif luisait sous les gouttes. Ce n'était pas le même lapin ; j'en ai été certaine quand je l'ai ramassé avec des mains tremblantes et un hurlement coincé dans la gorge. Cela étant, il lui ressemblait beaucoup. *Beaucoup.* J'ai eu envie de le serrer contre ma poitrine en pleurant, puis la porte de la maison s'est ouverte et Mme Goldman est apparue ; alors, je me suis forcée à prendre un air vaguement curieux comme pour lui demander à qui c'était. Elle ne le savait pas, bien sûr. Pourquoi le saurait-elle ? Elle n'entend plus très bien et elle passe ses journées devant la télé, pas derrière ses rideaux à guetter la rue.

Je lui ai donné son sac de commissions sur le pas de la porte en forçant un sourire et j'ai peu papoté, obsédée par la peluche lourde, humide et glacée entre mes doigts. Je ne pensais qu'à une chose, à quel point ce bleu de travail était exactement du même bleu et du même style que *son* bleu de travail qui avait été fait à la main. Je commençais à avoir des vertiges, la nausée. Quand Mme Goldman est enfin rentrée chez elle, je suis repartie vers chez moi ; dès que j'ai été hors de vue de sa maison et de la mienne, j'ai serré le lapin contre moi comme si c'était un petit animal mort que je pouvais faire revenir à la vie grâce à la chaleur de mon corps.

J'ai pris plusieurs longues inspirations, une technique assimilée grâce à toutes ces années de thérapie, comme si quelques bouffées d'oxygène pouvaient arranger quoi que ce soit. Moi qui ai si souvent voulu cesser de respirer. Ensuite, j'ai couru jusqu'aux poubelles de recyclage au bout de la rue et je l'ai jeté. Mais, même après cela, je sentais encore l'empreinte fantôme de la peluche mouillée sur mes doigts et je me demandais si mes jambes allaient pouvoir me ramener à la maison ou si j'allais m'effondrer avant.

Dans la cuisine, pour une fois soulagée que ma fille soit enfin devenue une de ces adolescentes revêches qui préfèrent se cacher dans leur chambre, j'ai retrouvé la petite bouteille de prosecco que Marilyn m'avait donnée et je l'ai vidée. Les bulles acides me brûlaient la poitrine, j'en avais les larmes aux yeux, mais je m'en moquais. Tout valait mieux que la peur et la douleur atroces qui m'étreignaient, celles dont je prétendais qu'elles n'existaient plus, alors qu'il suffisait qu'un incident de ce genre arrive, m'arrache la peau et me donne envie de me rouler en boule pour me laisser mourir.

Le vin me faisait suffoquer et c'était tant mieux. Une distraction bienvenue. Lentement, le bourdonnement dans ma tête s'est dissipé. Ce n'était qu'une coïncidence. Des tas d'enfants ont des lapins en peluche. Quelque part, un pauvre bébé malheureux devait être en train de pleurer celui que j'avais si méchamment mis à la poubelle. Il portait un bleu de travail très bleu ? Et alors ? Il existait des milliers de modèles semblables. Ce n'était *pas* Pierre Lapin.

Je ne cessais de me répéter cette phrase, soulagée d'avoir jeté la peluche dans les poubelles communes plutôt que dans celles du jardin où j'aurais été trop tentée d'aller vérifier. Ce *n'était pas* Pierre Lapin. Oui, le trouver là m'avait bouleversée, toutefois personne ne l'y avait mis à dessein. Ce dont, à vrai dire, je ne puis être tout à fait certaine. Il ne s'agit pas d'un fait établi. Il est très improbable qu'on l'ait placé là volontairement, mais il m'est impossible de le savoir de la même manière que je *sais* que ce n'est pas *le* Pierre Lapin.

Et puis, il y a ce *trouble* que je ressens depuis un moment. Le sentiment que quelque chose ne va pas. Et s'il ne s'agissait pas de ma paranoïa habituelle ? Et si j'avais tort de ne pas vouloir en tenir compte ? Je monte à l'étage et je longe silencieusement le couloir jusqu'à la chambre d'Ava. Les lumières sont toutes éteintes. Il n'y a pas un bruit dans la maison. Je tourne la poignée aussi doucement que possible...

Je la contemple depuis le seuil, ma fille parfaite. Elle est sur le côté, me tournant le dos, recroquevillée sur elle-même, exactement comme quand elle était bébé.

Elle est si précieuse. Si merveilleuse. Le simple fait de la voir m'apaise et me rappelle qu'il faut que je reste en vie, que je continue à respirer. Pour *elle.* Elle m'a redonné le désir de vivre et je la protégerai toujours. Elle ne saura jamais ce que je garde en moi. Pas si je peux l'empêcher. Je veux qu'*elle* soit totalement libre. Ce doit être un sentiment si magnifique.

Je reste encore quelques minutes, la vision d'Ava me faisant beaucoup plus de bien que n'importe quel yoga respiratoire, puis, à regret, je la quitte, pour aller dormir seule. Il est près de trois heures du matin. Prendre un somnifère maintenant est une mauvaise idée, affronter la journée sans le moindre repos ne vaut pas mieux, alors je fais un compromis : j'avale la moitié de la dose que je prends d'habitude dans ces moments atroces. Je serai dans un état lamentable toute la matinée, mais j'ai besoin de ces deux à trois heures de néant. Je ne peux pas continuer à ressasser ma peur et mon chagrin ainsi, je serais folle avant l'aube. Tout ceci n'est que mon angoisse. La peluche n'était pas Pierre Lapin. Je me répète encore et encore ces mots qui se fracassent contre mon crâne, dans l'espoir de m'enfoncer un peu de bon sens dans la cervelle, et je rampe sous les couvertures.

Je veux l'oubli, le néant ; au lieu de quoi, bien sûr, je rêve. C'est *le* rêve, en Technicolor, splendide et vivace, et tant que j'y suis, c'est prodigieux.

Je tiens la main de Daniel. Elle est douce et chaude et ses doigts me serrent fort, comme le font les tout petits enfants, pendant qu'il lève les yeux vers moi et me sourit. Mon cœur éclate en arcs-en-ciel de joie et je me penche pour l'embrasser. Ses joues rebondies sont toutes lisses, soyeuses comme de la crème, rosies par l'air frais. Il glousse de surprise quand mes lèvres lui claquent un bisou sonore ; ses yeux sont illuminés d'amour. Ils sont comme les miens, bleus tachés de gris et de vert et, en eux, je vois à quel point je suis *tout* pour lui.

Pierre Lapin est dans son autre main et il le tient peut-être encore plus fort que moi. Il ne peut pas imaginer que je ne sois pas là, mais il a bien failli perdre sa peluche. Une première fois, oubliée dans un bus ; il s'en est souvenu juste à temps. Une autre, sur le comptoir d'une boutique. Daniel a peur qu'un jour Pierre Lapin ne *soit pas là* et cette idée suffit à le faire pleurer. Il a deux ans et demi. Pierre Lapin est son meilleur ami.

Je sens quelque chose qui cogne contre mon subconscient, une sombre vérité qui ne veut pas se laisser ignorer, pas même dans un rêve – *Ce n'est pas Pierre Lapin qui un jour ne sera plus là. Cette petite main dans la mienne sera froide et immobile et ne me serrera plus jamais…* Je la repousse et j'emmène Daniel dans le petit parc avec les vieilles balançoires et les toupies où la peinture s'est tellement effritée que la rouille du métal tache les habits les jours de pluie, mais il glapit de joie en les voyant. À son âge, il ne voit pas la rouille, la décomposition, ces choses dont on ne s'occupe plus. Il ne voit que ce qu'il y a de bon. Comme *lui*.

Sa main a quitté la mienne et Pierre Lapin et lui courent vers les balançoires. Je cours derrière eux, parce que j'aime voir comment le petit corps de Daniel rebondit sur le sol, si maladroit et si mignon dans sa veste si ajustée. Il me regarde par-dessus son épaule et je veux garder cette image à jamais en moi pour quand il deviendra un jeune garçon, puis un homme, quand je ne serai plus *tout* pour lui.

C'est un rêve parfait. Un après-midi au parc. L'amour nous submerge. Pur. Il recouvre tout au point que je m'y noie presque. Il entre par tous les pores de ma peau. Il est effréné. Aucun barrage ne peut le contenir. En cet instant, il n'y a rien de mauvais dans le monde et je me dis que, si je laisse l'amour m'emplir entièrement, je le transformerai en un rayon de lumière permanent qui brillera à jamais sur Daniel.

Je me réveille, prise de hoquets douloureux, m'accrochant à des fragments d'images qui disparaissent inexorablement, tentant en vain d'en garder *une,* de la suivre à nouveau pour tenir sa petite main jusqu'à la fin des temps. C'est toujours pareil après le rêve. Ça fait si mal que j'ai envie de mourir, ce besoin effroyable de revenir en arrière pour le *sauver.* J'essaie de penser à Ava, ma fille parfaite, l'enfant qui est venue *après*, exempte de tout souvenir, miraculeuse, et que le monde n'a pas souillée. Elle est ici et vivante. Je l'aime de tout mon cœur, ce qu'il en reste.

Peut-être que mon amour pour Ava ne fait-il qu'empirer les choses, si cela est encore possible. Je repense au lapin en peluche dans la poubelle. Ce n'est *pas* Pierre Lapin. Je le sais. Je sais où est Pierre Lapin.

Il est enterré avec Daniel.

7

Ava

Je ne sais pas trop ce qu'il y a dans le punch, en tout cas, c'est un sacré mélange de merde. Du jus de fruits, de la citronnade, de la vodka qu'Ange a apportée et une bouteille de Bacardi que Jodie a piquée dans la réserve de sa mère. En disant qu'elle ne s'en rendra même pas compte, mais fallait voir la jubilation avec laquelle elle l'a versée dans le saladier. Je me suis dit qu'elle *savait* que sa mère s'en apercevrait à son retour de France, qu'elle cherchait à provoquer une crise. C'est trop bizarre, deux mères aussi différentes : celle de Jodie n'est jamais là, alors que la mienne est *toujours* à me coller. Du coup, elle et moi, on s'est baptisées le club des mères bizarres. Sans en parler aux autres. Elles ne comprendraient pas.

J'ai la tête qui vibre. On avait déjà pris du cidre au pub tout à l'heure et c'est mon deuxième verre de punch. Je suis bien partie pour être bourrée, ce qui vaut probablement mieux maintenant que je vais le faire.

Je me rallonge sur le lit, ou presque, la tête appuyée contre le mur. Maman serait folle si elle me voyait en ce moment, sur le pieu d'une copine avec mon soi-disant petit ami. Elle m'a déjà envoyé un texto. J'ai mis mon téléphone sur silencieux. Imaginez qu'elle m'écrive en plein milieu ? Au moins, ce soir, elle est de sortie. Ce qui ne lui arrive pas souvent et me rend encore plus coupable de vouloir vivre ma vie ; ça fait un an que je tire sur le cordon ombilical, pendant qu'elle tire en permanence dans l'autre sens.

Je suis encore un peu sous le choc de l'autre soir. Cette façon trop bizarre de picoler seule dans la cuisine, c'était déjà assez tordu, mais ensuite elle est venue en pleine nuit dans ma chambre pour me regarder dormir alors que je faisais semblant. Pourquoi faire un truc pareil ? C'était gênant, plus que ça, même… comme si un truc un peu sale s'était glissé dans notre vie.

Je m'enfile une bonne dose de punch. Au bout du couloir, j'entends la chasse d'eau. Mon cœur s'accélère un peu. Je vais faire l'amour. Baiser. Pendant un instant, j'ai l'envie complètement débile d'être avec maman. Du coup, je rebois. Non, surtout pas *elle*. Je ne suis plus une gosse. Je suis une femme. *Il* me l'a dit.

— Ça va ? demande Courtney en entrant dans la chambre et en trafiquant son téléphone pour mettre de la musique.

Je souris, fais oui de la tête et je bois. C'est trop sucré, mais je m'en fous. Je veux être bourrée et, entre la gnôle et le fait que je n'ai rien mangé, ça ne va pas tarder. Je me demande s'il est nerveux. Sans doute que non. Si tout ce qu'on raconte est vrai, il a dû le faire des centaines de fois.

Je ne suis pas aussi angoissée que je l'aurais cru. La journée a été chargée, je suis fatiguée et, si je pouvais, je me roulerais en boule pour dormir. J'ai commencé tôt à la salle de muscu ce matin puis, alors que mes bras et mes jambes tremblaient encore et me faisaient mal, je me suis forcée à faire des longueurs pendant une heure.

J'ai retrouvé Ange à dix heures parce qu'elle voulait s'acheter des fringues. Moulantes, évidemment. Elle se fait servir dans les pubs depuis qu'elle a douze ans. Avec ses seins et quand elle se maquille, Angela fait souvent plus vieille que Jodie.

La bouche de Courtney est brûlante et mouillée sur mon cou, sa main glisse vers ma hanche. Ça y est. Je suis ici sans l'être, détachée. Mon corps est là, pas mon esprit, comme si j'étais en train de nous observer en me disant : *Autant en finir.* J'entends mon souffle devenir plus lourd sans que je sois vraiment excitée. Une réaction mécanique. Être avec Courtney m'oblige à penser à *lui.* Je n'ai eu aucune nouvelle aujourd'hui. Il avait bien dit qu'il serait occupé, mais on a quand même toujours le temps d'envoyer un petit « salut », non ? Un mot, n'importe quoi, pour que je sache qu'il pense à moi.

La bouche de Courtney se pose sur la mienne et j'accepte d'ouvrir mes lèvres et de laisser nos langues se mêler. Il embrasse bien comparé à tous les autres garçons avec qui je suis sortie, mais, ce soir, ça me fait l'effet d'une invasion.

Pourquoi ne m'a-t-il pas écrit ?

Courtney se frotte très fort contre ma cuisse. Il faut que je le fasse. Je n'ai pas le choix : tout le monde n'attend que ça. En bas, je les entends qui rigolent, qui bavardent et qui dansent, et je sais qu'elles se demandent toutes si c'est déjà fait. Est-ce que je vais avoir mal ? Est-ce que je vais être différente *après* ?

J'avais envisagé de trouver un moyen de me défiler, sauf qu'il y a eu cette femme au pub qui a renversé mon sac de la table. Tout son contenu s'est éparpillé par terre. Les filles ont vu les capotes et Ange m'a balancé des vannes salaces. Elles se sont un peu foutues de moi et on a rigolé. Quand on s'est calmées, Angela a annoncé que les garçons noirs n'utilisent pas de capotes, et on l'a toutes traitée de raciste. Elle a insisté jusqu'à ce que Lizzie dise que ce n'est pas que les Noirs : tous les garçons s'en passeraient si on les laissait faire, c'est pour ça qu'elle prend la pilule. Bien que j'aie ri avec elles, Jodie a dû se rendre compte à quel point j'étais mal, parce que, quand on est allées aux toilettes ensemble, elle m'a murmuré qu'on ne pouvait tomber enceinte que quelques jours par mois et que je n'avais pas à m'inquiéter.

— Tu veux bien, n'est-ce pas ?

Courtney a fait glisser mon soutien-gorge au-dessus de mes seins ; ses yeux sont tout drôles et il parle d'une manière bizarre.

J'accepte, même si je n'en ai plus trop envie. Il est déjà en train de remonter ma jupe. Tout est si maladroit. Pas du tout comme je l'avais imaginé.

Que penserait-il s'il savait ce que je suis sur le point de faire ?

La capote est encore dans mon sac à l'autre bout de la pièce. À un continent de distance. Comment suis-je censée en parler maintenant ? J'aurais dû le faire avant. Sa braguette est ouverte, son jean est autour de ses genoux et il me prend la main pour la mettre sur son entrejambe. Il grogne dès que je le touche et ses doigts fébriles tirent sur ma culotte, on se mélange un peu les pinceaux et on se cogne les dents. Du coup, je reprends l'initiative et il y a une pause pendant que je me tortille pour enlever ma culotte. Une fois que c'est fait, il me regarde vraiment.

— Tu sais que tu me plais beaucoup, hein ? dit-il. Je ne suis encore jamais sorti avec une fille comme toi.

Ça me soulage un peu d'entendre ça, alors j'en profite pour enlever mon haut. Il n'est pas nu, mais moi oui. Si je dois y passer, je n'ai pas envie que ce soit en me faisant à moitié étrangler par mon soutien-gorge.

— Tu es belle.

Cette fois, quand il m'embrasse, j'essaie d'être là. Mais « belle », c'est *son* mot, pas celui de Courtney. En général, Courtney dit juste que je suis *canon* en dépit du fait que je ne le suis pas. Pas vraiment. Je repense à la capote. Il est trop tard maintenant. Il se frotte, il fouille, il cherche à entrer et je comprends soudain qu'il n'a peut-être pas tant d'expérience que ça.

Et puis, ça y est, on est en train de le faire. Ou plutôt, Courtney est en train de le faire. Moi, je suis juste allongée là en essayant de ne pas me dire à quel point ce serait différent avec *lui*.

8

Lisa

— Salut, tout le monde ! On sourit !

C'est Emily, réjouie, qui braque son portable sur nous. Je me détourne machinalement, la main devant le visage.

— Pas de photo, dis-je.

— C'est juste pour mon Facebook, lance-t-elle, vexée. Pour que mon petit ami et ma famille sachent avec qui je travaille.

Elle est gentille, mais très jeune.

— Moi non plus, je ne veux pas de photo de moi sur Facebook, dit Julia.

Sa voix est tranchante, du genre qui n'admet pas de réplique. Elle est en retard, elle vient tout juste d'arriver. Je me demande si elle est irritée parce qu'elle est rouge et essoufflée au lieu d'avoir son air glacé habituel. Quoi qu'il en soit, son intervention me soulage. Marilyn sait que je déteste qu'on me prenne en photo et Julia m'épargne de devoir m'expliquer encore une fois devant les nouvelles. Peut-être qu'elle et moi avons quelque chose en commun après tout.

— Et de toute manière, enchaîne-t-elle, ce n'est pas très professionnel de prendre des selfies lors d'une réunion de travail. Ce n'est pas une soirée dans une boîte ringarde.

— On n'est pas là à proprement parler pour travailler, on est plutôt là pour faire la fête, intervient Marilyn en venant au secours de la pauvre Emily qui semble déjà au bord des larmes. Mais vous n'avez pas tort. On n'est pas forcé de coller toute sa vie sur Facebook ou sur Instagram.

Elle dit ça autant pour moi que pour les autres. Je ne suis sur aucun réseau social, même si Marilyn me jure qu'on peut régler son profil de façon qu'il soit complètement privé. Je ne leur fais pas confiance et puis, de toute manière, avec qui serais-je en contact sur ces machins ? Avec Marilyn, c'est tout, et je la vois tous les jours.

— Oh, merde, gémit-elle, voilà que je parle comme une vieille.

Par cette seule blague, elle arrive à détendre l'atmosphère.

— Viens, Lisa, enchaîne-t-elle, allons prendre un autre verre avant que le crédit soit épuisé.

Nous laissons les autres filles – et Toby à sa drague ostensible de Stacey – pour nous diriger vers le bar. Je ne voulais pas venir ce soir. Depuis que j'ai trouvé le lapin, c'est comme si mon ventre abritait un banc d'anguilles ; c'est glacé et grouillant là-dedans. Mon passé qui remue. C'est terrible de renoncer à suivre Ava partout pour m'assurer qu'elle est en sécurité et c'est un effort épuisant de cacher en permanence comment je vis. S'il y avait eu le moindre moyen d'échapper à cette soirée, je l'aurais fait. Mais c'est le pince-fesses annuel de Penny, la grande réunion clients-employés, et avec les nouvelles embauches, l'ouverture de la filiale et mon contrat tout frais, elle n'aurait pas apprécié que je me défile.

Sur ce point, Julia a raison. Même si nous nous trouvons dans un club de salsa, il ne s'agit pas du tout d'une soirée entre filles. C'est encore, d'une certaine façon, le travail. Pourtant, alors que je m'installe au comptoir avec Marilyn, je suis surprise de constater que cette sortie me fait du bien. La musique est entraînante et ne pas comprendre les paroles en espagnol m'évite de me laisser influencer par des histoires d'amours brisées.

— Seigneur, je me ferais bien un shot de tequila, dit Marilyn.

Je ris, mais je suis un peu étonnée. Marilyn boit plus que moi, ce qui n'a rien d'un exploit : tout le monde boit plus que moi. Je connais les effets de l'alcool. Ils ne sont jamais bons. Si je me saoulais, il me serait impossible de rester sur mes gardes et je dois avant tout protéger Ava. Il n'empêche, Marilyn n'est pas une *buveuse*. Je ne me souviens même pas de la dernière fois où elle a pris un shot. Ses yeux brillent un peu trop. Combien de verres de vin a-t-elle déjà bus ?

— Ça va ?

Elle ne répond pas.

— Tiens, tiens, fait-elle en regardant par-dessus mon épaule. Regarde qui vient d'arriver. Si ce n'est pas le Millionnaire en personne ?

Je me retourne. Simon Manning est dans l'entrée, en jean foncé et tee-shirt col en V. Mon verre de vin devient soudain très glissant dans ma main ; c'est comme si la soirée venait de se mettre sur pause. Il est rare que les clients importants se déplacent en personne pour ce genre d'événement. Penny les invite toujours, mais ce sont en général les cadres de leurs sociétés qui viennent. Pour les gros pontes, elle organise un dîner privé séparé.

La salle est assez sombre. Il ne se rend sans doute pas compte qu'en restant là, éclairé à contre-jour, il « fait son entrée », alors que tout le monde est curieux de savoir qui est qui. Finalement, il s'avance. Je retiens mon souffle.

— Quelle surprise, ricane Marilyn. Il vient par ici.

Je regarde derrière moi, m'attendant plus ou moins à trouver Penny, mais elle est installée à une table dans un coin où Julia bavarde avec James, de l'autre succursale.

— Lisa.

Je n'ai pas le choix. Je le regarde. Il est tout proche, à moins d'un pas, et mes nerfs dansent la salsa. Son après-rasage et sa chaleur corporelle emplissent l'espace qui nous sépare. Je ne suis pas une grande spécialiste, mais il sent bon. C'est frais, un peu citronné, mais sans exagération. Je m'en veux de m'en rendre compte.

— Bonsoir, Simon.

Marilyn s'avance et lui serre la main, me sauvant la mise comme toujours, parce que je suis sur le point de défaillir. Je profite de ce répit pour me ressaisir. Il faut que j'arrête de me comporter comme une adolescente.

— Bienvenue à bord, ajoute Marilyn.

J'aimerais avoir autant de facilité à parler aux gens. Elle est si sûre d'elle. Amicale, mais sans le moindre sous-entendu. Un livre ouvert. Je ne peux *pas* être comme ça. Je ne crois pas l'avoir jamais été.

— Eh bien, Lisa m'a si bien vendu votre compagnie que je n'ai pas pu dire non, répond-il.

Ils me regardent tous les deux, attendant. Je ne peux pas rester muette jusqu'à demain matin. Où est Penny ?

— Je vous enverrai de nouveaux chiffres lundi.

C'est tout ce qui m'est venu à l'esprit et c'est tellement grotesque que ma cervelle se recroqueville.

Il accepte le verre de vin que Marilyn a fait apparaître je ne sais comment.

— C'est samedi soir. Oublions le travail. Vous dansez la salsa ? Je suis exécrable, mais je veux bien essayer si ça vous tente.

Mes pieds sont soudain scotchés au sol. Il y a bien quelques personnes qui suivent les conseils d'un prof sur la piste, mais elles ne sont pas nombreuses. Pas assez pour que nous ne devenions pas le centre de l'intérêt général si nous les rejoignons. Ma bouche s'ouvre et se ferme sans émettre un son, je panique, un poisson qui se noie, j'essaie de trouver des mots qui ne soient pas impolis, pendant qu'une part de moi se dit que si j'étais une autre, ce serait agréable de me laisser aller à la musique. Si j'étais Marilyn par exemple, ou Stacey, ou Julia. Mais je suis moi et je ne veux pas qu'il danse avec *moi*. Tout en me disant ça, je sais que c'est faux. Les anguilles dans mon ventre se tordent de rire.

— Simon !

La voilà, enfin. Penny se fraie un chemin vers nous. Je pourrais en pleurer de soulagement. Je recule pour lui laisser la place.

— C'est merveilleux que vous soyez venu !

Marilyn sourit et adresse un petit haussement d'épaules à Simon : la prof est arrivée, les écolières doivent s'effacer. Ce que je suis déjà en train de faire, m'éloignant sur des jambes en coton.

— Je t'avais dit que tu lui plais.

Marilyn. Elle m'a rattrapée.

— Lâche-moi.

J'ai été plus dure que je ne le voulais ; du coup, elle ne me suit pas quand je retourne à la table au fond de la salle où nous avons laissé nos affaires. Elle préfère aller retrouver Eleanor, une autre ancienne de la boîte qui a rejoint la nouvelle filiale.

Je devrais m'excuser. Je ne le fais pas. J'ai envie d'envoyer un texto à Ava, pour vérifier que tout va bien. J'ai envie de rester ici, cachée dans l'obscurité. J'ai envie que la terre s'ouvre et m'avale, m'ensevelisse une bonne fois pour toutes. Pour être enfin avec Daniel et Pierre Lapin.

Je m'assieds avant que mes jambes ne cèdent et j'entame des exercices de respiration. Je ne peux pas écrire à Ava. Je lui ai déjà envoyé trois messages. Il faut que je la laisse tranquille. Il le *faut.* Mais c'est si dur. Si épuisant avec cette peur qui ne me lâche jamais.

Je m'emploie à me concentrer sur le présent. Marilyn et Eleanor sont en train de rire. Toby a entraîné Stacey sur la piste de danse. Ils se débrouillent plutôt bien, mais elle maintient une distance entre eux et j'éprouve quelque chose qui ressemble à de la fierté maternelle. Ce n'est peut-être pas la plus maligne de la bande, mais elle ne veut pas se contenter d'être une marque de plus au-dessus de son lit.

Je me calme, maintenant que je suis perdue dans l'ombre. Personne ne me cherche. D'ici, je ne vois pas Penny et Simon, mais je sais qu'elle ne va pas le lâcher de la soirée. Je repousse le souvenir de sa chaleur et de son après-rasage.

Un reflet métallique accroche mon regard sur ma droite. Quelqu'un qui s'accroupit sous une des tables le long du mur. Julia ? Oui. Elle fouille dans son sac. Mon front se plisse. Mon instinct me crie que quelque chose ne va pas. Ce n'est pas son sac. C'est celui de Penny. La boucle dorée Dolce & Gabbana étincelle sous les projecteurs de la piste de danse. Le sac de Julia est plus petit, à peine assez grand pour contenir un portefeuille, un téléphone, des clés et peut-être un bâton de rouge à lèvres. Pas le gros fourre-tout pratique d'une femme d'âge mûr. Je ne sais pas quand j'ai noté tous ces détails, mais je l'ai fait. Je remarque toujours ce genre de choses. Mon cerveau est entraîné à le faire.

Oui, le sac de Penny.

Ne comprenant pas ce que fabrique Julia, je quitte ma table et je m'approche. Elle se relève, regarde autour d'elle sans voir que je l'observe, puis elle part d'une démarche assurée vers le bar. Je la suis, accélérant l'allure pour me rapprocher ; arrivée à quelques pas derrière elle, j'aperçois le billet de vingt livres dans sa main. Et soudain, je comprends. *Elle a volé de l'argent dans le sac de Penny.* Non. Ce n'est pas possible. Je remets en doute mon instinct, celui qui est si attentif aux détails et aux problèmes. Je ne veux pas de ce ver qui va me ronger tous les jours au travail. Mais si ce billet lui appartient, pourquoi l'a-t-elle déjà sorti ? Elle porte son petit sac sur elle – et son porte-monnaie s'y trouve –, alors pourquoi se promener avec un billet de vingt livres à la main ?

Penny et Simon sont toujours en train de bavarder au comptoir et, même s'il lui sourit, ses yeux se déplacent dès que j'apparais au coin de son champ de vision. Je ne le regarde pas. Je n'ai pas le temps pour ça là maintenant. Je suis concentrée sur Julia qui aborde le barman avec un large sourire et lui commande une bouteille de pinot grigio.

— C'est pour la dame là-bas, dit-elle en montrant Penny. Pouvez-vous lui dire que c'est en remerciement d'une super opportunité professionnelle ? De la part de Julia ? Je ne veux pas les déranger.

Je suis debout juste à côté d'elle et elle me remarque enfin, mais elle ne propose pas de m'offrir un verre. Elle ne peut pas. Le vin qu'elle a choisi vaut exactement vingt livres.

— Un Coca Zéro, dis-je au serveur pendant que Julia s'éloigne pour rejoindre Marilyn et Eleanor au bord de la piste de danse.

Assez loin pour que Penny doive se lever et aller jusqu'à elle pour la remercier et aussi, et peut-être de façon plus importante, à l'autre bout de la salle par rapport au sac Dolce & Gabbana qu'elle vient tout juste de dévaliser. Je la regarde qui s'insère à leur groupe comme si elles l'y avaient invitée et je ne sais pas quoi faire. Je devrais sans doute dire quelque chose à Penny. Mais quoi ? « Je *crois* que Julia t'a volé de l'argent pour t'offrir à boire » ? Ça paraît franchement tordu. Il faisait sombre, je ne la voyais pas si bien que ça. Et c'est une sacrée accusation.

Penny quitte le bar pour venir remercier Julia qui feint la gêne à merveille. Mais je ne me laisse pas avoir. Si elle ne voulait pas de ce cirque, elle n'aurait pas fait ce cadeau dans un endroit aussi public. Et si je parle, ça va provoquer un scandale. On va croire que je suis jalouse de la nouvelle. Julia *brille* littéralement. Pas moi. Et puis, j'ai peut-être mal vu. Je me suis peut-être trompée. Ça me rend malade.

Là-bas, sur ma droite, je sens que Simon Manning esquisse un pas vers moi, mais je suis sauvée par l'arrivée de Marilyn qui a fui Eleanor et, surtout, Julia.

— Quelle plaie, dit-elle.

Elle non plus ne se laisse pas avoir par son petit jeu.

— Désolée, dis-je. À propos de Simon.

Si Ava est mon cœur, Marilyn est mon roc. Je devrais lui dire ce que je pense avoir vu. Non, pas ce que je pense. Ce que *j'ai* vu. Elle me croira et elle saura bien mieux que moi quoi faire. Après deux verres de vin, je me sens beaucoup plus brave qu'en temps normal. Mais je n'arrive toujours pas à me décider. Marilyn *réagira,* j'en suis certaine, ce qui aboutira inévitablement à une confrontation et alors qui sait jusqu'où cela ira ? Julia est une semeuse d'embrouilles. Je le sens.

Heureusement, Marilyn est en train de consulter son téléphone.

— Je ne m'étais pas rendu compte de l'heure, dit-elle. Richard est dehors, si tu veux qu'on te ramène.

Mon soulagement est presque effroyable.

— Oui, s'il te plaît. J'en ai assez. Filons. Et si on pouvait s'éviter la tournée des au revoir…

Je veux m'en aller, loin de Simon Manning, de Julia et de tout ce bruit.

— Ça me va, acquiesce-t-elle.

Je ne me détends vraiment qu'une fois ceinturée à l'arrière de la Saab de Richard.

— Bonne soirée, mesdames ? demande-t-il.

— Oui, merci, dis-je.

— Ça allait, fait Marilyn, beaucoup moins enthousiaste. La musique était trop forte et puis, tu sais… les collègues.

Elle lève les yeux au ciel et il sourit.

— Pas tous, j'espère, dis-je, et nous rions un peu, comme on le fait poliment après une blague assez prévisible.

Je contemple la nuit, les laissant papoter tous les deux. C'est sympa d'être avec eux. L'argent. Julia. Penny. Je ne veux plus y penser.

Quand j'arrive à la maison, je craque et j'envoie un dernier texto à Ava.

Je suis rentrée de ma soirée, mais je suis sûre que la tienne bat encore son plein ! Dis aux filles que je les embrasse et à demain.

Au moment où j'appuie sur la touche, je me rends compte à quel point c'est pitoyable et je regrette de ne pas pouvoir annuler l'envoi. Je doute que les autres mères harcèlent leurs filles comme ça. Mais elles ne sont pas moi. Elles n'ont pas vécu ma vie. Le téléphone émet aussitôt son petit signal, je suis tellement persuadée que ça va être Ava qui m'engueule – *mais au moins je saurai qu'elle va bien* – qu'il me faut plusieurs secondes pour comprendre que je fixe un numéro inconnu. Je me sens mal. Le lapin. Un numéro inconnu. Le passé qui remue. Je clique d'une main tremblante.

Salut, Lisa, c'est Simon. Je sais que ceci est totalement inconvenant et que je peux toujours prétendre que c'est pour le travail, mais je me demandais si vous accepteriez de dîner avec moi la semaine prochaine ? Ne vous sentez pas obligée de répondre tout de suite. Réfléchissez-y un peu. (Avant de dire oui ; -)). Passez un bon week-end. S.

Un instant apaisée, mon angoisse revient au galop. Le souvenir de cette chaleur citronnée m'emplit la tête.

Non. *Non !* Je ne peux pas laisser un homme entrer à nouveau dans nos vies. Je ne peux pas.

Je supprime le texto et je monte l'escalier dans le noir.

9

Marilyn

Nous attendons, comme toujours, que Lisa franchisse le seuil en nous saluant une dernière fois, pour que Richard redémarre.

— Désolée si on t'a fait attendre, dis-je. Je n'avais pas vu l'heure.

— C'était si bien, cette soirée ?

— Oh, non.

Je me tourne vers lui, affichant un ennui insondable.

— Les soirées représentation de Penny. Tu imagines. On ne fait que parler travail en feignant de s'amuser. Je serais beaucoup mieux chez moi. J'ai failli t'appeler pour te demander de venir plus tôt, mais je ne voulais pas forcer Lisa à se sentir obligée de partir elle aussi.

J'en fais trop. Richard a toujours été son propre patron. Il ne comprend pas tout ce qui a trait à la politique du bureau, même après toutes ces années passées à lui expliquer. Il imagine je ne sais quelles mondanités.

— C'est pas bientôt son anniversaire ? demande-t-il, les yeux sur la route. La barre des quarante ?

— Dans un ou deux mois, je crois.

— On devrait faire quelque chose. Lui organiser une fête. Tu pourrais inviter vos collègues. Ses autres amis, si elle en a.

Je me raidis. Inviter les collègues chez moi ? Je n'imagine rien de pire.

— Les fêtes, c'est pas trop son truc.

Dehors, la nuit défile. Et on ferait ça où ? Dans un endroit cher ? Histoire de frimer ? En dehors de toutes les autres raisons qui me hurlent que ce serait une très mauvaise idée, on ne peut pas se permettre d'inviter tous ces gens.

— Peut-être pas, néanmoins Lisa a changé depuis le temps. Ce n'est plus la petite souris timide que tu as connue quand tu as commencé à travailler avec elle.

Il a raison sur ce point. Elle est toujours là, par moments, cette inquiétude qui jaillit d'elle comme de l'électricité, mais plus en permanence. Maintenant, elle marche les épaules droites et elle rit facilement. Au début, je l'ai fréquentée parce que j'avais vaguement pitié d'elle, ce que je ne lui ai jamais dit, ensuite j'ai vu la personne derrière la « souris » : la fille ironique, intelligente et bonne ; et les choses ont changé. Nous sommes devenues de vraies amies. Toujours là l'une pour l'autre. Je l'aime. C'est aussi simple que ça et j'aime sa confiance retrouvée. Ce qui explique aussi pourquoi je ne lui confesse pas mon secret. Elle n'a pas besoin d'une nouvelle merde dans sa vie. J'imagine qu'elle a déjà eu largement sa part par le passé. Et puis, pour le lui dire, il faudrait déjà que je l'avoue à moi-même. Je n'y suis pas prête.

— On a tous changé, dis-je, la voix lourde, et comme il me jette un regard, j'ajoute : Ça fait dix ans. Mes cuisses *ont* changé.

— Tes cuisses sont superbes, dit-il en regardant à nouveau la route. Il n'empêche, quarante ans, ça n'arrive qu'une seule fois dans la vie et elle n'a personne d'autre. Ce n'est pas Ava qui va lui organiser son anniversaire. On est quand même ses meilleurs amis.

C'est une idée sympa – il est tellement sympa, parfois – et ma réponse fuse trop vite, parce que j'ai un peu trop bu :

— Elle a peut-être quelqu'un d'autre.

— Ah ?

Maintenant, il me regarde pour de bon. La route est dégagée devant nous.

— Vas-y. Raconte, dit-il.

Il sourit, dents blanches dans la pénombre.

J'aurais dû me taire. Ça ne le regarde pas. Et moi non plus. Lisa n'aimerait pas que j'en parle.

— Oh, c'est rien. Juste un type au travail.

— Il y a un nouveau mec canon au bureau et tu ne m'as rien dit ?

Le siège est chaud sous moi.

— Il ne travaille pas au bureau. C'est un de ses clients. Il possède une chaîne d'hôtels, je crois.

J'ai pris le ton de celle que ça n'intéresse pas. Mais, encore une fois, j'en fais un peu trop. Difficile de garder le bon équilibre.

— Il va en ouvrir un autre en ville.

— Un nouveau petit copain canon pour Lisa ? C'est génial. Ça fait trop longtemps qu'elle est seule. Il était temps qu'elle sorte de chez elle.

— Il n'est pas si canon que ça…

Les maisons se suivent dehors, lumières encore allumées, et je m'interroge sur les existences qu'elles abritent ; les vérités que les gens cachent derrière ces murs. Vies privées.

— … mais ils se plaisent.

Oui, *ils* se plaisent, malgré tout ce qu'a pu dire Lisa ce soir. Ce n'était que de la nervosité et de la gêne parce qu'elle ne sait pas comment s'y prendre. J'aimerais pouvoir lui conseiller de se détendre. Elle mérite un peu de bonheur. Ou au moins quelques moments agréables. C'est sympa de la voir se risquer dans cette danse délicate qui précède toute relation ; cet éclat qu'elle a après chacune de leurs réunions, des réunions qu'il a multipliées sans réelle nécessité ; ce sourire dont elle ne se rend même pas compte qu'il est sur ses lèvres. Je suis heureuse pour elle. Simon a le potentiel pour un happy-end.

— Peut-être qu'on devrait sortir dîner avec eux, dit Richard en s'engageant dans notre allée. Il pourrait peut-être me procurer du travail.

— Ce serait sympa, réponds-je.

Je n'ai aucune intention d'organiser un dîner à quatre avec Lisa et Simon. Ils n'ont même pas eu leur premier rendez-vous et je connais Richard : il sera très lourd à propos du boulot. Simon se sentira obligé de lui proposer quelque chose ou alors il devra ignorer toutes ses allusions. Dans un cas comme dans l'autre, ce sera très gênant.

— Mais d'abord, dis-je, attendons de voir s'ils sortent ensemble, d'accord ?

— D'accord. C'est sympa comment tu veilles sur elle.

Il m'embrasse sur le front avant d'ouvrir la porte de la maison.

Je le regarde entrer sans le suivre. Je traîne pour prendre une dernière bouffée d'air frais. J'ai si souvent été tentée de dire à Lisa ce qu'il se passe ; je suis contente de ne pas l'avoir fait. Elle a besoin d'espoir.

Il lui est arrivé quelque chose de très moche dans son passé, j'en suis certaine, même si elle se ferme dès que j'essaie d'aborder le sujet, je ne vais pas en plus lui imposer mes problèmes. Et puis, peut-être que ça s'arrangera. Peut-être que ça redeviendra comme au début. On a tous besoin d'espoir, moi comprise.

Richard n'en parle plus jusqu'à ce que nous soyons sur le point de nous coucher. Soudain très fatiguée, je suis en train de me démaquiller, quand je le vois qui me fixe dans le miroir.

— Quoi ? dis-je, les joues recouvertes d'une flaque de crème froide.

— Pourquoi tu as dit qu'il n'est pas si canon ?

Et ça commence.

10

Ava

Je suis contente que Courtney ne soit pas resté pour la nuit. J'avais juste envie de me laver. Ce n'est pas à lui que je pense en permanence. La première chose que j'ai faite *après,* ça a été de vérifier si j'avais un message Facebook sur mon téléphone. Il n'y en avait pas. J'ai cru que j'allais pleurer.

Quand on est redescendus, tout le monde était bourré et Ange roulait une pelle à Darryl dans la cuisine. Au bout de dix minutes, Jodie a annoncé aux garçons que c'était l'heure de partir. Ça a été clinique. *Vous avez fait ce que vous étiez venus faire, maintenant barrez-vous.* Je n'ai pas protesté. Ça me convenait, même si, après leur départ, les filles ont voulu connaître tous les détails. *Ça t'a fait mal ? Moi, j'ai eu un peu mal la première fois. Il est entré comme il fallait ? Oh, merde, est-ce qu'il est gros ? Et après, il était comment ?* J'essayais de garder un air excité, mais je me sentais vide et triste. Ma première fois n'aurait pas dû être comme ça. C'était si dérisoire. Il n'y avait même pas de sang sur les draps.

Ce matin, tout ça me fait l'effet, je sais pas, d'un rêve peut-être. Cependant, la gêne entre mes cuisses me rappelle que c'était bien réel. Est-ce que je peux le larguer maintenant ? Non. Je passerais vraiment pour une salope et puis qui sait comment il réagirait, ce qu'il dirait ou tweeterait. Il pourrait me traiter de grosse, de moche, ce genre de saloperie. J'ai pas oublié ce qu'il s'est passé quand Meg a envoyé une photo de ses seins à Christian sur Snapchat. Au moins, je n'ai pas été stupide à ce point avec Courtney. Et puis, je l'aime bien. Je ne veux pas le blesser. Quelle merde.

Adossée au cadre de la porte, je tire sur ma clope. On ne fume pas ou pas souvent – ça le fait pas pour notre capacité pulmonaire –, mais il y a des moments. Et celui-ci en est un. Apparemment, la mère de Jodie, Amelia, fume de temps à autre et Jodie a retrouvé son paquet hier soir ; après quoi, Lizzie a insisté pour qu'on s'en grille une en hommage à ma virginité partie en fumée. Un punch trop bizarre et une cigarette. Géniale, comme célébration. J'ai pas arrêté d'aller aux toilettes – *je me demande s'il m'a pas éclaté la vessie avec sa bite* – pour vérifier mes messages et d'en ressortir avec un grand sourire pour masquer ma déception devant ma boîte de réception vide.

À présent que je suis sobre, le tabac a un goût dégueulasse. Je n'avale pas. Jodie et Lizzie sont les seules à ne pas crapoter. Est-ce qu'il fume ? Je ne lui ai pas demandé. J'ajoute ça à la liste des choses que je veux savoir sur lui. Si jamais il me réécrit un jour. Est-ce qu'il a lui aussi couché avec quelqu'un cette nuit ? Est-ce qu'il pensait à moi ?

— Je vais prendre une douche avant de partir, dis-je alors que le vent me renvoie la fumée dans le visage. Si maman sent ça sur moi, elle va devenir folle.

— Tu n'as qu'à dire que ma mère était là et que c'est elle qui fumait.

— Ça vaut pas le coup. Tu sais comment elle est. Y a des jours où elle oublie que je grandis.

Les autres sont parties. Ange devait rentrer pour un repas de famille et la mère de Lizzie est venue la chercher il y a une demi-heure. Elle a proposé de me raccompagner, mais je n'avais pas envie de me retrouver si tôt face à maman. Elle voudra me faire parler, que je lui raconte ma soirée, et je vais devoir inventer des histoires rien que pour la calmer ou alors foncer dans ma chambre me planquer sous ma couette. Ce qui est exactement ce que j'ai envie de faire. Elle me rend morose et elle n'aime pas me voir morose. De toute manière, il est à peine dix heures et demie. Si Angela n'avait pas dû partir, on serait toutes encore au lit.

— Elle ne fume jamais ? demande Jodie.

— Non. Et elle ne boit pas beaucoup, non plus. Ça devait être une vraie plaie à mon âge.

Ce n'est pas très loyal, mais ça me donne l'air cool, alors qu'en fait je suis la trouillarde de la bande – la plus *ordinaire*. Peut-être que c'est ça qui m'inquiète, au fond. Que maman et moi, on soit trop pareilles. Banales à mourir.

— Au moins, elle est là pour toi.

Jodie ne me regarde pas. Elle fixe le jardin dehors avant de balancer son mégot dans l'allée. Elle me fait signe d'en faire autant.

— Je les ramasserai après.

Elle nous prépare de gigantesques bols de café au lait qu'on va boire au salon, vautrées sur les canapés. Sa maison ressemble à un show-room. C'est beau, mais impersonnel. Ce qui ne cesse de me surprendre.

— Je ne sais pas pourquoi on est venues vivre ici, dit Jodie, roulée en boule dans son fauteuil et qui, du coup, paraît minuscule. Ce n'était pas si moche où on habitait avant, et puis maintenant elle est tout le temps à Paris. Elle revient une fois par mois et je suis sûre que c'est juste pour vérifier que je n'ai rien bousillé. Elle n'avait pas besoin d'acheter cette maison.

Pour moi, ça ressemble au paradis. Toutefois, en voyant la tête de Jodie, je me dis que ce n'est peut-être pas aussi sympa que je l'imagine.

Elle hausse les épaules.

— Tu sais que je n'ai jamais rencontré son nouveau copain ?

Une pause.

— Avant, au moins elle revenait le week-end. Maintenant, elle ne se donne même plus cette peine. Faut qu'elle reste en France pour lui, alors qu'elle en a rien à foutre de moi. Ce n'est pas que je tienne à tout prix à ce qu'elle soit là, pourtant je voudrais qu'elle *en ait envie*, si tu vois ce que je veux dire.

Ce n'est qu'avec moi que Jodie s'ouvre ainsi. On s'est un peu mises à l'écart des autres. C'est la plus âgée de la bande et, ces derniers temps, je me sens plus mûre, moi aussi. À cause de lui.

— Mais bon, elle a toujours été assez bizarre avec moi, continue-t-elle. Comme si je n'étais pas vraiment là. Pas comme quelqu'un de réel, en tout cas. Un peu comme un chien ou un chat. Elle fait en sorte que je ne manque de rien et ça s'arrête là. Je ne peux pas dire que je la connaisse très bien. Elle m'a eue très jeune… je te l'ai déjà dit ? Au début, pendant des années, on n'a pas vécu ensemble. Jusqu'à mes huit ans, à peu près. Elle payait des gens pour s'occuper de moi. Tu imagines ? Elle n'était jamais là, à cause de son travail ou parce qu'elle voyageait.

— Et ton père ? Tu ne le vois pas ?

Je sais que son père n'est plus dans le paysage, ça se limite à ça. Nager, se fringuer, la musique, le cul, la gnôle, faire les connes, voilà tout ce dont on parle, nous, les Quatre Fabuleuses.

— Non, dit-elle. Il est parti à ma naissance. Ma mère m'a fait voir une photo un jour, pour me montrer à quoi il ressemblait, mais, tu veux que je te dise, je ne suis même pas sûre que c'était lui.

Ça fait quelques semaines qu'on est de plus en plus proches, elle et moi, mais là, soudain, j'éprouve un sentiment de réelle unité. Comme si des fondations avaient été posées. Un truc qu'on ne peut pas partager avec les autres.

— Je me fous de savoir qui est mon père, dis-je. Franchement, je m'en tape. Un jour, à l'école, quelqu'un m'a dit que c'était peut-être un violeur. Tu imagines ? Que ma mère s'était peut-être fait violer et qu'elle avait décidé de ne pas avorter… Que c'est pour ça qu'elle n'a jamais de petit ami.

Elle a écarquillé les yeux.

— Waouh ! C'est carrément tordu.

— Ouais. Je veux dire, j'y crois pas, mais c'est la seule fois où je me suis vraiment interrogé sur lui. Le reste du temps… pff. C'est un fantôme, pourquoi il me manquerait ? Je n'ai même pas une photo de lui.

— Tu as parlé à ta mère de cette histoire de viol ?

— Oui. Elle a été horrifiée. Elle s'est mise à en faire des tonnes pour me rassurer.

Je ris.

— T'imagines à quel point c'est tordu de se sentir rassurée de savoir que ton père est juste un mec avec qui ta mère a baisé dans une ruelle derrière un pub un soir de biture ?

Je vois sa tête.

— Bon, j'exagère. C'était pas dans une ruelle, mais elle m'a quand même avoué que c'était juste un coup d'une nuit après avoir trop picolé.

— Au moins, elle ne pourra pas trop la ramener quand tu lui parleras de tes histoires de cul.

Je ris à nouveau, mais je pense à cette nuit. Ma première fois. Le seul plan cul que j'ai jamais eu. Minable.

— Je ne lui ai pas encore parlé de Courtney.

— C'est sérieux, entre vous ?

Je baisse les yeux vers mon café qui refroidit.

— Il voudrait. Je ne sais pas trop.

— Je croyais que tu étais folle de lui. C'est à cause du sexe ? La première fois, c'est toujours moche, ne le juge pas là-dessus. À moins que ce soit toi qui aies foiré.

Je lui jette un coussin au visage, parce qu'il faut bien que je réagisse.

— T'es conne. Non, c'est pas ça. C'est compliqué.

— Quelqu'un d'autre ?

Elle s'est redressée, curieuse, et je sais que je vais devoir mentir. Il ne faut surtout pas que je me laisse entraîner là-dedans.

— Peut-être.

Tout ce que je dis ne fait qu'empirer les choses. Pourquoi j'ai ouvert ma gueule ? Si Jodie dit à Ange que j'ai des vues sur quelqu'un, elle va s'imaginer que c'est un garçon de l'école et elle ne va plus me lâcher pour savoir qui c'est. Il va falloir inventer une relation. Choisir un mec au hasard. Tous ceux qui me viennent à l'esprit sont couverts d'acné. J'essaie, tant bien que mal, de réparer les dégâts :

— Mais c'est juste un béguin. Ça ne débouchera sur rien.

— Ne t'inquiète pas. Je ne dirai rien à Ange, dit Jodie comme si elle avait lu dans ma tête. Je l'adore, mais elle parle trop. Je ne lui confierais jamais un secret. Bon, faudrait déjà que j'en aie un.

— Ni aux autres ? Je ne tiens pas trop à ce que ça se sache. Je suis sûre que ça va finir par s'arranger entre Courtney et moi.

— Je le jure, dit-elle. Ton secret sera bien gardé. Mais, s'il se passe quoi que ce soit, tu me le diras en premier. D'accord ?

— D'accord.

Pendant un instant, je suis tentée de tout lui dire. De lui expliquer ce qui m'éloigne de Courtney. La demande d'ami. Les messages. Tout ce qui *le* concerne. Puis soudain, elle est debout et m'explique que je dois prendre la douche de la chambre d'ami parce qu'elle va utiliser la grande salle de bains et qu'ensuite on décolle.

— Merde. J'ai perdu mes clés.

Nous sommes devant chez moi et j'ai déjà fouillé mon sac deux fois.

— Vérifie par terre, dit Jodie en se penchant pour examiner le tapis de sol. C'est incroyable ce que je retrouve dans cette voiture.

Je me tortille pour regarder sous le siège. Elles n'y sont pas. La clé de la maison, celle de mon placard à la piscine et à l'école, toutes sur un anneau avec les grosses lèvres rouges de Mick Jagger. Disparues.

— Non. Merde. Où j'ai bien pu les fourrer ?

Jodie continue encore un peu son inspection. En vain. C'est alors que j'ai une inspiration.

— Cette espèce de conne qui a fait tomber mon sac au pub.

— Ouais, et alors ?

— Je ne me rappelle pas avoir remis les clés dans mon sac.

— Tu as dû le faire.

Elle regarde dans mon sac, au cas où j'aurais aussi perdu mes yeux.

— Elle t'a aidée à tout ramasser. Elle les a peut-être mises dans une autre poche.

Je la laisse faire, même si j'ai déjà fouillé partout.

— Ta mère est là, non ?

— Ouais, mais je vais prendre la clé de rechange qu'on cache près de l'entrée de la cuisine. Si elle croit que j'ai perdu la mienne, elle va vouloir changer toutes les serrures. Même s'il n'y a ni mon nom ni mon adresse sur le trousseau. Tu la connais.

— Tu n'as pas à m'expliquer ta mère. Rappelle-toi. Le club des mères bizarres, c'est nous.

Je souris et j'ai envie de lui dire un millier de trucs, mais je sais qu'ils auraient tous l'air minables, alors, en sortant, je me contente de :

— Je t'entends, *sister.* On se voit à l'entraînement lundi. Mais texte-moi avant, salope.

— Joyeuses révisions ! fait-elle, et je gémis.

Trois exams cette semaine et j'en ai à peu près rien à foutre.

Elle klaxonne en démarrant et je fonce vers la cuisine. Sur le mur, une des briques est descellée. Je la retire pour récupérer la clé. Je sais que maman a entendu le coup de klaxon. Elle doit m'attendre.

11

Lisa

Il pleut encore, mais c'est bon de conduire à nouveau Ava à l'école. C'était notre habitude quotidienne jusqu'à l'année dernière, jusqu'à ce que ça devienne nettement plus cool de prendre le bus. Bien sûr, c'est merveilleux que ma fille soit indépendante, mais j'éprouve toujours un plaisir furtif quand elle me demande de l'accompagner, même si ce trajet m'oblige à faire un détour en pleine heure de pointe.

Il n'y a pas d'entraînement de natation ce matin – et j'en suis soulagée parce que Ava a deux examens aujourd'hui – et, avec ce temps, mieux vaut la promenade en voiture avec maman que d'attendre le bus. Elle a beau être sportive, elle n'a jamais aimé le mauvais temps. Elle est très sensible au froid, sans compter que désormais cela a des conséquences sur son look. Ils me font un peu sourire, ses soucis de jeune. J'aime qu'elle soit préoccupée par ce genre de choses, cela signifie que sa vie garde toute sa légèreté. J'ai fait du bon boulot sur ce plan-là. Je n'en tire pas une immense fierté, toutefois je crois que, à ma manière, je suis une bonne mère.

La radio est réglée sur ma fréquence habituelle. Une station locale qui passe surtout de la musique des années 1980 et 1990, mais Ava ne se plaint pas. Elle est penchée sur son téléphone, en train d'envoyer un SMS ou Dieu sait ce qu'elles font pour communiquer les unes avec les autres. Ses doigts volent sur le clavier.

— Ça va ?

Je demande ça l'air de rien. C'est périlleux ces derniers temps de montrer un intérêt pour sa vie. Si elle est de mauvaise humeur – ce qui arrive de plus en plus souvent –, elle est capable de me dire d'aller me faire voir.

— Ouais. Juste une petite trouille normale.

Elle relève les yeux vers moi.

— T'es d'accord si les filles passent cet après-midi après l'exam ?

Je suis tentée de refuser, le GCSE[1] s'étale sur toute la semaine, mais, après deux examens aujourd'hui, elle aura besoin de se détendre un peu. J'ai vérifié son emploi du temps : demain, elle n'a que des sessions de révisions, alors quelques heures avec ses amies pourraient lui faire du bien. Et puis, et je m'en veux de penser ça, si elles viennent chez nous, au moins je saurai où elle est.

— Bien sûr. Elles ont des examens elles aussi aujourd'hui ?

— Lizzie a géographie, je crois. Ange sera en histoire avec moi cet après-midi, mais elle échappe à science ce matin. Jodie est tranquille. Son trimestre est quasiment terminé.

Son téléphone reste silencieux et elle contemple, à travers le pare-brise trempé, la lueur des phares qui danse dans la pluie.

— Sa mère est revenue de Paris, dit-elle. Elle a un nouveau petit ami là-bas. Je trouvais ça plutôt cool qu'elle

---

1. Diplôme d'études secondaires, plus ou moins équivalent au brevet français, mais qui a lieu un an plus tard.

soit absente si souvent, pourtant je crois que ça fout un peu les boules à Jodie. Ça doit être bizarre de vivre tout le temps toute seule dans cette grande maison, de s'en occuper à la place de sa mère alors qu'elle pourrait s'éclater en cité U.

Je ne connais pas la mère de Jodie. J'ai rencontré celle d'Angela à des soirées parents d'élèves et je crois avoir vu celle de Lizzie une fois, de loin, lors d'une compétition de natation, mais Jodie est plus âgée et, à l'évidence, sa mère est très prise par sa vie professionnelle. Nos filles sont trop vieilles pour que nous devenions amies à travers elles, mais nous connaissons notre existence. Je me demande ce qu'elles savent de moi. *Une inquiète. Qui ne sort pas de chez elle. Pas de petit ami.*

— Elle a quand même attendu que Jodie ait huit ans pour habiter avec elle. Et encore, pas complètement. C'est quand même bizarre. Elle est sans cesse en déplacement. Il y a une espèce de femme de ménage qui vient deux fois par semaine et le frigo et le congélo sont toujours pleins, mais ça doit pas être génial de bouffer que de la pizza et des plats de luxe surgelés.

Elle a adopté un ton nonchalant, mais je ne suis pas dupe. Mon sang se réchauffe un peu dans mes veines. C'est presque un compliment. Même si elle ne le dit pas ouvertement, ma fille est peut-être en train de se rendre compte que ce n'est pas si moche d'avoir une maman qui est là pour elle. Je ne dis rien, mais je bats la mesure sur le volant. C'est la fin de *Push It.* Salt'n Pepa. Elle se replonge dans ses textos.

Le va-et-vient des essuie-glaces synchro avec le beat de la chanson est presque réconfortant. Apparemment, ce temps atroce ne va pas durer et, bientôt, on aura droit au retour de l'été. Un timing parfait avec la fin des examens d'Ava. Je suis tentée de suggérer qu'on parte en week-end quelque part quand elle aura terminé. Rien que nous deux, comme avant. Pourquoi pas Paris.

— Et maintenant, pour répondre à une demande qui nous a été faite !

Je ne sais pas qui est cet animateur, en tout cas il ne maîtrise pas encore la voix de ses collègues des stations nationales. Cette décontraction qu'ils ont tous.

— … Nous ne l'avions pas fait depuis un moment, mais cette demande précise m'a ému. La personne voulait rester anonyme. Une grande timide, à l'évidence…

— Ou alors mariée, Steve.

Le partenaire blagueur. Il y en a toujours un maintenant dans leurs émissions.

— Bob, tu es un cynique. Je suis persuadé que c'est de la timidité. De toute manière, non seulement notre auditeur a voulu rester anonyme, mais encore il a refusé de dire à qui cette chanson était destinée ! Car, nous a-t-il dit, la personne saurait. C'est leur chanson. Et deux êtres qui s'aiment n'oublient jamais *leur* chanson.

Nous arrivons à un rond-point. Je mets mon clignotant, attendant mon tour pour passer.

— Et donc, puisque nous n'avons pas de nom, je dédie cette chanson à tout le monde. À tous nos auditeurs. Vous qui êtes peut-être coincé sous la pluie dans la circulation, ceci est pour vous.

J'avance doucement derrière les autres voitures et, amusée par la ringardise de l'animateur, je me penche pour monter le volume.

— Un classique de 1988. Frankie Vein. *Drive Away, Baby*.

Ma main se fige et je fixe la radio pendant que la chanson, si familière, et que je n'ai pas entendue depuis des années, commence. J'ai envie de vomir.

Leave with me baby, let's go tonight,
You and me together, stealing into the night.
Is that a deal, is that a deal ? We can make it all right.
Drive away with me, drive away, baby, let's take flight[1].

Le choc est abominable.

Moi. C'est pour moi. C'était *notre* chanson.

Un auditeur anonyme. Le lapin en peluche. Cette étrange sensation d'être surveillée, et maintenant la chanson, *notre chanson,* demandée en secret ; la peur explose en moi, mon cœur s'arrête. La voix rauque de Frankie Vein emplit la voiture, s'engouffre dans ma tête, les années s'effacent et chaque mot est un coup de massue dans mon cerveau.

— Putain, maman !

Je sursaute alors qu'Ava s'accroche au tableau de bord et que dehors, un lieu vague et lointain appartenant à d'autres gens que ma panique a bannis, retentissent un hurlement de freins et un coup de klaxon. Je freine enfin, trop fort, et la voiture cale. Mes pieds quittent les pédales, pendant que j'essaie tant bien que mal de revenir au présent.

À mes côtés, Ava a les yeux écarquillés.

— Qu'est-ce que tu fous ?

Je suis arrêtée en plein milieu du rond-point et, dans mon état second, je ne vois que la fureur et la haine des autres conducteurs dans leurs voitures alors qu'ils me doublent.

— Tu regardais pas ? aboie Ava.

— Je… je… j'ai cru que je pouvais passer.

---

1. « Pars avec moi, baby, on se barre ce soir, Rien que toi et moi, au bout de la nuit. T'es d'accord, t'es d'accord ? C'est notre pacte. Viens, baby, viens, on se barre. »

Frankie Vein chante toujours. Je veux éteindre la radio, mais il ne faut pas qu'Ava voie mes mains qui tremblent.

— J'aurais mieux fait de prendre le bus, marmonne-t-elle.

La voilà, mon adolescente grincheuse. Son dédain me fait réagir et je tourne la clé du démarreur avant de repartir, guettant chaque file cette fois, soulagée que nous soyons si proches du lycée. La chanson s'arrête enfin.

— Super morceau, dit la voix désincarnée de Steve. Qu'est devenue Frankie Vein ? Que fait-elle maintenant ?

Je n'arrive pas à éteindre la radio assez rapidement. *Que fait-elle maintenant ?* La question me donne une bouffée de chaleur et je me plaque contre le dossier du siège comme si je voulais m'enfoncer dans le tissu pour m'y cacher.

— Bonne chance, dis-je d'une voix pâteuse quand Ava sort de la voiture.

Elle se retourne vers moi et je m'attends à un reproche ; or elle a plutôt l'air inquiète.

— Sois prudente, d'accord ?

J'acquiesce avec un faible sourire. Ma fille s'inquiète pour moi. Ou bien est-ce de la peur ? Est-ce que je lui ai fait peur ? Bien sûr que oui. J'ai failli avoir un accident. Elle aurait pu être blessée à cause de moi. Dès qu'elle ferme la portière, je redémarre, essayant de ne pas foncer sur les ralentisseurs. Je tourne au premier carrefour et je roule jusqu'à ce que je sois suffisamment loin des regards des autres parents pour m'arrêter contre le trottoir. J'ouvre la portière et je me penche dehors pour vomir violemment sous la pluie. De la bile surtout, qui me brûle la poitrine, à laquelle se mélangent mon café du matin et d'autres liquides acides. Je me vide entièrement avant de me blottir à nouveau dans la voiture.

Tout mon corps frissonne, me fait mal. Je me suis purgée, mais ça ne suffit pas. Je ne peux pas vomir ma peur. Cette terreur ne me quittera jamais. Pas plus que ce chagrin que je garde caché en moi comme une pierre précieuse, un diamant taillé dans le carbone brûlé de mon cœur.

Le lapin en peluche.

La chanson.

La sensation que quelque chose n'est pas normal.

Tout ça ne peut-il être qu'une coïncidence ? Des événements sans rapport les uns avec les autres ? Suis-je en train de devenir folle ?

Je regarde le monde normal là-bas, derrière le pare-brise, et je me demande si mon maquillage a coulé. Il faut que j'aie l'air présentable au travail. J'ai mis une veste, donc mon chemisier est relativement sec ; quant à mes cheveux fatigués, ils ne vont pas friser à cause de quelques gouttes de pluie. Je pourrai toujours me passer la tête sous le sèche-mains électrique au bureau et me faire un chignon.

Finalement, je réussis à repousser toutes ces pensées dans un coin de mon cerveau – mais pas à les *chasser,* jamais à les chasser – et je me regarde dans le rétroviseur. Les dégâts ne sont pas aussi importants que je l'aurais cru. Je ne suis pas forcée de repasser à la maison.

Au moins, je n'ai pas pleuré, me dis-je en redémarrant. Je n'ai jamais été une pleureuse. Dans le silence, les paroles de la chanson ressurgissent et je sais qu'elles me resteront dans la tête toute la journée. Je suis impatiente d'arriver. Je me moque de Julia et de l'argent. Je me moque de Simon Manning. Je veux simplement me retrouver quelque part où je me sens en sécurité.

12

Ava

Ma chambre ressemble à un appartement modèle réduit. J'ai mon grand lit, mon bureau avec un petit frigo en dessous et même un divan dans un coin contre le mur, un de ces trucs où on peut baisser le dossier pour flemmarder devant la télé. Tout ça grâce aux travaux de rénovation de l'an dernier. On n'a pas touché celle de maman. Parce qu'elle ne voulait rien changer, qu'elle l'aimait telle quelle, alors qu'à mon âge j'avais besoin de quelque chose de différent. J'étais jeune et je l'ai crue. Maintenant, je sais qu'elle ne pouvait se permettre de ne refaire qu'une seule pièce et qu'en rendant la mienne si cool, elle espérait que je passe plus de temps à la maison. C'était l'époque où je commençais à sortir un peu plus. À être une vraie jeune. Son plan n'a pas trop marché finalement, puisque, ces temps-ci, on se retrouve surtout chez Jodie.

— Putain merci, pas d'exam demain.

Lizzie est vautrée dans le canapé, Ange est avec moi sur le lit, sur le côté, toute en courbes et en hanches, alors que Jodie est assise contre le mur sur le vieux pouf poire que j'ai depuis que je suis gamine. Des canettes de Coca et des emballages de chips traînent sur la petite table.

— C'est presque terminé, dis-je. Et après, à nous la liberté.

Bien sûr, il y aura les longues vacances d'été, mais c'est surtout la sensation d'un avenir nouveau. Même si Ange et moi, on reste à KEGS pendant encore un an, ce ne sera pas tout à fait pareil. On sera en dernière année. On sera *au-dessus* des autres. Les règles seront différentes. On aura traversé une frontière. Une nouvelle étape vers le monde adulte. Ce qui me fait penser à samedi soir et à cette autre frontière que j'ai franchie. Du coup, ça me paraît un peu minable de rester à KEGS, mais la fac, c'est encore trop loin pour y penser vraiment.

— On nage demain ? demande Ange. On devrait s'entraîner un peu, même si on n'a pas de compètes en ce moment.

— C'est franchement débile qu'ils ne nous laissent pas courir pendant les examens.

Ping. Mon téléphone. Courtney. Est-ce que je veux le voir ce soir ?

— Encore lui ? demande Lizzie.

Je hoche la tête en me mâchant la lèvre, essayant de penser à comment répondre.

La léthargie du groupe s'évapore et je suis sûre d'entendre Angela lâcher un râle d'extase. On est tout le temps en chaleur. L'été, c'est la saison du cul, on est comme des chiennes. C'est normal, on est presque adultes et le cul fait partie de la vie d'adulte. En fait, *être* adulte, c'est ça justement. Ou presque. Je ne voulais pas le faire avec Courtney samedi, mais je *voulais* le faire. Ça me fait tout drôle de penser à la sensation quand il était en moi, aux bruits qu'il a émis quand il a joui ; c'était si différent de tout ce qu'on avait fait avant et que j'avais bien aimé. Oh, merde, je passe mon temps à penser au cul. Pas juste avec Courtney. Avec *lui.*

— Il t'aime, il veut t'embrasser…

Ange se fout de moi.

— Oh, la ferme.

— Quand est-ce que vous allez recommencer ? demande Lizzie, toujours aussi directe. C'est mieux la deuxième fois.

— Comme si t'en savais quelque chose, dit Ange.

— J'en sais plus que toi.

C'est probablement vrai. Lizzie a un an de plus et elle prend la pilule. Ange prétend que c'est juste pour que ses règles tombent à date fixe, mais à Noël, Lizzie est sortie avec Chris – je crois que c'est son nom – pendant un ou deux mois et elle nous a juré sur la tête de sa mère qu'ils l'avaient fait. Elle a même donné des détails assez précis et Lizzie n'est pas une menteuse. Peut-être que je devrais parler de cette histoire de pilule avec elle. Pas que je sois inquiète. Mes règles ne vont pas tarder ; mes seins commencent déjà à me faire mal, donc je suis sûre que je ne risque rien.

— Je ne peux pas le voir ce soir. Ma mère ne me laissera pas sortir pendant la semaine des examens.

— Ta mère ne te laisse jamais sortir après huit heures, dit Ange. Comme à l'école primaire.

— Elle s'améliore, dis-je.

Même si elle me rend folle parfois, j'ai encore des vestiges de loyauté envers elle. Si ça ne me dérange pas de la débiner devant les autres, ça m'énerve quand c'est Ange qui le fait.

— *Ava !*

La voix semble distante derrière la porte, néanmoins il n'y a pas d'erreur possible.

— Bon Dieu, elle est médium ou quoi ? dit Jodie en souriant.

C'est pas méchant comme ça l'était de la part d'Ange. Elle comprend. Le clan des mères bizarres.

— *Ava ! Tu peux descendre une minute ?*

Je gémis et lève les yeux au ciel comme si c'était l'emmerdement ultime. En réalité, je suis plutôt soulagée d'échapper au sujet Courtney. Je sais que je ne me comporte pas comme elles s'y attendent, je suis donc contente de cette diversion. Au déjeuner, j'ai raconté à Ange qu'il était assez collant, histoire qu'elle partage cette info avec les autres en mon absence. On est amies. On parle entre nous, et surtout on parle *de* nous. *MesSalopes.* Parfois, je me dis que ce pseudo WhatsApp est trop bien trouvé. S'il y en a une dans la bande qui nous emmerde, les autres vont pas se gêner pour la critiquer dans son dos.

Pendant que je descends en traînant les pieds, je me demande si c'est pareil entre garçons. Est-ce qu'ils en ont quoi que ce soit à foutre de ces trucs – un regard, un commentaire, un kilo ou deux en trop – qui nous obsèdent tant, nous les filles, et sur lesquels nous nous jugeons les unes les autres ? J'en ai pas l'impression. Je ne pense pas qu'ils se fassent les mêmes grandes illusions les uns sur les autres que nous. Nous *exigeons* tout de nos copines alors que c'est impossible.

Cela dit, même si ça nous arrive d'être assez salopes les unes envers les autres, à la fin on se soutient toujours.

— C'est toi qui l'as cassé ?

Debout devant la table de l'entrée, elle tient un cadre brisé : une photo de nous deux qui date de quelques années. Alton Towers ? C'est Marilyn qui l'a prise, je crois. Le verre est en mille morceaux.

— Non.

J'avais oublié son existence.

— Et l'autre ?

— Quel autre ?

Elle a l'air en colère, son doux visage en forme de beignet est tout fripé. Ce qui me met soudain sur la défensive. Elle ne pique jamais de colère. Elle peut être blessée, vexée, déçue ou un autre truc dans le genre, mais jamais en colère. Ma loyauté de tout à l'heure commence à se lézarder.

— Il y avait une autre photo ici. De toi. Ton premier jour d'école en sixième. Elle a disparu.

— T'as dû l'accrocher ailleurs.

Je ne vois pas ce qu'il y a de si grave. Ce ne sont que de vieilles photos.

— Non, aboie-t-elle.

— Eh bien, j'y suis pour rien !

J'ai gueulé. Il n'en faut décidément pas beaucoup pour nous mettre en rogne l'une contre l'autre.

— Et tes amies ? Elles l'ont peut-être cassé par accident. Et elles ont peut-être jeté la deuxième photo.

— Non. Elles l'auraient dit. Elles ne sont pas idiotes.

Elle baisse les yeux vers nos visages plus jeunes derrière le cadre brisé comme si c'était l'affaire du siècle.

— C'est bon ? Je peux y aller maintenant ?

C'est moi qui suis énervée à présent. Mes remords, le cul, *lui,* tout ça bouillonne en moi. Lui aussi me dit qu'elle est trop collante. Qu'elle devrait me laisser ma liberté. Il a raison. Il me comprend. Elle veut que je reste *sa* petite fille.

— Si c'est toi, dis-le-moi. Je ne me mettrai pas en colère.

Et voilà, elle recommence. Le ton plaintif, cette expression pitoyable qui creuse toutes les fines rides sur son front et autour de sa bouche. Elle prend dix ans en une seconde.

— Putain !

J'explose, comme si elle m'avait accusée de l'avoir volée ou je ne sais quoi. Mes mâchoires se serrent tandis que la rage déferle en moi. Mes doigts se crispent comme des griffes. Je me sens plus animale qu'humaine.

— Je viens de te le dire ! J'ai rien fait ! De toute façon, c'est juste de vieilles photos ringardes, alors quelle importance ! Il y a peut-être un fantôme, un poltergeist dans cette maison !

Je n'attends pas sa réponse et je fonce dans l'escalier.

— Ah, et puis, mes exams se sont bien passés... Merci de t'y intéresser !

Je lui jette ça avec assez de venin pour que ça l'empoisonne et je la laisse là, accrochée à sa vieille photo. C'est peut-être pour ça que je suis si énervée. Elle regrette cette époque, je le sais. Et moi aussi. La vie était plus simple avant, sans les seins, le sexe et cette obsession de devenir autre chose, mais je ne peux quand même pas m'arrêter de grandir – je *veux* grandir – et elle, il faut qu'elle me lâche un peu.

— Tout va bien ? demande Ange quand je claque la porte de la chambre derrière moi.

— Ouais. L'angoisse pour les exams. Tu connais.

Je me force à sourire. C'est un mensonge et j'ai la sensation que Jodie s'en rend compte parce que, quand je passe devant elle, elle m'adresse un regard sympa à l'insu des autres. Le club des mères bizarres. Soit ça, soit elles m'ont toutes entendue crier.

— Jodie nous disait à quel point elle aime les vieux, fait Lizzie pendant que je m'effondre sur le lit. Trop dégueu.

— J'ai dit *plus* vieux, pas vieux.

— Je trouve pas ça dégueu, dis-je en feignant la nonchalance. Les mecs plus vieux sont souvent sexy.

— Je crois pas qu'elle voulait dire genre trente ans.

— Moi non plus. Brad Pitt est toujours canon et il doit bien en avoir cinquante.

— Vous pouvez dire ce que vous voulez, reprend Jodie. C'est la vérité. Les hommes plus vieux ont quelque chose.

— L'expérience, dit Lizzie avant de ricaner. Et du fric.

— Ton père est plutôt pas mal, Lizzie, fait Jodie en se penchant vers elle. Il a quel âge ? Quarante-quatre ? Quarante-cinq ?

Elle paraît beaucoup s'amuser.

— Aaah, t'es dégoûtante ! hurle Lizzie.

— Et puis, il est en forme, ajoute Jodie en haussant un sourcil. Il doit être franchement pas mal à poil !

Lizzie a l'air si effarée que ça nous fait toutes craquer et voilà que ce sera à celle qui balancera le truc le plus cochon que Jodie pourrait faire avec le père de Lizzie, jusqu'à ce qu'on rigole à en pleurer. On rit tellement que j'oublie de répondre à Courtney. Et je m'en fous. Je n'ai besoin de personne à part ces filles. *MesSalopes*. Les Quatre Fabuleuses.

13

Lisa

C'était pas mon jour.

L'idée est si comique que j'émets une sorte de gloussement hystérique. C'est le genre de choses que mon ancienne moi aurait pu dire. Avant. Avant Daniel. Avant, quand j'étais drôle. Le rire se transforme en hoquet sanglotant et, même s'il fait chaud, je remonte la couette sous mon menton comme un enfant qui a peur la nuit.

Rien que toi et moi, au bout de la nuit.
T'es d'accord, t'es d'accord ? C'est notre pacte.

En boucle dans ma tête, toute la journée.

Il n'y a pas eu de répit au bureau non plus. Marilyn avait pris sa journée, à cause d'une de ses migraines, et ne m'a pas répondu quand je lui ai envoyé un texto pour avoir de ses nouvelles, ce qui m'a mise encore plus mal à l'aise – il se passe quelque chose avec elle dont elle ne me parle pas –, et puis Julia est sortie cet après-midi pour son premier rendez-vous avec un client et elle est revenue trop contente avec des gâteaux pour tout le monde. Du coup, j'ai repensé à l'argent et j'ai encore plus regretté que Marilyn ne soit pas là.

J'ai eu une réunion avec Simon pour finaliser les détails des emplois à pourvoir et je me suis retrouvée en train d'accepter une invitation à dîner quand les examens d'Ava seront passés, parce que j'étais trop faible pour refuser. C'était plus facile de dire oui, de ne pas le contredire. C'est ce que je me suis dit. *Plus facile.* Eh bien, ce n'est pas vrai. J'ai accepté parce que j'en ai envie. Parce que je me sens seule. Parce qu'il me fait vibrer d'une façon que je croyais ne plus jamais connaître. Parce que j'ai l'impression d'être un vieux truc emballé dans des couches et des couches de papier crépon qu'on aurait oublié et que lui seul a su trouver. Que lui seul a envie de déballer.

Vivante. Avec lui, je me sens vivante. Pour la deuxième fois.

Mais quand je suis rentrée à la maison, il y avait le cadre brisé et la photo disparue et ma première idée a été *voilà qui m'apprendra à vouloir être heureuse* et j'ai été prise de douleurs au ventre comme *avant.* Des crampes atroces, comme si j'avais les intestins remplis d'acide. J'ai dû attendre cinq minutes, pliée en deux, avant de pouvoir appeler Ava. Je n'arrivais pas à respirer et encore moins à parler.

Au-dessus de moi, dans la grisaille de la nuit, le plafond tourbillonne comme un remous dans une rivière. Je voudrais qu'il m'aspire, qu'il me noie, qu'il m'anéantisse.

Ce n'étaient ni Ava ni une de ses amies qui ont brisé le cadre et volé la photo. Une fois qu'elle est remontée les retrouver dans sa chambre, j'ai fiévreusement fouillé tous leurs sacs qu'elles avaient abandonnés dans la cuisine, sans doute trop pressées de piller les placards et le frigo. Je n'ai trouvé ni cadre, ni bout de verre, ni photo, Rien. Et rien non plus dans la poubelle de la cuisine, ou dans celle du jardin. Je me suis même forcée à aller vérifier au bout de la rue, là où j'ai jeté le faux Pierre Lapin. Même en sachant que le ramassage se fait tous les jours, j'avais peur qu'il y soit encore. Une peluche trempée et sale. Elle n'y était pas. Pas plus qu'il n'y avait d'éclats de verre ou de photo.

Pars avec moi, baby, ce soir…

Je suis peut-être en train de devenir folle.

Alors que les filles étaient sur le point de filer, toutes en vêtements moulants, impossible de cacher quoi que ce soit là-dessous, j'ai demandé à Jodie si elle voulait rester prendre un thé. C'est celle que je connais le moins et, même si elle est plus âgée, je n'avais pas trop envie de la laisser rentrer dans une maison vide pour un repas au micro-ondes. Et puis, je voulais éviter une nouvelle dispute avec Ava. J'espérais qu'en me montrant sympa avec une de ses amies elle serait moins en colère contre moi. Mais j'avais à peine posé ma question que Jodie a foncé dehors, tête baissée. J'ai eu honte, me demandant ce que ma fille avait bien pu leur raconter sur moi.

Je nous ai préparé un dîner, l'esprit hébété, les mains en pilotage automatique ; mon regard ne cessait de s'échapper vers le couloir et les espaces vides sur la table de l'entrée ; nous nous sommes assises en silence, elle était encore énervée par mes accusations et moi en proie à une peur paranoïaque. Finalement, ça a été un soulagement quand elle a pris son assiette dans le salon pour regarder MTV. Je me suis retrouvée seule dans la cuisine à contempler mon reflet dans la fenêtre.

Une photo disparue, une autre au cadre brisé. L'avait-on laissée là pour attirer l'attention sur ce qui avait été pris ? Fallait-il y voir un message ? Une image de ma petite fille volée et l'autre, celle où nous sommes heureuses toutes les deux, brisée. Pas besoin d'être un génie pour comprendre, non ?

Ava. Mon bébé. Je dois la protéger.

Sous les couvertures, j'ai du mal à respirer, à ne pas céder à l'hystérie. J'ai vérifié toutes les portes, toutes les fenêtres. Pas le moindre signe d'intrusion. La porte de la cuisine était verrouillée. Comment quelqu'un aurait-il pu entrer et repartir sans laisser de traces ?

C'était peut-être Ava. Cette idée est une petite bouée de sauvetage dans un océan de peur. Peut-être que la preuve est cachée quelque part dans sa chambre. C'est le seul endroit que je n'ai pas pu fouiller. C'était Ava... je me le répète encore et encore sans pouvoir m'en convaincre. Je n'arrête pas de voir sa tête dans l'escalier. Elle était déconcertée. Elle n'avait pas la moindre idée de ce dont je lui parlais.

Mes yeux me brûlent de fatigue. Malgré tout ce qui tourne en boucle dans ma tête, ils veulent se fermer, se reposer, dormir, mais je ne peux pas me le permettre. J'ai trop peur du rêve. Je suis incapable d'affronter Daniel ce soir.

Je sais qu'il viendra, parce que je n'arrive pas à le laisser partir. Comment le pourrais-je ?

Il faut que vous appreniez à vivre dans le présent. Vous concentrer sur chaque jour. Sur Ava.

La première fois qu'un thérapeute m'a dit ça, je me suis dit que c'était ridicule, mais j'ai essayé. Dieu sait que j'ai essayé. C'est impossible. Le passé est mon ombre, toujours là, accrochée à moi.

Je devrais peut-être appeler Alison. Elle m'écouterait. *Écouterait quoi ?* La voix est moqueuse dans ma tête. *J'ai une sensation bizarre ? Une photo a disparu ? J'ai entendu une chanson à la radio ?* Je sais comment elle réagirait. Je l'ai appelée un peu trop souvent ces derniers temps. Elle doit se dire que je suis folle. Ce n'est que mon imagination. Respire. Calme-toi. Lâche prise. Je ferais mieux d'annuler le dîner avec Simon. Peut-être qu'alors tout s'arrêtera. C'était idiot de croire que je pouvais accepter un rendez-vous. J'aurais dû savoir.

Je me retire en moi-même, un escargot qui se recroqueville dans sa coquille.

Toi et moi, sur la route, on sera libres…
C'est notre pacte. Alors, vas-y, roule, baby.

Ce n'est rien. Je deviens juste un peu folle. C'est moi qui ai brisé le cadre sans m'en rendre compte. C'est moi qui suis brisée.

14

Ava

Tout est noir dans ma chambre, sauf les écrans de mon iPad et de mon iPhone qui brillent comme deux lunes dans la nuit. Facebook est ouvert sur la tablette. J'attends. C'est lui que j'attends, comme toujours. Je pense tout le temps à lui. Plus encore quand il est comme ça, pressé ou coincé par un truc qu'il doit faire dans sa vraie vie et qui l'ennuie. Il a dit qu'il serait de retour dans dix minutes, et ça fait déjà vingt.

Est-ce moi qui l'ai agacé en me plaignant de ma mère ? Est-ce que c'était trop puéril, trop petite fille ? J'ai mal à la lèvre à force de la mâcher. Ça n'a pas eu l'air de le déranger. En fait, il a vraiment compris ma gêne quand elle a invité Jodie à rester prendre un thé. Elle n'a pas invité les autres, ce qui rendait totalement évident qu'elle savait que la mère de Jodie n'était jamais là. Que je le lui avais dit. J'aime Jodie et c'était comme si d'une certaine façon je l'avais trahie en racontant le comportement étrange de sa mère à la mienne. Heureusement, Jodie n'a pas flippé. En tout cas, elle n'a rien dit. Elle avait l'air assez normale en partant.

Je relis notre dernier WhatsApp sur mon téléphone.

Alors, c'est un prof ? Celui pour qui t'as craqué ?

J'ai répondu : *Presque.*

Elle n'a pas insisté. C'est ça que j'aime chez elle. Elle sait s'arrêter. Si ça avait été dans l'autre sens, je ne l'aurais pas lâchée jusqu'à ce qu'elle me le dise. J'ajoute une ligne à mon interminable liste *Comment devenir quelqu'un de mieux* : Ne pas harceler une amie qui a un secret. D'une certaine façon, ça m'a donné envie de le lui dire. Je veux le dire à *quelqu'un*. J'en crève d'envie.

Sur mon WhatsApp, j'ai aussi trois messages de Courtney – et il a bien dû voir que j'étais en ligne. Je lui ai écrit plus tôt dans la soirée que ma mère m'emmerdait avec les exams et il a paru le croire.

J'ai eu un peu honte parce qu'il est vraiment sympa, mais je ne veux plus voir personne ici le soir. Pas après neuf ou dix heures quand *il* pourrait être disponible pour chatter.

Il est minuit. Jodie est couchée depuis une heure et Courtney a abandonné : il n'attend plus de réponse ce soir ; alors, j'éteins mon iPad et je m'adosse à mes oreillers en ouvrant Messenger sur le téléphone. Un jour, j'ai envoyé à Lizzie un message destiné à Angela. Heureusement, c'était pas un truc de salope, mais ça m'a rendue un peu parano sur le fait d'avoir trop de discussions en même temps sur un seul appareil. Il ne faudrait pas que je me plante comme ça avec *lui*.

Dans le silence de la maison, je me retrouve à écouter les bruits dans le couloir. Et si maman revenait dans ma chambre comme l'autre soir ? Je ferais peut-être mieux de me planquer sous les couvertures.

Toujours là, ma belle ?

Soudain, je ne pense plus à personne sauf à lui. Je m'assieds, le cœur battant.

Ouais. Bien là. Dans mon lit. À t'attendre. ;-)

Un peu provocant, comme réponse. Je l'envoie quand même. J'essaie d'avoir l'air sexy, de le draguer un peu. En même temps, je ne veux pas aller trop loin, éviter les photos, les vidéos, ce genre de trucs. Il m'en a demandé une fois, la semaine dernière, et j'ai dit non. Par timidité. Il n'a pas recommencé et il s'est excusé. Il a dit qu'il avait un peu bu et que, pensant à moi, il s'était un peu laissé aller. À vrai dire, ça m'a plutôt plu. Qu'il pense à moi comme ça. Je me demande si je suis dans sa tête comme il est sans arrêt dans la mienne.

J'aurais peut-être dû lui envoyer quelque chose. En sous-vêtements. Pas avec mon visage, bien sûr – je suis pas aussi conne que Meg –, mais quelque chose pour lui montrer que je suis une femme, pas une gamine. Sauf que je déteste mon corps et qu'il n'y a aucune chance pour qu'il soit regardable sur un selfie, comme toutes ces filles qui inondent Instagram de leurs poses en bikini. Mes cuisses auraient l'air trop moches. C'est peut-être ça qui m'arrête. Ma honte de moi.

Peux pas parler longtemps. Je voulais juste te dire bonne nuit.

La déception me fait l'effet d'une brûlure.

Je n'ai que quelques minutes. Désolé d'être aussi nul. Je vais trouver le temps, je te le promets. Un jour, on aura tout le temps du monde.

Je ne dis rien. Je ne veux pas avoir l'air trop en colère et j'ai besoin d'un moment pour me calmer. Il répète toujours qu'il va trouver le temps et que bientôt ce sera différent. Mais, et *maintenant* ?

J'ai cru que tu serais avec Courtney ce soir. Je suis content que non.

J'en ai des picotements et je sens qu'il reprend le contrôle. Je lui ai dit que Courtney était là pour mon anniversaire. Il sait qu'on sort plus ou moins ensemble, même si j'ai annoncé que j'allais probablement le larguer.

J'y ai pensé, je tape. *Il n'arrête pas de me relancer. Il veut vraiment me voir. Je ne sais pas quoi faire.*

Ce n'est pas tout à fait exact. Je n'y ai pas pensé. Je n'ai pas répondu aux messages de Courtney, c'est tout, mais *il* n'a pas besoin de le savoir. Pas tant que ça l'inquiète réellement. Ce n'est pas comme ça que j'imaginais l'amour quand j'étais plus jeune. Je croyais qu'on tombait amoureux et que tout était parfait. Avec la famille qui est la mienne, j'aurais dû me rendre compte que ça ne passe pas comme ça, mais personne ne m'a jamais dit à quel point l'amour est égoïste. Comment ça vous ronge. Et tous les jeux auxquels il faut jouer pour obtenir ce qu'on veut.

Je ne veux pas que tu le voies, mais ce n'est pas juste envers toi.

Mon cœur fait un bond.

Pourquoi ? Tu es jaloux ?

C'est trop direct.

Mais il faut que je sache. Je ne veux pas qu'il pense que je cherche à le rendre jaloux, même si c'est clairement ce que j'essaie de faire.

Un peu. Il a l'air trop jeune pour toi. Tu es trop mûre pour quelqu'un comme lui. Il ne te rendra pas heureuse.

Non, je réponds. *Tu me rends heureuse. Mais tu n'es pas là. Nous ne nous sommes jamais rencontrés. Courtney est là, lui.*

Je suis fière de moi. J'arrive à faire comme si c'était sa faute.

On devrait se voir.

C'est un tel choc de lire ça que, pendant une minute, l'écran devient flou. Ma paume est moite, j'ai une montée d'adrénaline.

Quand ?

Ça peut paraître trop exigeant. Mais c'est plus fort que moi. Je veux le rencontrer *tout de suite.* Je suis prête à me lever et à aller là où il me le dira, rien que pour le voir en chair et en os, lui parler… et tout le reste.

Quand tes exams seront finis. Dans une dizaine de jours ? Je trouverai un endroit et un moment et je te préviendrai. Mais il faudra que ce soit la nuit. Ça te va ?

Si ça me va ? J'ai un sourire si large que j'ai l'impression que mon visage va se fendre en deux.

Oui oui oui !

Je suis trop excitée pour continuer à jouer. Et puis, c'est bien qu'il sache à quel point ça me rend heureuse.

Mais n'en parle à personne, d'accord ? Il faut que ce soit notre secret. Rien que toi et moi. Ce sera mieux. Pas de pression.

Mon cœur est en train d'exploser.

Promis. Pas un mot à personne.

Et je suis sincère. Je ne dirai rien. Après, peut-être que je le raconterai aux filles – s'il y a quelque chose à raconter –, mais pas avant. Elles voudraient venir avec moi et il n'en est pas question.

Il ne dit rien pendant un moment, puis :

Désolé, faut que j'y aille. Tu me manques, ma belle. À bientôt.

Je le quitte avec une centaine de baisers et je m'affale sur mes oreillers. On va se voir. On va se voir pour de bon.

C'est génial.

15

Lisa

Cela fait plus d'une semaine et, même si chaque journée a commencé avec une horrible inquiétude, il n'y a plus eu de Frankie Vein, de lapin trempé sur le trottoir ou de photo disparue. Pendant quelques nuits, j'ai augmenté ma dose de somnifères, me noyant dans les ténèbres pour émerger dans des matinées confuses, mais maintenant, au moins, le goudron dans mon ventre se dilue. Le temps s'est arrangé lui aussi, la pluie cédant devant un beau et chaud soleil. Dans cette lumière et dans la joie de l'été, il est plus facile de se convaincre que tout cela n'était qu'une coïncidence.

Ça s'est aussi un peu calmé au bureau. C'est étrange comme un changement se transforme vite en statu quo. Ceux qui sont partis dans les nouveaux locaux sont comme des fantômes dans ma mémoire et c'est assez réconfortant : la facilité avec laquelle les gens peuvent être oubliés.

Un rire, vite étouffé, résonne à l'autre bout de la pièce. J'ai eu tort de croire, semble-t-il, que Stacey était trop maligne pour se faire avoir par le baratin de Toby. C'est très chaud entre eux, une sorte de courant sous-marin brûlant qui vous enveloppe dès que vous

vous aventurez dans les parages. Cela dit, je ne peux rien leur reprocher vu que je sors avec Simon ce soir.

Un dîner avec Simon Manning. J'en suis malade. D'inquiétude autant que d'excitation. Ça m'évite de trop penser à ce malaise, cette peur qui s'accroche à moi. Sauf que *j'ai* peur et maintenant, en plus, il y a ça. Toute cette émotion. Je n'y suis pas habituée. Ma vie a toujours été atrophiée. C'était plus facile.

Je ne l'ai pas encore dit à Marilyn et j'aurais dû. Je le ferai. Toutefois je sais dans quel état ça va la mettre, ce qui ne fera qu'ajouter à la pression. Dans l'immédiat, je préfère me convaincre qu'il ne s'agit que d'un repas amical. Et puis, je ne tiens pas à ce que les autres ici se doutent de quelque chose. Sans vraiment chercher à garder le secret, je n'en ai parlé à personne. Je n'ai pas l'impression qu'il l'ait fait, lui non plus.

Je regarde l'horloge. Il est presque deux heures. Aujourd'hui, c'est le dernier examen d'Ava. J'ai encore du mal à croire que mon bébé va bientôt entrer en terminale. J'imagine qu'elle est impatiente d'en avoir fini. La semaine n'a pas été bonne pour nous. J'ai été trop collante – cette chanson ne cessait de retentir dans ma tête, me vissant les nerfs – et j'étais terrifiée dès qu'elle quittait mon champ de vision. J'ai essayé de regarder son téléphone et son iPad quand elle dormait, mais elle les a verrouillés avec des mots de passe. De son côté, elle m'engueulait à la moindre occasion. Je peux difficilement le lui reprocher.

Je lui envoie un petit texto.

J'espère que ton examen s'est bien passé ! Je peux te donner un peu d'argent au cas où tu aurais envie d'aller fêter ça avec les filles. Rappelle-le-moi quand je rentrerai à la maison. Bises.

Je lui donnerai cinquante livres. C'est trop, je sais, et j'ignore la voix en moi qui me dit qu'à son âge elle va sûrement les dépenser en bouteilles de vodka. Au moins, comme ça, elles pourront d'abord se remplir le ventre de pizzas. Et puis, ce sont des sportives. Elles ne prendraient pas le risque d'altérer leurs performances en se ruinant bêtement la santé. En tout cas, c'est ce que je me dis. La branche à laquelle je m'accroche.

Demain, c'est le festival. Ava va sûrement garder le plus d'argent possible pour l'occasion. J'irai avec Marilyn et Richard – l'époque où nous y allions main dans la main, ma fille et moi, est depuis longtemps révolue – et je suis impatiente d'y être. De la musique, une fête foraine, du soleil, des hot-dogs et des barbes à papa. Tout ce qu'il faut pour dissiper mon angoisse.

— Un brownie ?

Je lève les yeux, légèrement surprise. Julia me tend un Tupperware rempli de parts de gâteau au chocolat plus ou moins bien découpées.

— C'est toi qui les as faits ?

J'ai parlé trop vite, car j'ai peine à y croire. J'ai du mal à l'imaginer les mains dans la farine. Et puis, comme c'est assez normal entre collègues, cette semaine on s'est mises à se tutoyer.

— Oui, ça me détend, dit-elle.

Je n'ai pas le choix, j'en prends un.

— Merci. Je le mangerai dans une minute avec un café.

Le gâteau est lourd et un peu poisseux. Exactement comme il le devrait. Elle cuisine bien. Quand elle tend la boîte à Marilyn, je regarde ses ongles délicats et j'essaie de me les représenter en train de pétrir la pâte.

L'autre matin, elle a apporté des fleurs pour « égayer l'atmosphère à la réception ». Des lis. Beaux, chers et qui répandent une odeur de deuil. Penny semble l'apprécier, ce qui me met encore plus mal à l'aise. Je ne peux pas prouver qu'elle a volé cet argent, alors je m'efforce de ne pas y penser. Mais Julia est une fille bizarre. Malgré tous ces gestes amicaux qui pourraient faire croire qu'elle cherche assez désespérément à être aimée, tout ce qui émane d'elle est froid, glacé.

— Je serais énorme si je mangeais tout ce que je cuisine.

Son visage s'est durci et je découvre une ride autour de sa bouche que je n'avais pas encore vue. *Les détails, les détails, c'est moi.* Le Botox ou le truc qu'elle utilise pour paraître plus jeune commence à ne plus suffire.

— Je vais mettre l'eau à bouillir, dit Marilyn. Merci, Julia.

— Je viens t'aider, dis-je. On va en préparer pour tout le monde.

Il faut que je lui parle du dîner. Du *rencard*. Je ne veux pas avoir de secret pour elle. S'il y a bien quelqu'un en qui je peux avoir confiance, c'est Marilyn.

16

Ava

— Putain, c'est enfin terminé ! s'écrie Ange en claquant la porte de sa cabine.

J'en fais autant. À la sortie de l'exam, on a réussi à filer devant tous les autres qui préféraient se demander en braillant si ça avait marché ou pas.

Son cri de bonheur est suivi par le bruit de jet contre la paroi de la cuvette des chiottes. Cette fille n'a aucune inhibition. Elle est capable de se balader à poil dans les vestiaires après l'entraînement alors qu'on se rhabille toutes en se cachant sous nos serviettes humides.

— Ouais, dis-je. Merci, putain !

Je ne l'écoute pas. Je suis en train de contempler ma culotte immaculée. J'étais sûre, *sûre,* d'avoir senti la première douleur des règles il y a une heure. Et ça fait quoi maintenant ? Une semaine de retard ? Plus ? J'aurais dû mieux compter les jours, mais qui fait un truc pareil ? C'est les règles. Point. Elles arrivent. Point. Toujours. Pour la première fois de la semaine, je ne suis pas franchement inquiète, non, mais j'aimerais bien qu'elles soient là, comme d'habitude. Je me force à faire un petit pipi et je vérifie encore avec l'espoir que le papier sera un peu rouge. Non.

Dehors, les portes claquent et d'autres filles arrivent ; alors, je tire la chasse et je vais aux lavabos. Ange y est déjà, s'étalant du gloss brillant sur les lèvres. Mon téléphone émet quelques pings au moment où je le rebranche. Courtney et maman. Je réponds à Courtney qu'on se retrouve ce soir puis j'ouvre le message de maman.

— Le distributeur de fric va encore cracher.

J'ai un peu honte de parler d'elle comme ça, mais Ange lui a trouvé ce surnom il y a des années et il est resté. J'enchaîne après avoir lu :

— Carrément le gros lot. Assez pour ce soir et le festival demain.

— Courtney sera là ce soir ?

Elle a demandé ça comme si ça la rasait profondément, ce qui veut dire que ça l'intéresse au plus haut point. Je me demande s'il lui plaît. Elle me parle souvent de lui.

— Ouais, je me disais qu'on pourrait se voir tous ensemble, peut-être.

Ça ne me dérange pas de retrouver Courtney. Ce soir, c'est la fête et, s'il devient lourd, je pourrai toujours invoquer les règles que je n'ai pas. Bizarrement, il me manque. Pas pour *ça*, mais je repense au début où on traînait tous ensemble ; c'était plutôt marrant. Avec les garçons, on était moins concentrées sur nous. Les Quatre Fabuleuses. *MesSalopes.*

Et puis, Courtney n'est plus un problème désormais. C'est juste une distraction pour remplir mes journées jusqu'à *la* rencontre. Encore un peu plus d'une semaine à tenir. Une semaine. Je n'y crois pas.

Mes règles ont intérêt à se pointer avant.

17

Marilyn

— C'était bien, ta journée ? demande Richard en zappant entre les chaînes, sans doute à la recherche de sport ou d'une émission de bricolage.

Il peut choisir ce qui lui plaît, franchement, ça m'est égal. Tout ce que je veux, c'est finir mon repas, peut-être prendre un bon bain chaud, vérifier en vitesse comment se passe la soirée de Lisa et ensuite dodo.

— Bah, rien de spécial. On est toujours en train de former les nouvelles.

Nous sommes vautrés sur le canapé avec des lasagnes surgelées et des chips, plus quelques petits pois pour faire semblant de prendre un repas équilibré. J'ai travaillé pendant la pause déjeuner afin que Lisa et moi puissions partir plus tôt pour lui chercher une nouvelle robe et je crève de faim. J'éprouve soudain une pointe d'envie vis-à-vis de sa soirée. Un restaurant chic. Une compagnie agréable. Une robe neuve. Un nouveau départ. Mais c'est une jalousie bienveillante. Je ne peux pas lui reprocher ça. Je suis contente qu'elle soit contente. Il était temps qu'elle se mette à sortir, même si j'ai un peu peur qu'il l'embarque avec lui et, alors, qu'est-ce que je deviendrais ? À quarante ans, on ne se fait plus de nouvelles meilleures amies. En tout cas, je ne crois pas que j'y arriverais. Surtout pas en ce moment.

J'enfourne une bonne dose de lasagnes qui sont étonnamment bonnes et pour lesquelles je n'ai pas eu besoin de m'habiller et de me maquiller. Il n'y a pas que des inconvénients à vivre sur son canapé.

— Tu avais dit que tu ferais un curry.

Richard contemple son assiette comme si j'y avais déposé une crotte de chien fumante et pendant un instant j'ai juste envie de hurler, *mais bouffe, putain.* Je ne le fais pas. Je suis en miettes et ça n'en vaut pas la peine. Surtout ne pas compliquer les choses.

— Tu préfères les lasagnes. Et je me disais qu'on pourrait s'en faire un, ou autre chose, demain après le River Festival, si ça te dit ? Avec Lisa ? Il y a une offre soirée-banquet au Bekash. À un prix ridicule, dis-je en lui souriant. On risque d'en avoir besoin après les bières en plein cagnard.

Il ne me rend pas mon sourire mais prend une chips.

— Je suis passé en ville cet après-midi. J'avais besoin de matériel pour le bureau des Grange. Je vous ai vues, Lisa et toi, entrer dans un magasin de lingerie.

Mon cœur s'arrête. Pour commencer, je sais que le chantier pour les Grange a été annulé. Ils ont décidé qu'ils n'en avaient pas les moyens. Il a oublié qu'il me l'a dit.

— Ah oui.

Il n'y a la place que pour un seul menteur sur ce canapé. Je fixe la télé, mon appétit envolé. Je suis trop fatiguée pour ça ce soir.

— Elle dîne avec ce client, tu sais, celui dont je t'ai parlé. Celui à qui elle plaît.

— Tu n'as pas dit qu'ils avaient un rencard.

— Parce que je n'en savais rien avant aujourd'hui.

Il ne me croit pas, je le sens.

— Et tu t'es dit qu'elle avait besoin de sous-vêtements pour ce dîner ?

— C'était juste pour le fun. Pour qu'elle se sente sexy.

Il rigole.

— Quoi, parce que si elle s'habille en salope, elle va se conduire en salope ?

Je rougis. Je ne peux pas m'en empêcher.

— Lisa n'est pas une salope et tu le sais. Au contraire, c'est plutôt une sainte.

— Je n'ai pas dit que c'en était une. Je parie que ce n'était pas son idée de se pomponner.

Je n'ai plus faim du tout.

— Donc, tu dis que la salope, c'est moi ?

Son regard me scanne des pieds à la tête.

— Il faudrait plus que des sous-vêtements pour te rendre bandante. T'as pris du poids. Avec tout ce que tu picoles et ce que tu bouffes avec les branleurs de ta boîte. T'es plus qu'une grosse vache. Au moins, j'suis tranquille. C'est pas *toi* que les riches clients auront envie de baiser.

Donc, ça va être une de ces nuits. Une *autre* de ces nuits. Encore des histoires au travail qui sont toujours ma faute. Avant, dans une autre vie, on en riait sur ce canapé.

Mes lasagnes refroidissent. Abandonnées et indésirables. Comme moi.

18

Lisa

Je ne vais pas pouvoir avaler quoi que ce soit. Mon estomac s'est recroquevillé, replié sur lui-même. Ce n'est pas comme les crampes horribles de la semaine dernière ; cette fois, il s'agit d'une angoisse très différente. Sans compter que je dois avoir l'air ridicule. Quand j'ai parlé du dîner à Marilyn, elle a d'abord paru tellement choquée que j'ai cru qu'elle allait faire une attaque et puis, tout à coup, elle a retrouvé son entrain habituel et elle a décrété qu'il fallait quitter le bureau de bonne heure pour me chercher un truc décent à porter.

Au moins, elle ne m'a pas poussée à faire des folies, me dis-je en sortant du taxi et en marchant sur des jambes flageolantes vers l'entrée du restaurant. Une robe noire un tout petit trop moulante à mon goût, mais bien mieux que la mini-chose qu'elle avait d'abord choisie, et une paire de talons en cuir verni qui ne m'inspirent que de la méfiance. Elle m'a aussi forcée à acheter une parure de lingerie.

— Pas pour lui, a-t-elle dit. Pour toi. C'est comme de porter un déguisement.

Ça m'a agacée. Me cacher. Toujours me cacher. Bien que les bretelles du soutien-gorge me scient la peau, je l'ai gardé. Elle a peut-être raison. Je me sens un peu plus sûre de moi avec cette dentelle sur le corps. Comme si je n'étais *pas moi*.

— C'est le meilleur moment, a-t-elle dit avec nostalgie en me prenant par le bras à la sortie du magasin, comme si nous étions deux adolescentes. Le flirt. La promesse d'une relation future. Cet intermède idéal avant qu'on se connaisse vraiment l'un l'autre.

Je ne voyais pas en quoi ça pouvait être le meilleur moment. J'étais trop occupée à me battre contre la panique, contre l'excitation et contre la peur de laisser quelqu'un me connaître. Je me demandais s'il n'était pas trop tard pour annuler.

Mais me voilà entrant dans cet élégant restaurant et, quand je le vois se lever du tabouret au bar où il m'attend déjà, j'ai la sensation d'arriver à un premier rendez-vous. Mes mains tremblent. Je me sens ridicule. Maladroite. Laide. Transparente. Ce qu'il ne paraît pas remarquer.

— J'avais peur que vous annuliez, dit-il.

Il se penche pour m'embrasser sur la joue et je sens cette chaleur citronnée qui a sur moi un effet idiot. Je marmonne un bonsoir.

— Vous êtes superbe, dit-il en reculant.

J'ai envie de me replier en moi-même. Je ne suis pas superbe. J'ai toujours mes cuisses trop courtes et la peau distendue d'une femme d'âge mûr. Mes cheveux auraient bien besoin d'un balayage. Ça et plus encore. Sa réflexion me fait penser à Ava, sa façon de me contempler quand j'ai quitté la maison. Elle a dit que j'étais « jolie » et elle semblait assez étonnée pour que ce soit sincère. Ça m'a fait du bien et, en même temps, ça m'a rendue triste.

Il ne porte pas de cravate et le dernier bouton de sa chemise ajustée est ouvert ; son costume est assez stylé pour venir de chez Paul Smith. Non, *c'est* du Paul Smith. Pas un truc qu'il met pour le bureau. Voilà qui surprendrait Ava. Elle croit que je ne m'intéresse pas aux fringues. Si elle savait. Quand j'avais son âge et même avant, j'étais obsédée par la mode, j'épluchais tous les magazines sur lesquels je mettais la main jusqu'à ce que le vernis du papier glacé soit complètement craquelé. Et, à une époque, avant sa naissance, je me rendais dans ces grandes boutiques de créateurs rien que pour toucher les tissus et m'imprégner de ces merveilles. Sauf que même si j'en avais eu les moyens, je n'aurais rien acheté. Cette splendeur n'était pas pour moi.

Un garçon nous accompagne à notre table et Simon commande du pain, des olives et de l'eau gazeuse. Je m'assieds, heureuse de soulager enfin mes pauvres jambes et que la lumière soit aussi tamisée.

— Comment se sont passés les examens d'Ava ? demande-t-il pendant que le serveur me tend un menu.

Les mots miroitent sur l'immense carte comme s'ils risquaient d'en glisser d'un moment à l'autre.

— Oh, bien… je crois…

Je bois une gorgée d'eau. J'ai l'impression d'avaler du sable.

— … Elle a seize ans. Il n'est pas question qu'elle me fasse un compte rendu exhaustif. Cela étant, elle n'a pas claqué les portes en rentrant et elle avait l'air assez contente.

— Est-ce qu'elle va sortir pour fêter ça ?

— Oui. Et puis, demain, c'est le River Festival, donc je ne la verrai quasiment pas. Elle sera avec ses amies, sa bande. Je ne m'inquiète pas trop pour elle.

Le mensonge me vient naturellement. Je m'inquiète tout le temps. Je ne fais que ça.

— C'est difficile de savoir quel degré de liberté lui accorder. Elles sont déjà grandes à seize ans et, en même temps, pas grandes du tout.

Il consulte son menu et je me rends compte à quel point ce doit être ennuyeux pour lui.

— Désolée, j'oublie que vous n'avez pas d'enfant.

— Non, je n'en ai pas. Cela dit, j'aime bien vous entendre parler de la vôtre.

— Pourquoi ?

J'essaie de ne pas trop avoir l'air sur la défensive.

Il sourit.

— Parce que vous me plaisez, Lisa. Je veux en savoir davantage sur vous, mais vous ne rendez pas les choses faciles.

— Oh, il n'y a pas grand-chose à savoir. Je suis quelqu'un d'assez terne.

Je voudrais que ça paraisse drôle et léger, mais je n'y arrive pas. *Daniel.* Ce poids pèse sur tout ce que je dis, sur tout ce que je suis.

— Je n'y crois pas une seconde... L'eau qui dort et tout ça.

— Et pourtant, c'est vrai.

Dieu merci, le serveur revient et je choisis au hasard les coquilles Saint-Jacques, la daurade et un verre de chablis.

— Je ne bois pas beaucoup, dis-je. Si vous commandez une bouteille, il faudra que vous la finissiez.

Il rit.

— Je dois aller dans le Kent ce soir pour une réunion dans un de mes hôtels à la première heure demain matin. Pas de repos pour les braves. Alors, ce sera un seul verre pour moi aussi. Et, pour tout vous dire, je n'aime pas trop boire moi non plus. Je suis trop vieux et trop occupé pour supporter les gueules de bois.

Voilà qui me soulage doublement. Il n'est pas porté sur l'alcool et il ne va pas essayer de coucher avec moi ce soir. C'est une idée ridicule, bien sûr, qu'il pourrait avoir envie de faire l'amour avec moi, mais il n'empêche, ça me fait peur. Cela fait des années que je ne me suis pas retrouvée nue devant un homme. Des années que je n'ai pas fait grand-chose avec un homme.

— Donc… reprend-il.

Je me doute de ce qui va suivre. Une variation sur *parlez-moi de vous…*

— Vous m'avez dit que vous étiez chez PKR depuis dix ans. Et avant ça ?

— Ava, dis-je simplement.

Seigneur, par où commencer ? Il s'est passé tant de choses avant ça. Beaucoup trop. Un ou deux univers parallèles. Comme ce serait génial de condenser ma vie en un banal petit paragraphe ou de transformer toutes ces années si lointaines en une anecdote fascinante. Hélas, c'est impossible. Non, le mot juste est *indicible*.

— Ah, fait-il.

Les questions débordent dans son regard. Mariage, divorce, le père d'Ava, les autres petits amis… toutes ces informations qui intéressent les hommes. Tout ce qui fait qu'une femme se résume, grosso modo, à sa relation à d'autres hommes et non à ce qu'elle est. Les *détails intimes* viennent plus tard. Ce genre de conversations est pour le cœur de la nuit, les têtes sur l'oreiller, les visages à peine visibles dans l'obscurité. C'est là que les gens baissent leur garde en espérant ne pas finir poignardés d'ici peu.

On nous apporte le vin et je le goûte. Il attend toujours, patient.

— Un jour, quelqu'un m'a expliqué que toutes les cellules du corps humain se remplacent en permanence et que le cycle complet dure sept ans. Donc, d'une certaine façon, nous sommes tous des individus complètement différents de celui que nous étions sept ans avant, qui lui-même était déjà différent de celui qui l'avait précédé sept ans auparavant. Du coup, je me demande pourquoi le passé nous fascine autant, puisque aucun d'entre nous n'est plus celui qu'il a été.

Il boit lui aussi.

— Je n'avais jamais entendu ça. Vous y croyez ?

— Je n'en sais rien. Je devrais probablement vérifier sur Google, mais, si c'est faux, il n'y a plus de magie. Je préfère penser que c'est vrai.

— Moi aussi. C'est une idée très libératrice.

Il me regarde. Vraiment. Deux adultes plutôt qu'un homme et une femme qui se dansent autour à cause de réactions chimiques imperceptibles.

— Quand j'étais jeune, reprend-il, j'ai fait quelques trucs dont je ne suis pas fier. C'est sympa de me dire qu'ils ont disparu derrière moi avec ces vieilles cellules.

— Je ne vous interrogerai pas sur ces autres vous, si vous ne m'interrogez pas sur mes autres moi. D'accord ?

— D'accord.

La vie n'est qu'une suite de pactes. Je l'ai appris. La plupart sont trahis. Il faut juste que celui-ci tienne encore une heure ou deux. Après, je retrouverai un peu de bon sens et nous ne nous verrons plus. Plus comme ça, en tout cas. Nous trinquons. Seigneur Dieu, qu'est-ce qu'il est sexy. Un bourreau des cœurs. Pourquoi est-il en train de dîner avec moi ?

Quand arrivent onze heures et demie et la fin du repas, je suis presque complètement détendue et les sourires me viennent spontanément. En fait, je me sens si bien que je ne sais pas si je pourrais *arrêter* de sourire. Nous avons parlé de tant de choses sans jamais franchir la frontière du passé que je commence à me dire que *c'est* possible de ne s'occuper que du présent et d'y trouver son compte. Nous avons passé en revue les films et les séries que nous avons aimés ou détestés, évoqué ce qui nous exaspère, je lui ai raconté comment Ava s'est mise à la natation, à quel point elle est brillante et tout ce que j'espère pour elle. Il m'a parlé de ses hôtels et de son rêve de se retirer des affaires, de quitter l'Angleterre pour aller ouvrir un hôtel dans les Caraïbes, rien d'énorme, juste un petit établissement qui se concentrerait sur la plongée et les sports nautiques et où on mangerait d'excellents plats locaux. Le genre d'endroit assez cool pour qu'il puisse le gérer lui-même tout en passant son temps dans l'eau ou à peindre. Peut-être même écrire un livre. Il paraissait un peu gêné en avouant ces envies, mais moi je trouvais ça merveilleux.

Il offre de me raccompagner, mais je dis que je vais prendre un taxi. Il a encore une longue route ce soir. Le restaurant m'en commande un et nous sortons dans la nuit assez fraîche.

Il reste avec moi jusqu'à l'arrivée de la voiture.

— Pourrons-nous recommencer ? demande-t-il.

— Rester debout dans le froid ? Bien sûr.

Je souris.

— Très drôle. Ceci. Un dîner. Vous et moi.

Vous et moi.

Je me surprends à acquiescer.

— J'aimerais bien.

Il s'illumine et se penche vers moi. Au dernier moment, je me détourne légèrement et ses lèvres atterrissent sur ma joue. Elles sont douces et chaudes.

— Bonne nuit, dis-je, mon cœur battant encore de ses ailes paniquées. Soyez prudent.

— Amusez-vous avec Ava demain au River Festival.

Je monte dans le taxi.

— Ça m'étonnerait que je la voie beaucoup.

— Alors, amusez-vous avec Marilyn. Je suis désolé de ne pouvoir être là.

La portière se referme et je me laisse aller contre le dossier.

— Bonne soirée ? demande le chauffeur.

Je me rends compte que je souris encore.

— Oui. Oui, c'était une bonne soirée.

19

Ava

Le River Festival est un des grands moments de l'année ici. Tous les jeunes râlent en prétendant que c'est ringard, mais au fond, on l'adore. Pourtant, comme nous, il a changé avec les années. Avant, ce n'était que quelques baraques, des jeux et une course de canoës ; maintenant, il s'étend des deux côtés de la rivière, les deux anciennes passerelles servant à les relier, l'une pour aller dans un sens et l'autre pour revenir. Il y a une authentique fête foraine, plusieurs scènes avec de la musique, des clowns, des diseuses de bonne aventure, des expos d'art, des stands pour acheter des trucs, un immense café sous un chapiteau géré par le WI[1] pour les vieux, plusieurs tentes à bière et des tas de camions qui vendent tous les hot-dogs, pizzas et kebabs du monde.

J'adore le festival. Comme tout le monde, même si on préférerait mourir plutôt que de l'admettre. On se pavane dans la foule, les hanches en mode hula-hoop, derrière une bonne couche de gloss sur les lèvres et des

1. Women's Institute : organisme communautaire regroupant des femmes d'origine souvent rurale s'occupant de « bonnes œuvres ». C'est l'association féminine la plus importante de Grande-Bretagne.

lunettes noires sur les yeux. Les enfants hurlent et leurs mères leur crient après. Ces dernières années, je n'y descendais pas avant quatre heures, quand les plus petits sont ramenés de force à la maison, mais après trop de mauvais vin hier soir, j'ai – *on a* – besoin de soleil et d'air frais pour dissiper ma gueule de bois. Les garçons avaient apporté le vin et, après quelques verres, ça m'a été carrément égal de rouler une pelle à Courtney. Je lui ai dit que j'avais mes règles – que j'attends toujours – et je lui ai fait une branlette pour qu'il me lâche un peu. Façon de parler. Lizzie et Jack sont partis ensemble, je crois que c'était juste l'alcool. Jack n'est pas du tout son genre. De toute manière, ils sont tous trop immatures. Quelque chose vibre dans mon (bas-)ventre. Plus qu'une semaine avant de *le* voir.

— On se trouve un coin au bord de l'eau, murmure Jodie, pour s'étaler au soleil ? Qu'est-ce que vous en dites ?

On est toutes d'accord. Avec la nausée qu'on se trimballe, on n'est pas encore prêtes pour les autos tamponneuses. D'abord, il va falloir manger un peu et nous remplir de Coca.

Les garçons nous rejoindront plus tard. Tant mieux, je préfère qu'on soit un moment entre filles. On n'est même pas sûres de les retrouver. Après la nuit dernière, Lizzie n'en a pas trop envie et leur côté gros durs commence à me fatiguer. On appartient à deux tribus différentes. Au fond, on n'est peut-être pas si différents, mais à notre âge c'est la surface qui compte. On se lève tôt pour aller nager ; ils se couchent tard pour fumer de l'herbe. Ils regardent le foot ; on mate en boucle les redifs de *Glee*. Peut-être que c'est seulement le cul qui nous rapproche… c'est ce que je me dis pendant qu'on s'approche de la rivière. Peut-être que ce sera pareil avec *lui*, qu'une fois que je me le serai tapé, j'en aurai marre. C'est une idée carrément alien. À côté des filles, les garçons sont immatures. À côté de lui, c'est *MesSalopes* qui ont l'air puériles. *Une semaine. Plus qu'une semaine.*

J'ai du mal à ne pas sourire. Entre maman et moi, c'est presque revenu à la normale. Elle n'a plus son humeur bizarre de la semaine dernière et, ce matin, elle avait une mine radieuse, comme on dit. J'imagine que son dîner d'affaires hier soir s'est bien passé. Elle m'a filé vingt balles en plus et, pour une fois, j'ai dit que je n'en avais pas besoin, mais elle a tellement insisté que j'ai fini par les prendre. C'était sympa de sa part. J'ai eu l'impression de la retrouver. Comme avant. Elle et moi contre le reste du monde, sauf que c'est un sacré reste et que j'ai envie de le connaître. Quoi qu'il en soit, c'est toujours ma mère. Je l'aime, si prudente et protectrice qu'elle soit.

Les pelouses sont jonchées de couvertures à pique-nique, comme un immense couvre-lit en patchwork en attente d'être cousu. Il y a déjà beaucoup de monde, même si le festival ne débute officiellement qu'à une heure. Maintenant, les gens se pointent bien avant onze heures ; si certaines attractions ne sont pas encore ouvertes, il y a déjà à boire, à manger et des stands à visiter. L'invité officiel, cette année, est cet acteur canon de *Hollyoaks* qui a remporté *Strictly Come Dancing* l'an dernier et qui depuis n'arrête pas de se retrouver en couverture des magazines. Il paraît qu'il va signer des autographes et faire des photos avec les gens. Lizzie en veut une. On lui a dit qu'elle pouvait aller poireauter sans nous.

On déniche un coin un peu à l'écart des familles où l'accès à la rivière, assez abrupt, le rend difficile pour les gosses, et je m'affale dans l'herbe fraîche qui chatouille mes jambes nues.

— J'ai faim, dit Jodie.

— Je *crève* de faim, renchérit Lizzie. On aurait dû s'arrêter quelque part. Et puis, je vais éclater si je fais pas pipi.

— Hors de question que je bouge, dis-je. Mais si vous allez chercher à manger, j'en veux bien.

Je sors le billet de vingt, tout moite d'être resté dans la poche de mon short en jean.

— Prenez ce que vous voulez. Et un Coca. Je garde la place.

— J'ai de l'argent, dit Jodie qui se lève et s'éloigne vers les camions à bouffe, sa frêle silhouette se fondant très vite dans le soleil éclatant.

Lizzie file à la recherche des toilettes et Ange s'assied en tailleur à mes côtés. Je m'allonge.

— Je vais pas tarder à dormir, dis-je.

— T'es pas la seule.

— Réveille-moi quand Jodie reviendra avec la bouffe.

Je ne ferme pas les yeux, je reste là à regarder à travers les branches derrière mes lunettes de soleil en pensant à lui. Est-il possible d'aimer quelqu'un qu'on n'a jamais rencontré ? C'est pas un peu fou ? Je sais qu'on dit toujours qu'il vaut mieux éviter de parler à des étrangers sur Internet, mais là, c'est différent. D'abord, je ne suis plus une gosse, ce n'est pas comme si je ne comprenais rien à Internet. Ensuite, ce n'est pas quelqu'un de bizarre ou de tordu. Il est génial. Et avec lui, je me sens géniale.

Je jette un coup d'œil de côté. Ange est voûtée sur elle-même, absorbée par son téléphone ; ses doigts volent sur le clavier. Je n'ai pas entendu de notif, donc elle est sur silencieux. A-t-elle un secret, elle aussi ? Je me demande si c'est Courtney. Ça ne me dérange pas qu'elle lui écrive, on est tous amis après tout, cela dit, ce serait bizarre qu'elle ne m'en parle pas. Elle n'a parlé de personne d'autre et Ange est du genre bavard. Peut-être qu'il lui plaît. Je devrais les encourager. S'ils sortent ensemble, j'aurai moins l'air d'une salope quand tout le monde saura pour *lui* et moi.

Je respire un bon coup pour soulager la tension dans ma nuque et mes épaules et je ferme les yeux. J'ai encore la tête embrumée, alors je laisse mes pensées dériver comme de petits nuages dans un beau ciel bleu. Le soleil commence à chauffer et la brise est fraîche juste comme il faut. C'est une belle journée. Parfaite.

Au début, je crois que c'est mon alarme. J'étais perdue dans une espèce de demi-rêve d'école, un examen pour lequel j'étais en retard, et soudain ce bruit strident m'extirpe de ma course après le bus ; quand je me redresse, il me faut un moment pour comprendre où je suis. *Le festival. Samedi. Plus d'exams.* Mais ce n'est pas mon téléphone, ce sont des hurlements, et, même si je suis encore vaseuse et que ma bouche est sèche, je suis déjà debout. Mon cœur qui bat à toute allure finit de me réveiller.

— *Oh, mon Dieu ! Au secours ! Mon fils ! Ben ! Au secours, quelqu'un, je vous en supplie ! Faites quelque chose.*

Je me retourne vers Ange, mais elle a disparu ; je vois l'attroupement. Un homme obèse est en train d'enlever ses chaussures. Je regarde l'eau. *Une petite main. Qui bat la surface, paniquée. Une touffe de cheveux. De la peau. Près de l'autre rive. Ce type est trop gros, il n'a aucune chance. Les courants sont forts ici, il y a des algues, il va s'emmêler les pieds. Même s'il arrive jusqu'au gamin, il y a de fortes chances pour qu'il l'entraîne avec lui au fond.*

Je me dis tout ça pêle-mêle tout en me demandant : *Putain, où est Ange ?* Je suis déjà en train de courir et je saute, les jambes repliées sous moi pour faire une bombe, au cas où il n'y aurait pas trop de fond. L'eau est glacée, dégueulasse, j'avale un peu de boue, mais mes jambes se détendent, repoussent le fond et me propulsent vers la surface. Je me mets à nager vers le gamin que le courant emporte déjà.

20

Lisa

Je souris encore. Le soleil est de sortie et il fait un temps radieux. Ava était de si bonne humeur ce matin ; c'était comme un présage d'une vie où ma fille adulte et moi serions deux amies qui parlent et rient ensemble. Un avant-goût de bonheur.

Simon m'a envoyé un texto au petit déjeuner pour me dire à quel point il avait apprécié notre dîner et qu'il n'avait *aucune* envie de passer cette belle journée dans des réunions alors qu'il aurait pu être dehors avec moi pour en profiter. En le lisant, j'éprouve à la fois mon angoisse habituelle et une formidable excitation. C'est peut-être le soleil ou le fait que les examens d'Ava sont terminés, mais je me sens *vraiment* mieux. J'ai encore cette peur, je l'aurai toujours, et je ne me suis pas encore débarrassée de l'inquiétude de la semaine dernière – *ce n'était pas Pierre Lapin et la chanson était juste une coïncidence* –, néanmoins je me sens plus solide, plus résolue. Je peux apprendre à vivre dans le présent. Peut-être même m'autoriser à être heureuse.

— Tiens, dit Richard en me tendant une glace entre deux gaufres. J'ai refusé les éclats au chocolat parce qu'on est des grandes personnes.

Il me fait un clin d'œil et je lui souris. La glace est déjà en train de fondre. Je la lèche.

— Oh, Seigneur, je ne devrais pas, dit Marilyn. J'ai déjà pris un kilo ce mois-ci.

— Ne dis pas de bêtises, répond Richard en glissant son bras musclé autour de sa taille. Tu es superbe.

Après une hésitation, elle finit par accepter le cône.

— Bon, d'accord.

Son sourire fait plaisir à voir et, pendant un instant, je me laisse imaginer une sortie à quatre avec Simon. Est-ce qu'il me prendrait par la taille comme ça ? Protecteur et attentif ? Marilyn ne m'a pas encore interrogée à propos du dîner – elle doit attendre qu'on soit seules, elle et moi, sans Richard. Elle sait qu'il vaut mieux éviter de me mettre la pression. Depuis qu'elle me connaît, pendant toutes ces années, j'ai toujours affirmé vouloir rester célibataire.

En fait, je meurs d'envie de lui en parler. Peut-être qu'on arrivera à s'isoler un moment tout à l'heure. Non pas qu'il y ait grand-chose à raconter, mais j'ai juste envie de revivre cette soirée. Avoir son opinion sur lui, sur moi, sur tout. Bon sang, je suis une vraie gamine, tout excitée et émoustillée à cause d'un garçon.

— Qu'est-ce qu'il se passe là-bas ?

Richard fronce les sourcils en regardant quelque chose derrière moi.

Comme toute la petite foule rassemblée autour du camion à glaces, je me retourne. C'est comme des ondes sur l'eau, la sensation de quelque chose qui *ne va pas* qui se transmet d'une personne à sa voisine. Je plisse les yeux dans la brillance du soleil. Il y a du monde au bord de la rivière. Là où les gens étaient assis ou allongés sur des couvertures, ils sont désormais debout, face à l'eau. Des mères étreignent leurs gamins. C'est palpable, même à cette distance : dans leur étreinte le soulagement et la culpabilité qui hurlent Dieu merci ce n'est pas mon fils.

Un enfant... rivière... fille a plongé... qu'on appelle une ambulance... Dieu sait où était la mère... c'est quoi le problème avec ces gens...

Les mots dérivent jusqu'à nous, portés par le vent, l'excitation et la peur et soudain, je sais, je *sais,* qu'Ava est quelque part au-delà de ces gens, qu'elle est au cœur de ce qui est en train de se passer.

Je lâche ma glace et je me mets à courir.

— Lisa ? crie Marilyn, déconcertée.

Je l'entends à peine derrière le mur de ma panique. C'est ma faute, tout est ma faute, et je cours, je cours, me frayant un passage à travers la cohue. Je t'en prie, Dieu, fais que mon bébé aille bien... mon cerveau hurle cette prière à un dieu dont je sais qu'il n'écoute pas. Des larmes de terreur me mouillent les yeux.

Quand je franchis enfin la barrière de gens, la première chose que je vois, ce sont les ambulanciers de St. John, d'imposantes silhouettes qui me bloquent la vue. Des reflets scintillent sur une couverture de survie et, pendant un instant, ces étincelles m'aveuglent, me distraient, et puis elle se lève et je la découvre enfin. Mon bébé. Trempée mais vivante.

Je cours jusqu'à elle, je l'enveloppe dans mes bras, je plonge mon visage dans ses cheveux puants. Seigneur, elle est vivante. Elle est saine et sauve. Mon bébé est là.

— Tout va bien, m'man. Je vais bien.

Elle m'adresse un demi-sourire et j'essaie de rire en réponse, mais c'est presque un sanglot qui sort de ma gorge. Et soudain, ses amies sont là elles aussi et nous sommes un tas d'amour autour d'elle, leurs jeunes voix si aiguës dans mes oreilles : *Que s'est-il passé, j'étais juste, oh, merde, j'y crois pas, putain, Ava, tu l'as sauvé, tu lui as sauvé la vie, c'est fou…* Je m'accroche à elle, à elles toutes, incapable de parler alors que je tremble de tout mon corps.

Le bras d'une femme se tend en direction d'Ava, et nous nous écartons. Je vois ma propre peur et mon soulagement sur le visage de la jeune mère. Elle ne doit guère avoir plus de vingt-cinq ans. Quelque chose s'est installé en elle aujourd'hui. Quelque chose qui n'était pas là avant.

— Merci, dit-elle entre ses larmes. Merci. Je ne sais pas comment il s'est retrouvé là-bas. Il était censé être avec les autres…

Elle le serre contre elle. Un petit garçon, tout enveloppé dans sa feuille de métal, comme ma petite fille. Ses gros yeux lui sortent des orbites. Il ne pleure pas. Il est trop occupé à tenter de comprendre dans sa jeune tête. Le danger. Mon cœur s'arrête un instant. Quel âge a-t-il ? Deux, trois ans ? Comme mon Daniel. L'âge qu'*avait* Daniel. Le monde se fracture à nouveau, mes graines de bonheur disparaissent dans les failles. *Voilà ce qui arrive quand tu relâches la garde,* me dit la voix. *Voilà ce qui arrive quand tu t'autorises à être heureuse.*

— Regardez par ici, s'il vous plaît !

La voix est si autoritaire et je suis tellement perdue dans mon soulagement pour Ava, dans mon souvenir de Daniel, que j'obéis. Nous obéissons toutes.

Je suis aveuglée par le flash.

21

Une adolescente sauve un petit garçon de la noyade…

Une tragédie a été évitée de justesse lors de la fête annuelle d'Elleston quand la courageuse Ava Buckridge a sauvé Ben Starling, deux ans, de la noyade. Ava [voir photo ci-dessous] prenait un bain de soleil quand des cris l'ont alertée. Le petit Ben était en train de se débattre dans la Stour. Sans hésitation, l'adolescente a plongé et a réussi à ramener le bambin sur le rivage.

L'enfant, qui jouait avec son cousin et des enfants plus âgés, s'était écarté du groupe sans qu'on le remarque. À l'insu de sa jeune mère, il a gagné le pont et a glissé sur la berge abrupte. Fort heureusement, Ava, une nageuse de compétition de niveau régional qui s'entraîne au Larkrise Swimmers à la piscine d'Elleston, a réagi promptement et Ben a pu retrouver sa maman, sain et sauf.

La jolie adolescente de seize ans, aussi modeste qu'elle est brave, a déclaré : « J'ai vu le petit garçon dans l'eau et un homme qui était en train d'enlever ses chaussures pour aller à son secours. Je nage tous les jours et je savais que ce serait plus facile pour moi dans ce courant, alors j'y suis allée. Franchement, je n'ai rien fait de spécial. Cela dit, l'eau était un peu froide ! »

22

Lisa

Malgré moi, mes yeux sont sans cesse attirés chaque fois que je passe à la réception. Penny a fait encadrer un article de journal. Elle dit que cela a un impact positif sur la compagnie. Et Marilyn a rassemblé toutes les coupures de presse dans une enveloppe. Comme Ava. Je ne veux même pas toucher ces journaux. C'est comme si, sur chaque photo, mon visage sortait de la page, alors qu'en réalité je suis à moitié tournée de côté.

Le mug me brûle la main tandis que je regagne mon bureau. C'est presque réconfortant, cette douleur.

— Tu dois être tellement fière, dit Marilyn pour la millième fois de la semaine.

Elle a ouvert une nouvelle page sur Internet. Les Larkrise Swimmers et l'entraîneur d'Ava. Il a fait une déclaration sur elle et sur la nécessité d'apprendre à nager à tous les enfants. Ma mâchoire est si crispée que j'en ai des crampes. Si seulement ils pouvaient tous la fermer et oublier ça.

— Bien sûr que je le suis, combien de fois va-t-il falloir que je te le dise ? En fait, je suis surtout heureuse que le petit garçon aille bien.

Ben. Il s'appelle Ben et, quand je vois son visage dans le journal, je pense à Daniel. Sauf que ce n'est pas

Daniel. Ben est vivant. Daniel est mort. Il y a davantage de photos d'Ava que de Ben et de sa mère. Ça ne m'étonne pas. Sur les clichés, elle ressemble à une starlette américaine. Un short en jean coupé, son tee-shirt trempé qui lui colle à la peau. Elle a bien aimé toute cette agitation autour d'elle, alors que j'en étais terrifiée, que je voulais l'éloigner de tout ça. Aucune chance. Ses amies et elle étaient trop contentes de prendre la pose. Trop de photos. Trop, où je boude en arrière-plan.

Ce n'est qu'un journal local, me dis-je à l'envi. Personne n'y prêtera attention. Ça va s'arrêter. C'est ce que m'a affirmé Alison. Je l'ai appelée dimanche, haletante, paniquée, m'excusant de la déranger pendant son week-end. Sa voix était calme et rassurante. Cool et professionnelle. Tout ira bien, a-t-elle dit. Bientôt, personne n'en parlera plus. Et si ça continuait à m'angoisser, je pouvais toujours la rappeler. Ne pas oublier non plus de faire mes exercices respiratoires. J'entendais des enfants derrière elle. J'avais du mal à l'imaginer avec une vraie vie. C'est drôle comme on met les gens dans des boîtes. Pour moi, c'est une professionnelle, rien d'autre.

Après avoir raccroché, mon calme a duré à peu près cinq minutes avant que la peur ne m'envahisse à nouveau. Je n'y peux rien. Elle est là, en moi, chaque seconde de chaque minute. À vrai dire, elle a encore empiré. Surtout depuis qu'un reporter d'un des plus gros journaux de la région a réussi à obtenir mon numéro de téléphone et a appelé parce qu'il voulait faire une interview mère-fille. Après quoi, j'ai éteint mon portable et je ne l'ai pas rallumé.

Je tiens toujours le mug. Ma main commence à rougir. J'essaie de me concentrer sur la lettre contrat que je suis en train de rédiger, mais l'odeur musquée des lis *stargazer* dans le vase sur la table près de mon bureau me distrait. À tout autre moment, je l'aurais trouvée agréable, mais c'est Simon qui les a achetés, et quand je pense à lui c'est un rappel de ma stupidité : j'ai cru que j'avais droit au bonheur. Il a apporté ce bouquet pour moi et un autre, plus petit, plus funky, avec des fleurs très colorées dont j'ignore le nom, pour Ava. Elles sont dans un vase dans la cuisine du bureau. Je ne les ai pas rapportées à la maison. Il s'en passe suffisamment comme cela pour qu'en plus je doive expliquer Simon à ma fille. Après tout, Penny n'a pas envoyé de fleurs, alors pourquoi cet inconnu ? Ava aurait compris que notre relation n'est pas que professionnelle.

J'aimerais lui offrir quelque chose pour lui montrer que je suis fière d'elle. Je veux essayer de lui dire qu'elle est tout pour moi et que la fierté ne suffit pas à décrire ce qu'elle m'inspire.

— L'une d'entre vous a-t-elle pris de l'argent dans la boîte à pièces ?

Trop occupée par mon écran et par les pensées qui tournoyaient dans ma tête, je n'ai pas vu Penny sortir de son bureau. Elle a parlé à mi-voix, le dos tourné au reste de la pièce.

— Non, dit Marilyn.

— Non plus, dis-je.

Ma bouche est sèche. Soudain, je pense à ce que j'ai vu en arrivant ce matin.

— Ça fait près de vingt livres, dit Penny. C'est déjà arrivé une ou deux fois.

— Combien de fois faut-il qu'on te dise de fermer la boîte à clé ?

Marilyn aurait fait une mère parfaite. Elle a juste la bonne intonation.

— C'est sans doute une des femmes de ménage, ajoute-t-elle.

— Je ferme mon bureau, dit Penny avant d'avouer : Enfin, quand j'y pense.

— Essaie d'y penser plus souvent, dis-je gentiment.

— Bah, c'est sans doute moi qui les ai pris, marmonne Penny. J'oublie tout ces temps-ci. Les hormones, tout ça.

Elle s'en va en lançant un sourire à Julia qui se hâte vers la photocopieuse. Une expression chaleureuse d'affection sincère. Julia, la nouvelle *golden girl*. Je devrais la prévenir. Vraiment.

— Ça va ? me demande Marilyn.

— Oh, ce n'est rien. Je me demande juste quels gâteaux je vais faire pour le thé.

Elle rigole.

— Rock'n'roll, Lisa. Nos vies sont trop rock'n'roll.

Je fixe l'écran de mon ordi en me forçant à respirer profondément. Je n'en peux plus. J'étouffe. Le monde m'a prise à la gorge.

23

Ava

C'est un peu bizarre depuis ce truc à la rivière, mais faut bien l'admettre, c'est agréable qu'on s'intéresse autant à moi. Et surtout, je ne suis pas si mal sur toutes les photos qui sont sorties dans les médias, ce qui constitue une réussite majeure. Mon Facebook est devenu fou. Tant de demandes de nouveaux amis – on dirait que toute la population de KEGS veut me connaître maintenant – et tous ces posts pour dire à quel point je suis géniale. C'est un peu con que les exams soient terminés et que je ne puisse pas retourner au lycée pour profiter de toute cette gloire… Oui, je sais, c'est plutôt superficiel de se dire des trucs pareils.

Le seul qui ne s'extasie pas devant moi, c'est Courtney. Il est devenu un peu distant, je crois qu'il a capté que j'allais le larguer. Ou alors, il est jaloux de ma célébrité.

C'est peut-être pour ça que maman est un peu chiante également. Serait-elle jalouse, elle aussi ? *Il* dit qu'elle me sape le moral. Que c'est de l'égoïsme de vouloir que je reste à jamais son bébé. Il dit qu'elle m'aspire vers le bas et que je ne devrais pas me laisser faire. Il a peut-être raison. Il a été franchement incroyable. Il m'a écrit qu'il n'a pas été du tout surpris par ce que j'ai fait parce qu'il sait quel genre de femme je suis. Brave, forte et belle et qu'il a beaucoup de chance de m'avoir.

Quel genre de *femme*.

Rien que d'y penser, j'en frissonne. Je ne suis plus une gamine. Je suis une femme. Sa femme. C'est moi qui ai de la chance. Quand il me dit que je suis belle, je me *sens* belle. Normalement, quand quelqu'un me fait un compliment, ça a l'effet contraire. Ça me gêne ; ça me rend maladroite, encore plus consciente de tout ce qui ne va pas chez moi. Mais pas avec lui. Ça doit être ça, l'amour. Et dans quelques jours, je vais le voir ! Je suis trop impatiente. Excitée. Il y a juste un dernier truc à régler avant.

Je regarde l'emballage de la pharmacie sur mon lit. Il faut que je le fasse. Peut-être après le thé. Il ne va pas être positif, ce serait trop dingue, n'empêche que j'ai quand même un peu la trouille. Je me sentirai mieux après, quand je *saurai*. Et puis, comme dit Jodie, même si *c'est* positif – mon Dieu, faites que ce ne le soit pas –, on pourra toujours arranger ça. *Arranger ça*. Au moins, les vacances d'été débutent à peine. Si je dois me faire avorter, j'irai pendant que maman est au travail. Elle n'en saura rien.

24

Lisa

— Je ne parvenais pas à te joindre. Ton téléphone était sur répondeur. Richard est sorti faire un devis, alors j'ai eu envie de passer te voir.

Je n'arrive pas à savoir si je suis contente de la voir ou pas. Je viens juste de finir la vaisselle après une salade au poulet pas très agréable avec Ava, qui n'a fait que grogner des réponses à mes questions avant de s'enfermer dans sa chambre jusqu'à l'arrivée très probable de ses amies, ces espèces de fantômes que je ne croise même pas dans notre escalier. Je ne suis pas sûre d'avoir assez d'énergie pour Marilyn maintenant. Émotionnellement, je suis vidée. Ça m'épuise de rester en permanence sur mes gardes.

— Ça va ? dis-je en branchant la bouilloire.

Elle accroche son sac à la chaise avant de s'asseoir.

— Ni plus ni moins que tout à l'heure. Mais tu étais un peu ailleurs cet après-midi. Un souci ?

Je sens ses yeux sur mon dos pendant que je m'affaire avec des mugs et des sachets de thé. Il faut que je lui dise *quelque chose*. Elle me connaît trop bien… et en même temps pas du tout. Elle connaît mes tics. Je dois lui donner une explication quelconque et, comme je ne peux pas lui parler de mes inquiétudes du week-end, je choisis le moindre mal.

— Je crois savoir qui a pris l'argent dans le pot commun.

Elle écarquille les yeux.

— Qui ?

Je verse l'eau chaude et je la rejoins à table.

— Julia.

Pendant un moment, Marilyn ne dit rien, puis elle gonfle les joues pour pousser un soupir.

— J'aurais dû m'en douter. Elle passe son temps à lécher les bottes de Penny. Tous ces petits cadeaux pour le bureau, ces gâteaux. Comment tu l'as su ?

— Je suis arrivée de bonne heure au bureau ce matin. Je viens en avance tous les jours depuis ce week-end. Tout pour ne pas rester dans mon lit, les yeux grands ouverts, avec mon angoisse. Et maintenant que les examens sont terminés, je n'ai même plus à me lever pour Ava.

— Pour régler quelques détails du contrat Manning. Elle sortait du bureau de Penny. Je lui ai fait peur.

— Elle t'a dit ce qu'elle y faisait ?

— Soi-disant y déposer quelques factures.

— C'était pas vrai ?

— J'ai vérifié quand elle est allée prendre un café et il y avait bien des factures sur la table. Mais on parle de Julia. Elle ne serait pas idiote au point de s'introduire dans ce bureau sans une *bonne* explication.

Marilyn n'est pas convaincue, je le sens.

— Il y a autre chose, dis-je. Ça s'est passé pendant la soirée salsa. Tu sais, dans cette boîte.

— Je t'écoute.

Je commence à lui raconter. À mesure que je parle, elle se penche de plus en plus vers moi, comme pour aspirer mes mots, les avaler.

— Pourquoi n'as-tu rien dit ? demande-t-elle quand j'ai terminé.

Je hausse les épaules.

— Qu'est-ce que je pouvais dire ? Je n'avais aucune preuve. Ce n'est pas comme si je l'avais prise la main dans le sac. J'étais à l'autre bout de la salle et, quand j'ai enfin compris ce qu'elle fabriquait, elle se dirigeait déjà vers le bar. Ça aurait été ma parole contre la sienne et tu connais Penny, elle n'aurait probablement pas su combien d'argent elle avait dans son porte-monnaie, et encore moins si un billet de vingt livres avait disparu.

— Il faut le lui dire.

Résolue. Elle est toujours résolue.

— Mais on n'a pas plus de preuve maintenant.

— Alors, on en fabrique une. On n'a qu'à lui tendre un piège. Marquer les billets dans la boîte, un truc comme ça.

— Marilyn, on n'est pas la police. On ne peut pas demander aux gens de nous montrer le contenu de leur porte-monnaie.

Le soulagement d'en *parler* est dévoré par l'angoisse d'une conséquence éventuelle.

— Il faut qu'on fasse quelque chose. Penny s'imagine que cette jeune pétasse est un rayon de soleil.

— Elle n'est pas si jeune. Regarde-la bien. Je parie qu'elle a presque le même âge que nous.

— Tu crois ?

Je hausse les épaules.

— Dieu merci, je suis mariée, dit Marilyn. J'ai le droit de me laisser aller.

J'en ris presque. Elle ne s'est jamais laissée aller. Moi, peut-être… Cela dit, je n'ai jamais été si terrible que ça.

— Tu n'es pas si mal, dis-je. Pour une vieille.

— Une ancêtre, tu veux dire.

On sourit toutes les deux et c'est agréable, même avec la nausée permanente et ce nœud dans mon ventre.

— Il nous faut un verre, dit-elle, à nouveau résolue. Je conduis, mais je peux quand même en boire un. Et merde. Prends ton sac. On va au pub.

— Mais Ava…

— … a seize ans, me coupe-t-elle. Je n'arrête pas de te le répéter : il faut que tu la lâches un peu. Maintenant, prépare-toi pendant que je vais faire pipi. On est parties.

Il est plus de onze heures quand je me glisse dans mon lit. C'est la première fois de la semaine que je ne me sens pas trop mal. Le pub était sympa, à l'ancienne mode, confortable ; personne ne s'occupait de nous, ce qui m'a fait prendre conscience que toute cette histoire à propos d'Ava et de cette quasi-noyade n'a d'importance que dans la petite bulle du cercle de nos connaissances. Ailleurs, personne ne s'en soucie, les gens ont leur vie. On s'est lâchées sur Julia, puis Marilyn m'a interrogée sur Ava – ses projets pour cet été et l'année prochaine. Finalement, on a parlé de Simon qui venait de m'envoyer un texto pour m'inviter à dîner, encore une fois ; elle m'a obligée à accepter. Le répit était bienvenu, cependant, dès que j'ai commencé à me détendre, l'épuisement s'est abattu sur moi, je n'arrêtais pas de bâiller. Cette tension que je m'inflige depuis des jours, le fait de devoir à nouveau vivre en état d'alerte maximum… Je n'ai plus l'habitude.

Je n'ai pas souhaité une bonne nuit à Ava ; j'étais trop fatiguée pour prendre le risque d'une confrontation. Je m'accroche désespérément à cet infime moment de calme. Si je réussis à m'endormir avant que l'angoisse ne revienne, je parviendrai peut-être enfin à dormir et demain matin tout ira mieux. C'est la magie du repos. Du soleil. Je vais laisser Marilyn s'occuper de Julia. Comme elle dit, on ne portera aucune accusation tant qu'on n'aura pas de preuve. Mais je ne veux pas penser à ça, à ce côté judiciaire, ça ravive l'angoisse.

Même s'il fait chaud, je laisse la fenêtre fermée ; je remonte ma couette et mes genoux sous mon menton. Je me fais toute petite. Je ferme les yeux, je respire profondément. J'imagine que je suis la dernière personne sur Terre. C'est le seul moyen de me sentir en sécurité. La dernière. Plus que moi. Seule. Je sombre.

— Maman ?

J'étais morte. Quand Ava me secoue par l'épaule, je me réveille en sursaut, égarée ; je bondis hors du lit comme si ma vie en dépendait. La lumière éclatante me fait mal aux yeux. Il fait jour ? Non, les rideaux sont tirés. Elle a allumé la lampe. Toutefois, des reflets bleu-blanc rongent les bords du tissu, c'est donc bien le matin.

— C'est dingue, maman.

Elle est tout excitée, pleine d'énergie, encore en culotte et tee-shirt. Je n'arrive pas à suivre, ni elle ni mon cœur qui bat trop vite. Il va éclater. *Non, non, non. Je vous en prie, non.*

— Je veux dire, c'est juste fou.

Elle est presque à la fenêtre et je veux la tirer en arrière, la ramener sous les couvertures pour nous y cacher toutes les deux. Elle rit.

— Qui aurait cru que ça intéresserait tous ces gens ? Je n'ai pas fait grand-chose. Mais regarde, m'man, regarde !

Elle tire les rideaux.

— Tu vois ?

Je les entends à travers le double vitrage. Les cris. Les flashes qui se déclenchent. Le vacarme des hyènes. Je ne bouge pas.

Le visage d'Ava brille littéralement quand elle se retourne vers moi.

— Regarde.

Je ne bouge pas. Je suis pétrifiée. En bas, la sonnette retentit. Longtemps. Insistante. Le téléphone se met à sonner. Du bruit. Du bruit partout qui se jette sur moi. Je n'arrive plus à respirer.

Ava fronce les sourcils, là-bas, à l'autre bout de l'univers.

— Maman ? Ça va ?

— Éloigne-toi de la fenêtre.

Une voix rauque et dure. Pas la mienne du tout.

— Qu'est-ce qu'il y a ?

Elle se rapproche. Je veux la prendre dans mes bras. Lui dire à quel point je l'aime. Mais je ne le fais pas. Je ne peux pas. Pas maintenant. Alors, je lui dis simplement la vérité, pendant que les cris, les hurlements continuent dehors.

Le bruit me broie, me fracasse, et je capitule.

— Ils ne sont pas là pour toi.

— *Charlotte ! Charlotte ! Depuis quand vivez-vous ici, Charlotte ? Ava est-elle votre seule enfant ?*

Mon monde s'écroule.

— Ils ne sont pas là pour toi, Ava. Ils sont venus pour moi.

DEUXIÈME PARTIE

25

APRÈS

Conditions à la libération de Charlotte Nevill, 1998 :

1. Elle sera placée sous la supervision d'un agent de probation nommé à cet effet.

2. Elle devra se présenter devant ledit agent et rester en contact avec lui selon les instructions données par cet agent.

3. Elle devra, si son agent de probation l'exige, recevoir ses visites au domicile qu'elle occupera.

4. Dans un premier temps, elle sera assignée à résidence selon les conditions établies par le directeur général et, par la suite, selon les directives de son agent de probation.

5. Elle n'acceptera d'emploi, y compris des tâches bénévoles, que sous condition d'une approbation par son agent de probation et devra l'informer de tout changement ou perte d'un tel emploi.

6. Elle ne voyagera pas à l'extérieur du Royaume-Uni sans en avoir obtenu l'autorisation préalable de son agent de probation.

7. Elle devra se conduire de façon exemplaire et ne rien faire qui pourrait venir à l'encontre des buts de la libération sous conditions qui sont de protéger les citoyens, en s'assurant qu'aucun risque ne plane sur la sécurité publique, et de faciliter sa réhabilitation au sein de la communauté.

8. Elle restera sous la surveillance médicale du Dr [ ] ou tout autre psychiatre habilité qui pourrait être nommé pour fournir une telle supervision.

9. Elle ne pénétrera pas dans la région du South Yorkshire sans un accord écrit préalable de son agent de probation.

10. Elle n'entrera pas en contact ni ne tentera de communiquer avec [ ].

11. Elle ne résidera pas ni ne passera la nuit sous le même toit qu'un enfant de moins de 16 ans sans l'accord écrit préalable de son agent de probation.

12. Elle n'aura aucun contact non supervisé, ni n'acceptera aucun emploi, ou toute autre activité, la mettant au contact d'enfants de moins de 12 ans, sans l'accord écrit préalable de son agent de probation.

26

Lisa

Ce n'est pas un secret qu'on peut garder.

C'est pire que tout ce que j'aurais pu imaginer. Pire que la dernière fois. C'est terrible et je l'ai mérité. Rien ne sera jamais plus atroce pour moi que ma culpabilité, mes rêves, mon besoin de châtiment. Cette souffrance est la mienne et je peux y faire face. L'absorber. Mais pas Ava. Pas mon bébé. Elle ne mérite pas ça. Son monde vient de s'écrouler, pour elle aussi, et elle n'a fait que le *bien*.

Je n'ai jamais pensé de ma fille qu'elle partageait mon sang. C'était juste la joie qu'elle soit là, si différente de moi, de *Charlotte*. Elle aime l'école, depuis le premier jour. Si fière dans son petit uniforme. Elle travaille dur. Elle veut réussir. Elle n'a jamais eu aucun problème, pas réellement. Un gros sac de bonté depuis son premier gloussement. Si douce, toujours prête à sourire, ses humeurs noires ne durent jamais, une brise légère, pas de sombres orages. *Elle était comme Daniel.*

Maintenant, dans cette rage, maintenant qu'elle *sait,* elle devient moi et ça me brise le cœur. Encore une fois.

Au début, tout est allé trop vite pour parler, nous étions des zombies hébétés qu'Alison et les autres, qui venaient de débarquer, trimballaient comme des mannequins – *que se passe-t-il, maman, pourquoi t'appellent-ils Charlotte, qui est Charlotte* –, nous entassant dans des voitures différentes, nous cachant la tête sous des couvertures, nos vies dans le noir, jusqu'à ce que nous arrivions dans ce petit appartement humide qui m'en rappelle tant un autre et où les échardes de ce passé éclaté me lacèrent.

Elle me hurle dessus et je ne bronche pas. Je voudrais pleurer. Ils lui ont dit ce que j'ai fait. Comment expliquer ça à Ava alors que je suis incapable de me l'expliquer ? Je pense à mon conte de fées, mes cellules régénérées, mon *nouveau moi,* et un rire hystérique monte en moi avant de s'éteindre d'un coup. La crasse. Les remords. Charlotte ne disparaîtra jamais. Elle sera toujours là, sous toutes ces couches sous lesquelles je me blottis.

— Tu me dégoûtes !

Ava *pleure,* mais ses larmes ont quelque chose de sauvage, de féroce ; ses joues, son front sont couverts de taches rouges et ses cheveux ébouriffés sont des ronces autour de son beau visage.

— Comment peux-tu dire que tu m'aimes ? Comment pourrais-tu aimer qui que ce soit ? Tu me dégoûtes ! Tu me donnes envie de me dégoûter ! Tu aurais dû avorter !

Je risque un petit pas en avant dans la tempête de sa fureur. Je veux la prendre dans mes bras. Qu'elle me frappe. Je voudrais faire quelque chose, n'importe quoi, pour que ça lui soit plus facile.

— Ne t'approche pas de moi !

Son hurlement me fait reculer. Alison rôde dans l'entrée. Ils savent qu'Ava a besoin de ça. Je le sais aussi.

— Ne t'approche plus de moi ! Je te hais !

Et puis elle n'est plus là. Disparue derrière une porte qui claque.

Je ne bouge pas. J'en suis incapable. Est-ce enfin le verdict que je mérite ? Mon bébé, ma seule bonne chose, mon unique chance de rédemption, me hait. Elle regrette d'être née à cause de moi. J'ai gâché sa vie. J'ai tout gâché. Comment lui dire maintenant que je voudrais tout détricoter, tout recommencer ? M'arrêter. Me tuer *avant*. Comment lui dire tout cela sans que ça ressemble à une minable tentative de me chercher une excuse ? L'imploration d'un pardon, alors qu'il ne peut y avoir de pardon. Je ne veux pas qu'on me pardonne. *Jamais*.

Ce n'est pas si grave qu'elle me déteste. J'ai toujours su que cela arriverait *un jour*. Toutes ces peurs, l'angoisse, la facilité avec laquelle la vérité pouvait éclater… c'était une illusion de croire qu'Ava pourrait vivre sa vie dans une ignorance bénie. J'espérais juste que ça viendrait plus tard. Une fois qu'elle serait adulte, qu'elle aurait déjà une vie que personne ne pourrait lui enlever ou modifier. Mais qu'elle se haïsse. C'est insupportable. Ai-je eu tort à ce point de faire un enfant ? De vouloir avoir quelqu'un à aimer ? Et qui m'aimerait ? Oh, Charlotte. Égoïste, toujours.

— Elle se calmera, dit Alison en entrant et en allumant la télé comme si ça pouvait me distraire, rétablir une espèce de normalité. Nous lui trouverons de l'aide. De l'aide pour vous deux.

Elle me contemple avec pitié, mais je la vois à peine. Je suis déjà en train de m'enfoncer en moi-même. Dans mon enfer personnel.

— Je vous prépare une tasse de thé, dit-elle.

Je ne pense pas qu'elle se calmera. Je connais cette rage. C'est celle de Charlotte et Ava est ma fille. Je sais où mène cette rage. À une vie de regrets écrasants, lourds comme des pierres tombales. À une existence broyée.

Il faut bien que ça sorte d'une manière ou d'une autre.

27

MAINTENANT

Marilyn

Les néons du bureau m'ont donné mal au crâne, des élancements qui viennent me poignarder juste derrière les yeux. Le manque de sommeil. À vrai dire, ce n'est pas une migraine – je n'en ai plus depuis l'adolescence, malgré ce que je raconte à Penny quand j'ai besoin d'un ou deux jours de congé –, c'est un état de total épuisement émotionnel. Je suis hébétée, comme si mes synapses ne se connectaient plus, et j'ai en permanence une vague envie de vomir.

J'éteins la radio. Rouler en silence dans cette circulation, c'est à peu près le seul moyen d'avoir la paix. Un répit pour respirer. Pour tâcher de traiter toutes ces informations. Même quand personne ne me parlait au bureau, je sentais que ça bourdonnait. Tous les sites d'infos ouverts derrière les documents de travail. Les trois nouvelles qui n'avaient aucun souvenir de 1998 et qui en gobaient les moindres détails. Les murmures. Les petits cris étranglés. Les regards en coin qu'elles se lançaient à chaque nouvelle petite découverte. Cette histoire horrible qui fait désormais partie de leur vie.

Personne ne m'envoyait ces liens, bien sûr. Sans doute avec la volonté de bien faire, Penny avait dû les avertir ; pourtant, ça ne faisait qu'empirer les choses, me séparer du groupe. Moi aussi, bien sûr, j'avais effectué mes propres recherches à la maison, fouillant Internet jusqu'à ce que l'écran me brûle les yeux. Mais au bureau, c'est différent : Stacey, Julia, toute cette nouvelle équipe – et même Toby –, pour eux, c'est juste le frisson de l'excitation. Ce n'est pas *réel*. Lisa – il faut que j'arrête de l'appeler Lisa – n'était pas réelle pour eux.

Je ne leur ai rien montré. J'ai l'habitude. Des années à me planquer. Un rôle à ma mesure. Marilyn, toujours solide. Rien ne la perturbe. Armure d'acier, c'est moi.

Seule petite faille dans cette armure, je suis arrivée en retard ce matin, mais personne ne s'attendait que je vienne travailler aujourd'hui. Si la nouvelle a été un choc pour tout le monde, moi, elle m'a pétrifiée. Jusqu'à ce que j'aille vomir. J'ai le vague souvenir d'avoir pleuré de façon quasi hystérique en essayant d'appeler Ava – *Oh, merde, la pauvre Ava* –, avant que Richard, comprenant ce que j'étais en train de faire, ne m'enlève le téléphone. De toute manière, je n'aurais parlé qu'à son répondeur. Je l'ai entendu se déclencher avant qu'il raccroche. Quand on a fini d'en *discuter,* j'avais plus d'une heure de retard et Penny avait déjà briefé tout le monde : hors de question de parler à la presse quand les journalistes, inévitablement, commenceraient à appeler ; si des clients manifestaient de l'inquiétude, on devait les lui adresser et, d'une façon générale, faire comme si tout était normal. J'ai franchi la porte juste à temps pour entendre sa remarque finale : elle ne tolérerait pas que quiconque cause du tort à la réputation de la boîte.

Il faut bien lui accorder ça : Penny est meilleure sous la pression, néanmoins ça ne l'a pas empêchée de me lancer un drôle de regard quand je suis entrée, mais qui n'était rien comparé aux autres. Le genre de regards qu'on a pour quelqu'un qu'on plaindrait s'il n'était pas contagieux. Leurs sourires étaient trop coincés, leur sollicitude pas très sincère. Ils étaient plus curieux qu'inquiets. *Quelle horreur pour toi. Comme ce doit être terrible.* Et, là-dessous, la question qu'ils ne posaient pas : *Et tu ne savais rien ?* Qu'ils aillent se faire foutre. Il n'y a plus que de la colère en moi. Et c'est tant mieux. Je préfère ça au reste.

Finalement, Penny nous a donné l'après-midi pendant qu'elle se tapait la liste de tous les clients de Lisa pour essayer de les rassurer. Je ne lui ai rien demandé à propos de Simon Manning et elle ne m'en a pas parlé, comme si notre silence évitait qu'il remarque quoi que ce soit. Mais Penny ignore que Lisa – *Charlotte, Charlotte, pas Lisa* – a dîné avec lui. A eu un rencard avec lui.

Je lui ai demandé si elle voulait un coup de main pour les appels et elle a dit non ; il valait mieux que ça vienne d'elle. C'était sans doute vrai ; cependant, elle évitait mon regard avec un air si gêné que j'ai eu envie de hurler : *Je ne suis pas Charlotte Nevill ! Je me suis fait avoir autant que vous tous ! Plus, même !* Ce n'est que quand j'étais en train de prendre ma veste et mon sac qu'elle est ressortie.

Elle est restée à sa porte, visiblement mal à l'aise.

— Il me faut un DBS[1] pour toi. Je n'ai pas vérifié votre casier judiciaire quand vous avez commencé ici, Lisa et toi. J'étais trop occupée à monter la société et je

1. Disclosure and Barring Service : service du gouvernement britannique qui permet aux employeurs de vérifier si un candidat à un poste possède des antécédents qui le rendent inapte à la fréquentation des mineurs ou d'adultes vulnérables. A récemment remplacé la demande de casier judiciaire.

n'avais aucune raison de… Merde, c'était une mère célibataire. Bien éduquée. Bon CV.

Elle a haussé les épaules et j'ai compris pourquoi elle était si pressée de tout oublier. Elle aurait pu empêcher ça. J'ai eu de la peine pour elle. Elle avait juste ouvert sa boîte. Pris un énorme risque financier et tous ses efforts risquaient de tomber à l'eau parce qu'elle n'avait pas fait *une seule* vérification d'antécédents.

— Bien sûr, ai-je répondu. Je remplirai le formulaire demain matin.

Comme s'il n'y avait pas le moindre doute quant au résultat. Cette bonne vieille Marilyn sur qui on peut toujours compter.

— Tu vas bien ? m'a-t-elle demandé.

Que répondre à ça ? J'ai hoché la tête et je lui ai dit que j'étais sous le choc comme tout le monde.

Le feu passe au vert, et il faut un coup de klaxon furieux derrière moi pour que je démarre. *Mon* choc n'a rien à voir avec le leur. Aucun d'entre eux, aucune d'entre elles, n'était aussi lié avec Lisa. Je repense à cette demande de casier judiciaire. Un seul petit formulaire aurait pu tout changer. Lisa n'aurait probablement pas obtenu le job – ils lui ont donné une fausse identité, mais ils ne lui ont quand même pas fabriqué un faux casier judiciaire, non ? – et je ne l'aurais jamais rencontrée. Dix années d'amitié n'auraient jamais existé. *Ceci* ne serait pas arrivé. Alors que je tourne dans l'allée de la maison, j'essaie de revoir ces dix années en y enlevant Lisa. Peine perdue. Elle est tellement imbriquée dans ma vie que c'est impossible.

Dieu merci, il n'y a pas de journalistes devant chez moi. Ils ont dû foncer au lycée ou chez les amies d'Ava. *La pauvre Ava.* Ils n'ont pas encore assez fouiné dans la vie de Lisa pour être remontés jusqu'à moi, mais ça ne va plus tarder. Même si, mentalement, je m'efforce de prendre mes distances avec elle, le passé déferle : les anniversaires d'Ava, les rires pendant *Strictly Come Dancing* avec nos plats chinois, les pots après le travail. Rien que de très ordinaire et j'adorais ça. J'en avais besoin.

Des larmes me brûlent les yeux. Est-ce que tout était un mensonge ? Où finissait Charlotte et où commençait Lisa ? Je ne parviens pas à les rassembler en une seule et même personne. L'enfant maléfique qui a commis cet acte terrible et choquant et la femme timide qui est paisiblement devenue une part essentielle de ma vie. Charlotte et Lisa. *Lisa n'a jamais existé.* Je me le répète encore une fois, submergée par une nouvelle vague de chagrin. Non, elle a bien existé, mais elle n'était pas réelle. Et maintenant, je ne la reverrai plus jamais. J'ai beau prétendre que ça ne me fait rien, je suis accablée. C'était peut-être une illusion, mais l'amour, lui, était réel.

Lisa était ma meilleure amie et je l'aimais. Que suis-je censée faire de ça ? Et qu'est-ce que cela dit de moi ?

Je ne devrais pas être surprise, pensé-je en sortant péniblement de la voiture et en voyant la Saab de Richard devant le garage. C'est mon style, d'aimer des illusions. J'ai mal aux côtes. Cette fois, elles ne sont pas cassées. L'expérience vous apprend à reconnaître les douleurs, en revanche, mon dos me fait souffrir et un gros papillon noir et pourpre se forme sur mon flanc.

Toi aussi, tu as raconté tes mensonges à Lisa, dit une petite voix dans ma tête. *Ce mariage si parfait qu'elle admirait tant.* Je la réduis au silence. C'était différent. C'était personnel. Je respire un bon coup avant d'ouvrir la porte de la maison. L'air qui entre dans mes poumons me fait mal.

J'attends que Richard soit profondément endormi pour descendre discrètement. Il m'a rendu mon téléphone et la cuisine est impeccable : il a fait la vaisselle après le dîner qu'il avait lui-même préparé. J'ai les nerfs en pelote. Ce n'est pas normal. Il ne se calme jamais aussi rapidement ; après les crises, il m'inflige généralement vingt-quatre heures de silence glacé. Ensuite seulement viennent les remords et les regrets ; la manipulation des événements qui fait que c'était ma faute parce que *tu sais comment je suis*. Cette fois, l'armistice est venu beaucoup trop vite.

Ça devrait m'inquiéter, mais je suis trop fatiguée pour réfléchir à ce qu'il pourrait avoir derrière la tête. Je mets l'eau à bouillir. Je suis obsédée par Lisa et par ma honte d'avoir été la meilleure amie qui aurait dû savoir. Quand mon regard se pose sur les couteaux dans leur support et que je pense à Richard là-haut, je m'interroge sur ce qui peut pousser une personne au meurtre. Dieu sait que je devrais en être très proche ; or même si, à force de me tabasser, il a chassé tout l'amour qu'il y avait en moi, je serais incapable de le tuer. Je remarque qu'il y a encore de nouvelles mises en demeure dans la poubelle. Non, décidément, il ne devrait pas être aussi calme.

Je garde un œil sur l'escalier tout en composant encore une fois le numéro d'Ava. Je l'aime autant qu'il m'est possible d'aimer une enfant, une gosse que je ne pourrai jamais avoir. Et, si je veux effacer Lisa, Ava restera toujours dans mon cœur. J'ai besoin d'avoir quelque chose dans mon cœur.

Cette fois, pas de répondeur. Rien, même pas de tonalité. Comme si elle n'avait jamais existé.

28

Ava

Ce moment qui tourne en boucle dans ma tête. Maman qui me fixe. Moi qui la fixe. *Pourquoi est-ce qu'ils t'appellent Charlotte ? Qui est Charlotte ?* Ses yeux écarquillés, son air de biche terrorisée.

Il y a eu la brique qui a défoncé notre fenêtre, le voyage à l'arrière d'un fourgon jusqu'au poste de police d'où ils nous ont fait ressortir, en douce, par-derrière, pour nous conduire dans cet appartement rikiki… et, même après tout ça, je n'avais pas compris. Maintenant, je ne veux pas comprendre, je bloque tout ça dehors. Je me cache derrière un mur de colère, de douleur, de peur et d'un millier d'autres émotions, toutes mauvaises.

Je déteste cet appart. Son odeur. Pas celle de la maison. Je veux ma chambre. Pas ce convertible dans cette espèce de débarras. Pas ce lieu étrange rempli d'étrangers où *elle* est la plus étrangère de tous. Tout a changé. Toute ma vie vient de voler en éclats et ce n'est pas juste. Ce n'est pas ma faute. Je n'ai rien fait. Je déteste ça. Je les déteste. Je *la* déteste. Je regrette ma maman que je trouvais un peu chialeuse et collante, mais c'était ma maman, ça nous arrivait de rire ensemble et je savais qu'elle m'aimait. Je ne veux pas que *son* sang coule dans mes veines. Je ne veux pas être une moitié de monstre.

Quand je ferme ma porte, c'est-à-dire la plupart du temps, j'entends encore leurs voix et les craquements du plancher sous leurs semelles. Ils ne doivent être que quatre ou cinq, pourtant on dirait une meute. Un ou deux policiers, au moins. Et il y a une psy – je le sais parce qu'elle a tenté de me faire parler, mais j'ai refusé. C'est pas moi la folle ici. Elle passe beaucoup de temps dans le salon avec ma… avec *Charlotte*. Non pas qu'*elle* dise grand-chose, à part oui ou non. On dirait une zombie, assise là, devant la télé qui gueule trop fort. Toujours cet air pitoyable, comme maman, comme si elle s'était mise dans sa peau. Ouais… je ne marche plus. Pourquoi faudrait-il avoir de la peine pour elle ? C'est elle qui a fait ça. C'est elle, la meurtrière. C'est elle qui – je n'arrive même pas à le dire – *a fait ça*. Pourquoi c'est moi qui dois payer ?

Je veux qu'on me rende mon téléphone et mon iPad. Alison a dit que c'était impossible tant qu'ils n'ont pas décidé de ce qui va se passer avec *son* identité. Et la mienne. Ils ont tout fait pour éviter qu'on publie encore ma photo mais, à entendre leurs messes basses à travers la porte, on dirait que cette histoire est un sacré bordel. Ils ne savent pas quoi faire de nous.

Je ne veux pas d'une nouvelle identité. Je veux être moi.

Alison est l'agent de probation de *Charlotte*. Je les hais tous, ces étrangers. Si je ne les haïssais pas, alors je crois que j'aimerais bien Alison. Quand je pique une crise, parce que je veux voir mes amies par exemple, elle me regarde avec un drôle de mélange de gentillesse et de pitié. Elle ne cesse de me dire d'être patiente. Facile pour elle.

J'ai la nausée. En permanence. C'est l'autre truc dont il m'est impossible de parler. À personne. Merde, comment je vais pouvoir m'occuper de cette petite ligne bleue si je suis enfermée ici ?

Et le pire ? C'est à cause de moi. Techniquement, tout a commencé avec ce que j'ai fait. Il y a eu un appel anonyme ; quelqu'un a reconnu *son* visage sur une des photos au bord de la rivière. D'après Alison, c'est juste un coup de pas de bol. Une chance sur un million. Ça ne me console pas. C'est grâce à moi si les médias tiennent une si bonne histoire. *La mère diabolique, la fille angélique. La tueuse d'enfant, la sauveuse d'enfant.* Ils en ont rien à foutre de bousiller nos vies. Moi qui ai toujours eu la vague envie de devenir célèbre, un peu comme ces gens qui participent à *X-Factor,* je n'aurais jamais cru que ça ressemblerait à ça. Que pensent mes amies ? Est-ce que je leur manque ? Forcément. Je parie qu'elles aimeraient me voir autant que je voudrais les voir. J'imagine la réaction de Jodie : *« Le club des mères bizarres vient d'atteindre un sacré niveau ! »* J'ai presque envie de rire... et de pleurer. Puis je m'enveloppe dans ma rage et je ne fais ni l'un ni l'autre.

Mon compte Facebook a été supprimé. Pareil pour mon Instagram. Quand Alison me l'a annoncé, j'ai vite pigé que j'avais aucune chance d'en ouvrir un autre. Ça se comprend, non ? Si on me retrouve, forcément on *la* retrouve, *elle,* et il faudra encore tirer la chasse sur une belle somme d'argent public.

Plus de réseau social. C'est comme de se retrouver face à des ténèbres infinies. Pourquoi suis-je punie ? *Elle,* elle s'en fout. Elle n'avait pas d'amie, à part Marilyn qui doit la haïr à présent. Elle se servait à peine de son téléphone et je ne parle pas d'Internet. Pas comme moi. Mon téléphone, c'était ma vie. Notre vie. Fini *MesSalopes.* Fini les Fabuleuses. Je ne les reverrai jamais. En tout cas, pas avant d'avoir dix-huit ans et qu'on aura toutes tellement changé que ça ne voudra plus rien dire. Je n'arrive pas à m'y faire, je peux juste l'accepter comme on accepte la pluie ou une maladie.

Mais ne plus l'avoir, lui. Non. Pas ça. Ne pas pouvoir le contacter me donne envie de tout démolir dans cet appart. Que doit-il penser ? Est-ce qu'il m'aime encore ? Me voit-il comme une espèce de tarée ? Ou bien est-il fou d'inquiétude pour moi ? Et notre rencontre ? On avait tout arrangé. Tout réglé. Il faut que j'y sois. Il le *faut*. Je dois trouver un moyen. Commencer à réfléchir à ça. Comme une adulte. Une femme, pas une gamine.

J'entends des voix dans la cuisine avant qu'on vienne frapper à ma porte. Alison passe la tête par l'ouverture.

— Un petit thé ?

J'accepte en souriant.

— Merci.

Elle a l'air surprise que je ne boude plus et elle me sourit elle aussi.

— J'arrive dans une minute, dis-je.

Quand elle referme la porte, je me laisse retomber sur mes coussins et je contemple le plâtre pourri du plafond. Ce qu'il faudrait, c'est qu'ils s'en aillent tous. Juste un moment. Une soirée, en fait.

La chaîne d'infos en continu fait toujours autant de bruit dans la pièce voisine, comme si ce vacarme pouvait tout noyer. Je ravale ma colère et ma peine qui me donnent envie d'aller lui hurler ma rage encore une fois. Crier ne servira à rien. Il faut que je sois calme. Je peux y arriver, si c'est le seul moyen. Je ferai n'importe quoi pour lui. Il est tout ce qu'il me reste.

Je l'aime.

29

APRÈS

2000

Son jour, c'est le mardi et donc tous les mardis elle se dépêche d'aller travailler comme si, en arrivant en avance, elle le fera venir plus tôt, ce qui est stupide, elle le sait, mais c'est plus fort qu'elle. Ce n'est pas comme si elle lui parlait. Pas vraiment. Elle ne sait pas quoi dire, alors elle marmonne des réponses à ses questions polies en rougissant et en s'occupant maladroitement d'imprimer les documents dont il a besoin. N'empêche, elle préfère les mardis. Les mardis sont ses dimanches.

Certains jours, quand le soleil d'hiver brille et que le ciel est clair et lumineux, des jours comme aujourd'hui, elle peut presque croire qu'elle a échappé au passé ; que celui-ci s'est arrêté quelque part et qu'elle mène une autre vie, sa *vie héritée,* comme l'appelle Joanne, son agent de probation. Dans son esprit, c'est comme un tatouage invisible sur sa peau qui la pénètre petit à petit pour la changer à l'intérieur. Elle a regardé « héritage » dans le dictionnaire. Un don. Le don d'une nouvelle vie. Elle aime cette idée. Elle lui donne l'impression d'être spéciale. *Elle a été placée quand elle était petite. Toute une série de parents d'accueil. Elle n'aime pas parler de ses vrais parents. Elle n'a plus aucun contact avec eux.* C'est tellement proche de la vérité qu'elle réussit presque à y croire.

Parfois, dans des moments où sa vieille audace lui revient, elle embellit sa nouvelle existence avec des histoires inventées à partir des photos qu'elle développe. C'est à cause d'elles, en partie, qu'elle aime autant cet emploi. Voir tous ces souvenirs joyeux émerger de la machine. Des images de vies qu'elle ne connaîtra jamais. Des clichés de vacances au bord de la mer. Des anniversaires d'enfant. Des jeunes qui s'amusent dans des pubs ou dans des boîtes de nuit. Elle les étudie parfois. Le maquillage, les vêtements, les sourires. Les bras jetés sur les épaules des uns et des autres. Les yeux brillants. Elle s'entraîne à prendre les mêmes poses devant son miroir chez elle, même si elle se sent un peu idiote.

Un jour, elle a trouvé « d'autres » photos – des images très différentes. M. Burton lui a dit que, si dégoûtantes qu'elles soient, elles n'avaient rien d'illégal et qu'il fallait les préparer comme les autres. Mais il avait marqué l'enveloppe et il avait fait en sorte de recevoir lui-même le client pour lui « glisser un petit mot » : il n'appréciait pas que sa jeune assistante soit forcée de voir des choses pareilles et il serait peut-être bon d'envisager l'achat d'un appareil numérique qui lui permettrait de développer lui-même ses photos. M. Burton est un brave homme.

Ses journées ne sont que routine et elle aime ça aussi. Même l'effroyable terreur des premiers mois, quand elle devait rattraper le monde, s'est dissipée, et cela fait un an maintenant qu'elle vit dans son petit studio au-dessus du magasin de vidéos, qu'elle paie son loyer, qu'elle gère son argent et qu'elle n'a pas demandé une seule allocation. Tout le monde est, visiblement, « très heureux de ses progrès ». Même le ministère de l'Intérieur. C'est un nuage noir. Elle n'aime pas trop que le ministère de l'Intérieur s'intéresse à elle. Cela lui rappelle qui elle est vraiment, sous cette peau, dans sa chair la plus rouge. Sous la vie héritée qu'elle porte comme la cape d'invisibilité dans *Harry Potter*.

Elle se perd dans le train-train et elle apprécie cette monotonie. Dodo, boulot, maison, thé, dodo, recommencer. Elle aime calculer ce qu'il reste de son maigre salaire après avoir payé le loyer. Décider ce qu'elle peut dépenser en nourriture. Quelle boîte de conserve elle pourra choisir dans les rayons. Faire l'addition. Compter ses derniers pennies. Tout cela lui procure une solide satisfaction.

Cela fait neuf mois qu'elle ne se réveille plus dans des draps mouillés, même si elle garde l'alèse en plastique autour du matelas. Elle ne sait pas si elle arriverait à dormir sans ce froissement familier. Elle va avoir vingt-trois ans et elle a enfin cessé de faire pipi au lit. De toutes ces choses : le travail, les diplômes – ces marqueurs de son nouveau moi –, c'est ce dont elle est le plus fière. Joanne dit que c'est un très bon signe, qu'elle s'intègre dans sa nouvelle vie. Qu'elle s'insère. Comme si le monde s'était débrouillé pour lui faire une place, des cubes de Lego qui s'emboîtent autour d'elle.

Elle aime bien Joanne. Est-ce une amie ? En tout cas, ça y ressemble. Elle a été là à travers tous les hauts et bas depuis sa libération. Que Joanne obtienne un nouveau boulot et s'en aille est une *des peurs*.

Les peurs sont pires les jours qui suivent les rêves. Ils sont plus nombreux maintenant qu'elle tente de ne plus prendre ses cachets. Des cachets pour rester calme, des cachets pour dormir ; des cachets qui la vidaient. Les rêves ne venaient pas aussi souvent avec eux, et même si maintenant elle se réveille rongée d'horreur, elle juge que c'est mérité. Elle ne peut pas imaginer ne pas les avoir, ces rêves. Ce serait pire sans eux. Ils sont un rappel du passé, bien sûr, mais c'est aussi une façon de vivre la vie qu'elle n'a pas. De voir Daniel autrement que sur une photo de journal, de lui tenir la main.

Chaque fois qu'elle se réveille, elle a la sensation qu'un film plastique lui enserre le visage. Elle s'étouffe. Ce sont *ses peurs*. Toujours. Que Joanne parte. Qu'on la reconnaisse. Qu'elle se trahisse. Qu'elle redevienne Charlotte. Qu'elle commette à nouveau un acte terrible, même si elle est sûre que ça n'arrivera plus jamais, qu'elle en est incapable.

Au début, quand chaque pas en dehors des endroits où elle était hébergée représentait un effort extravagant, qu'elle hésitait chaque fois qu'elle devait elle-même ouvrir une porte, Joanne lui a dit quelque chose qui a calmé les peurs. Depuis, c'est devenu son talisman. Selon Joanne, les cellules du corps humain se régénérèrent en permanence ; il faut sept ans pour qu'elles aient toutes changé. Donc, en gros, quand elle a été libérée, elle n'était plus du tout celle qu'elle était à l'époque des faits. Dans ses mauvaises périodes, elle s'accroche à ça. Elle n'est *pas* celle qu'elle était à ce moment-là.

Mais aujourd'hui, c'est mardi, pas un jour pour de mauvaises pensées. Aujourd'hui, c'est autre chose qui occupe son ventre. Pas la douleur lancinante de ses inquiétudes, non, une joie pétillante comme des bulles de Babycham[1]. Le mardi, c'est son jour. Dix minutes de couleurs vives dans la grisaille uniforme de son existence.

1. Sorte de poiré, « champagne » du pauvre.

Cette fois, il vient pour des flyers, il traîne un peu au comptoir. Elle n'arrive pas à le regarder droit dans les yeux alors qu'il tente de lui faire poliment la conversation ; elle hoche la tête et marmonne ses réponses tout en s'inquiétant d'une mèche de cheveux qui s'échappe derrière son oreille en feu. Elle voit M. Burton qui les observe depuis son bureau. Il n'est ni inquiet ni agacé. Il sourit avec indulgence. Comme s'il avait su que ceci finirait par se produire, ce qui est un choc, car elle ne savait *rien du tout*. Et puis, alors que la tension entre eux devient presque insupportable, il lui fait sa demande. Rien d'énorme. Juste si elle veut bien aller prendre un verre un jour. Les bulles dans son ventre se transforment en feux d'artifice dans sa tête. Il ne l'invite pas à dîner et elle en est soulagée. Ce serait trop et elle n'est pas sûre de savoir « comment » on dîne avec un homme. Un verre, c'est bien. Elle a déjà pris un verre avec Annie qui leur donne un coup de main le samedi. Elle hoche sa tête brûlante. Elle a rougi, d'un beau rouge assorti aux couleurs du monde. Il sourit et ses yeux brillent. Le rendez-vous est pris. Vendredi.

Elle n'arrête plus de sourire de toute la journée. Ce sont ses nouvelles cellules, se dit-elle. C'est le début d'un nouveau siècle. Elle doit accepter le cadeau de sa nouvelle vie. Un nouveau départ. Pour la première fois depuis si longtemps, elle est heureuse.

30

Marilyn

Contrairement à Toby, Simon Manning est un vrai charmeur, ce genre d'homme qui sourit spontanément parce qu'à son contact les gens se sentent bien. À l'aise. C'est un talent rare. Mais aujourd'hui, quand il sort du bureau de Penny, toutes les rides de son visage sont visibles. Il nous ignore, même s'il doit sentir que tout le monde le guette. Ce rendez-vous n'était pas prévu. Penny l'aurait reçu ailleurs justement pour éviter ces regards. Elle ne s'attendait pas à cette visite.

Il est déjà dans l'ascenseur quand, sur une impulsion, je me décide. La deuxième cabine est là. Je m'y engouffre et j'appuie sur le bouton du rez-de-chaussée. Les portes se ferment avec une lenteur d'autant plus atroce que mon cœur bat à toute vitesse. J'ai peur de le rater, alors que je ne sais même pas quoi lui dire si je le rattrape. La petite sonnerie retentit et je fonce sur les dalles brillantes vers la porte tournante.

— Attendez !

Il est sur le point de monter dans sa voiture. Une Jaguar. Très chic. Le genre qui plairait beaucoup à Richard. Autant qu'il détesterait Simon Manning qui est tout ce qu'il aurait aimé être. Séduisant. Rugueux.

Brillant. *Seigneur, faites que Richard ne me surveille pas aujourd'hui. Qu'il ne voie pas ça.*

— Attendez ! dis-je encore une fois, et il se retourne.

J'ai l'impression que je vais éclater en sanglots. Après cette petite course derrière lui, je suis à bout de souffle, et j'en ai tellement marre de garder cet air calme et cool. Comme si tout était super normal. S'il y en a bien un qui peut comprendre ce que je ressens, c'est Simon. Lui aussi, il s'est fait contaminer.

— J'ai une réunion, dit-il.

— Foutaises.

Le mot m'a échappé avant que je puisse l'arrêter, mais merde, s'il a décidé de retirer son contrat à PKR, ce n'est pas ma vulgarité qui y changera quoi que ce soit.

— Je ne vous reproche pas de ne pas avoir envie de traîner par ici – moi aussi, j'aimerais éviter –, mais ne me racontez pas de conneries. Vous avez le temps de parler.

— Il faut *vraiment* que j'aille quelque part.

— Allez-vous annuler votre contrat chez nous ?

Mon regard est aussi direct que ma question et il a le bon goût de paraître gêné.

— Parce que, si c'est le cas, ce n'est pas juste. Ce n'est pas juste pour Penny, ce n'est pas juste pour la boîte et ce n'est pas juste pour tous ces gens que nous avons contactés et qui espéraient un emploi décent. C'est très dur en ce moment pour eux. Beaucoup n'ont pas une vie facile. Et pour être juste envers Lisa…

— Pour être juste envers Lisa ?

Il ouvre de grands yeux et je ne sais pas si c'est le choc, la colère ou les deux. Je regrette mon choix de mots.

— Je veux dire, dans ce contexte. Beaucoup de ces gens n'auraient été pris par personne d'autre. Elle s'est battue pour eux. Elles les a persuadés de suivre toutes ces formations gratuites. Et ils sont devenus certains de nos travailleurs les plus fiables.

Je m'arrête, déjà vidée.

— Écoutez, dis-je. Je sais qu'elle vous plaisait. Je sais que vous avez un peu flirté. Elle m'a parlé de votre dîner.

Je vois la colère dans son regard, comme s'il croyait que je suis sur le point de le faire chanter. Je lève des mains suppliantes.

— Je n'ai pas l'intention de le dire à qui que ce soit. Croyez-moi, je n'ai *aucune* envie de parler d'elle.

Les larmes me brûlent les yeux.

— Parce que je ne saurais pas comment faire. Dix années d'amitié viennent de m'être arrachées ; c'est comme si elle était morte ou je ne sais quoi, et pourtant tout le monde me regarde comme si j'aurais dû savoir, comme si elle m'avait confié ses secrets. Merde, comment j'aurais pu me douter d'un truc *pareil* ? Qui s'imagine qu'une amie est capable de ça ?

Il se laisse aller contre la voiture pendant que je refoule mes pleurs.

— J'ai la fierté de croire qu'on ne me la fait pas, dit-il. Mon passé n'est pas tout blanc. Les arnaqueurs, je les sens. C'est pour ça que je me débrouille aussi bien. Je sais ce que les gens ont derrière la tête. Mais cette fois... je n'ai rien vu... je me fais vraiment l'effet d'un con.

Il est amer. Son esprit a passé en revue tous les *et si*. Et s'il l'avait épousée et que cette histoire était sortie après ? Quels dégâts pour ses affaires ? Tout ce pour quoi il a tant travaillé. Et s'il était bel et bien tombé amoureux d'elle ? Et si, et si, et si.

— Je crois que je n'aurai plus jamais confiance en une amie, dis-je.

C'est une pensée atroce et noire, une condamnation à la solitude perpétuelle, mais comment pourrais-je me sentir aussi proche de qui que ce soit maintenant ? Qui peut remplir le trou que Lisa a laissé dans ma vie ?

Je continue sans le regarder :

— Et le pire, c'est qu'il y a des moments où elle me manque.

Je me reprends, me redresse. Je ne suis pas venue ici pour pleurer sur mon sort.

— On a chacun sa propre merde à gérer dans cette histoire. Penny, moi, vous. Mais il faut se souvenir que ce n'est pas notre faute. C'est ce que je n'arrête pas de me dire quand je sens qu'on me regarde d'un drôle d'air. Ce n'est pas ma faute.

Je le fixe droit dans les yeux.

— Et ce n'est sûrement pas la faute de tous ces gens qui sont fous de joie devant la perspective d'un contrat longue durée avec une paie décente. Cette histoire ne fait pas de vous un salaud ou un… *con*. Ce genre de trucs n'arrive qu'une fois sur un million. Une fois sur cent millions. Ce n'est pas quelque chose à quoi on peut se préparer. On a juste eu la malchance de se retrouver dans le monde de Lisa.

— Le monde de Charlotte, dit-il.

— Non. Celui de Lisa. Elle n'existait peut-être pas pour de bon, il n'empêche qu'elle existait pour nous. Qu'elle vous ait plu ne fait pas de vous un enfoiré. Mais vous venger sur tous ces gens qui n'y sont pour rien ? Alors ça, oui.

Je laisse un petit silence traîner entre nous.

— Voilà, c'est tout ce que j'avais à dire.

Je suis fatiguée, amochée, et je ne sais toujours pas pourquoi je suis ici.

— Faites ce que vous avez à faire.

C'est ma conclusion. Je repars vers le bâtiment.

— Marilyn ?

Je me retourne.

— Je vais y réfléchir, d'accord ?

Ils me dévisagent tous quand je me rassieds à mon bureau. Je les ignore, comme si je revenais simplement des chiottes. Mon armure d'acier est à nouveau en place, mais je me sens plus légère d'avoir parlé à Simon. De savoir que quelqu'un d'autre éprouve au moins un petit peu de ce que je ressens.

Après le déjeuner, Penny m'appelle dans son bureau. De près, sous la lumière trop vive, elle a l'air très fatiguée, ce qui me surprend ; je garde mes commentaires pour moi.

— Merci, dit-elle.

Je n'ai pas à lui demander de quoi. Son soulagement est palpable.

— De rien.

Elle hoche la tête vers la porte.

— Comment ça se passe là-bas ?

— Ça cancane. Fallait s'y attendre. Ça leur passera.

Il y a des tas de gâteaux faits maison aujourd'hui – *nous sommes une équipe, nous devons nous soutenir* – et, même si Julia essaie toujours de paraître plus jeune qu'elle ne l'est, elle assume le rôle de mère auprès des autres maintenant que je suis devenue celle qui dérange. Stacey s'est installée plus près de Toby qui est, oh, si heureux de veiller sur elle. Au moins, elle a montré un peu de tristesse. Elle a eu la gentillesse de dire : « Je l'aimais bien » sans que personne ose lui en faire le reproche. Le pouvoir de la jeunesse, je suppose. Personne ne m'accordera cette liberté. Je suis trop vieille. *J'aurais dû me douter de quelque chose.*

— Je n'arrive toujours pas à y croire, dit Penny.

Elle a été tellement occupée à jouer les pompiers de service qu'elle n'a probablement pas eu le temps d'y réfléchir jusqu'à maintenant.

— Et moi donc.

Je lui souris. Peut-être est-elle en train de comprendre que ce n'est pas si différent pour moi. En fait, c'est *pire* pour moi. Je suis celle qui est assise devant un bureau vide, un bureau que j'avais tenu à placer face au mien en dessinant les plans de l'open space. Elle ne me regarde pas, elle fixe la porte comme si elle pouvait voir les autres à travers.

— Je parie que c'est elle qui a volé l'argent, dit-elle brusquement.

J'ouvre et je referme la bouche comme un poisson rouge. Avec tout ça, j'avais complètement oublié la soirée salsa. Ce que Lisa m'a dit la dernière fois qu'on s'est vues. Ses soupçons à propos de Julia. Était-ce un moyen de se couvrir ? Était-elle la voleuse ?

— Peut-être, dis-je, réticente. Mais alors pourquoi cet argent n'a-t-il commencé à disparaître que ces derniers temps ?

Penny me lance un regard perçant.

— Peut-être que je ne m'en suis pas aperçue avant.

— C'est possible, concédé-je. Et puis c'étaient les seize ans d'Ava et je sais qu'elle lui a acheté des cadeaux assez chers. Comme toujours.

Pauvre Ava. L'a-t-elle dit à Lisa ? Je me demande dans quel état elle est. J'aimerais tant pouvoir lui parler. Je regrette de ne pas l'avoir fait hier soir. J'aurais dû aller la voir dans sa chambre au lieu de faire comme si je n'avais rien vu.

Le regard de Penny s'adoucit à présent que j'ai pris son parti. Il n'est pas question que je mentionne le

« soupçon Julia ». Je n'ai pas l'énergie pour un nouveau conflit et pourquoi défendrais-je Lisa ? Je suis seule ici pendant qu'elle vogue vers une nouvelle vie sous une nouvelle identité. Je suis persuadée qu'elle va se trouver une autre meilleure amie, une pauvre conne qui ne saura pas qu'elle est une tueuse d'enfant.

Et pas juste un enfant. Son propre frère de deux ans. À onze ans, on est assez âgé pour savoir ce qu'on fait. Ma meilleure amie est un monstre. La colère revient et c'est tant mieux. Un afflux de rage qui me redonne un peu de force.

— Ça te dit d'aller boire un verre de vin tout à l'heure ? Au vieux pub où on allait avant.

Ça fait une éternité que je n'ai pas pris un pot avec Penny – plus depuis qu'elle a décidé d'agrandir la boîte. Elle est assez drôle après une demi-bouteille de sauvignon, dans un genre plutôt caustique, et rire un peu ne me ferait pas de mal.

— Ah, je ne peux pas. J'ai encore trop de trucs à régler.

Ses yeux me fuient. Sa gêne inonde la pièce.

— Pas de problème. C'était juste une idée.

Mon sourire me fait mal aux joues.

— Une autre fois ?

— Bien sûr. Quand tu veux.

Elle semble soulagée que je n'aie pas insisté et je quitte son bureau d'une démarche qui se veut assurée. Mais sous la surface, je bouillonne. J'aurais dû *laisser* Simon Manning proposer son contrat ailleurs. Quelle salope. Et toi, Lisa, va te faire foutre. Va te faire foutre de t'être barrée en me laissant me débattre là-dedans.

Quand je rentre à la maison, Richard est en train de raccrocher le téléphone et il le fait un tout petit peu trop rapidement, comme s'il ne m'avait pas entendue arriver et qu'il aurait préféré que je ne le voie pas. Ses yeux sont brillants et il sourit. Beau gosse. Avant, il me faisait penser à un loup, maintenant ce serait plutôt une hyène. Il a fini par me *montrer* la hyène.

— Un nouveau boulot ?

Terrain ô combien délicat. Le travail a été rare pour lui ces derniers temps et c'est un euphémisme. Le secteur du bâtiment tourne au ralenti, plus personne ne semble avoir besoin d'entrepreneurs qualifiés. Bien sûr, à l'époque où tout allait bien, je ne lui demandais pas où il mettait l'argent et il a évité de mentionner qu'elle était révolue jusqu'à ce que la situation devienne intenable. Quel gâchis. Notre mariage se noie sous un déluge incessant de mises en demeure.

— Quelque chose comme ça. On dirait que ça va s'arranger !

Il me fait un clin d'œil.

— Sors ton rouge à lèvres. On va au Peking Palace.

Je n'ai qu'une envie : enlever mes chaussures, descendre une bouteille de vin, me coucher et sombrer, mais ça ne va pas être possible. Il est déjà en train de mettre sa veste.

— On pourrait passer au Navigation prendre un verre d'abord. Genre soirée romantique.

Il se penche vers moi et m'embrasse. Cette bonne humeur me rend méfiante. Très méfiante. Il a une idée derrière la tête. Mes nerfs vibrent et mes bleus palpitent en harmonie tandis que je le suis dehors et qu'il ferme la porte.

Ça va mal finir.

31

APRÈS

2001

Son profil est un trait sombre dans le noir. Ils sont tous les deux cachés dans la nuit, uniquement trahis par les froissements du drap en coton pendant qu'elle parle. Elle l'aime, elle le sait. Et il dit qu'il l'aime. Qu'ils resteront toujours ensemble. Il prend soin d'elle. Il veut qu'elle emménage avec lui. Joanne est heureuse qu'elle ait un petit ami, mais, d'après elle, il vaudrait mieux ne pas y aller trop vite. Attendre d'être tout à fait sûre. Joanne veut qu'elle garde son studio encore un peu, pour ne pas se mettre trop la pression. Joanne dit que vivre ensemble c'est un grand pas.

Elle aime toujours Joanne et elle ne pourrait imaginer sa vie sans son soutien. Cependant, elle pourrait quand même arrêter de la traiter comme une enfant. C'est vrai qu'elle n'est avec Jon que depuis quelques mois, mais ils sont inséparables et elle a vingt-trois ans. À vingt-trois ans, on n'est plus un bébé.

Jon la fait rire. Personne ne l'a fait rire ainsi depuis… eh bien… depuis *avant.* Mais maintenant, toutes ses cellules ont changé. Elle est une personne différente. Les draps sous elle sont moites, mais moites d'une sueur d'adulte, pas d'une urine d'enfant. Elle entame sa nouvelle vie.

Elle se laisse aller contre l'oreiller ; le monde tangue un peu. Ils ont bu, lui plus qu'elle ; il boit bien plus qu'elle, mais c'est un homme et les hommes se saoulent, non ? Elle aime bien quand ses yeux sont brumeux et qu'il la regarde avec autant d'amour et ce gros sourire de petit garçon. Dans ces moments, elle a l'impression qu'elle va exploser de bonheur. Et parfois, juste parfois, quand ils sont assis ensemble sur son petit canapé devant un film comique à manger du porc doux-amer et du poulet *chow mien* et qu'il s'excuse de ne pouvoir lui offrir davantage alors qu'elle est en train de se dire qu'elle est au paradis, parfois donc, elle arrive à oublier le secret qu'elle lui cache. Pendant si longtemps, elle s'inquiétait que les gens l'apprennent ; à présent, elle *meurt* d'envie de tout lui révéler. Comment peut-elle lui dire qu'elle l'aime sans être totalement honnête ? Comment être sûre qu'il l'aime s'il ne sait pas ?

Sa forme sombre bouge auprès d'elle et il se redresse pour prendre son verre posé à côté du lit et boire une gorgée de vin. Il le lui tend et elle l'imite. L'alcool lui assèche un peu la bouche, mais elle aime sa chaleur, comment sa tête se met à chanter. Cela aussi lui rappelle *avant*. Quand elle était une personne différente. Elle pense beaucoup trop au passé. En permanence, quasiment ; c'est comme une écharde sous son ongle qu'elle n'arrive pas à enlever. Il est toujours là, entre eux. Même ici, juste après qu'ils ont fait l'amour.

— Jon, commence-t-elle.

Il essaie de l'attirer à nouveau contre lui, mais elle ne veut pas du battement rassurant de son cœur pour le moment. Pas avant d'être sûre qu'il lui appartienne.

— J'ai quelque chose à te dire.

Sa voix désincarnée flotte dans l'obscurité. Le visage de Jon est une tache moins noire dans le noir et, pour une fois, elle est heureuse que les lourds rideaux bloquent la lumière du lampadaire dans la rue. D'habitude, elle ne peut pas dormir, l'obscurité l'étouffe ; ce soir, elle lui permet de se cacher.

— Ça a l'air grave.

Il rigole un peu, mais il y a de la nervosité dans sa voix et elle comprend qu'il pense qu'il s'agit *d'eux,* que peut-être elle a fait quelque chose, que peut-être il y a un autre garçon. Ça la stupéfie qu'il puisse imaginer qu'elle le quitterait. Elle l'aimera jusqu'à son dernier jour.

— C'est quelque chose que tu dois savoir. Mais que tu ne devras jamais dire à personne. Tu promets ?

Il se fige, intimidé par son sérieux.

— C'est promis. Croix de bois, croix de fer, si je mens je vais en enfer, dit-il.

Pendant une fraction de seconde, un froid immonde l'envahit. Elle se pétrifie. Est-ce un mauvais présage ? Qu'il prononce la phrase exacte qui la hante depuis si longtemps ? Ne ferait-elle pas mieux de se taire ? Joanne lui a conseillé de n'en parler à personne. On aimerait toujours tout partager, mais certaines choses, il vaut mieux les garder pour soi. Si, plus tard, ils avaient un enfant, ce serait différent. Peut-être qu'alors il faudrait qu'il sache. D'autant plus qu'il aurait lui aussi une bonne raison de se taire.

Il attend qu'elle continue tandis qu'elle ouvre et referme la bouche comme un poisson. Il y aura *un* bébé, alors pourquoi ne pas lui dire maintenant ? Les bébés sont ce qui arrive quand une fille et un garçon tombent amoureux et ce n'est pas comme s'ils avaient été prudents. Elle aurait dû faire en sorte qu'ils prennent des précautions, mais elle n'en avait aucune envie. Elle sait ce que cela veut dire. Elle a trop enchaîné les analyses depuis des années pour ne pas comprendre ses motivations. Elle *veut* un bébé. C'est une perspective qui l'excite autant qu'elle la terrifie. Une idée trop fragile et trop précieuse pour qu'elle tente de l'examiner.

Elle rouvre la bouche. Comment commencer ? Il était une fois ? Comme une sorte de conte de fées sinistre ? Essayer de napper tout ça dans une couche de sucre glace ? C'est ridicule. Quelle que soit la façon de le raconter, ce sera toujours effroyable. Il pourrait ne plus vouloir lui adresser la parole. Il pourrait l'étrangler ici même dans ce lit comme tant de gens qui ne l'ont jamais vue ont dit qu'ils aimeraient le faire.

Elle va lui dire, mais elle ne parlera pas de l'acte lui-même. Elle n'en a jamais parlé. Elle ne *peut pas* en parler. Elle l'a accompli, que peut-elle dire de plus ? Alors, elle commence par son nom. Elle casse tout de suite le suspens. Si ses cellules sont entièrement nouvelles, il ne s'est pas passé assez de temps pour que son véritable nom n'évoque pas au moins un souvenir familier dans la tête des gens. Celle avec qui on fait peur aux petits enfants. *Sois à la maison pour le goûter si tu ne veux pas que Charlotte Nevill t'attrape.*

Elle parle dans l'obscurité, à mi-voix ; des phrases raides et guindées pour atténuer, comme si c'était possible, leur gravité. Et, même si elle est tellement consciente de lui allongé à ses côtés, de son corps qui se crispe involontairement à chacun de ses mots, pas une seule fois elle ne se retourne pour le regarder. Elle débite son histoire jusqu'à ce qu'elle devienne une couche supplémentaire d'obscurité, un drap en plus entre eux.

Quand elle a fini, et il ne lui a pas fallu très longtemps – comme c'est le cas en général avec la vérité –, il n'y a que le silence. Il s'assied et attrape son verre de vin. Elle l'entend avaler. Tout s'arrête. Elle a commis une terrible erreur. Elle voudrait pleurer. Le silence s'éternise. Elle lève les yeux enfin vers lui en se demandant si cette silhouette sombre est la dernière vision qu'elle gardera de lui. Sa vie héritée lui évoque soudain un de ces chevaux en origami, ceux que M. Burton fait avec des feuilles inutilisables. Superbement façonnés. Si facilement broyés.

— Je suis désolée, Jon, murmure-t-elle, et, si ses yeux sont secs, sa voix tremble. Je suis tellement désolée.

Mais alors, il lui dit que tout va bien, qu'il l'aime, et il presse sa peau nue contre la sienne et il l'embrasse. Il l'aime. Il *l'aime.*

Dans les semaines qui suivent, après s'être rendu compte que la nausée, la fatigue et la faim permanente n'ont rien d'inquiétant, et que de deux ils sont sur le point de devenir trois, elle se persuade qu'elle sait quand leur bébé a été conçu. C'était pendant cette nuit très spéciale, où il n'y avait que franchise et honnêteté.

Comme si, peut-être, Dieu lui avait pardonné.

32

Ava

Enfin, enfin, j'ai réussi à tous les faire partir. Pour nous donner « un peu de temps ensemble ». Ça n'a pas été facile. Ils se comportent comme si on était des gosses qu'on ne peut pas laisser seuls, mais, à force de me montrer gentille et calme, j'ai obtenu ce que je voulais. Une soirée seule avec maman. Une nuit sans eux.

Ça été bizarre après leur départ. L'appartement si petit paraissait soudain très grand. Alison avait laissé des tas de numéros de téléphone sur le frigo, ce qui pourrait paraître normal tant qu'on oublie que c'est pas ceux de la baby-sitter ou de la femme de ménage, mais ceux de flics, de psys et d'agents de probation. N'empêche, je suis tout excitée et sur les nerfs. Ceci n'est déjà plus ma vie. Pas après ce soir. Même s'il n'est pas là – *il sera là, bien sûr qu'il sera là* –, je ne reviendrai pas. C'est décidé. Maman essaie d'être plus comme d'habitude, mais on n'en a pas encore discuté. De ce qu'elle a fait autrefois. Alison dit qu'elle n'en a jamais parlé. Je crois qu'ils espèrent plus ou moins qu'avec moi elle s'ouvrira. Eh bien, ça ne risque pas d'arriver. Je ne veux pas savoir. Je ne veux pas l'entendre raconter ça avec la voix de ma mère. Ce n'est plus ma maman. C'est juste une de ces tordues dont on parle dans les journaux.

Alison n'était pas son agent de probation à l'époque de ma naissance. C'était une certaine Joanne. Alison n'est arrivée que quand on a commencé à déménager ici et là, quand j'étais petite. Dans une vie qui appartient au passé et qui n'est plus la mienne. Ma vie à moi, c'est mon futur. Bientôt, *maman* ne sera qu'un souvenir. Une vieille histoire. Elle l'est déjà. Comment pourrais-je essayer de l'aimer et de la comprendre, même avec toutes les questions que je me pose ? C'est une étrangère. Un *mensonge.*

Je ne voulais pas qu'on me coupe les cheveux, mais j'ai serré les dents et je les ai laissés faire. En fait, ça me va pas trop mal. Ils m'ont quasiment rasée et c'est plutôt cool. Ange serait malade. Et puis, je suis rousse maintenant – pas rousse rouge, mais un auburn assez foncé – et ils m'ont donné des lentilles marron. C'est fou comme de petits changements comme ça me transforment complètement. Je suis une autre. Je me suis aussi entraînée à me maquiller différemment. Des traits plus gros autour des yeux. Des couleurs plus définies. Avec les fringues qui vont bien, j'aurai vraiment l'air de quelqu'un d'autre. Quand elle m'a vue, j'ai cru que maman allait pleurer. Mais elle ne l'a pas fait. C'est pas son genre – en tout cas, c'est ce qu'ils m'ont dit. Elle n'a pas pleuré *à l'époque*. Ni au tribunal ni ailleurs.

Je lui ai dit que j'aimais mon nouveau look et ça a paru lui suffire. Elle n'arrête pas de répéter qu'elle est désolée. *Je suis désolée pour tout, Ava.* Comme si elle avait bousillé une robe dans la machine à laver, et pas balancé notre vie aux chiottes.

Ils l'ont changée elle aussi. Elle est blonde maintenant. Pas platine ou blondasse, mais cette espèce de jaune assez ordinaire. Elle paraît plus jeune, d'autant qu'elle a perdu du poids. Alison et la police ne s'inquiètent pas trop de *son* look. Les photos d'elle dans la presse sont trop rares pour qu'on la reconnaisse. Les journaux n'ont pas le droit de les imprimer et je comprends maintenant sa discrétion, sa haine des photos et ses *à quoi me servirait Facebook*.

Pendant cette soirée *pour nous*, on n'a pas vraiment parlé. Alison nous avait laissé la version supermarché d'un repas chinois dans le congélo que j'ai fait réchauffer et qu'on a bouffé devant la télé. J'ai dit que j'aimais sa coiffure et elle a recommencé à me présenter ses excuses. J'ai dit que ce n'était pas la peine, qu'on allait surmonter ça. Elle a paru tellement soulagée. Comment peut-elle croire que ça va être aussi facile ? Que tout va redevenir comme avant ? Cette vie n'est qu'un tissu de mensonges.

Hier, quand j'ai entrepris ma campagne de *gentillesse,* elle est venue dans ma chambre pour s'asseoir au bord de mon lit en se rongeant les ongles. Elle m'a demandé de noter toutes mes questions pour elle. C'était une idée d'Alison. Pas les questions sur *ça* – elle n'arrive pas à parler de ce qu'elle a fait –, mais à propos de sa vie, de nos vies et de tout le reste. Elle a dit qu'elle essaierait d'y répondre de son mieux. Je lui ai dit que je le ferais, mais je ne le pensais pas. Je ne veux rien savoir *maintenant.* Bon, d'accord, peut-être un peu – *parle-moi de mon père* –, mais à quoi bon ? Ça n'a plus aucune importance.

On a continué à regarder la télé en buvant du thé, comme si c'était une soirée normale à la maison, pendant que je surveillais l'heure discrètement. J'en crevais de voir le temps traîner comme ça et je me demandais si c'était pareil pour lui.

Et puis, enfin, elle a pris son somnifère – je me demande combien de cachets ils lui font ingurgiter en ce moment – et j'ai poussé un énorme bâillement en disant que j'étais fatiguée ; je l'ai embrassée sur la tête avant de sortir. Ça a été l'instant trop bizarre de la soirée. Je ne sais pas si c'est l'odeur de son crâne, mais soudain j'ai eu envie de grimper sur ses genoux comme quand j'étais petite. Quand elle était tout pour moi. C'était une drôle de sensation, horrible. Je ne sais pas si elle peut m'aimer – si elle était capable d'aimer, elle n'aurait jamais fait ce qu'elle a fait – et je ne comprends même pas pourquoi elle m'a eue. C'est ça le genre de questions qu'Alison veut que j'écrive. Je les emmerde. Je ne reviendrai jamais. Elle ne fera pas partie de ma nouvelle vie. Maintenant, c'est lui qui est tout pour moi et il m'attend. J'en suis sûre.

Je suis allongée dans le noir, tout habillée sous ma couette remontée jusqu'au menton. Que va-t-il penser de mon nouveau look ? De toute manière, il faudra que j'en change encore. La couleur des cheveux au moins, parce que la police va sûrement me rechercher. Mais j'ai seize ans. Je ne suis plus une enfant. Qu'ils disent que j'ai fugué, je m'en tape. Je vais laisser un mot. Je l'ai déjà écrit : « Laissez-moi tranquille. » C'est court, mais clair et je ne voulais surtout pas parler de lui. Ce n'est pas sa faute si la situation est aussi merdique.

Est-ce qu'Alison a remarqué l'argent disparu dans son porte-monnaie ? J'ai pris trente balles pendant qu'elle parlait à maman avant de partir ; et j'en avais piqué vingt à la psy hier. Elle n'est pas revenue aujourd'hui, alors je ne sais pas si elle a des soupçons.

Bon, cinquante, ça devrait suffire, si j'arrive à trouver une cabine téléphonique pour un taxi, à moins qu'il y ait encore un bus à cette heure-là. On a rendez-vous sur une route de campagne. Un coin où personne ne nous verra. Ça ne va pas être facile d'aller jusque là-bas, mais c'est jouable. On a dit quatre heures du matin donc j'ai largement le temps. S'il n'est pas là, j'irai chez Ange ou chez Jodie, mais il *sera* là. Il m'aime. Quand on sera planqués quelque part, j'enverrai un message aux copines pour leur dire de ne pas s'inquiéter. Et puis, il va falloir que je m'occupe de l'autre truc, cette petite ligne bleue. Jodie devait m'aider. Désormais, je compte sur lui. Je sais que je peux avoir confiance. Il a été si compréhensif à propos de Courtney, même quand il était jaloux. Est-ce que je me sentirai plus adulte après un avortement ? Est-ce que je *lui* paraîtrai plus adulte ? Peut-être qu'un jour on aura nos propres enfants mais, pour le moment, je ne veux plus de ce machin *dans* moi. Peut-être que ça partira tout seul. Quand je n'ai pas la nausée, je peux presque faire comme s'il n'était pas là.

J'attends que l'appartement soit complètement silencieux… à part mon cœur qui fait un boucan d'enfer. J'ai la bouche sèche. *Il sera là, il sera là. Il ne me laissera pas tomber.* Je repousse la couette et je me lève. Je ne mets pas encore mes chaussures. J'attends d'être dehors, dans le couloir de l'immeuble.

Je rassemble mes affaires, je vérifie que j'ai l'argent et j'y vais. J'ouvre la porte d'entrée.

Ça y est.

Je suis partie.

33

Marilyn

— Regarde. Tu vois ?

Richard me met le magazine sous le nez.

— *Elle* l'a fait.

Mme Goldman, la vieille chouette qui vit – *vivait* – à côté de chez Lisa me fixe sur la couverture. Elle n'a pas l'air bien vaillante. C'est le genre de magazine à scandale qu'on trouve dans les salles d'attente des dentistes et des médecins, à peine moins trash que *Heat* ou *Closer*. Le titre au-dessus de la photo de Mme Goldman : « La voisine de Charlotte Nevill nous dit tout : la vie secrète de la tueuse d'enfant. » Je prends le canard et je l'ouvre. Une citation est mise en exergue : « J'ai toujours pensé qu'elle était bizarre. Elle ne parlait à personne. »

— Quelle connerie, dis-je en me détournant pour remuer mon café. Et elle devrait avoir honte. Lisa faisait plus que lui parler, elle lui faisait ses courses et elle lui payait même quelques extras de sa poche. Elle s'occupait d'elle bien mieux que sa propre famille.

— Là n'est pas la question.

Alors, je l'entends. La dureté dans sa voix. Il est en train de perdre patience.

— Si elle a pu refiler cette merde à un magazine national, on doit pouvoir faire monter l'offre du *Mail.* C'est *ton* histoire qu'ils veulent. C'est toi qui la connaissais le mieux.

— Étant donné ce qui s'est passé, je dirais plutôt que je ne la connaissais pas tant que ça.

Je n'ai pas le temps maintenant. Il faut que j'aille travailler, alors je me glisse à côté de lui – *le plus gentiment possible* – pour prendre ma veste. Je sens sa tension : elle irradie ; il tente de contrôler sa rage.

Il me suit dans le couloir.

— Je ne comprends pas pourquoi tu ne veux pas le faire. C'est du fric gratuit. Ça pourrait résoudre tous nos problèmes.

Tes problèmes, ai-je envie de répondre. Pas les *miens.*

— Ce n'est pas gratuit. C'est dégueulasse. Sordide. C'est ce que tu as toujours dit des gens qui vendent leurs histoires comme ça.

— On dirait que tu cherches à la protéger. Tu la défends toujours.

— Ne sois pas ridicule.

— C'est pourtant ce que tu viens de faire. Avec cette vieille bonne femme.

Je m'arrête à la porte.

— C'est à Ava que je pense. Je ne voudrais pas qu'elle tombe sur ça. Moi qui parle de sa mère. Elle n'a personne en ce moment. Absolument personne à qui faire confiance.

— Tu ne la reverras jamais, alors quelle importance ! Pourquoi tu n'arrives pas à faire rentrer ça dans ta petite tête ?

Je laisse la porte claquer derrière moi. Quelques reporters – à défaut d'un meilleur mot : des fouille-merdes, par exemple – traînent toujours au bout de l'allée, mais je ne les regarde pas et je réponds encore moins quand ils m'interpellent. Je monte dans la voiture, je mets mes lunettes de soleil et je démarre. Je roule, plus vite que la limite autorisée, jusqu'à ce que je sois débarrassée d'eux.

Si seulement c'était aussi facile d'échapper à cette nouvelle saloperie. Je pense aux 40 000 livres promises par le *Daily Mail*. D'après Richard, c'est le journal qui a pris contact avec lui. Il ne m'a pas assez abrutie de coups pour que j'avale ça. C'est *lui* qui les a appelés, bien sûr, pour leur parler de mon amitié avec Lisa, leur dire que je suis bien la seule à connaître tous les détails de sa vie quotidienne. Il a fait une sacrée tête quand j'ai refusé. Il n'en croyait pas ses oreilles. Surtout quand il est devenu évident qu'il n'avait pas son mot à dire. Personne ne veut de *son* histoire – elle ne vaut rien par rapport à la mienne. Comment ai-je pu un jour penser qu'il y avait un peu d'amour chez cet homme ? Même au début, quand je l'aidais dans son travail, que j'étudiais l'agencement des maisons, la façon de gérer l'espace avec lui, que je lui donnais des idées pour ses clients, j'aurais dû comprendre qu'on en arriverait là. *Pourquoi un rouge à lèvres pareil ? Pour qui ?* Ces petites accusations auraient dû être un premier indice, il y a tant d'années.

Mon téléphone se met à sonner. C'est lui. Je ne réponds pas. Quand je m'arrête à un feu rouge, je lui envoie un bref message. *Je vais y réfléchir.* Pourquoi pas ? Je ne dois rien à Lisa et Ava ne lit probablement pas les journaux. De toute manière, je doute que ça lui fasse quoi que ce soit. En revanche, ça me ferait quelque chose, à moi. Je suis en colère contre Mme Goldman, elle n'aurait pas dû accepter. *Elle vit seule.* C'est la voix de Lisa qui parle. *Et voilà que, pour une fois, on fait un peu attention à elle. Au moins, grâce à ça, elle pourra s'offrir un gâteau de temps en temps.* Je la fais taire. Lisa n'est pas Mère Teresa. C'est le catalyseur de mes emmerdes. Elle est tranquillement planquée quelque part pendant que les coups me pleuvent dessus.

L'atmosphère a changé au bureau, je le perçois avant même de m'asseoir. Ils sont tous un peu surexcités, comme des chiots sans laisse. Une meute, c'est sûr, dont je ne fais plus vraiment partie. Stacey me jette un coup d'œil, aussitôt imitée par Toby, et l'effervescence se calme pendant que tous enregistrent mon arrivée.

— Quoi ? dis-je. J'ai raté quelque chose ? Si tu en fais, Emily, je veux bien un café. Merci.

Le sourire plaqué sur la tronche, je jette mon sac sur mon bureau. Marilyn l'indomptable. Qui affronte les problèmes bille en tête.

Ils échangent des regards et c'est Julia qui se charge de mettre ça en mots :

— C'est à propos de Lisa ou Charlotte ou Dieu sait comment elle s'appelle.

Ça me met en rogne. Quoi encore ?

— Ouais ?

Elle perche une fesse sur mon bureau, comme si c'était le sien.

— Eh bien, on est tous allés boire un verre hier soir et Penny a dit…

Je la coupe, malgré moi.

— Penny ?

— On était tous d'avis qu'elle avait besoin d'un peu de répit.

Elle dit *on,* mais elle pense *je.* C'est elle la chef de meute.

— C'était très gentil à vous.

J'affecte le même ton qu'elle : tout en douceur et légèreté, bien que mon cœur s'emballe. Ils sont allés au pub sans moi. Pire, Penny a refusé mon invitation mais pas la leur. Bien sûr, elle a peut-être simplement changé d'avis, sauf que je n'y crois pas trop. Elle n'est plus à l'aise avec moi. Je suis trop *proche*.

— Oui, bon… Penny nous a dit que de l'argent a disparu dans la caisse commune. Elle pense que c'est Lisa qui l'a pris.

— Vraiment ?

Je vois la scène. Julia qui offre du vin ; Penny, pressée de se détendre, qui se bourre un peu trop vite et qui ouvre sa grande bouche.

— Tu ne savais pas pour l'argent ?

Elle est maligne. Elle sait que je sais.

— Si. Penny me l'avait dit.

C'est un coup de semonce de ma part, tout en nuances, une infime accusation dans ma voix, mais – c'est peut-être moi qui me fais des idées – je suis sûre de voir un éclair passer dans ses yeux. *Attention,* me dis-je. *Est-ce que t'en as vraiment quelque chose à foutre ?*

— Tu n'as jamais vu Lisa faire un truc suspect ?

Tous dressent l'oreille. De quoi d'autre ont-ils discuté hier soir ? De moi, à l'évidence, mais dans quels termes ? Quelles conclusions ont-ils tirées ? Sur quel chemin Julia les a-t-elle conduits, cette sale petite voleuse ? Cette insulte qui m'est venue si naturellement me fait comprendre que je crois Lisa. Julia est le loup dans la bergerie.

— Non. Si cela avait été le cas, je l'aurais dit.

— Bien évidemment.

Elle sourit, le rouge sang sur ses lèvres faisant ressortir le blanc parfait de ses dents. Elle a dû les faire blanchir.

Encore un truc pour paraître plus jeune. Lisa ne se trompait pas là-dessus non plus.

Les stores dans le bureau de Penny sont fermés et je me demande si c'est d'eux ou de moi qu'elle se cache, ou peut-être de nous tous. Pour ne pas montrer sa gueule de bois. Quoi qu'il en soit, j'ai du mal à croire qu'il lui est si facile d'accuser Lisa. J'ai envie de foncer dans son bureau pour lui hurler : « C'est une tueuse d'enfant. Pas une saleté de petite voleuse. »

— Je suppose qu'on ne va pas tarder à découvrir qu'elle avait des problèmes d'argent, susurre Julia. C'est le genre de choses qui finit toujours par sortir dans les médias.

Mon ventre se noue. Et s'ils découvraient que Richard m'a entraînée dans son gouffre financier et que nous vivons à crédit ? Cela ferait-il de moi la suspecte numéro un ?

— Ou peut-être qu'elle a fait ça juste parce que l'occasion s'est présentée ? dis-je.

Le sourire de Julia s'élargit, triomphant. Elle a compris qu'avec cette concession minable je tente de me faire réadmettre dans la meute. Comment réagiront-ils si je vends mon histoire, comme le veut Richard ? C'en serait fini de mon boulot ici. Et qui voudrait m'embaucher ? Une femme de quarante ans passés prête à tout déballer pour du fric ?

— Marilyn Hussey ?

J'entends mon nom avant même de voir l'homme et la femme qui se dirigent vers mon bureau. Le silence tombe, pesant. Les yeux guettent, les oreilles se tendent.

— Oui ?

Très professionnelle, alors que je suis en train de mourir en dedans.

— On nous a dit à la réception que nous pourrions vous trouver ici. Serait-il possible de bavarder un moment ?

La femme sort un badge : inspectrice Bray. Avec leurs costumes, leurs grosses chaussures et leur mines sinistres, ce n'était pas nécessaire. Tout le monde avait compris que c'étaient des flics.

— Bien sûr, dis-je. Allons dans une salle de réunion.

Je ne leur demande même pas de quoi il s'agit. C'est forcément à cause de Lisa. Quoi d'autre ? Lisa, Lisa, Lisa. J'en ai ma claque de Lisa.

Ce n'est pas à propos de Lisa. Pas directement, en tout cas. Il s'agit d'Ava et je ne m'y attendais absolument pas. Pendant qu'ils m'interrogent – « L'avez-vous vue depuis que l'identité de sa mère a été révélée ? A-t-elle essayé d'entrer en contact avec vous hier soir ou ce matin ? » –, des sirènes d'alarme se déclenchent dans ma tête. Ils ne se donnent même pas la peine de me rassurer quand je leur fais remarquer qu'ils sont mieux placés que moi pour avoir de ses nouvelles.

Ils continuent à me dévisager avec leurs sourires polis et leurs regards vides. Je demande si elle a fugué et ils ne répondent pas, préférant continuer à me questionner. « Y a-t-il d'autres adultes, en dehors de ceux qu'elles fréquentent à l'école, dont elle pourrait être proche ? Quelqu'un qu'elle aurait eu envie de contacter ? » Je me creuse la cervelle… je ne vois que son club de natation. Leur coach, peut-être ? Lisa n'avait pas d'autre amie que moi et donc, par défaut, Richard, qu'Ava connaît à peine. Entre eux, c'est juste bonjour bonsoir.

Ils me remercient, même s'il est clair que je ne leur ai pas été très utile, et c'est au moment où ils sont sur le point de partir que je me souviens du seul détail à propos d'Ava que peut-être personne d'autre ne connaît.

— Si elle a disparu, dis-je avec l'espoir de provoquer une réaction chez l'un d'entre eux qui pourrait me donner un indice, vous devriez peut-être essayer les cliniques qui pratiquent des avortements. J'ai vu un bout d'emballage dans la poubelle de la salle de bains chez elles. C'était un test de grossesse, j'en suis certaine…

Normal, j'en ai assez fait par le passé.

— … Il se peut qu'Ava soit enceinte.

Ils me remercient à nouveau – cette fois, avec plus de sincérité – et l'inspectrice Bray me donne sa carte. Je la regarde s'éloigner, le pas lourd dans ses grolles solides ; il n'y a pas la moindre élégance dans sa démarche. Elle s'appelle Bray et on dirait une mule.

Cette pensée n'est pas très sympa. C'est sans doute le stress qui me fait réagir comme une garce. Si Lisa était ici, on en rigolerait probablement. Livrée à moi-même, je suis juste amère et méchante. Sauf que si Lisa était ici, rien de tout ceci ne serait en train d'arriver.

Ava a fugué. La pensée me frappe alors que je regagne mon bureau sous les regards curieux, affamés, de la meute. L'inquiétude me gagne. La petite Ava est là-dehors quelque part, seule et furieuse. Non, j'espère qu'elle n'est pas seule. J'espère qu'une de ses amies sait où elle est et qu'elle craquera quand les flics iront lui parler.

Elle a seize ans. Ce n'est pas une idiote. Elle est sûrement en sécurité. Je n'arrive pas à m'en convaincre. Le monde est rempli de filles de seize ans intelligentes mais enragées qui finissent dans la rue ou qu'on repêche dans des rivières. Dont on n'entend plus jamais parler. Ava est têtue, elle l'a toujours été. Elle ne reviendra pas, quoi qu'il arrive.

Ou peut-être est-elle juste partie se faire avorter et qu'elle reviendra après. Je n'aurais jamais cru que l'idée qu'Ava soit enceinte puisse être un réconfort, mais maintenant c'est comme une ancre dans l'océan confus de mes émotions. Elle est allée se faire avorter quelque part. La police va la retrouver.

Je vais droit dans la cuisine me faire un café – celui qu'Emily a laissé sur mon bureau est froid. C'est Stacey qui vient timidement me rejoindre pour me demander ce qu'ils voulaient. Elle a au moins la décence d'être un peu gênée et je me demande qui l'a envoyée, Julia ou Toby, ou les deux.

Va te faire foutre, Lisa, me dis-je pour la millionième fois depuis qu'elle a cessé d'exister. *Putain, va te faire foutre, merde.*

34

APRÈS

2003

Les contes de fées n'existent pas, pas plus que les fins heureuses, malgré tous les Disney qu'elle passe à sa fille tous les après-midi pour l'occuper pendant qu'elle range et fait le ménage. Elle essaie en gros de rendre leur vie à peu près présentable, sauf que ce n'est pas possible. Comment a-t-elle pu y croire ?

Elle rassemble les canettes de bière vides et les bouteilles de mauvaise vodka pour les mettre à la poubelle. À quoi bon, se demande-t-elle, il y en aura encore d'autres à jeter plus tard. Plus tard. Elle ne supporte plus l'idée d'un *plus tard*.

En haut, dans son berceau, Crystal se met à pleurer. Crystal. Elle déteste le nom de sa fille. Une de leurs – trop – nombreuses disputes était à propos de ce prénom. *Ava,* voilà celui qu'elle aurait voulu. Elle le trouvait beau, élégant ; le présage d'un avenir meilleur. Crystal, selon elle, ça fait prétentieux, précisément parce que ça se veut modeste. Et puis le cristal, ça se casse. Ça se brise en mille morceaux. La perspective que quelque chose arrive à son bébé la terrifie. L'idée de quelqu'un en quête d'une vengeance terrible et absurde lui ronge la tête, emplit chaque moment de sa vie consciente. Elle n'aurait jamais dû avouer à Jon qui elle est. Elle n'aurait même sans doute jamais dû le fréquenter ; elle n'aurait jamais dû oser croire qu'elle pouvait connaître l'amour malgré son passé. Toutefois, sans lui, elle n'aurait pas eu sa fille.

La petite Crystal a deux ans et sa mère attend son troisième anniversaire avec une impatience angoissée. Trois ans, cela voudra dire qu'elle aura dépassé l'âge de Daniel. Et peut-être qu'alors les rêves commenceront à s'espacer. Peut-être que ce terrible sentiment d'effroi disparaîtra. Elle en doute. Les rêves et l'effroi seront à jamais en elle, ils n'ont fait qu'empirer avec la naissance de Crystal. Au début, elle croyait que les rêves étaient provoqués par le fantôme de Daniel qui venait la punir depuis sa tombe, mais dans son cœur elle sait que ce n'est pas vrai. Daniel était un bon garçon. Et il n'avait que deux ans et demi.

Elle monte pour bercer Crystal contre sa maigre poitrine et elle parvient à l'apaiser. Les vêtements de la petite fille auraient bien besoin d'un lavage, comme la plupart de ses couches ; partout dans leur petite maison règne une vague odeur de caca et de lait chaud, mais encore une fois Jon ne lui a pas laissé d'argent et elle n'a plus de lessive. Ça ne peut pas continuer ainsi. Il faut appeler Joanne. Il le faut. *Elle* mérite peut-être cette vie immonde avec un homme qui boit trop, qui la traite de meurtrière, qui lui crie qu'elle lui répugne chaque fois qu'elle tente de le ramener à la raison, mais pas sa Crystal, son *Ava.* Si elles restent ici, qui sait comment ça finira ? Ce qu'il fera ?

La nuit dernière était un avertissement et il est temps d'agir. Faire enfin preuve d'un minimum de courage. Chaque fois qu'elle ferme les yeux, elle revoit la scène : la bouteille qui éclate contre le mur juste au-dessus de sa tête.

La petite Crystal, assise par terre, choquée au point de ne plus pouvoir pleurer, aspergée de gin et de débris de verre.

Ça l'a aussitôt calmé. Il aime leur fille, elle le sait, mais elle connaît la violence et son geste l'a glacée jusqu'au sang, lui a fait comprendre qu'abruti d'alcool il la rend responsable de tout. Elle a beaucoup mûri ces trois dernières années, ces trois longues années depuis cette nuit splendide où elle lui a révélé son secret. Elle en a beaucoup appris sur les gens. Elle sait qu'il l'aime, mais elle sait aussi que c'est précisément à cause de cela qu'il *se* déteste. La plupart du temps, il n'arrive même pas à la regarder et, quand ils couchent ensemble, elle ne sent que son dégoût. C'est pire encore depuis Crystal. Sa douce innocence est un rappel constant de ce que *Charlotte* a fait.

Tu es un monstre. Voilà ce qu'il lui a dit hier soir. *Comment puis-je aimer un monstre ?* Ses mots sont pires que des coups, mais les coups ne sont plus très loin. C'est une situation qu'elle connaît. Tout est en train de se mettre en place pour une conclusion horrible et elle est terrifiée à l'idée qu'il s'en prenne à Crystal – malgré tout l'amour qu'il a pour elle – parce qu'elle sait avec quelle facilité les choses peuvent très mal tourner.

Elle serre son bébé un peu trop fort. La petite fille se met à pleurer. Elle ne hurle pas, ne gémit pas, elle laisse échapper un sanglot à peine audible comme si elle sentait l'angoisse de sa mère. Et puis, peut-être aussi qu'elle a peur de pleurer trop fort, même si papa n'est pas là.

Jon ne reviendra pas avant des heures. Il n'est pas au boulot, il est au pub ou chez le bookmaker ou chez un pote. Il ne travaille plus qu'un jour ou deux par semaine et ça ne durera pas une éternité. Il boit trop pour pouvoir assumer un emploi. Jusqu'à récemment, elle voyait encore en lui l'homme dont elle était tombée amoureuse, mais c'est fini. Maintenant, elle ne voit que la merde. Pire que la merde. Cette effroyable répugnance qui émane de lui.

Il faut qu'elle appelle Joanne. C'est la fin. Elle doit accepter son échec. Peut-être que ça vaudra mieux, peut-être qu'elle sera capable de s'accepter telle qu'elle est. Ils lui donneront peut-être un petit appartement, pourquoi pas son ancien studio ? Elle ne pourra pas travailler avant que Crystal aille à l'école, mais ça pourrait être comme avant qu'elle le rencontre. Elle retrouvera sa routine, comme quand elle était heureuse.

Ça ne sera pas comme ça, bien sûr. Joanne n'est déjà pas contente de la situation. Elle la trouve « précaire ». Jon est « trop imprévisible actuellement ». Et elle a raison. Il aurait dû aller consulter ce psy que Joanne lui a conseillé. Il ne l'a pas fait. Il disait que ça irait. Qu'il l'aimait. Mais ça, c'était avant la paternité, avant de devoir porter ce secret chaque jour pendant des années.

C'est l'autre leçon qu'elle a apprise pendant ces trois ans. Le secret est le sien. C'est son fardeau et le partager ne l'allège pas, au contraire, ça le rend deux fois plus lourd. Si elle quitte Jon, elle ne pourra pas rester dans cette ville, c'est juste un vœu pieux de sa part. Joanne, la police, et tous ces gens qui prennent ses décisions à sa place ne l'accepteront pas. Jon les a trop souvent menacées : si elle lui prend Crystal, il fera en sorte de tout gâcher. Il cherchera à la détruire. Il racontera tout à tout le monde. Quand il est sobre, il dit qu'il regrette, mais quand est-il sobre ces temps-ci ? On ne peut pas faire confiance à un alcoolique, cela aussi elle le sait.

Crystal est en train de pleurer et elle doit la protéger. C'est avec une honte immonde qu'elle appelle enfin son agent de probation, mais Joanne est une professionnelle avant tout et, soudain, elle n'a plus aucune décision à prendre. Des plans sont mis en branle. Apparemment, ils s'y attendaient. Plus qu'elle-même, en tout cas. Tout ce qu'il lui reste à faire, c'est de laisser une lettre. Elle essaie de lui écrire ce qu'elle ressent tout en restant assez froide. Elle pense à lui. Autant qu'elle, il a besoin d'un nouveau départ. Sa main tremble quand elle écrit. Elle ne l'aime plus. C'est la vérité. Elle a peur de lui. C'est aussi la vérité. Elle achève sa lettre par une dernière demande avant de replier la feuille qu'elle laisse sur la table de la cuisine.

Ne me cherche pas. N'essaie pas de me retrouver. N'essaie pas de nous retrouver.

Calme à présent – elle a toujours été calme quand quelqu'un d'autre prenait les choses en main –, elle rassemble quelques affaires et les morceaux de sa vie héritée : passeport, carte de Sécurité sociale, tout ce qui a fait de ce fantôme une personne réelle. Ils sont inutiles désormais, une peau dont elle sera bientôt débarrassée, mais Joanne voudra les récupérer. De toute manière, ce n'est pas à Jon de les garder.

Elle s'attarde un moment pour contempler la maison, les murs fragiles de son château de cartes et, quand la voiture arrive, elle est prête. Elle ne pleure pas, elle ne pleure jamais, mais son cœur se vide quand elle ferme la porte.

Au revoir, Jon, murmure-t-elle. *Je suis désolée.* Elle n'a pas un regard derrière elle. Elle n'en peut plus de regarder derrière elle. Au lieu de cela, elle serre sa fille en larmes et lui montre les rues qui défilent par la fenêtre.

— Ne pleure pas, Ava, dit-elle en s'emplissant de l'odeur de l'enfant. Ne pleure pas.

35

MAINTENANT

Marilyn

Je suis sur pilote automatique, me regardant faire, sidérée par la capacité de mon corps à fonctionner, à accomplir toutes les conneries nécessaires. Malgré la douleur atroce – cette fois, une ou deux côtes sont cassées –, je me lève, je m'habille et je pars au travail. Sur le chemin, je m'arrête à la banque dans la rue principale. Encore fermée. J'attends sur le trottoir. Je suis la première cliente à franchir la porte et je m'entends dire :

— J'aimerais vider ces comptes.

Je souris, sûre de moi. Il y a à peine cinq cents livres sur le premier, plus de mille sur le second. De l'argent que j'ai scrupuleusement épargné en cas de coup dur, sans jamais vraiment croire que j'en aurais besoin. Une autre illusion dont j'aurais peut-être un jour le courage de me débarrasser.

Quand, au début, j'ai découvert les dettes de Richard, j'ai envisagé de lui parler de cet argent, mais mes mille livres n'auraient été qu'une goutte dans le puits insondable de ses déboires financiers et, une fois passé sa gratitude immédiate, il aurait voulu savoir pourquoi je lui avais caché ce fric. Et qu'aurais-je pu lui dire ? *Parce que, quand j'ai juré de t'aimer jusqu'à ce que la mort nous sépare, je ne pensais pas que tu m'enfoncerais les côtes dans la rate...*

Je ne ferme pas le compte : j'en ai toujours besoin pour que Penny y vire mon salaire, à l'abri de mon mari. Quand j'arrive au boulot, je vais tout droit lui annoncer que Richard et moi « avons des problèmes », que j'ai besoin d'un ou deux jours pour régler ça. Elle ne me pose aucune question – elle s'imagine sans doute que c'est à cause de Lisa, et d'une certaine façon c'est le cas, même si ce feu couvait bien avant que l'essence Lisa/Charlotte y soit déversée – et déclare qu'elle ne retiendra pas ces journées sur mes congés. Je la préviens que je vais loger chez une amie et que Richard risque d'appeler pour savoir où je suis, alors il vaut mieux que je ne lui dise rien à ce sujet. Je lui donne aussi les références de mon compte bancaire « anonyme ». Je vois sa pitié. *C'est si moche que ça ?* Si elle savait ! Je ne veux pas qu'elle sache. Ça me dégoûte d'être devenue cette femme battue. Ce n'est pas ce que je suis. C'est *lui,* ça n'a rien à voir avec moi. Sauf que si j'ai moi-même parfois du mal à faire la distinction, je ne peux pas m'attendre à mieux de la part des autres. Soudain, sous le coup d'une impulsion, elle me serre dans ses bras. Une accolade qui me fait presque hurler de douleur.

J'ajoute que s'ils ont besoin de me joindre, j'ai gardé mon portable. Je l'aurais bien abandonné à la maison, lui aussi – je veux juste qu'on me foute la paix –, mais je pense à Ava et ça m'angoisse. J'ai bloqué le numéro de Richard et, je ne suis pas idiote, j'ai désactivé l'option « retrouver mon iPhone ». Ça aussi, ça va l'énerver.

Avant de partir, je redirige mon mail « à l'extérieur » et je trouve rapidement le numéro dont j'ai besoin dans les fichiers de Lisa. Il est à peine dix heures du matin, mais je n'ai pas dormi et j'ai tellement mal que tout ce que je veux, c'est m'acheter une bouteille de vin pour la siffler dans la voiture. Mais pas tout de suite. Avant ça, je ravale le peu de fierté qu'il me reste et je passe l'appel. Je parle à mi-voix, comme une enfant impuissante. Ce qui décrit assez bien mon état, même si techniquement je suis en train d'accomplir le premier pas pour *retrouver* un infime contrôle sur ma vie. Pour l'instant, ça ressemble juste à une fuite de plus.

Au bout de la ligne, cette démarche le gêne et il n'accepte pas tout de suite ; soudain, sans que je sache d'où ça vient, je me mets à sangloter, chaque hoquet tordant un peu plus mes os fracturés ; il me dit alors qu'il va s'en occuper et que la réservation sera à son nom. Je suis encore en train de le remercier quand je me rends compte qu'il a raccroché.

Je n'ai rien avec moi, pas même ma brosse à dents, juste le maquillage strictement nécessaire dans mon sac et une crème pour les mains. Je ne pouvais prendre le risque d'emporter quoi que ce soit de chez moi ; je compte m'acheter une tenue de rechange, des trucs pas chers, et il y aura une salle de bains à l'hôtel. Je ne cesse de guetter mon rétroviseur. Aucun signe de Richard en train de me suivre. Pourtant, je ne commence à me détendre que quand le concierge me donne ma clé, qui n'est pas celle d'une chambre qui m'aurait rendue claustro, mais d'une « petite suite », Dieu le bénisse. Quand j'y monte, il est là à m'attendre. Simon Manning.

— Que se passe-t-il ? demande-t-il.

Il n'y a aucun agacement, aucune nervosité dans sa voix, à la différence de Richard quand il me pose ce genre de questions. Il est juste inquiet et curieux parce qu'une femme qu'il connaît à peine lui a demandé de séjourner de façon anonyme dans un de ses hôtels.

— Dispute conjugale, dis-je, et les larmes reviennent.

Je suis si fatiguée et j'ai très mal. Son visage se durcit. Je ne le lui reproche pas. Personne n'a envie de se retrouver mêlé à un problème de couple.

— Il voulait que je vende mon histoire. Au *Mail*. J'ai refusé.

— Ah !

Les rouages tournent dans sa tête. *Ça a dû être une sacrée dispute.* Je laisse tomber mon sac à main sur le lit. Combien vaut cette suite, au fait ? Pourquoi devrait-il m'en laisser l'usage ? Combien de temps avant qu'il n'appelle Penny pour lui dire qu'il lui retire le contrat, parce qu'elle dirige une boîte de tarées et que ce n'est pas tout à fait le service qu'il attendait ? Il faudrait expliquer et je n'ai pas les mots ; alors, je me contente de soulever mon pull et mon chemisier pour lui montrer. Je me fous de ma graisse. Il ne va pas la remarquer sous toutes ces couleurs. Je vois ses yeux s'écarquiller.

— Bon Dieu !

— Ouais.

— Vous devriez appeler la police. Voir un médecin.

Je secoue la tête.

— C'est moche, mais pas tant que ça. J'ai déjà connu pire. Et j'en ai *vraiment* assez de la police.

Il y a un long silence pendant lequel j'enfonce avec prudence mon chemisier dans mon pantalon.

— Vous avez besoin de quelque chose ? Des vêtements de rechange peut-être ? Une brosse à dents ? Ce genre de choses ?

— J'ai un peu d'argent, dis-je.

Je ne veux pas quitter l'hôtel. Je me sens en sécurité ici.

— Ne soyez pas idiote. Je vais envoyer quelqu'un s'en occuper. Et si vous avez faim, utilisez le room-service.

Je lui suis tellement reconnaissante que j'en pleure à nouveau. Mon nez est plein de morve.

— Je n'avais nulle part où aller.

L'énormité de cette déclaration me sidère. Elle me fait comprendre à quel point Lisa et moi dépendions l'une de l'autre. Tous mes autres amis sont ceux que j'ai en commun avec Richard. Penny est mal à l'aise avec moi et je me vois mal confier mes chagrins à Stacey ou à Julia. Sans Lisa, je suis complètement seule.

— S'il vous plaît, ne le dites pas à Penny. Je sais que c'est dingue, que je fasse ainsi appel à vous. Mais je me disais que peut-être, je pourrais vous demander une chambre et vous rembourser un peu plus tard, juste le temps de retomber sur mes pattes…

Je bredouille, je me répète. Je lui ai déjà dit tout ça par téléphone.

— Je n'en parlerai à personne, ne vous inquiétez pas, dit-il avant de consulter sa montre. Mais je suis désolé, je dois partir. Je vais envoyer quelqu'un pour vous trouver des vêtements et un pyjama. Et des antidouleurs. Vous faites quelle taille ?

— Du 40. Merci.

C'est seulement au moment où il va sortir que je lui dis qu'Ava a disparu. Il hésite avant de déclarer sèchement :

— J'espère qu'elle reviendra.

Son dos s'est raidi et je sens comme un courant d'air froid quand il ferme la porte derrière lui. Je fixe le battant. C'était idiot d'évoquer quoi que ce soit qui a un rapport avec Lisa. Je suis là, faisant appel à sa charité, et pas plus que moi il n'a besoin qu'on lui parle d'elle.

36

Lisa

Même si les draps ont été lavés et changés, tout l'appartement sent l'urine ; le matelas en est encore imprégné.

Pisseuse un jour, pisseuse toujours.

Changer de nom ne peut pas soigner ça. Pas fondamentalement. J'aurais dû mettre une alèse en plastique. Ils en avaient donné une à *Charlotte*. Pour le moment, personne ne se soucie de l'odeur ou du fait que je me fais pipi dessus comme une enfant. Ce n'est rien dans la ruche d'activités qu'est devenu cet appartement. Du bruit. Tant de bruit que j'ai du mal à entendre la télévision.

Ava a disparu. Cette pensée est un couteau dans mon cœur, je me mords les joues pour rester concentrée. Depuis vingt-quatre heures, même si pour moi ça fait un matelas mouillé et une vie entière. Je suis submergée par cette perte et ils craignent que je me noie complètement. J'ai bien failli, mais maintenant j'entrevois un minuscule espoir, une branche à laquelle me raccrocher. Je fixe l'écran depuis si longtemps que j'en ai mal aux yeux. Ils veulent l'éteindre pour me parler, mais je refuse. J'ai peur de rater le flash suivant. Il faut que j'écoute les infos, la moindre nouvelle. Pour leur trouver un sens. Pour ajouter ça aux pièces du puzzle. Cela me rend fébrile.

— Lisa, nous devons…

— Chut ! Après.

Je suis coupante.

Le flash commence. Et c'est confirmé. La mère du garçon qu'Ava a sauvé affirme que son fils, Ben, a été poussé dans l'eau.

Poussé. Poussé.

— Nous savons que ce n'est pas vous qui avez fait ça, Lisa.

Alison a l'air tendue. Ils croient que je suis en train de craquer, que la folie dormante en moi se réveille.

— Nous savons que vous étiez avec Marilyn Hussey et son mari quand Ben est tombé dans la rivière.

Marilyn. Oh, Marilyn.

— Il faut que j'écoute, dis-je.

Il y a trop d'électricité dans ma tête. Je suis trop pressée de faire les connexions. *Roule, baby. Le garçon dit qu'il a été poussé. Pierre Lapin.*

— Et il faut qu'on vous parle.

Une voix plus sèche. Nasale. Bray et ses gros sabots. Bray qui braie. Je suis pourtant mal placée pour me moquer d'elle, avec mes cheveux gras, mes cuisses molles et blafardes qu'on aperçoit parfois sous ma robe de chambre.

— C'est à propos d'Ava.

Ces mots déclenchent un court-circuit dans ma cervelle en surchauffe, même si je sais que quoi qu'ils aient à me dire, je suis loin, très loin devant eux.

— Elle n'est chez aucune de ses amies, continue la policière, et elles affirment ne pas avoir reçu la moindre nouvelle d'elle.

Dans la pièce voisine, un objet tombe par terre et un juron retentit. Je n'aime pas l'idée de leurs grosses mains sur les affaires de mon bébé. Ils feraient bien de se souvenir que ceci est la maison d'une victime, pas d'une suspecte. J'imagine qu'avec moi la confusion est facile. Personne ne me voit jamais en victime.

— Nous avons fouillé son téléphone et son iPad.

Mes yeux ne cessent de se tourner vers la radio. Je voudrais qu'elle soit branchée elle aussi, avec la télé. *Pars avec moi, baby, ce soir.*

— Lisa, vous m'écoutez ?

Elle articule exagérément, comme si j'étais idiote. Elle essaie de m'enfoncer ses mots dans le crâne.

— Elle chattait avec un homme. Il y a des messages Facebook. Des tonnes. Ils avaient prévu de se rencontrer la nuit où elle a disparu.

Ses mots, des mots auxquels je devrais être sensible, coulent sur moi. Je suis ailleurs. Mon corps est ici, mais mon esprit écume le passé. Nous avions conclu un accord. Un pacte.

Croix de bois, croix de fer, si je mens je vais en enfer.

Briser ce genre de promesse suscite la vengeance. J'aurais dû le savoir. Je le *savais*. Je l'ai toujours su. C'est la cause de la peur qui me ronge depuis si longtemps.

Alison se penche vers moi. Elle voit à quel point j'énerve Bray.

— C'est *Jon,* dit-elle. C'est lui l'homme à qui Ava parlait sur Internet. Mais les choses qu'il lui écrivait. Eh bien… ce ne sont pas des choses qu'un père dirait à sa fille. Regardez.

Elle fait signe à Bray qui a sorti une feuille de papier de nulle part. Je la prends et je regarde Alison.

— De quoi parlez-vous ?

Cette fois, je suis perdue.

— Jon a retrouvé Ava sur Facebook. Il lui envoie des messages depuis des mois. Il ne lui a pas dit qu'il était son père. Les messages sont… ont une connotation… sexuelle. Il la séduisait pour qu'elle s'enfuie avec lui.

Elle me prend la main comme si nous étions amies ; c'est gênant pour nous deux. Ma paume est moite, la sueur sortant de ma peau à la place des larmes que je ne verse jamais.

— N'avez-vous jamais eu la moindre nouvelle de Jon ? demande-t-elle. Il n'est pas chez lui. Il y a près d'un an, il a annoncé aux voisins qu'il partait en voyage. La police fait tout ce qu'elle peut pour le retrouver – pour les retrouver –, mais elle a besoin de votre aide. Connaissez-vous un endroit où il aurait pu l'emmener ? Un lieu qui aurait une signification particulière pour vous deux ? Ou simplement pour lui ? Une maison où vous êtes partis en vacances, par exemple ? Nous pouvons éplucher les dossiers, mais tout ne s'y trouve pas.

Roule, baby. Le lapin. Le cadre brisé au pied de l'escalier. Tout cela est d'une clarté terrifiante.

J'ai envie de brancher la radio. Je risque de rater un détail vital. J'oublie Alison et la Brayeuse qui tentent encore de me parler. Mais je serre la feuille de papier. Je regarderai ces messages plus tard. Il faut que je tâche de faire le tri dans tout ça si je veux sauver ma fille.

— Elle n'écoute pas, dit Bray. Il nous faudrait quelqu'un qui puisse l'atteindre. Et il vaudrait mieux qu'elle se calme sur les médocs.

Elle se lève et se penche vers moi.

— Lisa.

Je l'ignore.

— Charlotte !

Elle aboie mon nom et je suis forcée de lever les yeux.

— Avait-il un moyen quelconque de découvrir où vous habitiez ? Un indice que vous auriez laissé échapper ? N'importe quoi ?

— Non, dis-je, même si je sais en le disant que c'est un mensonge. Non. Aucun moyen.

Une autre pièce du puzzle se met en place. J'étais si jeune et si stupide.

C'est tellement évident.

À en pleurer, si je pouvais.

37

APRÈS

2006

Elle lèche la colle séchée de l'enveloppe. Elle ne devrait pas envoyer cette lettre. Elle le *sait*. Mais elle *doit* lui pardonner. Si elle-même est au-delà du pardon, elle ne veut pas rester avec toute cette haine en elle. C'est trop épuisant. Et il regrette. Sincèrement. Il vient de le prouver.

Ils peuvent continuer à lui donner de nouveaux noms – Lisa, désormais elle est Lisa – et ils peuvent tout aussi facilement anéantir toutes les anciennes versions d'elle, mais il y a des fantômes cachés sous sa peau et l'un d'entre eux a aimé cet homme. Malgré ce qu'il lui infligeait à la fin, et ce qu'il a fait après leur départ, il y a toujours en elle cette tendresse déchirante pour ce qu'ils étaient au début. Et il lui a donné Ava – Crystal a un nouveau nom, elle aussi –, alors comment pourrait-elle ne pas lui pardonner maintenant qu'il a fait de son mieux pour se racheter ?

Elle frémit – une véritable secousse physique – en repensant aux titres dans les journaux après leur séparation. Comment il avait fait de leur vie commune une chose immonde. C'était à cause d'elle qu'il était devenu alcoolique. Elle lui avait gâché la vie. Tous les minuscules détails de leur relation, si essentiels pour eux, qu'il avait révélés et transformés en saletés.

Au moins, ils n'avaient pas eu le droit d'imprimer sa photo. Et il y avait eu la délocalisation et la création de la nouvelle identité, encore un peu plus d'argent public dépensé pour une femme que le public justement aurait préféré voir pendue. Elle était certaine que l'équipe chargée de sa réinsertion râlait à propos du coût exorbitant et lui reprochait d'avoir été une idiote au cœur transi qui avait tout bousillé parce qu'elle avait été incapable de fermer sa grande gueule.

Mais plus d'un an a passé, les choses se sont calmées et Jon a accompli cet acte qui leur permet à Ava et à elle d'avoir une vie meilleure. Alison – Joanne n'est plus là : une nouvelle ville signifie un nouvel agent de probation – dit qu'elle ne doit jamais, au grand jamais, avoir le moindre contact avec lui. Ils lui transmettront ses remerciements ou tout message qu'elle voudrait lui adresser. Sauf qu'elle n'en peut plus que tout le monde sache tout de sa vie, d'être en permanence sous un microscope. Si elle leur donne la lettre, ils en liront chaque mot et certains, même *je te pardonne et je te souhaite tout le bonheur du monde,* devraient rester entre eux.

Elle contemple l'enveloppe, l'adresse soigneusement inscrite en noir sur blanc. D'après le journal, il était parti vivre chez sa mère. Il y avait emménagé parce qu'elle était malade et que veiller sur elle l'aiderait pour sa cure de désintoxication. Selon l'article – cet article dégoûtant –, il voulait recommencer sa vie, se débarrasser de ses souvenirs d'*elle.* Il est possible qu'il n'habite plus là-bas. Mais si sa mère – Patricia, elle s'appelait Patricia et son parfum était trop sucré – est encore vivante, elle lui transmettra peut-être sa lettre. Il n'y a aucune chance, bien sûr – après l'avoir lue, elle la brûlera en maudissant le jour où son garçon a rencontré Charlotte Nevill –, mais au moins elle aura essayé.

Elle n'a pas mis d'adresse d'expéditeur sur l'enveloppe et elle s'est consciencieusement relue afin de s'assurer qu'elle n'y livrait aucun indice sur l'endroit où elle vit. Non pas qu'elle s'inquiète à cause de lui. Plus maintenant. Elle fait juste ce qu'elle doit faire. Elle le doit au fantôme de leur amour et à l'esprit tout à fait vivant de leur petite fille. Ce moment d'intimité. Elle a besoin de dire merci et il faut que cela soit écrit sur un bout de papier qui ne sera pas souillé par des regards ou des mains étrangères.

Sa décision prise, elle part en souriant avec le petit landau d'Ava vers le bureau de poste. Le timbre collé, elle écoute avec joie la chute de l'enveloppe dans la boîte aux lettres. C'est fait. Envoyée. Ça lui fait du bien et elle sourit de plus belle en se dirigeant vers le petit parc avec les balançoires et les toupies qu'Ava aime tant. Elle vient de fermer une porte sur son passé.

Pas une seconde, elle ne pense au cachet de la poste qui sera tamponné sur le timbre. Cela ne lui traverse pas du tout l'esprit.

38

MAINTENANT

Marilyn

Pourquoi ai-je accepté ? Pourquoi ? Je ne le fais que pour Ava. Je n'avais vraiment pas besoin de me rajouter ça. Je souffle de la buée sur le carreau. C'est une de ces journées grises et étouffantes où la pluie n'est pas assez tombée et où l'humidité qui plane trempe tout ce qu'elle touche. Même à l'intérieur de la voiture, je suis en nage.

Dehors, les arbres sont flous. Au moins, la police n'est pas allée chez moi. Elle est passée au bureau avant de m'appeler sur mon portable. À voir la tête de cette femme, Bray, quand nous nous sommes retrouvées devant l'hôtel, Penny lui a parlé de Richard. Je n'aurais jamais cru que Penny soit du genre à s'épancher, mais avec les flics la plupart des gens ont tendance à se mettre à table et à raconter tout ce qu'ils savent, ou pas. Non seulement elle lui a parlé de ma situation personnelle, mais elle a aussi évoqué l'argent disparu au bureau.

— Elle pense que c'est Charlotte qui l'a pris, dit Bray pendant que nous roulons vers le *lieu confidentiel* où se tiendra la rencontre. Et vous ?

Je hausse les épaules en contemplant le paysage bucolique.

— Qu'est-ce que j'en sais ? Je croyais qu'elle s'appelait Lisa. Je croyais qu'elle était incapable de faire du mal à une mouche.

Elle ne dit plus rien jusqu'à ce que nous tournions dans un petit chemin de campagne. Je serre les dents à chaque nid-de-poule.

— Elle est déjà ici, dit-elle. Je me dois de vous rappeler que si vous veniez à parler à qui que ce soit de cette rencontre, vous feriez obstruction à une enquête de police et pourriez être poursuivie devant un tribunal.

J'émets une sorte de ricanement. Comme si j'allais en parler. À qui ? Je n'ai plus *personne* à qui parler. Cette pensée est amère comme de la bile et j'ai envie de la vomir. Je déteste m'apitoyer sur moi-même. Ça ne sert à rien.

— Je suis ici pour Ava, dis-je. C'est tout.

Satisfaite, Bray hoche la tête. On est toutes là pour Ava.

— Tâchez de faire en sorte que Charlotte ne divague pas trop. Elle est… Eh bien, vous verrez. Faites-la parler de Jon.

Elle se retourne sur son siège pendant que la voiture ralentit pour s'immobiliser et je vois une intelligence féroce dans ses yeux. Pas du tout une mule.

— Elle sait forcément quelque chose. Un endroit où il aurait pu emmener Ava. Où ils ont déjà été par le passé. Un lieu important pour lui. Nous sommes à nouveau en train de fouiller la maison pour essayer de trouver un indice quelconque, mais il est fort possible qu'elle soit notre seule chance. Que tout dépende de ce que nous pourrons en tirer. De ce que *vous* pourrez en tirer.

— Pourquoi ne veut-elle pas vous parler ?

Je demande ça en extrayant prudemment mon corps abîmé du véhicule banalisé. Nous nous trouvons devant un cottage qui aurait pu être mignon, mais qui a l'air lugubre. Le petit jardin en façade derrière le muret a été goudronné et, même à cette distance, je vois que la peinture des volets est craquelée, révélant de grosses lattes de bois pourri. Par une belle journée ensoleillée, cette maison serait déjà déprimante. Sous cette grisaille, elle est carrément suicidaire.

— Oh, elle nous parle, dit Bray. Sauf que ça n'a aucun sens. Bavardez avec elle. De tout et de rien. Efforcez-vous de la détendre. Nous examinerons tout ce qu'elle vous dira pour y trouver un truc utile. Nous ne lui avons pas révélé la grossesse éventuelle d'Ava, elle est assez fragile comme ça, alors n'en parlez pas. Et ne cherchez pas à aborder son passé.

Tout à coup, j'ai envie de vomir. Je vais revoir Lisa, sauf que ce ne sera pas Lisa. Ce sera Charlotte Nevill dans la peau de Lisa.

— Son passé ne m'intéresse pas.

Nous sommes en train d'écraser le gravier de l'allée sous nos pieds. Parler de son passé ? Et comment je ferais un truc pareil ? *Hé, Lisa, j'ai eu une journée de merde aujourd'hui. Ça te dirait d'aller boire un verre ? Et puis, ça serait cool que tu me racontes ce que ça fait d'assassiner son petit frère, lol ?*

Il fait assez sombre à l'intérieur et il y règne ce froid qui s'installe dans les vieilles maisons qui n'ont pas été habitées depuis un moment. Une sensation de creux, comme si les briques avaient renoncé à croire que quelqu'un allait enfin venir leur donner un but. Une femme, environ mon âge, en jean et pull, les cheveux tirés en queue-de-cheval, nous invite à entrer ; Bray l'a présentée comme Alison, l'agent de probation de Lisa.

— Ça a été ? lui demande Bray.

— Une fois qu'on a accepté qu'elle garde la radio avec elle, tout s'est bien passé. Elle ne communique toujours pas, mais elle est docile. Elle a pris ses médicaments.

Je n'ai pas le temps de réfléchir à tout ça que je me retrouve à les suivre dans un couloir. Les lattes du plancher inégal craquent sous la mince moquette ; dans la cuisine, à ma gauche, deux hommes sont en train de boire du thé. Dès qu'il nous voit, l'un d'entre eux remplit la bouilloire ; le robinet qui couine me fait grincer des dents. Mon cœur bat trop fort, mais je continue à avancer jusqu'à ce que je me trouve sur le seuil d'un salon. Il faut un geste de Bray pour que je me décide à entrer.

Un vieux réchaud à gaz diffuse une chaleur à vous filer mal au crâne ; elle est assise juste à côté, le dos rigide, contemplant le paysage par la fenêtre pendant que la radio balance des hits des années 1980. Elle se tourne vers moi en se rongeant l'ongle des pouces. Elle fait toujours ça quand elle est stressée. Elle se ronge jusqu'au sang. Elle saigne, mais elle ne semble pas s'en rendre compte.

— Salut, je dis

Bray et Alison reculent dans le couloir pour nous donner l'illusion que nous sommes seules, Lisa et moi. Soudain, j'ai la gorge bloquée. Il y a des cernes sombres sous ses yeux et elle a perdu du poids. Ses cheveux, coupés et colorés différemment, me surprennent. Ça lui va bien, je trouve, ou plutôt ça lui irait bien si elle était habillée de façon adéquate. C'est toujours Lisa, mais je vois aussi Charlotte Nevill en elle. La photo de *l'époque,* quand elle n'était qu'une gamine, a été publiée dans tous les journaux pendant des jours et des jours, et cette enfant est encore là. Sous cette peau plus vieille. Dans ses os.

— Lisa ?

Elle me regarde sans rien dire. Faut-il que je l'appelle Charlotte ? Je n'y arrive pas. Même si je sais que c'est son vrai nom, je ne m'y fais pas, il ne me paraît pas *vrai,* justement. Elle a l'air si petite, dans un état si pitoyable, et je m'en veux d'avoir pitié d'elle. Elle a perdu Ava. Elle est peut-être – ou a été – un monstre, mais sa petite fille a disparu.

— Je n'ai pas pris l'argent. C'était Julia. Je ne suis pas une voleuse. Plus maintenant.

Elle a dit ça avec maladresse, comme si c'était plus fort qu'elle, comme si c'était important, comme si ça pouvait tout arranger. Comme si j'allais répondre : *Oh, alors tout va bien.*

— Je sais.

Je pense aux autres au bureau qui, tous, l'accusent d'être le grand méchant loup et je regarde cette étrangère pathétique en face de moi qui ressemble à ma meilleure amie, pendant que mes os abîmés hurlent et que des larmes venues de nulle part me montent aux yeux. Les siens sont secs, mais elle tressaille quand j'essaie de les chasser d'un battement de paupières.

— Je ne pensais pas que tu viendrais. Tu dois me haïr.

Elle parle si doucement ; je doute que Bray l'entende avec la radio.

— Je ne te hais pas.

Je ne sais pas si c'est vrai ou pas ; dans l'immédiat, j'ai surtout envie de vomir.

— C'est juste bizarre, reprends-je. Mais il faut qu'on retrouve Ava. C'est tout ce qui compte.

Son visage se tord un peu, mais ses yeux restent secs.

— Tu vas nous aider à retrouver Ava ? demande-t-elle.

— Bien sûr. Je l'aime, tu le sais.

— Le gamin dit qu'il a été poussé.

Elle rogne à nouveau la peau autour de ses ongles et se remet à saigner. Elle est agitée, excitée, comme chargée d'électricité.

— À la rivière, ajoute-t-elle.

Elle me regarde encore une fois comme si c'était un truc essentiel.

— Ah ouais.

Je suis complètement paumée et je sens le regard de Bray qui pèse sur moi ; alors, je m'avance vers l'autre fauteuil face à elle. Il pue le moisi et il est couvert de taches, mais c'est un soulagement de m'asseoir. Les antidouleurs que j'ai pris ce matin commencent à ne plus faire effet et j'ai des élancements dans toute la poitrine.

— Je l'avais bien dit, fait-elle en se penchant vers moi comme si j'étais sa confidente. Il *a été* poussé. Parce qu'il y avait eu le lapin aussi. Je l'ai trouvé dans la rue. Un Pierre Lapin.

Ses yeux sont écarquillés et injectés de sang ; elle parle très vite. J'ignore quelle drogue ils lui donnent, mais on dirait qu'elle n'a pas dormi. Cette énergie qui émane d'elle n'est pas saine. Je le sais. Je la connais. Je suis dans le même état quand ça se passe mal avec Richard. C'est l'énergie de la *survie.*

— Quel lapin ? Jon en a acheté un pour Ava ?

C'est la première fois que je fais allusion à lui. Il faut que je la fasse parler, alors que je n'ai qu'une envie : me barrer d'ici. Retourner à l'hôtel. Qu'elle redevienne un fantôme.

— Pierre Lapin, répète-t-elle. Avant que la photo d'Ava disparaisse et que celle où on est toutes les deux soit brisée.

La musique m'empêche de me concentrer. Rick Astley proclame qu'il ne nous abandonnera jamais. Je tends la main vers le bouton de volume.

— Non ! crie-t-elle, si fort que je me fige. Il va y avoir un message. C'est pendant cette émission que notre chanson est passée. Il ne faut pas que je la rate.

— Je ne vais pas éteindre, dis-je avec gentillesse.

Mais je baisse un peu quand même pour que Bray puisse nous entendre.

— Tu parles de votre chanson, à Jon et toi ? C'est un message de lui que tu attends ?

Elle se tripote la peau encore plus frénétiquement, mais ses yeux m'évitent.

— J'ai été si stupide, dit-elle. J'aurais dû savoir. Et maintenant Ava a disparu.

— Et il faut que nous la retrouvions, dis-je, de plus en plus désorientée.

Elle me fixe.

— Oui, il faut que nous la retrouvions. On avait un pacte, tu comprends. Croix de bois, croix de fer. Et on ne peut pas rompre ce genre de pacte. On ne peut pas. J'aurais dû le savoir.

Je n'y comprends rien. Je me penche vers elle, malgré la douleur.

— Jon et toi, vous aviez un pacte ? Quel genre de pacte ? C'est pour ça qu'il a enlevé Ava ?

Elle me dévisage.

— Pourquoi me parles-tu de Jon ? Jon n'a jamais su pour Pierre Lapin.

— Jon a enlevé Ava, Lisa.

Je lui parle comme à une gosse. Je ne comprends pas qui est cette créature brisée. Et j'ajoute :

— Il faut que nous le retrouvions.

— Jon ?

Elle se renfonce dans son fauteuil en me contemplant comme si j'étais la dernière des idiotes.

— Jon n'a pas enlevé Ava.

Elle me regarde. Pour la première fois, elle a l'air parfaitement lucide.

— C'est Katie.

Je me tourne vers le couloir et je vois le désespoir d'Alison et la frustration de Bray.

— Qui est Katie ?

39

APRÈS

1990

The Express, 18 mars 1990, le monstre en prison – la sœur folle incarcérée

Charlotte Nevill, douze ans (photo de gauche), a été condamnée hier pour le meurtre brutal de son demi-frère, le petit Daniel Grove, deux ans, survenu en octobre de l'an dernier. Charlotte Nevill, qui n'avait que onze ans à l'époque des faits, a été condamnée à une peine de détention au bon vouloir de Sa Majesté[1]. Le corps de Daniel a été retrouvé dans une maison vouée à la démolition dans le lugubre lotissement d'Elmsley Estate. Il avait été frappé avec une brique et étranglé.

Au terme d'un procès qui a choqué et fasciné une nation horrifiée, il n'a fallu que six heures et demie au jury, composé de cinq femmes et sept hommes, pour rendre son verdict à l'égard des deux accusées. Comme elle l'avait été tout au long des auditions, Charlotte Nevill est restée impassible pendant son énoncé par le juge Parkway : « Vous serez détenue pendant de très longues années jusqu'à ce que le ministère de la Justice soit convaincu

1. Peine de détention de durée indéterminée, révisable selon le comportement du condamné.

que vous avez mûri, que vous vous êtes complètement réhabilitée et que vous ne présentez plus aucun danger pour autrui. »

La seconde accusée, une fillette de douze ans elle aussi, connue simplement comme l'Enfant B., a été acquittée.

Selon de nombreux témoins, Charlotte Nevill était, dès l'âge de huit ou neuf ans, une fautrice de troubles qui prenait un malin plaisir à terroriser les personnes âgées et vulnérables de ce lotissement de plus en plus mal fréquenté, sa mère étant à l'évidence incapable de la tenir. Comme l'a déclaré le juge Parkway lors de ses conclusions, Charlotte « a certainement influencé l'Enfant B, une petite fille émotive et malléable, issue d'une famille certes stable, mais sans doute trop protectrice ».

Due selon les experts au fait qu'elle avait été abandonnée par son propre père, la jalousie de Charlotte vis-à-vis de son jeune frère était bien connue dans la famille, mais personne n'aurait pu prédire les terribles conséquences de la rage de cette meurtrière au cœur froid qui, pas une seule fois au cours du procès, n'a manifesté le moindre remords.

Lire l'article en pages 2, 3, 4 et 6.

En complément, voir notre dossier « Inné et acquis : la fabrication d'un monstre ».

40

MAINTENANT

Lisa

Je vais trop vite et elle n'arrive pas à suivre. Elle a l'air si fatiguée et regarde sans cesse derrière elle, complètement perdue. Je les vois dans le couloir. Alison et Bray. Des vautours qui attendent que je recrache quelque chose de cette pourriture qui est en moi et qu'ils pourront gober. Elles voient que je les voie et le mensonge de cette rencontre « entre nous » prend fin. Elles entrent dans la pièce.

— Katie est morte. Elle s'est noyée à Ibiza en 2004. Nous en avons déjà parlé.

C'est à moi que s'adresse Alison, pas à Marilyn. Elle parle lentement pour bien me faire rentrer ça dans le crâne.

Je secoue la tête.

— Non. C'est Katie. Elle n'est pas morte.

Je prends la main de Marilyn. Il faut qu'elle m'entende, même si elle ne me croit pas. Je la connais. Elle prend son temps, elle réfléchit. Peut-être, peut-être que quelque chose que je dirai se logera dans son esprit.

— Ce n'est pas Jon. C'est Katie. Et elle me *connaît*. Elle sait qui je suis *maintenant*.

Elle fronce les sourcils et me retire sa main. Je continue :

— Quelqu'un n'est pas qui elle prétend être. Quelqu'un que je connais. Elle m'a retrouvée et elle a pris Ava.

Marilyn me dévisage comme si j'étais une inconnue à moitié folle, ce qui achève de déchirer mon cœur déjà en lambeaux. C'est ma meilleure amie. Je suis sa meilleure amie. Je suis à la fois sa meilleure amie *et* la meurtrière effroyable dont elle a lu l'histoire. Charlotte est mon ombre, ma malédiction, mon ancre dans les ténèbres. À jamais.

— Je ne vois toujours pas de quoi tu parles, dit Marilyn. Qui est Katie ?

— L'Enfant B, dis-je à mi-voix. Ils n'avaient pas le droit de l'appeler autrement.

Une lueur passe dans ses yeux. Le vague souvenir d'une autre fille brièvement mentionnée dans la nouvelle série d'articles. Mais l'Enfant B a été acquittée. Personne ne se soucie de Katie, ni alors ni maintenant. Katie n'a tué personne. Katie n'était pas le monstre.

— Croix de bois, croix de fer, si je mens je vais en enfer.

Voilà ce que je murmure.

— Tout ceci ne sert à rien. Désolée, intervient Bray. Je vous ramène à votre hôtel.

— Quel hôtel ?

Et soudain je vois les détails qui m'avaient échappé : les cernes sous les yeux. Le maquillage bâclé, *pas du tout* Marilyn. Les vêtements différents de ceux qu'elle porte d'habitude.

— Pourquoi es-tu à l'hôtel ?

— Ce n'est rien, dit-elle puis, après une hésitation : Un souci avec Richard.

Peut-être se dit-elle qu'il y a déjà eu trop de mensonges entre nous ou alors que ça ne sert à rien de mentir à quelqu'un qu'on ne considère plus comme une amie. Elle ne parvient pas à me regarder en face. Ce n'est pas ma Marilyn qui a tellement confiance en la vie.

— Est-ce ma faute ?

Pendant un instant, on dirait qu'elle va répondre oui, qu'elle *voudrait* répondre oui, puis elle secoue la tête.

— Non. C'est sa faute à lui.

— On y va, décrète Bray, et elles sortent toutes les trois.

Je les suis dans le couloir. Bray raconte qu'ils sont en train de fouiller le domicile de Jon, ainsi que notre ancienne maison, pour y chercher des indices et qu'ils retrouveront Ava, mais je ne l'écoute pas. Je veux prendre Marilyn par le bras et la forcer à rester. Ça va très mal pour elle et à qui peut-elle parler ? C'est très récent… et si ça ne l'est pas, pourquoi n'ai-je rien remarqué ? *Tu l'as remarqué. Les migraines. L'alcool. Tu étais juste trop obsédée par toi-même.* J'étais déjà une très mauvaise amie avant qu'elle n'apprenne que j'étais un monstre. Elle marche différemment – *les détails, toujours les détails* –, plus prudemment. Est-ce qu'elle souffre ? Qu'elle a mal ? Oh, Marilyn, ma Marilyn, que t'arrive-t-il ? Ava a disparu et tu as des ennuis. Qu'a fait Richard ?

— Qui était cette Enfant B ? Cette Katie ?

Voilà ce qu'elle demande alors qu'elles arrivent dans l'entrée.

— Elle s'appelait Katie Batten. Une gosse adorable, selon l'avis général. C'était la meilleure amie de Charlotte.

41

AVANT

1989

— Reviens ici tout de suite, Charlotte Nevill, espèce de sale petite voleuse !

— Va te faire voir, la vieille !

Charlotte rigole en lui balançant ça par-dessus l'épaule, alors qu'elle court avec facilité parmi les monceaux de briques et de débris.

— Tu ne remettras plus jamais les pieds ici, tu entends ! Tu es bannie !

Toujours à la porte de sa boutique, la vieille Mme Jackson ne peut pas se lancer à sa poursuite, pas avec les frères Taylor qui observent la scène depuis le muret où ils sont assis. Ils auraient pillé son magasin avant même qu'elle arrive au chantier de démolition. Charlotte s'arrête. Elle est à bout de souffle, l'air lui brûle les poumons. C'est bon.

— Ça m'est égal ! Je vais y foutre le feu, à ta boutique ! Éclater la vitrine avec une brique !

Afin d'illustrer son propos, elle en ramasse une qu'elle jette vaguement en direction du magasin. Elle éclate de rire à nouveau et se remet à courir. C'est la troisième semaine de mars, mais le vent est toujours aussi mordant. Ça ne la gêne pas. Au contraire, elle aime ces bourrasques sur sa peau, sentir son nez et ses yeux qui coulent. Elle trouve ça sauvage. Elle se sent libre. Les ennuis viendront plus tard, pour le moment, elle s'en moque. Elle ne veut pas s'en soucier. Rien n'a d'importance.

Katie est accroupie derrière un mur démoli. Elle rejoint Charlotte quand celle-ci approche et, main dans la main, elles courent ensemble en rigolant sur le terrain vague, là où on a détruit toutes ces maisons sans en reconstruire aucune. Charlotte espère que, quand ils seront relogés, ce sera près de chez Katie. Elle sait que c'est un rêve. Il n'y a aucun HLM dans ce coin-là.

Elles dépassent le terrain de jeux avec les toboggans rouillés, les balançoires aussi branlantes que les machins d'escalade, avant de tourner au coin. Dans le même élan, elles se laissent tomber sur le siège du vieil abribus, hors d'haleine et gloussant comme des oies.

— C'est trop drôle, dit Katie qui regarde Charlotte avec des yeux brillants. J'aimerais tant pouvoir faucher, moi aussi. Comme toi.

Charlotte a l'impression que son cœur va exploser de fierté. Parfois, elle se dit que Katie est une vraie poupée vivante. Elle fait dix centimètres de moins qu'elle et c'est une vraie fille-fille parce que sa mère l'habille comme ça, mais dedans, elles sont pareilles, elle le sait. Elles détestent leur vie toutes les deux, même si Charlotte ne comprend pas trop ce que Katie a à détester. Elle a surgi un beau jour, comme un rêve ; tout à coup, elle était *là* sur le chantier. Avec sa vie de rêve. Sa belle maison. Sa super bagnole. Ses deux parents. Ses cours de musique, comme celui où elle est censée être maintenant. Ses vacances.

Charlotte sort les bonbons qu'elle a volés à la boutique et le Thunderbird Red qu'elle a piqué à la maison ; elle en avale une longue gorgée avant de le passer à Katie qui boit un peu moins. Ça a un goût affreux, mais elle aime bien cette chaleur qui l'engourdit. Elles mangent les Caramacs et les Discos. Elles sont serrées l'une contre l'autre. Mais aujourd'hui un mot les sépare. *Vacances*.

— Où est-ce que tu vas, déjà ? demande Charlotte en allumant une cigarette chiffonnée et en soufflant la fumée.

Elle n'aime pas le goût, mais elle s'en fout, elle veut fumer. Une des clopes de sa mère. Qu'elle a aussi piquée. Sa mère ne s'en apercevra pas. Ou alors, elle se dira que c'est Tony.

— Tu le sais très bien, réplique Katie en lui flanquant un coup de coude. Au bord de la mer. La maison de mon grand-père à Skegness. Qui sera bientôt à ma mère. Il a le cancer. Il va mourir. J'ai trop hâte. Cela dure depuis trop longtemps. C'est trop rasoir de le voir dans cet état.

Un bref silence, puis elle continue :

— Je t'ai dit qu'il conçoit des tours pour des magiciens célèbres ? C'est son travail. Son vrai travail. Quelqu'un qui gagne sa vie de cette façon, tu te dis qu'il doit être drôle, eh bien, non. Il est aussi rasoir que ma mère.

Charlotte pourrait écouter Katie toute la journée. Sa façon de parler, c'est de la musique à ses oreilles, si snob et si polie. Par moments, elles essaient de parler l'une comme l'autre et c'est trop marrant.

— Ah ouais, dit Charlotte. Skegness.

Elle n'a jamais été au bord de la mer. Sa mère a bien été à Grimsby un jour et elle a vu la mer, mais ce n'était pas vraiment le bord de mer comme à Cleethorpes ou à Skegness. Elle n'a vu que des bateaux de pêche. Et ça puait, d'après elle. Elle était là-bas à cause d'un homme. Toujours à cause d'un homme. C'était il y a longtemps – avant Tony –, mais Charlotte s'en souvient parce qu'elle a dû rester seule. Sa mère l'avait enfermée à la maison avec des sandwichs, du jus de fruits et des chips en lui disant de rester tranquille, que c'était *juste pour une nuit*. Une nuit qui en a duré deux. La deuxième, elle avait beaucoup pleuré, mais ça n'avait pas fait revenir sa mère.

— J'aimerais tant que tu viennes avec moi, dit Katie, et elle pose la tête sur l'épaule de Charlotte. Ça va être franchement rasoir. Et je ne pourrai même pas aller à la fête foraine. Mère ne m'y autorisera pas de peur qu'il ne m'arrive quelque chose. Que je me fasse mal. Ou que je me salisse. Je ne sais même pas ce qui serait le pire pour elle.

Elle sourit à Charlotte et elles haussent les épaules toutes les deux. La mère de Katie la rend folle à force de veiller sur elle. Katie dit qu'elle ne la laisse pas respirer. Elle dit que sa mère est *névrosée*, même si Charlotte ne sait pas ce que ça veut dire.

— Elle va passer toutes les vacances de Pâques à pleurer à cause de grand-père. Trop, trop rasoir. Il est vieux, il va mourir. Et alors ?

— Peut-être que tu seras sauvée par un pirate. Comme dans ces vieux films.

Charlotte bondit et fait semblant de dégainer un sabre de son vieux jean C&A.

— Je serai ton pirate !

— Oui, oui !

Katie est debout elle aussi.

— Ils m'ont enfermée dans une cabine et tu dois me libérer. J'ai volé un couteau au capitaine et je vais l'étriper dans son sommeil !

Quand elles sont ensemble, elles sont toujours pleines d'énergie. Elles jouent sans arrêt. À faire semblant. À moitié dans ce monde, à moitié dans un autre. Stars de cinéma, gangsters, elles vivent des tas d'aventures, libres et ensemble.

— Et je tuerai tous les autres et on mettra les voiles !

Elles s'excitent un moment, l'abribus transformé en bateau pirate et le terrain vague en un océan rempli de monstres et d'autres navires à piller. Au bout d'un moment, elles se tombent dans les bras, haletantes et ravies, retrouvant lentement leur calme, et le monde réel autour d'elles.

— Il faut que je parte dans une minute, dit Katie.

Ses cours de musique ne durent qu'une heure et demie ; Charlotte ne sait pas trop comment elle arrive à les sécher sans que sa mère l'apprenne, mais elle y arrive et ça ne l'étonne pas. Katie est capable d'à peu près tout.

— Moi aussi.

Elle boit du Thunderbird. Elle a l'estomac vide et le vin doux brûle un peu, mais ça l'aide à supporter la tristesse de savoir que Katie ne sera pas là pendant deux semaines.

— C'est la fête d'anniversaire de Daniel aujourd'hui. Je devrais déjà y être.

Elle fait la tête et Katie aussi. Katie déteste sa mère et Charlotte déteste Daniel. Daniel, l'enfant parfait. La petite merde qui lui a pourri la vie. Deux ans aujourd'hui.

— Je ne veux pas que tu partes.

Elle n'a pas pu se retenir. Son visage se tord de tristesse et de colère et elle cogne la paroi de l'abri trois fois, très fort. Elle se sent toujours forte avec Katie. Tout le reste ne compte pas quand Katie est là. Quand elle est avec elle, elle se sent capable d'aller dans une des maisons vides pour y voler des trucs, comme le font certains, une barre de fer par exemple avec laquelle elle pourrait éclater Tony, sa mère et ce petit con de Daniel. Parfois, elle voit la scène dans sa tête. Elle se voit en train de le faire. Avec Katie qui la regarde, qui rigole, qui applaudit.

— Moi non plus, moi non plus, dit Katie en la serrant dans ses bras. C'est *abominable* de ne plus te voir.

Elle s'écarte pour fouiller dans son sac.

— Cela dit, ce n'est que pour deux semaines. Ça paraît une éternité, mais ce ne sont que quatorze jours.

— Juste le temps des allocs.

— Exactement.

Charlotte sait que Katie ne comprend pas plus les allocations chômage qu'elle les leçons de musique, mais elle adore qu'elle fasse comme si.

— Ah ! s'exclame Katie. J'ai failli oublier. Je t'ai apporté un petit cadeau.

Elle sort l'objet comme si elle exécutait un tour de magie et le dépose dans les mains de Charlotte. Un Walkman. Un bon. Petit et en métal, pas une de ces merdes en plastique. Une merveille.

— Le butin des pirates, dit Charlotte, parce que ses émotions restent toujours coincées dans sa gorge et qu'elle n'a jamais les mots pour les exprimer, mais les nuages noirs dans sa tête se dispersent et le soleil se remet à briller.

Aucune quantité d'alcool ne pourrait lui procurer une telle chaleur.

— C'est pour moi ?

— Oui. Je dirai que je l'ai perdu ou cassé. Ils m'en achèteront un autre.

Elles s'assoient l'une contre l'autre en reniflant dans le froid, pendant que Katie lui montre comment ça marche.

— Il y a une cassette dedans. Un mix. Je l'ai faite exprès pour toi. Quatorze chansons. Une pour chaque jour de mon absence. J'ai exactement la même à la maison. Tu vois ? Comme ça, on ne sera pas vraiment séparées.

— Te voilà ! T'as enfin décidé de montrer ta gueule, hein ?

Quand Charlotte rentre chez elle, la fête bat son plein ; sa mère est saoule et, comme si ça suffisait pas, elle a encore avalé ces cachets que lui file le docteur pour son mal de dos, ou pour autre chose. Elle trouve toujours une excuse pour avoir son ordonnance. Elle la fixe avec colère depuis l'entrée du salon. Charlotte passe devant elle sans rien dire. Il n'y a aucun enfant là-dedans, juste des adultes de la cité. Jack du 5 qui vit avec ses pigeons. Des pigeons ! Mary qui n'a plus de boulot depuis un an et qui n'a pas de copain non plus et qui donc ne va pas tarder à se retrouver comme sa mère, à écarter les cuisses dans une des piaules pourries au-dessus de la baraque à frites ; et puis quelques autres, tous avec une canette ou un gobelet en carton à la main. On boit pas du thé ici. Comme ça se passerait chez la mère de Katie pour un anniversaire. Du thé, de la confiture et des glaces. Elle ne regarde pas Tony, vautré dans son fauteuil. Il dit qu'il est son père. C'est pas son père. C'est un de ces nuages noirs d'orage qui grondent dans sa tête.

Au milieu de tout ça, Daniel est assis sur la moquette et il a dû y avoir du gâteau parce qu'il a une assiette devant lui avec du glaçage et des miettes et, quand il lève les yeux vers elle, elle voit des traces de chocolat autour de sa bouche. Il sourit en brandissant quelque chose.

— Charrotte ! braille-t-il, toujours pas capable de prononcer son nom correctement. Un lapin, Charrotte ! Charrotte !

— C'est Pierre Lapin, n'est-ce pas ? Comme dans les livres.

Jean, la sœur de Tony, est accroupie par terre avec lui. Le lapin porte un bleu de travail et Charlotte devine aussitôt que c'est Jean qui l'a elle-même cousu. Elle aime faire ce genre de trucs. C'est un peu bizarre de la voir encore ici. Elle devrait plutôt avoir une vie comme celle de Katie. Mais c'est pas possible puisqu'elle habite la cité. Son mari est contremaître à l'usine et ils s'en sortent plutôt bien. Jean n'aime pas sa mère, ça se sent, et elle n'aime pas beaucoup Tony non plus, mais elle adore Daniel. Comme tout le monde.

— Charrotte ! répète-t-il, et sa voix haut perchée, tout sucre et innocence, la fait grincer des dents.

— Qu'est-ce que t'as là ? demande Tony en se redressant. Qu'est-ce que t'as encore chouré ?

Il plisse les yeux. Tony n'est pas intelligent, comme à l'école, ou comme Katie, mais il est féroce et malin comme un rat. Il renifle les choses. Elle a toujours le Walkman à la main. Elle le serre de toutes ses forces.

— Je l'ai trouvé, marmonne-t-elle.

— Alors, tu peux le donner à ton frère. Comme cadeau.

— Il a deux ans. Qu'est-ce qu'il va foutre avec un Walkman ?

Elle ne marmonne plus, c'est plutôt comme un cri de rage et, soudain, tout le monde se tait dans la pièce, mais la colère de Charlotte n'a rien de nouveau. L'école qui envoie des mots à la maison, l'assistante sociale qui s'inquiète, sa mère qui l'engueule, tous, ils en ont marre de ses crises.

— Donne-moi ça, dit sa mère, le regard vitreux. Tu le récupéreras plus tard, ajoute-t-elle d'une voix faible.

Charlotte sait qu'elle aura beaucoup de chance de le revoir un jour, sauf si Tony se bourre assez la gueule pour l'oublier. Sinon, il sera vendu quelque part dans la cité quand ils auront compris que Daniel est trop petit pour savoir s'en servir. Elle éjecte la bande et balance l'appareil sur sa mère.

— Tiens, salope !

Elle fait volte-face pour sortir et Daniel est encore en train de l'appeler, mais avec plus d'incertitude maintenant.

— Charrotte ?

On dirait un Chinetoque, se dit-elle en claquant la porte de sa chambre et en se jetant sur son matelas. Charrotte, quel nom pourri ! De toute manière, tout est pourri. Sa vie entière est pourrie. Pourrie avant même d'avoir commencé. Son ventre gronde. Elle n'a rien mangé aujourd'hui en dehors des bonbons et des chips, mais elle ne retournera pas là-bas prendre un de leurs sandwichs et bouffer une tranche de leur gâteau de merde. Elle préfère finir le Thunderbird qu'elle tète au gobelet de Daniel en forme de petit dinosaure, jusqu'à ce que la tête lui tourne et qu'elle ait la nausée. Elle s'endort un moment, ou plutôt elle sombre dans une stupeur hébétée, parce que, quand elle retrouve un peu de lucidité, la maison est silencieuse et sa mère est sur le seuil.

— J'pars au boulot, dit-elle avec un air de défi. Tony va faire les courses. Surveille Daniel.

Elle n'attend pas sa réponse, mais braille dans l'escalier qu'elle descend tout de suite et qu'il peut bien l'attendre une minute, putain ; puis la porte claque derrière eux et Charlotte peut enfin pousser un long soupir. Elle attend d'être certaine qu'ils ne sont plus là pour foncer au rez-de-chaussée récupérer son Walkman.

— C'est à moi.

Elle le prend brusquement là où ils l'ont laissé, au pied du lit de Daniel, et même s'il ne s'occupe que de son lapin en peluche qu'il serre entre ses bras, elle lui fait peur, et le sourire qu'il a eu de la voir revenir se transforme en grimace et en larmes. Il se met à geindre doucement.

— Merde, ferme-la.

La chambre pue les couches sales. Il y en a même une dans un coin, là où sa mère a dû la lancer avant d'oublier de la mettre à la poubelle. Au moins, il en porte une propre. Il sanglote et tend la main vers elle.

— La ferme, j'ai dit !

Elle s'en va et le laisse accroché à son lapin crétin. Quand elle arrive dans sa chambre, les sanglots se sont arrêtés. Il apprend, lui aussi, que ça sert à rien de chialer si personne ne vient. Ou peut-être que sa mère a raison. Peut-être qu'il est *mieux* que Charlotte. *Un bébé heureux. Pas comme Charlotte. Elle, ça a toujours été une petite salope. Putain, c'était la croix et la bannière avec elle. Du jour où elle est née, la reine des emmerdes. Daniel, lui, il sourit tout le temps.* Mais elle sait à quoi pense sa mère, en réalité. Le père de Daniel ne l'a pas quittée, lui.

Elle insère la cassette avec soin et, après un regard vers la porte, elle appuie sur play pour se remplir la tête des chansons de Katie. Elle en connaît la plupart grâce à *Top of the Pops*, même si la musique ça la branche moins que

Katie et qu'on n'achète jamais de disques ou de cassettes dans cette maison. Elle fredonne en rythme, elle s'imagine au bord de la mer avec Katie, et leurs familles disparaissent dans une bouffée de fumée. Puis arrive une chanson : *Pars avec moi, baby*, de Frankie Vein, et elle écoute les paroles, elle les écoute vraiment, avant de rembobiner pour les réécouter encore. La chanson parle de partir. D'aller ailleurs. De laisser toute la merde derrière soi. C'est leur chanson, elle le sent sur-le-champ. Toutes les histoires qu'elles se racontent, ces moments où elles font comme si, où elles imaginent leurs familles tuées dans leurs lits par un inconnu, où tous ceux qui les ont emmerdées d'une manière ou d'une autre disparaissent ; la mère étouffante de Katie, le petit Daniel qui pue, pulvérisés comme les vieilles maisons sur Spring Street, tout ça est dans cette chanson. C'est pour ça que Katie la lui a enregistrée. Elle ressent la même chose. Comme toujours. Ça doit être ça, l'amour.

Play. Rewind. Play. Le temps glisse. Tony ne revient pas pendant plus d'une heure : le pub est trop près du supermarché pour qu'il résiste et puis, de toute manière, c'est *l'anniversaire de Daniel*. Heureusement, elle l'entend monter l'escalier entre deux écoutes ; elle cache aussitôt le Walkman sous son oreiller.

Il ne frappe pas mais ouvre la porte et reste planté là, bourré et de mauvais poil. C'est la maison de la colère, ici.

— T'étais censée surveiller le gosse ! Il est tombé de son lit. Il s'est fait mal à la tête.

Charlotte ne dit rien. À quoi bon ? Là-bas, Daniel appelle sa mère. Sa voix semble faible. Depuis quand crie-t-il ?

— Tu veux que les services sociaux se pointent ici ? Qu'ils s'en prennent à ta mère ?

Il est en train de retirer sa ceinture ; son visage est couvert de taches rouges ; c'est dans ces moments-là qu'il est le pire. *C'est que la faute à Daniel,* voilà tout ce qu'elle se dit quand les premiers coups tombent. *Depuis que l'enfant parfait est arrivé, la vie est pourrie. Personne ne le frappe jamais, lui. Pourquoi ne l'aiment-ils pas, elle, comme ils l'aiment, lui ? Qu'est-ce qu'il a de si spécial, merde ?* Elle se concentre sur sa colère en se mordant les joues. Ça lui évite de pleurer. Quand elle pleure, ça excite Tony. Le monstre qui est en lui. Qui ne supporte pas que l'enfant d'un autre bouffe ce qu'il apporte sur la table.

Elle se réveille en pleine nuit. Elle a mal à peu près partout et le lit est trempé. La puanteur familière emplit la chambre. Elle s'est encore fait pipi dessus. En silence, elle défait le lit, roule les draps en boule avant de les cacher sous le sommier. Elle les lavera quand tout le monde sera parti ou quand Tony et sa mère seront au pieu dans l'après-midi. Sa mère dit qu'elle va lui mettre une protection en plastique, si elle continue. Elle ne veut pas. S'ils l'apprenaient, tous les autres se moqueraient d'elle. Et c'est sûr qu'ils l'apprendront parce que Tony est un gros connard et que tous les parents de la cité vont au pub. Tous les gosses du quartier le sauront. Si on sait qu'elle fait pipi au lit, personne n'aura plus peur de Charlotte Nevill et la peur de ces petits merdeux, c'est tout ce qu'elle a. Et Katie ? Qu'est-ce qu'elle dirait ? Qu'est-ce qu'elle penserait d'elle ?

Les bleus et les éraflures sur ses jambes la brûlent. La nuit est froide, mais elle va quand même ouvrir la fenêtre dans l'espoir de dissiper l'odeur avant demain matin. Elle se débarrasse de ses sous-vêtements trempés et s'enroule dans sa vieille parka trop grande, mais qu'elle adore quand même ; elle s'allonge par terre, les yeux braqués sur le plafond. Elle pense à Katie jusqu'à ce qu'elle s'endorme. Dans son rêve, elles roulent vite et loin dans une grande décapotable rose et elles rigolent comme des malades. Elles ont du sang sur les mains.

42

MAINTENANT

Marilyn

Il est près de minuit et je suis complètement réveillée ; les yeux rivés au plafond, j'essaie de mettre un peu d'ordre dans ma tête, dans mes pensées autant que dans mes émotions. Chaque fois que je ferme les paupières, tout ce que je vois, c'est l'inquiétude qui a envahi le visage de Lisa quand je lui ai dit que j'avais des problèmes avec Richard. Comme si ça comptait pour elle. Comme si nous étions encore meilleures amies. Ava a disparu et elle se fait du souci parce que je suis malheureuse. Comment suis-je censée le prendre ?

Quelqu'un n'est pas qui elle prétend être. Quelqu'un que je connais.

Lisa est folle, mais à quel point ? Se peut-il qu'elle soit encore amoureuse de Jon pour inventer un truc aussi dingue plutôt que d'admettre qu'il a enlevé Ava ? Et quel genre d'homme c'est, au fait ? Quel père enverrait des messages pareils à sa propre fille ?

Je réfléchis trop, le voilà mon problème. Du coup, tout me paraît glauque ; si je ne fais pas attention, je ne vais pas tarder à devenir adepte des théories du complot.

Je suis trop fatiguée pour ça. J'ai besoin de retourner travailler. Penny m'a envoyé un texto tout à l'heure pour me dire que Richard avait appelé plusieurs fois, sans provoquer d'esclandre, et qu'il y a du boulot sur le compte Wharton, mais que si je ne me sentais pas de m'y mettre, quelqu'un d'autre pourrait s'en occuper. Ça m'a énervée. Personne ne va me piquer mes clients.

Et puis, qu'est-ce que je peux faire d'autre ? Je ne vais pas me cacher jusqu'à la fin de mes jours. Je ne fais que retarder l'inévitable. Si Richard se pointe, j'appellerai la police. Je n'en peux plus de vivre à côté de ma vie. Une pensée qui me ramène tout droit à Lisa/Charlotte. Est-ce qu'*elle* en a eu jamais assez de vivre dans le mensonge ? A-t-elle été tentée de me parler de son passé ? Je suis contente qu'elle ne l'ait pas fait. C'est un poids que je n'aurais pas voulu porter. Même en étant sa meilleure amie.

Elle s'appelait Katie Batten. C'était la meilleure amie de Charlotte.

Je renonce à dormir et je me lève. Trop de questions qui tournent en boucle dans ma tête et mes côtes cassées me font un mal de chien, alors je m'habille, je prends un café au distributeur et je descends au rez-de-chaussée. Il y a une zone réservée aux professionnels, à côté de la réception, et j'y vais, avec l'idée de trouver un ordinateur. Les lumières dans le hall tranchent avec la nuit dehors et le gars à la réception m'accorde un vague sourire quand je passe devant lui. C'est l'avantage des hôtels. Il y a toujours quelqu'un qui est réveillé. On n'est jamais tout à fait seul, ce qui procure un réconfort stérile et impersonnel.

Je m'installe à un des bureaux, pas trop près de la fenêtre, même s'il y a peu de chances que Richard traîne par ici à cette heure de la nuit, et j'allume la machine. Il y a des choses qu'il faut que je sache et je préfère m'occuper de la vie de Lisa plutôt que de la mienne.

Je tape *Charlotte Nevill et Jon John Jonathan amant.* L'article d'un vieux tabloïd de 2004 apparaît. Pas de photo de Lisa, mais il y en a une de Jon, *Jon Roper,* assis dans un jardin. Maigre, il porte une boucle d'oreille et il regarde l'objectif d'un sale œil, sans doute comme on le lui a demandé, avec un titre pareil : « Je suis tombé amoureux de Charlotte l'infanticide et j'ai failli en mourir... » Il a l'air si jeune. Les yeux enfoncés dans les orbites, une très mauvaise mine. Comme je m'y attendais, l'article est salace, mais, entre les détails qu'il donne de leur vie commune, on sent qu'il cherche une sorte d'absolution. Il parle beaucoup de Crystal – Ava, j'imagine – et comment, à sa naissance, la réalité du crime de Charlotte l'a frappé et qu'à partir de ce moment-là il a été incapable de lui pardonner ; ce qui lui a fait perdre sa fille parce qu'il s'est mis à boire pour pouvoir supporter ça. Selon l'article, il était retourné vivre chez sa mère pour tenter de faire le vide et repartir de zéro.

Je sais ce que c'est, je pense. *Si seulement c'était aussi facile à quarante ans passés.* Je relis l'article, où il en rajoute des tonnes sur leur vie sexuelle et sur leur alcoolisme, et je me demande à quel point ce qu'il raconte est vrai et à quel point il se donne le beau rôle. Tout ça est si triste et si sordide. J'aurais presque de la peine pour lui s'il n'avait pas enlevé Ava.

Je consulte d'autres résultats. Il s'agit en gros du même article revu et corrigé ; très peu de photos supplémentaires. Je ne trouve pas son compte Facebook. La police a dû le faire fermer ou quelles que soient les mesures qu'elle prend dans des cas pareils. Ou peut-être que c'est Jon lui-même qui l'a désactivé après avoir enlevé Ava.

Je démarre ma nouvelle recherche. Katie Batten. La meilleure amie de Charlotte. *Katie Batten noyade à Ibiza, 2004* m'amène droit au sujet. Béni soit Google. Mon café est déjà froid, mais j'en bois quand même une gorgée.

Les recherches pour retrouver Katie Batten, une Britannique disparue sur l'île d'Ibiza, viennent d'être interrompues. Katie Batten, vingt-six ans, a été vue la dernière fois à l'aube sur la plage où elle avait pris l'habitude de nager à proximité du bar où elle était employée depuis le mois de mai. Elle avait passé la plus grande partie de l'année précédente à voyager à travers l'Espagne après le tragique accident de voiture en 2002 qui a été fatal à sa mère. Des amis disent qu'elle commençait à accepter ce décès brutal, mais demeurait néanmoins très affectée. Ils la décrivent comme nerveuse et fragile. Selon ses collègues, elle passait l'essentiel de son temps seule.

Le jour de sa disparition, elle a été vue s'enfonçant dans la mer et deux témoins, un jeune couple allemand en vacances, qui étaient venus admirer le lever de soleil dans ce lieu privilégié et un peu à l'écart, disent avoir essayé de la rappeler, car elle titubait, ce qui les avait amenés à penser qu'elle était peut-être ivre. En dépit des efforts des équipes de recherche, le corps de Katie Batten n'a pas été retrouvé. Selon toute probabilité, l'enquête conclura à la mort accidentelle par noyade.

Il y avait quelques autres petites dépêches, sans guère plus de détails. Le père était mort d'une crise cardiaque plusieurs années auparavant ; après quoi, Katie s'était beaucoup occupée de sa mère qui supportait mal son veuvage. Dans un autre article sur la noyade, il y a une photo, granuleuse, d'une femme sur une plage, de longs cheveux sombres et des lunettes de soleil, bronzée. Prise de loin et assez quelconque. Ils n'avaient rien de mieux ?

Le corps de Katie Batten n'a pas été retrouvé. Je relis la phrase. Encore et encore. Son cadavre n'a jamais été rejeté. Est-ce pour cela que Lisa est convaincue que c'est elle qui a enlevé Ava ? Est-elle réellement persuadée qu'elle est toujours en vie ? Se peut-il que ce soit *elle* ? Mais pour quelle raison ? Elle n'aurait aucun mobile. Et si jamais, par le plus grand des hasards, elle avait découvert où vivait Charlotte Nevill, il est probable qu'elle n'aurait surtout pas voulu la retrouver. À en lire les journaux, la culpabilité de Charlotte n'a jamais fait le moindre doute. Elle avait été *vue* en train de tuer Daniel et elle l'avait elle-même admis. Pour quelle raison Katie aurait-elle voulu refaire partie de la vie de Charlotte ?

Je rebois un peu de café. Non. C'est Jon. Jon qui a envoyé les messages depuis son Facebook. Jon qui a disparu lui aussi, comme Ava. Les flics connaissent leur métier. Il vaut mieux les croire, eux, plutôt que ton ex-meilleure amie à moitié folle.

J'éteins l'ordinateur. Ça suffit. Moi aussi, j'ai des problèmes. La police retrouvera Jon et Ava. C'est certain. Je ne veux pas penser aux messages qu'il lui a envoyés.

43

Lisa

C'est la soudaine raideur d'Alison qui m'alerte. Elle serre un peu trop son téléphone contre son oreille. Ce doit être Bray. Ma tête tourne, des ombres apparaissent aux bords de mon champ de vision. *Seigneur, non. Pas Ava. Je vous en prie, pas Ava.* La terreur est sur le point de me submerger quand Alison me jette un coup d'œil par-dessus son épaule. Je suis tassée au fond de mon fauteuil, les mains crispées sur un mug. C'est un regard furtif, pas apitoyé ; de la méfiance. De la méfiance vis-à-vis de *moi*. Ma peur pour Ava disparaît devant mon propre instinct de survie. Il se passe quelque chose.

Avec une espèce de demi-sourire, Alison tente de reprendre un air normal, sauf qu'elle va dans sa chambre pour poursuivre l'appel. Dès que sa porte se ferme, je fonce discrètement coller mon oreille au battant. Pour la première fois depuis qu'elles m'ont fait quitter ma maison pour ce sinistre appartement, je suis contente qu'il soit aussi minable. La porte est très mince et même si je ne distingue pas tout – elle parle à mi-voix – je saisis quelques bribes... *ça ira... je m'en sortirai... non, elle est toujours dans le même état. Je verrouillerai la porte d'entrée... comme si de rien n'était jusqu'à ce que vous soyez là.*

Merde, merde et merde. J'ai le visage qui brûle et les mains glacées. Tout en moi n'est plus qu'instinct animal et cet instinct me hurle de filer d'ici à tout prix. Il s'est passé quelque chose et ils vont venir m'arrêter. Et que se passera-t-il pour Ava après ça ? Est-ce que ce sera terminé ? C'est un risque que je ne peux pas prendre. Je suis toujours Charlotte Nevill. Je ne jouerai pas les victimes.

Je perçois un mouvement de l'autre côté du battant et, soudain, je suis d'un calme terrifiant. Je cours à la cuisine prendre la bouilloire. Elle est lourde à cause de l'eau qu'elle contient. Je reviens en vitesse. La porte de la chambre est en train de s'ouvrir. Alison a un geste de recul, surprise de me voir là, si proche. Peur. Elle a peur.

— Je regrette, dis-je, toujours calme.

Elle a à peine le temps de paraître perplexe ; je lui balance la bouilloire sur la tempe. Le bruit me serre le ventre ; elle titube en arrière, avant de s'effondrer sur la moquette, hébétée. Un sorte de gémissement, un soupir plutôt, lui échappe. Je n'hésite pas ; je lui vole son portable et je cours jusqu'à l'entrée, saisissant mon vieux sac au passage et les clés sur la table.

— Lisa, Lisa, ne…

Sa voix est faible.

— Je regrette, dis-je encore une fois.

Mes mains tremblantes ouvrent la porte avant de la verrouiller de l'extérieur. Les clés manquent de m'échapper quand elle vient cogner de l'autre côté. *Trop tard, Alison, trop tard.* Elle est coincée à l'intérieur sans téléphone. Mais je n'ai pas beaucoup de temps. Bray est en route, je le sais.

Je cours. Je n'entends pas la moindre sirène alors que je fonce vers la ville. Bien. C'est bien.

Je prie un dieu auquel je ne crois pas avant d'introduire ma carte dans un distributeur et je ris de soulagement quand il m'accorde mon plafond de retrait : deux cent cinquante livres. Ils n'ont pas encore pensé à fermer mon compte en banque. Je jette la carte, mon sac à main et le téléphone d'Alison dans une poubelle et je file en vitesse chez Boots prendre une tondeuse à piles, deux sprays de teinture rose et bleu et du vernis à ongles noir. Je visite trois friperies d'affilée et je m'achète les fringues les plus hippies, les plus grunge que je puisse trouver, ainsi qu'une veste des surplus de l'armée et des Doc Martens d'occasion qui me vont à peu près. J'y ajoute des tas de colliers avec des croix, des crânes et quelques bracelets en cuir. Je suis en nage, ça tourne à toute allure dans ma tête, mais mon esprit est clair. J'ai beaucoup appris avec les années. Ils attendent que je reste effacée. Que je change de coloration, peut-être, et que je mette des lunettes de soleil, pas plus. Qu'ils continuent à me sous-estimer. Je vais les étonner.

Au Costa Coffee, je vais aux toilettes pour handicapés où il y a un miroir et un lavabo et je m'y mets sans perdre une seconde. Quand j'ai fini, même moi je ne me reconnais pas. J'ai l'air plus jeune, ce qui constitue une vraie surprise. Trente ans, maximum. Les gros traits de khôl remontent en pointe autour de mes yeux. Mes lèvres sont deux plaies violettes, mes ongles sont noirs. Mes cheveux ont presque disparu, rasés sur les côtés, avec une bande rose et bleu au milieu qui mène à une étroite queue-de-cheval. Le pantalon un peu trop grand me pend sur les hanches et accentue l'air juvénile. J'ai perdu du poids et le bout de ventre qu'on aperçoit quand je marche est plat et dur.

Je garde le maquillage, les teintures, la tondeuse et le vernis à ongles, mais je fourre mes anciens vêtements dans la poubelle et je rince toute trace de cheveux dans le lavabo. Quand je repars, je m'aperçois que même ma démarche est différente. Les hanches en avant, les épaules bien droites. Cette femme ne se fait pas marcher sur les pieds. Cette femme n'en fait qu'à sa tête. Elle est dure comme du fer. Cette femme est mon ombre. C'est la Charlotte qui aurait pu être.

Environ une heure plus tard, j'arrive à la station-service au bord de l'autoroute. Il fait encore jour, mais le ciel vire au gris. Je longe les files de camions garés jusqu'à ce que j'en trouve un occupé. Un chauffeur, lisant son journal, sirotant sa flasque, avec un emballage de Burger King sur le tableau de bord. Quoi de plus normal. Je frappe à sa portière avec un grand sourire et il baisse sa vitre pour se pencher à l'extérieur.

— Vous n'iriez pas par hasard du côté de Calthorpe ? Ou vers Ashminster ?

Deux villes assez proches de chez moi. Je pourrais y prendre un bus et être de retour à Elleston en moins d'une heure.

— Je vais à Manchester, répond-il, alors ouais je passe par là. Mais je suis garé pour la nuit. J'ai fait mes heures. Désolé, ma jolie, je ne repars pas avant quatre heures du matin.

Il n'est pas désagréable à regarder. Il y en a eu des pires. Je ne me donne pas le temps de réfléchir. Je hausse les épaules, sans cesser de sourire.

— Je peux attendre.

Personne ne me cherchera sur un parking à camions. Je suis en sécurité, ici.

Il me dévisage un long moment.

— Comment tu t'appelles, ma jolie ?

Sa voix a changé. Un brin nerveuse et aussi rusée. Il a flairé une opportunité. Le genre de situation qui n'arrive que dans les films cochons.

— Lily.

Ça me vient de nulle part et ça jure un peu avec mon look, mais en même temps ça colle assez bien justement pour cette raison. Lily est une fille de bonne famille qui s'est rebellée et qui n'est jamais rentrée chez elle. Son histoire commence déjà à se tisser dans ma tête pendant qu'il me détaille de la tête aux pieds et que sa pomme d'Adam joue au yo-yo.

— Moi, c'est Phil.

Il ouvre la portière et m'aide à monter. Je suis soulagée que sa cabine et lui sentent le propre. Pas de fumée de cigarette. Pas de gnôle. Juste les odeurs de cuir et de déodorant. Ça pourrait être pire. *Ça pourrait être bien pire.*

— Faut que je pique un petit roupillon.

Il hoche la tête vers l'arrière où un duvet est étalé sur le siège.

— Plus tôt je dors, plus vite on part.

Ses yeux me parcourent encore une fois.

— Pour être tout à fait honnête, normalement, je me branle un peu mais…

Il lâche un petit rire, comme s'il venait de faire une blague, toutefois son regard est inquiet.

— Bah, il faut bien que je paie mon voyage d'une manière ou d'une autre.

Je sais que ça ressemble à la réplique d'un mauvais porno, mais j'espère que ça le fera jouir plus vite. Il est gras et plus très jeune. Je doute que sa femme et lui le fassent encore bien souvent. Même s'il a un second souffle, je pourrai le faire venir vite. Je pense comme

Charlotte. Il *faut* que je sois Charlotte Nevill maintenant. Mon ancienne moi. J'ai besoin de sa colère. De sa force. Pour Ava.

Je suis Charlotte Nevill. C'est ce que je me dis en cherchant la boucle de sa ceinture sous sa bedaine. *J'ai fait pire. Je peux y arriver.*

44

AVANT

1989

Ce sont les vacances de mai pour Katie, mais ça ne signifie pas grand-chose pour elle. Elle ne va pratiquement plus à l'école, ce qui ne dérange personne. Aucun des professeurs ne veut de Charlotte Nevill dans sa classe. Elle casse des choses. Elle jure. Elle frappe les autres enfants. *Elle est incontrôlable. C'est de pire en pire.* Les petits ont peur d'elle. Elle est le loup ricanant qui se nourrit de la peur des gosses pour tuer la sienne. Le grand méchant loup. Le Petit Chaperon rouge.

— Charlotte ? Tu écoutes ?

Katie trace des cercles par terre dans cette pièce pourrie ; la poussière vole autour de ses chevilles.

— Sa peau était toute grise et flasque. Comme un sac vide. J'aurais pu le regarder toute la journée.

Elles se trouvent dans une des maisons condamnées de Coombs Street, désamiantées par les services de la ville et qui sont maintenant abandonnées jusqu'à ce que des bulldozers les démolissent, ce qui n'est pas près d'arriver comme s'en plaint sans cesse Mme Copel, la voisine.

— Grise, répète Katie en frottant un peu de poussière entre ses doigts. Comme ça.

Son grand-père est mort et elle a assisté à ses funérailles il y a quelques jours ; depuis, elle n'arrête pas d'en parler, ce qui est tant mieux, car ça empêche Charlotte de cracher tous les mots qui se bousculent dans sa bouche.

— C'est dégueu, dit-elle tandis que Katie s'affale derrière elle.

Elles sont assises sur la veste de Charlotte pour éviter que Katie ne salisse sa robe, mais elles ont le dos collé au mur et, malgré son esprit embrouillé, Charlotte se dit qu'avant de partir il faudra qu'elle vérifie ses vêtements. Car si jamais Katie a des ennuis, elle ne pourra plus la voir aussi facilement. C'est grâce à elle qu'elle ne craque pas complètement.

— Oui, mais merveilleusement dégueu.

Charlotte n'a jamais vu de cadavre et elle le regrette un peu. Si seulement elle avait pu accompagner Katie.

— Et il sentait ?

La maison pue l'humidité et la pourriture, alors qu'il fait beau et chaud dehors.

— Non, en tout cas, ce n'était pas une *mauvaise* odeur. Un peu chimique. Comme en labo de sciences à l'école.

Charlotte n'a jamais été en labo de sciences, mais elle fait *hon-hon* comme si elle connaissait.

— Évidemment, maman déraille encore un peu plus, ajoute Katie avec un énorme soupir. Le Dr Chambers lui a donné des cachets pour les nerfs, mais cela ne sert pas à grand-chose.

Charlotte ne veut pas penser à des cachets. Elle se colle un peu plus à la délicate Katie qui est si forte à l'intérieur, si belle à regarder, et dont la voix est comme une chanson.

— Elle est obsédée par la mort. Elle croit que je ne m'en aperçois pas. Ils s'imaginent tous que je suis un peu simple d'esprit, pourtant ça crève les yeux. Papa dit que c'est le chagrin, sauf que je ne vois pas pourquoi elle serait triste. Il était vieux et maintenant elle a la maison en bord de mer, ce qui est plutôt sympa. *Elle* ne voit pas les choses de cette façon. Quand on est rentrés chez nous, elle s'est mise à vernir les marches de l'escalier – pour s'occuper l'esprit, dit papa –, au point qu'elle a glissé dessus ! Elle prétend qu'elle a failli se rompre le cou !

Katie laisse échapper un petit rire cristallin un peu venimeux. Elle déteste sa mère. Elle déteste aussi son père, moins que sa mère, toutefois.

— Et du coup, elle a enlevé tout le vernis au papier de verre, parce qu'elle avait peur que *je* glisse. Comme si j'étais aussi gourde qu'elle. Elle me fait prendre des vitamines. Franchement, Charlotte, elle ne me laisse pas respirer. Papa fait tout ce qu'il peut pour la raisonner, mais en réalité c'est elle qui le contrôle. Au moins, lui, il a son travail, il peut s'échapper. Dieu merci, avec ses cachets, elle a toujours envie de dormir. C'est grâce à cela que je peux venir te voir.

Elle lui sourit, un grand sourire si doux, si frais, et Charlotte s'accroche à elle.

— J'en ai mis un dans son café tout à l'heure, ajoute Katie, d'un ton espiègle. Et elle en avait déjà pris. Elle va roupiller un bon moment.

Roupiller, voilà le genre de mots chic qu'utilise Katie.

— Peut-être qu'elle ferait mieux de dormir pour toujours, murmure Charlotte.

Est-ce que ce serait si moche ? Dormir à jamais ?

Katie se lève d'un bond.

— Oui ! Elle devrait ! Tu imagines ce qu'on ferait ? On pourrait fuir ensemble !

Tous leurs jeux, toutes leurs histoires commencent par cette fuite – *on part, baby* – et après, c'est qui elles seront, ce qu'elles feront ; malgré sa fatigue, malgré sa rage, malgré les larmes piégées en elle qui menacent de l'humilier, Charlotte saute elle aussi sur ses pieds.

— Bonnie and Clyde ! dit-elle. On braquera des banques ! Qu'ils aillent se faire foutre ! On deviendra des légendes !

Elle se sent déjà plus forte, parce que Katie la dévisage avec admiration. Katie la croit sauvage, folle et libre. Katie la prend pour le grand méchant loup qui terrorise tout le monde dans la cité. *Le grand méchant loup.*

— Je serai Bonnie et tu seras mon beau Clyde.

D'une main, Katie s'évente le visage pendant que l'autre dégaine un pistolet invisible de sa ceinture.

— On sera inséparables et ils seront tous jaloux de notre amour.

Elle se penche pour embrasser Charlotte sur la bouche. Ses lèvres sont si douces. Si douces. Jamais, depuis qu'elle est née, personne n'a jamais touché Charlotte avec une douceur pareille ; les larmes qu'elle redoute tant sont là, au bord de ses paupières. Elle se dégage et sort une cigarette qu'elle allume en essayant de cacher ses lèvres qui tremblent.

— Charlotte ? dit Katie, aussitôt inquiète pour elle. Que se passe-t-il ? Il est arrivé quelque chose ?

Elle secoue la tête.

— Juste une connerie avec Daniel. Comme d'habitude. La famille. J'ai pas envie d'y penser.

— Tu peux tout me dire.

Katie lui tient les mains, pas doucement, comme une fille, mais fort.

— Je sais.

Mais elle n'y arrive pas. Et puis, Katie n'est pas sa mère. Alors, Charlotte s'écarte un peu plus et prend une pose de gangster, avec la clope qui lui pend au bec.

— On y va, Bonnie ! Y a une banque dans cette ville et on va se la faire !

Elle remue un sourcil et tend la main, comme un flingue ; Katie éclate de rire, applaudit et trépigne sur place. Elle est toujours comme ça : à fond. Et, du coup, Charlotte aussi est à fond. Elle se sent presque mieux.

Elles s'extirpent de la maison pour émerger au soleil et courir sur le terrain vague, main dans la main. La banque, ce sera la boutique de la vieille Mme Jackson où Charlotte piquera leur magot : des bonbons et des boissons. Elle est le grand méchant loup. C'est sûr. Elle ne veut pas penser à hier soir. Elle veut courir si vite que le passé ne la rattrapera pas.

Cet imbécile de Daniel. C'est sa faute. Elle le sait, le souvenir lui brûle la nuque. Elle accélère encore, mais elle n'ira jamais assez vite.

— Daniel est malade, dit sa mère depuis le seuil de sa chambre. Il faut que je reste à la maison.

— Il a rien du tout, grommelle Charlotte, sans lever les yeux. Il allait bien tout à l'heure. C'est du cinéma.

Mais ce n'est pas tout à fait vrai et elle le sait. Il *était* silencieux et pâle, et il ne geignait pas comme d'habitude pour qu'elle joue avec lui. Il restait assis dans son coin avec Pierre Lapin, à lui sucer une oreille. Elle sent un truc bizarre en elle. Non, pas de l'amour. Elle peut pas aimer Daniel. Elle vit l'enfer depuis qu'il est là, mais elle sent *un truc.* Et elle cède :

— Va travailler. Je m'occuperai de lui.

Sa mère secoue la tête. Elle est toujours comme ça quand Daniel est malade. Elle ne veut pas le laisser seul avec Charlotte.

— Il a besoin de moi.

— Alors, pourquoi tu m'en parles ?

Elle n'a jamais fait ça avec elle quand Charlotte était petite, quand elles n'étaient que toutes les deux. Elle ne restait jamais à la maison pour elle.

— On a besoin d'argent.

Sa mère ne la regarde pas, entièrement absorbée par le bambin sur sa hanche agrippé à son lapin.

— Et ?

Des sirènes d'alarme se déclenchent dans la tête de Charlotte. Pendant un moment, sa mère ne répond pas ; elle se mordille la lèvre. Ses yeux sont vitreux ; elle a dû passer l'après-midi à boire avec Tony. Et puis, ils sont un peu rouges. Elle a pleuré ?

— Parle-lui. Je m'occupe du petit.

Tony vient de surgir et il prend le garçon à sa mère qui a un geste pour le retenir. Daniel se met à chialer, mais tout doucement, sans bruit.

— Charrotte, reste avec moi.

Il a à peine le temps de dire ça. Il a déjà disparu.

— Je viens te raconter une histoire dans une minute, lui lance sa mère. Le Petit Chaperon rouge. Ta préférée.

Le cœur de Charlotte lui cogne les côtes. Elle n'a jamais eu droit aux histoires. Personne ne s'occupait d'elle quand elle était malade. Daniel a une putain de chance, même s'il ne le sait pas. Sa mère entre et vient s'asseoir, prudemment, sur le bord de son lit. C'est pas normal. Charlotte sent le danger ; il est là, partout. Dans la pièce. En elle.

— Tu devrais en prendre, dit sa mère.

Elle lui tend un de ses cachets « pour le mal de dos ».

— J'en veux pas.

— *Mais putain, prends-les !*

C'est la voix de Tony qui rugit dans le couloir. Charlotte et sa mère sursautent toutes les deux.

— Vas-y. Tu risques rien. Et c'est plutôt agréable, dit sa mère en souriant mais toujours sans la regarder en face. Je te connais, Charlotte, t'aimes bien te bourrer la gueule.

— Je n'ai rien bu.

Gagne du temps. C'est tout ce qu'elle peut faire, mais elle est coincée et elle le sait. Les pleurs de Daniel semblent venir de très loin maintenant. Il n'y a plus que sa chambre qui n'est plus son sanctuaire. On lui colle une canette de bière dans les mains, avec un cachet, et alors qu'elle a envie de hurler de peur, qu'elle *sait sans savoir* ce qui va arriver, elle l'avale.

— Ça, c'est ma bonne fille, dit sa mère en lui caressant les cheveux.

On dirait qu'elle va pleurer et c'est ça qui fait le plus peur à Charlotte.

— Ne t'inquiète pas. Ça va bien se passer. Il suffit de ne pas y penser.

— Faut lui changer sa couche, dit Tony qui vient de réapparaître à la porte. T'as qu'à le faire. Je l'accompagne à la baraque à frites. Elle pourra se laver là-bas.

Charlotte se lève. Elle ne peut pas se battre contre Tony. Sa mère ne se bat pas contre Tony. Personne ne se bat contre Tony. Elle a les jambes qui tremblent. Elle ne pleurera pas. Ça sert à rien. Elle se demande combien de temps il faudra avant que le cachet de sa mère fasse effet et qu'elle se retrouve juste en train de penser *dépêche-toi dépêche-toi dépêche-toi.* Elle se retourne pour prendre sa veste.

— Rien que la bouche, hein ? murmure sa mère, honteuse, accablée, frénétique.

Tony se contente de grogner.

— Tony ? Je suis sérieuse. Elle a onze ans.

Charlotte se dit qu'elle va vomir, mais elle ne baisse pas le menton. Elle a Katie. Un jour, elles s'enfuiront. Un jour, elles se barreront de cette ville de merde. Ce n'est qu'une fois arrivée à la porte d'entrée qu'elle se retourne. Sa mère est en haut des marches et Daniel est à nouveau sur sa hanche.

— Il était une fois une grande forêt. Et, dans cette forêt, il y avait une petite fille qui s'appelait le Petit Chaperon rouge. Il y avait aussi un grand méchant loup…

Elle dit ça sans regarder Charlotte. Mais Daniel la regarde, lui. Il serre Pierre Lapin dans une main et de l'autre il lui fait un petit signe. Un petit geste. Juste pour elle.

Va te faire foutre, Daniel, se dit-elle en suivant Tony dehors. *Va te faire foutre, petite merde.*

45

MAINTENANT

Marilyn

Je suis vannée. Quelle journée. Quel drôle de mélange. Je suis retournée travailler. Le simple fait de devoir me comporter comme si tout allait bien m'a au moins permis de ne pas m'endormir sur mon ordi. La surprise, c'était de constater à quel point la soumission à la normalité n'était pas si désagréable.

Ce sentiment a duré une bonne heure, jusqu'à l'arrivée de Richard, furieux et débraillé, cognant aux portes vitrées pour qu'on le laisse entrer. Ça ne m'a pas étonnée. Pas vraiment. Je me doutais qu'il surveillerait le parking tous les jours, dans l'espoir de voir ma voiture. Si cela n'avait pas été une telle humiliation, j'en aurais presque été soulagée.

Quand je suis sortie dans le couloir, il a fait tout ce à quoi je m'attendais. Il m'a suppliée de revenir. Il m'a implorée. Et puis, de façon très prévisible, il m'a menacée. Brutalement. En me plaquant contre le mur. *T'es si moche que jamais aucun autre homme ne voudra te toucher ! Pour qui tu te prends, pétasse ? Je vais t'éclater, sale conne !* C'était grotesque. Les traits déformés par le monstre qui est en lui. J'ai crié. Je n'ai pas pu m'en empêcher. De douleur, à cause de mes côtes et d'autre chose : sentir toute cette rage dirigée contre moi. Comment en sommes-nous arrivés là ?

Le vacarme a fait venir Penny en un rien de temps. Ce n'est pas son style d'accepter ce genre de merde dans ses locaux et Richard le savait. Menacer et brutaliser sa femme, c'était une chose, mais il ne pouvait pas jouer à ça avec elle. Il a essayé de ravaler sa fureur, de prendre un air raisonnable, alors qu'il avait encore la bave aux lèvres. Elle lui a dit que si jamais il remettait les pieds au bureau, elle appellerait la police, non sans lui rappeler que, grâce à Lisa, les flics ne tardaient jamais quand il était question de PKR. Elle a ajouté à mon intention que *je* ferais mieux de demander une injonction pour qu'il n'ait plus le droit de s'approcher de moi. J'ai rajusté ma tenue et j'ai dit à Richard que je ne reviendrais pas. Que c'était terminé. Que je demandais le divorce.

Penny l'a escorté au rez-de-chaussée et s'est assurée que les hommes à la réception le raccompagnent jusqu'à sa voiture en leur répétant que si jamais ils le revoyaient dans les parages, ils devaient appeler la police.

Le reste de la journée s'est passé dans un nuage d'humiliation déguisé en sympathie. Stacey a été gentille, façon *Oh, mon Dieu, je ne saurais pas quoi faire dans un cas pareil* ; Toby a gonflé les joues et juré qu'il mettrait une drôle de raclée à Richard s'il osait se repointer par ici – ce qui m'a presque fait sourire, car je ne crois pas que Toby se soit battu une seule fois de toute sa vie – et ensuite il y a eu Julia, celle qui m'a vraiment redonné la pêche, tant j'ai eu envie de leur mettre des claques, à elle et à sa fausse bienveillance. Penny n'a pas été mieux, comme si le délire de Richard lui fournissait l'excuse idéale pour me virer dans un avenir proche, ce qui lui permettrait d'en finir une bonne fois pour toutes avec « l'affaire Lisa ».

Julia et elle s'entendent déjà comme deux cochonnes. Bizarre comme les choses changent. Mais il n'empêche : j'étais venue bosser et j'ai (bien) fait mon boulot ; cette conne de Julia peut froncer le petit nez tout pointu qu'elle s'est offert, ça n'y changera rien.

Simon Manning m'attendait à l'hôtel à mon retour. Dans la salle réservée aux professionnels. J'ai cru qu'il allait me prier de partir. Au lieu de cela, il m'a demandé si j'étais disposée à gérer son compte chez PKR *à la place de Lisa.* Il a ajouté qu'en restant à l'hôtel j'aurais l'occasion de rencontrer les membres de la future équipe. Ce qui nous donnerait, à eux et à moi, une meilleure vision de la situation ; cela me permettrait aussi de me coordonner avec les responsables des différents services – réception, ménage, cuisines, etc. Le fait de vivre sur place me donnerait un excellent aperçu de l'industrie hôtelière et il était persuadé que dans un premier temps j'aurais largement de quoi m'occuper en travaillant d'ici plusieurs jours par semaine. Si j'étais d'accord, il appellerait Penny sur-le-champ.

Si j'étais d'accord. J'ai failli tomber à genoux de joie. Bien sûr que je voulais le contrat. J'étais encore en train de balbutier des remerciements quand il est parti. Et maintenant, me voilà, affalée sur mon grand lit d'hôtel, en proie à un sacré mélange d'émotions. Du soulagement. D'abord et avant tout. Je m'en fous s'il m'a offert le job par pitié, je sais que je serai à la hauteur, et Lisa avait déjà mis pas mal de choses en route.

Lisa. Avec une journée pareille, je n'ai pas trop eu le temps de penser à elle et que je sois damnée si je m'y mets maintenant. Ceci est *mon* nouveau départ. Simon Manning vient de me l'offrir. Mon emploi est sauvegardé et dans l'immédiat je n'ai pas à m'inquiéter de trouver un endroit où vivre. Si la banque nous enlève la maison en raison des mensualités impayées, je ne serai pas à la rue. Il faudrait que je récupère quelques affaires, mais ça peut attendre. Je ne veux pas aller là-bas toute seule. *Lisa n'est plus là pour t'accompagner.*

J'ai juste envie de prendre une douche, d'ouvrir une bouteille de vin et de manger le sandwich et les chips que j'ai achetés avant de rentrer. Je suis en train de me déshabiller quand on frappe à la porte.

C'est la police. Ils sont trois. Bray devant et au centre.

Mon ventre se liquéfie.

— Qu'y a-t-il ? C'est Ava ?

Ma première crainte, c'est qu'ils aient une mauvaise nouvelle à m'annoncer, mais l'expression de Bray est trop dure pour cela. Je les fais entrer.

— Lisa s'est évadée.

Sèche.

— Évadée ? dis-je. J'ignorais qu'elle était prisonnière.

Et voilà, je la défends encore. C'est automatique chez moi.

— Elle ne l'est pas, dit-elle avant de se corriger. Elle ne l'était pas, du moins. Mais elle a agressé son agent de probation avant de s'enfuir. Il faut que nous sachions si vous avez été en contact avec elle. Si elle vous a appelée, vous a envoyé un message. N'importe quoi.

— Pourquoi voudrait-elle s'enfuir ?

Je m'assieds sur le lit.

— Avez-vous eu de ses nouvelles ?

Cette fois, Bray est coupante. Je secoue la tête.

— Non. Rien. Vérifiez mon téléphone si vous voulez. Que se passe-t-il ?

— Avez-vous un journal ou un agenda de l'année écoulée ?

— Non. Ma vie n'est pas remplie à ce point. Pourquoi voulez-vous savoir ce que j'ai fait pendant un an ?

— Pour retracer les faits et gestes de Lisa. Il va falloir que vous fassiez de votre mieux pour nous donner une liste des endroits où vous vous êtes vues et à quels moments.

J'en rigole.

— J'ai déjà du mal à me rappeler ce que j'ai fait la semaine dernière, alors vous imaginez chaque jour de l'année écoulée.

Ça ne la fait pas sourire du tout. J'ai un sombre pressentiment.

— À quoi ça rime, tout ça ? Pourquoi autant d'inquiétude à propos de Lisa ?

Qu'est-ce qu'elle a fait ? La question que je ne pose pas est là entre nous.

L'inspectrice s'assied sur le lit à mes côtés ; je ne sais pas si c'est dans l'espoir de faire amie-amie avec moi ou simplement parce qu'elle est épuisée, elle aussi.

Nous avons une nouvelle fois fouillé sa maison à Elleston dans l'espoir d'y dénicher des indices sur l'endroit où pourrait être Ava. Nous y avons trouvé l'ordinateur de Jon, caché sous le matelas de Lisa, et un jeu de clés dont nous pensons qu'elles sont celles d'une maison louée au pays de Galles.

Je les regarde, elle et les deux autres. Tous me dévisagent comme si ce qu'elle vient de dire était parfaitement clair pour moi. Je fronce les sourcils.

— Jon a été chez elle ? Seigneur. Quand ? Après tout… ce qu'il s'est passé ? Comment a-t-il pu…

— Non, me coupe Bray. Nous ne pensons pas que Jon ait jamais été chez elle.

— Et si vous arrêtiez de tourner autour du pot ! Au lieu de me balancer vos allusions.

Je suis trop fatiguée ; mon cerveau commence à faire des nœuds.

— Jon n'a pas été vu chez lui depuis des mois. Des voisins nous ont dit qu'ils le croyaient en voyage. Il a été licencié il y a deux ans. Depuis, il se contentait de petits boulots par-ci par-là. Il se tenait tranquille, ne se faisait pas remarquer. Il avait acheté son appartement comptant après avoir vendu la maison de sa mère juste après sa mort. Il avait aussi hérité d'une jolie somme. Il n'avait pas de dettes.

— Et ?

Pourquoi n'en vient-elle pas au fait ? S'il faut autant d'explications pour y arriver, c'est que ça doit être vraiment moche.

— Un voisin nous a dit qu'il avait reçu la visite d'une femme avant de partir. Lui et d'autres pensent qu'il avait rencontré quelqu'un ou bien retrouvé une ancienne petite amie. Il semblait plus heureux. Plus enjoué.

— Une femme ? Qui ?

— Personne ne l'a bien vue. Elle lui aurait rendu visite quelquefois. Dans l'ordinateur de Jon, nous avons trouvé un contrat de location pour un cottage et des agents sont en train de se rendre sur les lieux en ce moment même. Avec un peu de chance, ils y trouveront Jon et Ava. Et peut-être aussi Lisa.

— Mais pourquoi son ordi est-il resté chez Lisa ?

Je sais où elle veut en venir, mais je ne parviens pas à y croire. J'essaie quand même :

— Vous croyez que cette femme était Lisa ? L'ancienne petite amie ? Vous croyez que Jon et elle étaient en contact ? Que c'est pour ça que son ordinateur était chez elle ?

Pendant une seconde, ça me paraît presque possible. Tordu, mais possible. Une vieille histoire d'amour qui renaît de ses cendres – *mais comment ? Elle n'est pas sur les réseaux sociaux* –, et puis je me souviens des messages que Jon envoyait à Ava. *Du genre* de ces messages. Lisa ne l'aurait jamais toléré. Et puis, quand on veut retrouver sa famille, on ne balance pas des trucs pareils à sa propre fille. Ou alors, elle ne savait pas ? Jon les envoyait à son insu. C'est le seul truc qui semble un tant soit peu crédible, car je ne vois pas Lisa se lancer dans une combine pareille. Cacher son passé, oui, mais ça. C'est de la *folie*.

— Mais ça n'a aucun…

La sonnerie du téléphone de Bray me coupe. Elle se lève aussitôt et s'éloigne pour répondre. Je prends une longue inspiration. Le sang me cogne les tempes. J'ai *vu* dans quel état était Lisa après la disparition d'Ava. Elle était brisée. Tous ces délires à propos de Katie. Elle ne *savait pas* où était Ava. Et ces messages. Elle n'a pas pu jouer un rôle là-dedans. C'est impossible. Ou bien ?

— Seigneur, murmure Bray, puis plus fort : Je vous rappelle dans cinq minutes. Je viens sur place.

Un autre téléphone sonne et Bray, le visage dur, les muscles noués, fait signe à son collègue d'aller prendre l'appel dehors.

— Quoi ? demandé-je. Que s'est-il passé ? Oh, mon Dieu, elles ne sont pas…

— Jon Roper est mort. Son corps a été découvert dans le cottage. Aucun signe de Lisa ou d'Ava.

Sa voix rebondit dans mon crâne, vient s'enfoncer dans mon cerveau fatigué.

— Mort ? Et Ava n'est pas là-bas ?

Je suis comme un des personnages d'une de ces douillettes séries policières qui restent plantés là à répéter bêtement les paroles du flic dans l'espoir de les comprendre.

— Il est impératif que vous m'appeliez s'il vous vient la moindre idée à propos de l'endroit où Lisa pourrait être allée ou bien si elle tente d'entrer en contact avec vous.

— Bien sûr. Mais elle n'aurait quand même pas…

— Le cadavre de Jon Roper se trouve apparemment dans un état de décomposition très avancé. Il est mort depuis des mois. Peut-être même un an. Avant qu'Ava ne commence à recevoir ces messages Facebook.

— A-t-il été… ?

Elle dit le mot que je ne prononce pas.

— Assassiné ? Oui. Il semble bien.

Le monde ne se met pas vraiment à tournoyer, mais les bords carrés du lit et les murs se courbent légèrement pendant que les couleurs deviennent un peu plus éclatantes.

— Mais alors, qui envoyait ces messages à Ava ? Si Jon était mort ?

Elle me dévisage comme si j'étais la dernière des connes.

— *C'était Charlotte*… Lisa. Ou quel que soit le nom que vous voulez lui donner. L'ordinateur était chez *elle.* Avant même ces derniers développements, nous travaillions sur cette hypothèse.

J'ai du mal à respirer.

— Je sais que c'est dur à accepter, cependant la conclusion la plus probable, c'est qu'elle est derrière tout ça.

— Mais pourquoi ?

Oh, Seigneur, Lisa. T'ai-je jamais connue ?

— Nous pensons qu'elle a fait une sorte de dépression. Elle a appelé Alison – l'agent de probation que vous avez rencontré – au moins deux fois ces dernières semaines. Elle était paranoïaque, elle avait le sentiment d'être suivie. Le vol de l'argent au bureau peut être envisagé comme un signe d'instabilité mentale. Nous ne le saurons qu'après l'avoir retrouvée. Et jusque-là, nous n'avons aucune garantie quant au sort d'Ava. À vrai dire, nous considérons qu'elle court un grave danger. Est-ce que vous comprenez, Marilyn ?

— Mais comment aurait-elle pu…

— Quand Ava s'est enfuie, elle se trouvait seule dans l'appartement avec Lisa. C'est Lisa qui a signalé sa disparition le lendemain matin à son réveil. Pendant ces quelques heures, il a pu se passer n'importe quoi. Lisa aurait pu partir la première pour la devancer sur le lieu du rendez-vous, par exemple. N'importe quoi. Est-ce que vous comprenez ce que je suis en train de vous dire ?

J'acquiesce lentement, la tête lourde.

— Lisa est dangereuse, dis-je.

Une pause. Puis :

— Merde ! Elle est folle !

Bray paraît soulagée de constater que j'ai enfin compris. Mais c'est plus facile pour elle. Elle ne connaissait pas Lisa. Parce que moi, je la connaissais peut-être ?

— Je vous appelle aussitôt si jamais elle me contacte.

Mes mains tremblent. Merde, merde et merde. Je nage en plein délire.

— Et si je pense à quoi que ce soit qui pourrait vous être utile, je vous téléphone.

— Merci. Je sais que c'est difficile pour vous.

Maintenant, Bray est impatiente de me quitter pour aller sur sa scène de crime.

— Tout ce qui compte, c'est Ava.

Soudain, j'ai la gorge sèche parce que, au beau milieu de tout ça, me vient une pensée égoïste. *Et pourquoi pas ? J'ai bien droit à une petite faveur dans toute cette merde.*

— Oh, dis-je. Il y a encore une chose, si ça ne vous dérange pas.

— Oui ?

— Mon mari. Si vous lui parlez, faites attention à ce que vous dites. Il a essayé de me faire vendre mon histoire aux journaux. J'éviterais de lui confier la moindre information sensible à votre place, à moins que vous ne vouliez qu'elle se retrouve dans les médias.

— Merci. Oui, nous comptions le voir, au cas où Lisa irait le trouver, donc c'est bon à savoir.

— Et, du coup, dis-je en m'efforçant de prendre un air désinvolte, pourriez-vous lui dire de ne pas s'approcher de moi ou de mon lieu de travail ? Ça m'aiderait beaucoup. Jusqu'à ce que j'entame la procédure de divorce. Il est… difficile, parfois.

Je n'ai pas besoin d'en dire plus. C'est une femme. On se comprend.

— Pas de problème, dit-elle.

Et ils s'en vont.

Je laisse tomber la douche et le sandwich et je fonce sur le vin. Je ne veux pas me saouler, mais j'ai besoin d'un verre. Je me sers tant bien que mal avec mes mains tremblantes. J'avale une première gorgée. Lisa. Lisa a-t-elle vraiment fait tout ça ? Je me souviens du seizième anniversaire d'Ava, il y a quelques semaines à peine, alors que j'ai l'impression que c'était dans une autre vie. J'avais interrogé Lisa sur le père d'Ava, si elle n'avait jamais reçu de ses nouvelles. Elle avait évité de me répondre, comme toujours. L'avait-elle déjà tué ?

Ça n'a rien à voir avec le fait d'accepter que ma meilleure amie était autrefois Charlotte Nevill. Ça, c'était le passé. Ceci est le présent. Elle a accompli ces trucs alors qu'elle venait travailler avec moi, qu'elle mangeait chinois avec moi, qu'elle s'extasiait sur mon *mariage idéal* et qu'elle s'inquiétait pour les examens d'Ava. Comment a-t-elle pu lui envoyer ces messages ? Tuer Jon ? Faire tout ça en jouant à la petite souris avec moi ? Suis-je franchement conne à ce point ?

Quelqu'un n'est pas qui elle prétend être.

Le corps de Katie n'a jamais été retrouvé.

Non, non et non. Ce genre d'idées va me rendre aussi folle qu'elle et Lisa *est* cinglée. Et si c'était une espèce de schizophrène ? Des moments où elle se prend pour Katie ? Vivre pendant si longtemps sous une autre identité, avec la peur incessante d'être découverte, lui a peut-être fait perdre les pédales ? Elle a créé *une* Katie pour gérer tout ça. Un de ces épisodes psychotiques comme on en voit dans les films, un délire où elle ne *sait pas* qu'elle est Katie ?

Cette hypothèse me plaît bien. Elle me soulage un peu. Ça vaut mieux que l'alternative : que je n'aie rien vu alors que ma meilleure amie était en réalité une tarée hyper dangereuse. Même maintenant, j'ai du mal à y croire. Qu'elle aurait fait toutes ces saloperies consciemment.

Je remâche tout ça au point d'en avoir la cervelle en compote jusqu'à ce que je me rende compte qu'il fait nuit dehors. Il est dix heures du soir et je suis toujours assise là, avec le même verre de vin tiède.

Et merde. Rien à foutre de la douche. Rien à foutre de tout. Sans même me brosser les dents, je me glisse sous la couette.

46

Lisa

Je fais semblant de jouer au solitaire avec un vieux jeu de cartes, mais mes oreilles sont verrouillées sur le son de la télé dans un coin de la salle commune. Il n'y a que deux autres personnes présentes qui lisent des journaux devant un café. J'imagine que tous les autres sont sortis pour la soirée. C'est ce que font les jeunes, après tout.

Le camion m'a déposée à Calthorpe, d'où j'ai pris le car pour Ashminster où j'ai réservé pour trois nuits dans cette auberge de jeunesse. Un petit supplément m'a donné droit à une chambre individuelle avec douche. J'ai commencé par me laver, à me frotter à m'en arracher la peau, puis, en dépit de la peur et de l'angoisse qui me sciaient le ventre, j'ai dormi, plusieurs heures, d'un sommeil noir et vide.

Quand je me suis réveillée, la nuit était tombée. Je me suis aspergé la tête d'une nouvelle couche de teintures et je me suis maquillée pour redevenir Lily. Je pense à ce nom. Lily, le lis, la fleur du deuil. Je vous en prie, faites que je ne porte pas le deuil d'Ava. Faites que j'aie réussi à gagner un peu de temps.

Je suis aux infos. Pas Lily, mais les autres *moi*, Charlotte et Lisa. Lisa que j'ai été pendant si longtemps et qui n'est plus là. Je devrais en souffrir davantage, mais je me suis débarrassée d'elle comme un serpent abandonne sa peau lors de la mue. Après mon dernier changement de nom, après ce qui s'était passé avec Jon, j'avais compris, je crois, que Lisa ne durerait pas toujours. Avec Charlotte, c'est différent. Pour en finir avec elle, il faudrait que je meure. C'est peut-être là où mène ce combat entre nos esprits. Mais je ne suis pas prête à ça et Charlotte encore moins.

C'est le deuxième bulletin d'informations et, cette fois, je suis plus calme, j'écoute vraiment, mettant de côté mon chagrin pour ce pauvre Jon qui n'avait jamais rien fait de mal, à part tomber amoureux trop jeune de quelqu'un qu'il est impossible d'aimer. J'essaie de ne pas regarder mon visage qui me fixe depuis l'écran. L'anonymat imposé par le ministère de l'Intérieur a été levé puisque je suis à nouveau une meurtrière. J'ai l'air si fade. Si invisible. Ils ont utilisé la photo de mon passe au travail. Le présentateur dit que j'ai désormais les cheveux blonds, plus courts, et ils affichent un montage grotesque au point d'en être comique où je ressemble à une poupée gonflable pas du tout sexy, un truc qu'on a affublé d'une perruque blonde. Ça me fait presque rire. Ça fait presque rire *Lily*. Elle est plus coriace que moi, qui que je puisse être. Lily est plus Charlotte que Lisa. Je suis simplement la cosse dans laquelle elles cohabitent toutes les trois.

Je regarde encore la photo sur l'écran. Ce n'est pas moi. Franchement, la police ne peut pas faire mieux ? Je me demande si *elle* est en train de regarder. Ce qu'elle se dit. Elle ne devait sûrement pas s'attendre à ça. Elle devait s'imaginer qu'ils m'auraient déjà arrêtée. Fin de la partie.

Le présentateur annonce à la terre entière que je suis recherchée pour le meurtre de Jon Roper, dont le corps a été retrouvé dans une maison en location au pays de Galles. Après une vue du cottage en question, le journaliste local prend le relais :

« Les autorités pensent que le cadavre en état de décomposition avancée retrouvé sur les lieux est celui de Jon Roper, ex-compagnon de la tueuse d'enfant, Charlotte Nevill, et père de sa fille de seize ans, Ava. Selon les derniers éléments en notre possession, la police était à la recherche de Roper depuis la disparition d'Ava de la planque où on les avait installées, sa mère et elle, après que la nouvelle identité et l'adresse de Charlotte Nevill avaient été révélées. Mais maintenant, avec la mort de Jon Roper et la fuite de Charlotte Nevill, la situation semble encore plus sinistre que tout le monde le croyait et l'inquiétude est à son comble ici pour l'adolescente disparue qui, il y a un mois à peine, a sauvé la vie d'un enfant. »

C'est au tour de Bray d'apparaître devant les caméras ; elle se trouve devant la maison entourée d'un ruban de police, exposée à un vent qui arrache des mèches de sa queue-de-cheval réglementaire. Elle dit que je dois *être considérée comme dangereuse.* Elle demande à toute personne qui me verrait d'appeler le numéro qui s'affiche en bas de l'écran et, en aucun cas, de tenter de m'approcher.

Elle ne raconte pas toute l'histoire. Elle doit avoir *quelque chose* qui les a convaincus que j'ai tué Jon. Je l'ai vu à la manière dont Alison s'est raidie à l'appartement et je le vois maintenant dans l'expression très prudente de Bray. J'ai un instinct de survie très développé. Et je connais mon ennemie. Ma meilleure amie. *Où es-tu, Katie ? Où as-tu emmené mon bébé ?*

Je range les cartes comme si ça m'ennuyait et j'adresse un petit sourire au couple à l'autre bout de la salle en me levant. Ils me répondent poliment de la même façon. Ils ne m'ont pas reconnue. Ils n'ont rien vu. C'est si facile de devenir quelqu'un d'autre. Les gens ne voient que ce qu'ils veulent voir. Toutes ces années passées dans la crainte d'être démasquée ont été du temps perdu. Personne ne voit rien. Personne ne m'a dénoncée. Cet appel anonyme après les photos dans les journaux, c'était Katie. *Je le sais.* C'est elle qui a tout manigancé.

Je retourne m'allonger dans ma chambre. Je ne peux rien faire avant demain, sinon réfléchir. J'ai été aveugle, moi aussi. Je n'ai pas vu ce que j'avais sous les yeux. J'ai *senti* quelque chose, oui, et de multiples alarmes se sont déclenchées, mais je ne t'ai pas *vue*, Katie. Qui es-tu ? L'angoisse est telle que je n'ai qu'une envie, me rouler en boule et pleurer pour Ava, hurler pour que quelqu'un me ramène mon bébé, mais je suis la seule à pouvoir agir et il faut que je garde ma dureté. Que je reste Charlotte.

Pierre Lapin. Roule, baby. La photo disparue.

Penny ? Katie ne peut pas être Penny. Penny est là depuis toujours. Marilyn ? Non. Je ne peux même pas admettre cette idée. Même si elle me déteste maintenant, Marilyn est ma meilleure amie et, comme avec Penny, dix ans, c'est une trop longue attente. M'avoir sous les yeux en permanence et ne rien faire, ce n'est pas le style de Katie. Katie est impétueuse. Impatiente.

Mais qui peut-elle être d'autre ? Une étrangère ? Non. Il fallait qu'elle fasse partie du cercle de mes connaissances. Les photos. Elle est entrée chez moi. Ava oublie sans cesse de fermer la porte de derrière. Ou alors elle a trouvé la clé de rechange ? Je pense à toutes les fois où j'ai laissé mon sac sans surveillance au bureau. Ou sur le dossier d'une chaise dans un pub. Quelqu'un aurait-il pu faire une copie des clés et les y remettre sans que je m'en aperçoive ? Les voler temporairement dans mon sac à main ?

Cette idée de vol dans un sac me fait sursauter. *Julia.* Les pensées se succèdent comme un tir en rafales. Elle a volé Penny. Elle est nouvelle. Elle est sournoise. Narquoise. Elle est plus vieille qu'elle en a l'air. Elle a cherché à dresser les gens contre moi.

Je suis haletante, comme si je venais de piquer un sprint. Je me force à respirer plus lentement. Julia est-elle Katie ? C'est cela, son plan ? Me transformer à nouveau en meurtrière, puis tuer mon bébé pour me laisser avec toute cette douleur ? Je devrais être surprise, mais je ne le suis pas. Au fond, j'ai toujours su qu'elle reviendrait.

Croix de bois, croix de fer.

TROISIÈME PARTIE

47

Elle

La Fille B. Non mais. Comme si j'étais la deuxième. Une suiveuse. La comparse minable. L'alter ego sans ego. Ironique, dans la mesure où je suis le cerveau dans cette histoire, que je l'ai toujours été. Charlotte ? Comment la décrire ? Elle était courageuse. Forte. Sauvage et cinglée. Oui, elle était tout ça, mais j'ai toujours été un peu trop intelligente pour elle. Je le suis encore. Je n'ai pas changé. Contrairement à elle.

Vous voulez que je vous dise ? Je suis agréablement surprise qu'elle soit à ce point entrée dans mon jeu. Je n'étais pas sûre qu'elle soit encore capable de s'enfuir. Je l'espérais. J'espérais que ses vieux réflexes se réveilleraient, sans trop y compter. Les gens changent en vieillissant. C'est ce qu'il y a d'ennuyeux dans le fait de grandir. Et question changement, *Lisa* se pose un peu là.

L'ancienne Charlotte – ma Charlotte –, je n'ai jamais eu le moindre doute sur elle. Elle aurait senti ce qu'il était en train de se passer et elle aurait détalé. Elle n'était peut-être pas si maligne, mais elle était *primaire.* Cette *chose* qu'elle est devenue, cette espèce de ménagère de moins de cinquante ans, je me suis dit qu'elle allait rester là comme un vieux torchon mouillé jusqu'à ce qu'ils la coincent pour le meurtre de Jon et qu'ensuite elle passerait le reste de sa misérable existence sous les verrous à se demander ce qui lui était arrivé pendant que la terre entière la harcèlerait pour savoir ce qu'elle avait fait du corps.

C'est un plan B que j'aurais pu accepter, mais qui aurait constitué une réelle déception. Après tout ce temps passé à me cacher, à attendre de refaire surface. Après tous ces préparatifs. Non, cela n'aurait pas été une conclusion satisfaisante. Pas autant, en tout cas, qu'une vraie rencontre. Elle a dû s'en raconter des histoires, elle aussi. Elle veut me voir. Bien sûr qu'elle le veut. La question est : reste-t-il assez de l'ancienne Charlotte en elle pour qu'elle me trouve ? Nous trouve ?

J'imagine qu'il va falloir encore attendre pour le savoir. Bon, Ava, c'est l'heure de ton médicament. Il est temps que tu partes au pays des songes. J'ai des choses à faire.

48

AVANT

1989

Tout finit par sortir d'une manière ou d'une autre.

C'est ce que Jean, la sœur de Tony, avait dit il y a deux ans quand Charlotte vomissait à cause de la rougeole. *Tout finit pas sortir d'une manière ou d'une autre. Ne te retiens pas. Tu te sentiras mieux après.* Peut-être. C'est peut-être pour ça qu'elle a fourré de la merde de chien dans la boîte aux lettres du vieux M. Perry en rigolant, alors qu'il ne lui a jamais rien fait. Ou qu'elle a tagué son propre nom en grand sur le mur de l'école avec une bombe trouvée dans une ruelle. Peut-être que c'est comme ça qu'elle finit par sortir toute cette rage qui est comme une bulle en elle, une bulle qui enveloppe quelque chose qu'elle ne pourrait pas expliquer même si elle le voulait, quelque chose d'horrible et de désespéré.

Mais, malgré toutes ces saloperies qu'elle a faites, elle ne se sent pas mieux. En revanche, elle a eu droit à la police, aux services sociaux, aux avertissements, à sa mère qui lui hurle dessus et à la ceinture de Tony ; et puis, toujours, toujours, dans le fatras de ses pensées, l'espèce de déchirure dans son ventre depuis la baraque à frites. Et ça n'a pas été qu'une fois. Ça sera tout le temps maintenant. Elle aurait dû le savoir. D'autres *nouveaux amis* et après l'assiette de *fish and chips* comme si tout ça était normal. Comme si c'était une récompense. D'autres cachets, de plus en plus souvent. Parfois, elle a l'impression de ne plus savoir ce qui est réel. Peut-être parce que c'est irréel. *Irréel.* Encore un nouveau mot de Katie qu'elle ne comprenait pas et qu'elle ne comprend toujours pas malgré ses explications. Mais elle trouve qu'il sonne bien. Irréel, ça rend tout plus propre. Plus sûr.

Sauf que rien n'est sûr. Elle a encore mal de la raclée que lui a flanquée Tony après le départ de l'assistante sociale mardi dernier. La boucle de la ceinture a laissé de grosses traces à l'arrière de ses cuisses et cette fois c'était différent. Il y avait quelque chose dans son visage qui lui a fait penser à la baraque à frites. Son visage, les pleurs de Daniel et sa mère qui essayait de le calmer. Ses propres cris et hurlements pendant que la ceinture s'abattait et à quel point elle s'en voulait de ne pas les retenir. Elle n'a pas pleuré. Même pas après, quand elle a été seule. Au lieu de ça, elle s'est perdue dans leur chanson, à Katie et à elle. La passant et la repassant à fond dans ses écouteurs.

Elle reste le plus possible hors de la maison malgré ce que disent la police et les services sociaux à propos des joies de la famille. Sa mère et Tony dorment tard, elle est déjà partie quand ils se lèvent. Elle glisse du lait ou du jus de fruits, et un peu de pain, dans le petit lit de Daniel et elle sort. Qu'ils jouent au bonheur sans elle. De toute manière, c'est ce qu'ils veulent.

Elle passe ses journées à semer la merde et à voir Katie. Katie. Elle ne vit plus que pour Katie. Elles ont leur repaire maintenant, ici, dans Coombs Street. Il y a des couvertures par terre qui viennent de chez Katie, des bougies que Charlotte a piquées dans le grand magasin en ville et quelques vieux coussins du centre de jeunesse sur Marley Street. C'est ici qu'elle se sent le plus en sécurité. Elle allume une autre cigarette pendant que Katie parle. De son problème de mère. Le contraire de Charlotte. Trop d'amour, voilà le souci de Katie. Tout le monde l'aime.

— Je devrais peut-être pas fumer quand t'es là, dit Charlotte en rigolant.

Katie se marre aussi en brandissant son inhalateur qu'elle déclenche dans le vide.

— Je n'ai pas d'asthme. Le docteur le sait, lui aussi. Je me demande même s'il a mis quoi que ce soit dans ce truc. Il m'en a probablement donné un vide pour qu'elle arrête de le bassiner. Il a dit que mes poumons vont très bien. Mais est-ce qu'elle l'a entendu ? Bien sûr que non. C'est elle qui m'empêche de respirer. Bientôt, elle va m'étouffer. M'emballer si serré que je ne pourrais plus m'échapper.

— Comment t'as fait pour l'école ?

Charlotte a les poumons en feu. Elle fume beaucoup. Elle regrette de ne pas avoir à boire, mais Tony n'avait que deux canettes dans le frigo et elle a eu peur d'en prendre une. Elle volera quelque chose plus tard. Au magasin. Ou ailleurs. Ou alors, peut-être un des cachets de sa mère. Ils commencent à lui manquer, un peu comme les clopes.

— J'ai écrit une fausse lettre. Des problèmes familiaux. De toute manière, c'est bientôt les vacances d'été. On n'a plus que sport et activités de plein air et ma mère refuse que j'y prenne part.

C'est facile pour Katie. C'est une gentille fille. Si elle devait aller à la baraque à frites et si elle en parlait après, les gens la croiraient. Ils l'aideraient. Personne ne croirait Charlotte. Ou alors, on dirait que c'est elle qui veut y aller. C'est peut-être vrai. Peut-être qu'elle est une vraie petite salope, comme le dit sa mère quand elle est en colère.

— Viens, dit Katie, allons nous promener.

Elles passent par la fenêtre, en veillant à ce qu'on ne les voie pas. Leur repaire secret ne doit pas être découvert. Charlotte tend la cigarette à Katie qui tire une taffe avant de la lui rendre. Elle n'avale pas la fumée. Si quelqu'un d'autre faisait ça, Charlotte lui éclaterait la gueule, mais elle sait que Katie ne fume que pour elle. Parce que Charlotte fume. Pas pour *essayer de se donner un genre,* mais *pour être aussi proche d'elle que possible.* Non, même ça, ça ne suffit pas. Il n'y a pas de mots pour ce qu'il y a entre elles. Charlotte ne veut pas trouver les mots. Ils pourraient tout gâcher.

Elles jettent des pierres sur les maisons en ruine et pendant un petit moment elles font comme si elles étaient les deux dernières personnes sur terre dans un no man's land créé par une bombe atomique, comme dans ce programme télé il y a quelques années dont sa mère parle encore parce qu'il lui a trop foutu la trouille. Au bout d'un moment, les histoires de survivantes épuisées, elles se dirigent vers le terrain de jeu pourri.

Ils sont à l'intérieur. Charlotte se fige sur place.

— Quoi ?

Katie a dit ça à mi-voix, tellement en phase avec son amie qu'elle s'est arrêtée elle aussi. Charlotte sent sa main qui se glisse dans la sienne. Elle la serre. Son roc. Sa force.

— C'est ma mère, dit-elle. Et Daniel.

Katie émet un petit cri ; ses yeux s'écarquillent. Leurs vies réelles ont toujours été *ailleurs* ; celle de Katie dans sa grande maison et son école chic et celle de Charlotte dans sa cité pourrie. Et voilà que là, maintenant, une porte a été ouverte.

— Viens, dit Charlotte en la tirant en arrière.

— Non, je veux voir.

Katie tire dans l'autre sens en lui montrant les fourrés qui ont poussé près de la grille. Charlotte lui jette un sale regard.

— Ils ne nous verront pas, dit Katie avant de l'embrasser sur le nez. Ne fais pas ta mauviette.

Le mot lui donne envie de sourire, presque autant que le bisou, même si elle ne veut pas que Katie voie sa vie de merde, que ça devienne réel pour son amie. *Mauviette.* Personne ne dit ça ici. Mais il faut qu'elles bougent, sinon sa mère va les repérer. Il n'y a pas grand monde sur le terrain, parce qu'il fait un temps pourri et que les poubelles n'ont pas été ramassées depuis une éternité, du coup toutes les *vraies* mamans emmènent leurs mioches dans le grand parc où c'est propre et où il y a parfois un camion à glaces. Pour que sa mère aille là-bas, il faut que ce soit une journée très spéciale, et encore, ça dépend de son humeur ou de celle de Tony.

Elles se faufilent dans les fourrés, en rigolant doucement parce qu'elles se font piquer par les feuilles et les petites branches dures qui accrochent leurs vêtements. Finalement, elles sont bien cachées juste derrière la grille. Deux paires d'yeux qui guettent dans les broussailles. Katie est tout excitée et Charlotte se demande ce qu'elle pense de sa famille. Sa mère, maigrichonne dans un vieil anorak à bon marché, les cheveux ternes tirés en queue-de-cheval. Elle n'a même pas dû se laver. On dirait qu'elle s'est habillée en vitesse pour échapper à Tony. S'il est de mauvais poil, se dit Charlotte, elle a eu raison de ne pas lui faucher une de ses canettes. Daniel a coincé Pierre Lapin sous son bras pendant que sa mère le pose délicatement sur une de ces balançoires munie d'une rampe de sécurité, une jambe de chaque côté. Elle est si gentille avec lui que Charlotte en a mal.

Une fois qu'il est installé, il lui adresse un petit sourire et il se met à mâchonner l'oreille de Pierre Lapin pendant qu'elle le pousse, pas trop fort, juste ce qu'il faut pour qu'il soit content. Avant, Tony poussait Charlotte lui aussi. Il l'envoyait si haut qu'elle criait de terreur et lui hurlait d'arrêter. Il trouvait ça marrant. Elle ne l'a jamais vu faire ça avec Daniel.

Elles n'entendent pas ce que dit sa mère, mais le vent leur amène son rire. C'est un rire doux et gentil ; quand elle parle à Daniel, c'est toujours avec beaucoup d'affection. Charlotte se mord très fort les joues, jusqu'à ce que le goût métallique emplisse sa bouche quand la peau se déchire. *Tout finit par sortir d'une manière ou d'une autre.*

Elle se tourne vers Katie.

— On peut y aller maintenant ?

— Elle n'était jamais comme ça avec toi, n'est-ce pas ?

C'est une question qui n'en est pas une. Katie connaît la réponse.

— Elle l'aime vraiment.

Elle parle à mi-voix, plutôt pour elle-même que pour son amie, mais ces mots transpercent Charlotte.

— Ouais, je voudrais qu'il disparaisse.

Charlotte regarde comment sa mère le balance gentiment, avec tant d'attention.

— Imagine si c'était vrai, dit Katie, un petit sourire aux lèvres, déjà perdue dans le fantasme. Ou s'il mourait.

Imagine ce qu'elle éprouverait. Alors, peut-être qu'elle comprendrait à quel point elle t'aime.

C'est une idée agréable, sauf que rien ne pourrait faire que sa mère l'aime. Pour sa mère, elle est méchante et sale et c'est *vrai,* mais elle n'a pas toujours été comme ça. Sa mère n'arrive plus à la regarder dans les yeux depuis que Tony et elle l'obligent à aller à la baraque à frites.

— Je vais me barrer, dit-elle. Les laisser. L'un avec l'autre.

— Non.

La voix de Katie est dure. Elle s'accroupit et elle tire Charlotte avec elle, de telle sorte qu'elles ont le menton entre les genoux ; ce qui réveille les douleurs dans les cuisses de Charlotte.

— Non, répète Katie. *On* s'enfuira. Ensemble. On le fera.

De la poche de sa veste, elle sort le coquillage qu'elle a rapporté de Skegness pour le coller contre l'oreille de Charlotte. Bien que ce ne soit pas la première fois, pour Charlotte c'est toujours aussi magique. Elle entend le bruit de la mer.

— On va leur faire payer, dit Katie en se penchant pour poser ses lèvres contre les siennes. À ta famille et à la mienne.

Charlotte est d'accord ; sa mère et Daniel derrière elle disparaissent dans le néant.

— Oui, ils vont payer, dit-elle.

Tout finit par sortir d'une manière ou d'une autre.

49

MAINTENANT

Marilyn

J'ai à peine dû dormir une heure d'un sommeil agité et je me pointe au travail avec des élancements dans le crâne, la bouche sèche et le cœur qui bat trop vite, comme c'est le cas après une insomnie. J'ai passé la nuit à penser à Lisa et à tout ce qu'elle est censée avoir fait. Une double personnalité, c'est la seule explication. Je devrais peut-être le dire à Bray, parce que pour le reste je ne lui suis pas d'une grande utilité. Je n'arrive même pas à me souvenir du moindre événement significatif au cours de l'année passée. Comme si, que ce soit au boulot ou à la maison, j'avais vécu dans le brouillard.

Lisa a tué Jon. Elle a envoyé ces messages à Ava. Je repense à son bonheur discret quand elle parlait de Simon. À quel point il était évident qu'ils s'étaient plu dès le départ. Et à sa nervosité de collégienne quand ils sont allés dîner. Est-il possible qu'elle ait pu être en même temps *cette* Lisa et cette espèce de folle ? Même si j'étais trop stupide pour voir quoi que ce soit, Ava se serait quand même rendu compte de quelque chose, non ? Peut-être pas. C'est une adolescente, trop prise par sa propre vie.

Le test de grossesse. Ava devait avoir un petit ami. La police l'a-t-elle retrouvé ? A-t-il un rapport avec tout ça ? Ava n'avait pas l'air de tenir à lui. Elle était trop obsédée par son amour en ligne. Ça me rend malade, la folie de tout ça.

Je laisse tomber mon sac sur mon bureau en essayant de garder l'air cool. Mais ils sont tous excités autour de moi. Bien sûr, ils ne parlent que de ça.

— Je veux dire, bordel de merde, elle a tué son ex. Assassiné. Pendant qu'elle venait ici avec son air de sainte-nitouche.

Ça, c'est Toby qui se balance sur sa chaise, comme un gamin qui frime en classe.

— Une sacrée tarée.

— C'est pour sa fille que j'ai de la peine. Où croyez-vous qu'elle soit ?

— Morte, probablement.

— Julia !

— C'est peut-être horrible à dire, mais c'est sans doute la vérité.

Les femmes sont toutes rassemblées autour du bureau de Julia ; aucune d'entre elles ne m'a saluée à mon arrivée.

— Penny est là ?

Je demande ça d'une voix claire, mine de rien.

Des têtes se tournent, des regards par-dessus l'épaule. Elles se calment.

— Elle m'a envoyé un texto tout à l'heure, dit Julia, les bras croisés, l'œil acéré, sûre d'elle. Elle a une réunion ce matin. Elle n'arrivera pas avant dix heures.

Penny et Julia s'échangent des T-E-X-T-O-S… Sournoise petite Julia, le ténia qui s'est glissé dans le ventre de notre monde.

Un téléphone sonne.

— Ne décroche pas, c'est les journalistes, dit Stacey alors que je tends la main vers l'appareil. Ils n'ont pas arrêté depuis ce matin. Ils ne vont pas tarder à venir camper devant la porte.

— Pauvre Penny qui doit gérer tout ça.

Julia s'adresse au cercle qui, aussitôt, se reforme autour d'elle pour m'exclure.

— Comment aurait-elle pu savoir ? continue-t-elle. Je veux dire, qui irait imaginer que quelqu'un puisse faire tout ça et continuer à venir au travail tous les jours ?

Il y a quelque chose d'hystérique dans leur papotage, cette façon de glousser, et ça me met en colère. Donc, pas de problème si Penny ne s'est rendu compte de rien, aucun souci si Toby n'a pas eu le moindre soupçon, mais moi, je reste quand même souillée ?

— C'est comme Rose West ou Myra Hindley, enchaîne Julia, qui ont assassiné toute leur famille et qui continuaient à vivre comme d'habitude. Qui sait ce qu'elle a pu faire d'autre ? Je suis sûre qu'on ne voit que la partie émergée de l'iceberg.

Tu trahis ton âge, Julia. Ces gamines n'ont sans doute jamais entendu parler de Myra Hindley. Ni de Rose West, d'ailleurs.

Emily ouvre de grands yeux.

— Ça alors ! Et si c'était juste le début ? Et si elle venait tuer l'une d'entre nous maintenant ?

— J'y ai justement pensé cette nuit, dit Julia, au comble de la jubilation. Personne ne peut savoir de quoi elle est capable. Si elle a tué sa fille…

— Nous ne savons pas encore si elle a tué qui que ce soit.

Ma rage éclate et je les toise, ces jeunes et ces pas si jeunes, avec tous leurs jugements et leurs accusations.

— Oh, je crois que si, réplique Julia. Et son pauvre petit frère ?

— Tu sais très bien ce que je veux dire.

Je rougis. Ma réponse manque de conviction.

— Ah, tu veux dire qu'on ne sait pas si elle a tué quelqu'un *cette fois-ci.*

Lisa *est* une meurtrière, mais cela remonte à loin. Une autre vie. Un autre nom. Et je n'arrive pas à accepter l'idée qu'elle soit pour quelque chose dans toute cette folie actuelle. Parce qu'elle n'est *pas* folle et, même si elle l'est, je la préfère encore à cette salope de première classe en face de moi, avec son sourire de faux cul. Elle a obtenu exactement ce qu'elle voulait. Ouais, eh bien, qu'elle aille se faire foutre.

— Non, on n'en sait rien. Alors, vous feriez mieux de vous remettre à votre boulot, celui pour lequel on vous paie, et laisser la police faire le sien.

Ce n'est pas mon meilleur trait d'esprit, mais dans la mesure où je suis à un doigt de lui enfoncer son air suffisant dans ses dents refaites, c'est pas si mal. C'est pas juste elle. C'est tout le monde : Richard, Penny qui me met à l'écart, Simon qui est si gentil, Ava qui a disparu et Lisa qui… non, pas Lisa. Je ne vois même pas par où commencer avec elle.

— Je suis surpris que tu ne sois pas plus inquiète.

C'est Toby qui, ne voulant pas être émasculé par Julia, la nouvelle dominante de la meute, se joint à la curée.

— Je veux dire, tu connaissais plutôt bien Ava, non ? J'aurais pensé que tu te ferais plus de souci pour elle, au lieu de défendre Lisa.

Je le fixe, ce type prétentieux qui sera chauve, gras et imbaisable parvenu à la quarantaine. Ce blanc-bec qui ne connaît rien à rien.

— Tu es qui, toi ? Tu es qui pour prétendre savoir ce que je ressens ?

Des taches rouges apparaissent sur ses joues. Il ne sait pas s'il doit continuer ou battre en retraite.

— Elle a volé l'argent.

Une voix sourde, à peine audible. Stacey. La gentille et idiote Stacey qui défend son homme. Les yeux de Julia ne nous lâchent pas, elle apprécie le moment, cette confrontation qui a tant tardé. Il y a un long silence, des respirations retenues, mais je ne la déçois pas. Toute la rancœur accumulée déferle. Un torrent de mots.

— Bon Dieu, vous êtes tous tellement cons ! Vous ne voyez pas ce qui vous crève les yeux ! Lisa n'a jamais rien volé ! Dix ans qu'elle travaille ici et jamais un sou n'a disparu ! *La voleuse, c'est Julia !* La petite salope avec sa gueule d'ange qui est assise là. Oui, toi ! Et tu sais comment je le sais ? Lisa t'a *vue* pendant la soirée. Elle t'a vue piquer vingt balles dans le porte-monnaie de Penny pour lui offrir une bouteille de vin ! Avec son propre fric ! Tu parles de cinglée ? Ça, c'est vraiment cinglé !

Je m'arrête pour reprendre mon souffle, le corps tremblant, alors qu'ils me fixent tous.

— Oui, Lisa a commis un acte terrible il y a très longtemps et non, je ne comprendrai jamais un truc aussi effroyable, mais allez vous faire foutre si vous pensez que les gens ne peuvent pas changer. Allez vous faire foutre de toujours croire le pire parce que vous êtes trop jeunes. Parce que vous avez eu la chance de ne pas devoir apprendre à quel point la vie peut vous démolir. Allez vous faire foutre d'être tous assez cons pour croire que cette fille…

Mon doigt se braque sur Julia.

— … que cette *femme* – parce qu'elle est aussi vieille que moi – est votre amie !

Je finis ma tirade dans un tonnerre d'applaudissements silencieux et une guirlande d'yeux ronds. Stacey a l'air au bord des larmes. La bouche de Toby pend sur son triple menton, je sens qu'il regrette de ne pas avoir enregistré ça sur son smartphone. Ils ne comprennent pas. Ils ne comprendront jamais. N'empêche, je me sens déjà mieux, comme si je venais de vomir un plat avarié, et c'est alors que je vois l'expression de Julia. Triomphante, même si elle feint d'être ébranlée. Elle regarde quelque chose derrière moi. Mon ventre se liquéfie. Penny est arrivée. Bien sûr.

— Marilyn, tu devrais peut-être retourner travailler à l'hôtel, dit-elle.

Son sourire est crispé. À n'importe quel autre moment, elle m'aurait virée, j'en suis sûre. Dieu bénisse Simon Manning.

— On dirait qu'il y a un peu trop d'agitation ici ce matin et je sais que tu as des tas de choses à organiser là-bas.

Je hoche la tête. Comme une écolière qui vient de se faire gronder et soudain j'ai envie de pleurer. Je ne fais que ça, ces temps-ci, chialer. Je n'ose pas ouvrir la bouche pendant que je rassemble mes affaires. *Je t'emmerde, Penny.* Mes yeux s'enfoncent dans les siens, comme deux torches, et dix années de confiance partent en fumée.

— Encore une chose, dit-elle, alors que je me dirige vers la porte. Présente tes excuses à Julia. Elle n'a pas mérité ça.

Maintenant, j'ai juste envie de rire. Ou d'applaudir. Julia est bien devenue la patronne de ce petit cirque. Je la fixe et elle aussi. Son regard ne laisse rien filtrer. Elle paraît sincèrement blessée par mes paroles. Putain, elle mérite un oscar.

— Mes excuses, Julia.

Il est évident à ma voix que je ne regrette rien, ce qui ne l'empêche pas de prendre un air à la Lady Di, genre *pourquoi moi*, tout en me balançant son sourire de salope hypocrite.

— Je t'en prie. Ce n'est pas grave. Je sais à quel point c'est une période difficile pour toi.

Elle est hyper douée, mais je ne marche pas une seconde. Je sors, le dos raide. *Va te faire foutre, Julia, si tu t'imagines que c'est terminé.* Mes mains tremblent quand j'appuie sur le bouton de l'ascenseur. *Si c'est ce que tu crois, tu me connais très mal.*

50

Lisa

Julia va au bureau et en revient à pied. Si cette pensée ne m'avait pas réveillée en sursaut, j'aurais sans doute dormi toute la journée, peut-être même jusqu'au surlendemain matin. Tous ces cachets qu'ils me donnaient et que mon corps n'avait pas encore éliminés. Il était deux heures et demie de l'après-midi quand je me suis levée. La matinée était perdue, mais je me sentais mieux. Plus compacte.

Je me suis douchée, j'ai maquillé « Lily » et rassemblé mes maigres possessions au cas où je ne pourrais pas revenir ; à trois heures et demie, j'avais quitté l'auberge ; dix minutes après j'étais dans le car. Julia va au bureau à pied. Elle s'en était vantée dès le premier jour et l'avait souvent répété depuis. *Ça doit faire plusieurs kilomètres, mais j'aime ça.* Julia Katie. Katie Julia. Ces noms ont rythmé chaque seconde du trajet jusqu'à ce que, malgré mes paumes moites et mon cœur battant, je me dirige vers PKR pour m'installer devant un café dans la vitrine du bar en face, planquée derrière un journal. J'étais certaine que d'une seconde à l'autre on allait me reconnaître, que la police allait débarquer et m'arrêter. Mais il ne s'est rien passé. Pas un seul battement de paupières.

Finalement, sur le coup de cinq heures, Julia a émergé du bâtiment. J'avais plus ou moins espéré apercevoir Marilyn, mais elle ne s'est pas montrée. Je l'ai laissée prendre un peu d'avance avant de la suivre en veillant à garder mes distances. Pas une seule fois, elle n'a regardé derrière elle. Et donc, me voilà. Toujours libre. Toujours Lily, mais aussi Lisa la terrifiée qui cherche désespérément à sauver sa fille.

Cachée derrière un arbre, j'observe la maison. Construite dans les années 1960 ou au début des années 1970 et faisant partie d'un bloc de quatre petits cottages attenants, un maigre bout de pelouse – pas vraiment assez pour parler de jardin – devant chacun d'eux. Des logements sociaux d'époque et, à en juger d'après les ordures qui traînent un peu plus loin, qui doivent toujours être gérés par la ville. Impossible qu'elle garde Ava ici. Les voisins doivent entendre tout ce qu'il se passe chez elle. Une cave, alors ? Est-ce que ces maisons ont des caves ? Je suis déconcertée. Je ne sais pas à quoi je m'attendais de la part de Julia : plutôt un truc moderne et sans âme, mais aussi pratique et sûr. Comme la maison dans laquelle Ava et moi vivions.

Et Katie ? Katie avec sa grande maison, ses leçons de piano et ses jupes impeccablement repassées ? Pourrait-elle vivre ici ? *Katie peut vivre n'importe où,* murmure la Charlotte en moi. *Katie est capable de tout. Katie peut se faire passer pour Charlotte s'il le faut. Jeux, défis et illusions. Katie et Charlotte.*

La main dans ma poche, je serre le manche du couteau. C'est si facile dans une auberge de jeunesse. Un couteau qui disparaît d'un tiroir de la cuisine pendant que je demande une petite cuillère. Les anciens talents de Charlotte me sont utiles.

Si elle détient Ava ailleurs, elle va devoir ressortir pour aller la voir. Vérifier que tout va bien. Elle n'a pas de complice. Pas Katie. Ça a toujours été mon rôle. Une crampe me tord le ventre. Elle a ma fille. Je voudrais lui arracher la peau du visage, la faire hurler. Mais une part de moi a aussi envie de la voir, de lui parler. Je suis malade. Ça doit être ça.

J'attends, ne sachant trop quoi faire – *tu peux porter autant de maquillage que tu veux, c'est toujours Lisa là-dessous* – tandis que les nuages d'orage qui se rassemblent rendent la soirée d'été beaucoup trop sombre. Des lumières s'allument. Un mouvement derrière des rideaux en voilage. *Qui utilise encore des rideaux en voilage ?* Soudain, je n'en peux plus. Si je ne bouge pas, je vais me mettre à vomir, alors je me décide enfin. Le moment est venu de régler nos comptes.

Des phares dans la rue. Je me fige. La voiture ralentit, se gare le long du trottoir. Soudain, je ne respire plus ; je me tapis dans la pénombre, veste kaki contre l'écorce. Je connais cette voiture. C'est celle de Marilyn. Que fait-elle là ?

51

AVANT

1989

— Ça a super bien marché !

Katie se faufile par la fenêtre dans la vieille maison où il règne une chaleur étouffante et où elle l'attend.

— Tu es si maligne, Charlotte, vraiment ! Comment as-tu appris tout ça ?

Elle hausse les épaules.

— Dans les bouquins de ma mère.

— Ça s'est passé comme dans un rêve.

Katie tend deux grandes parts de gâteau au chocolat.

— Maman l'a fait pour que je l'emporte à M. Gauci, pour sa femme et pour lui. Et j'ai des sandwichs aussi.

Elles s'assoient sur les matelas crasseux pour entamer leur festin, Charlotte veillant à mâcher lentement le gros pain blanc – pas de maigres tranches ramollies dans la famille de Katie – pour savourer le beurre, la moutarde et le vrai jambon.

— Tu aurais dû voir sa tête, dit Katie, les yeux brillants, quand je lui ai dit que, s'il ne me laissait pas partir, je dirais qu'il m'a touchée. Il est devenu carrément vermillon.

Charlotte ne sait pas ce que veut dire vermillon, mais ça ressemble un peu à vermine, alors elle se dit que le type devait faire une tête de rat.

— Il a répondu que personne ne me croirait, alors je lui ai répété tout que tu m'avais dit, tous les trucs *précis* que je dirais qu'il m'a faits. Je te jure ! J'ai bien cru qu'il allait pleurer. Je lui ai bien expliqué que personne ne le saurait et qu'il était en gros payé pour rien, alors pourquoi s'en soucier ? Je lui ai dit d'emmener sa femme au restaurant à midi. Et tu sais ce que je lui ai dit après ? Oh, Charlotte, tu aurais été si fière !

— Quoi ? dit Charlotte en souriant.

La joie de Katie est sa joie. Katie est son rayon de soleil. Et Katie se penche vers elle, si près qu'elles pourraient s'embrasser.

— Je lui ai dit qu'il pourrait peut-être essayer avec elle certains des trucs dont je lui avais parlé !

Elle éclate de rire.

— Oh, merde, tu aurais dû le voir ! J'ai bien cru qu'il allait mourir.

Charlotte essaie de rire, mais son sourire refuse de se transformer. C'est une large plaie qui lui déchire le visage, comme la douleur qui lui barre le ventre. C'est les *détails* de la baraque à frites qu'elle a donnés à Katie. Elle n'avait pas trouvé ça dans un mauvais roman, mais dans une petite pièce puante remplie d'hommes gras et luisants.

— De toute façon…

Katie avale sa bouchée avant de continuer et Charlotte prend note qu'il faudra éviter de parler la bouche pleine dorénavant.

— … j'ai fait mes devoirs en cinq minutes à peu près, donc si maman m'interroge quand elle viendra me chercher, elle n'aura aucun soupçon. À nous, les vacances ! En tout cas, quatre heures par jour.

— Elle n'ira pas vérifier que tu es là-bas ? s'inquiète Charlotte.

Ce serait carrément la merde si Katie se faisait prendre. Sa mère l'enfermerait pendant tout l'été.

— Non. Son thérapeute lui a dit de me laisser tranquille pendant mes cours de rattrapage. Penser à la mort et se ronger de souci, elle ne sait faire que ça. Ça me serait égal si elle ne s'inquiétait que pour elle. Si elle meurt, ça ne changera pas grand-chose pour moi. Sauf qu'elle transfère tout ça sur moi. Ce n'est pas juste, putain.

Cette fois, Charlotte rigole. Katie lui a donné *irréel* et *vermillon*. En échange, Charlotte lui a filé *putain* et *merde*.

— Tu n'aurais pas à prendre ces cours particuliers si tu arrêtais de jouer la fille un peu bête.

Katie hausse les épaules.

— C'est plus facile comme ça. Et puis, toi, tu joues bien les dures.

— Je *joue* pas les dures.

Charlotte sourit et Katie aussi, en se laissant aller contre son épaule. Au bout d'un moment, elle se redresse en fronçant les sourcils.

— Tu as les seins qui poussent !

Un doigt mince s'enfonce dans la poitrine de Charlotte.

— Arrête !

Rougissante et maladroite, elle repousse la main de Katie. Elle a bien essayé de la cacher sous un tee-shirt baggy, mais sa poitrine devient de plus en plus grosse. Elle déteste ça. Sa mère lui a dit que ça servait à rien de lui acheter un soutien-gorge maintenant parce que si ses seins poussent comme ils poussent en général dans la famille, d'ici quelques semaines, il lui faudra le grand modèle.

Katie baisse les yeux vers son corps mince. Pas même le début d'un renflement sous son chemisier.

— C'est pas juste. J'ai plusieurs mois de plus que toi. Si tu as aussi tes règles avant moi, là ça va franchement m'agacer.

Charlotte fronce le nez.

— Ne sois pas dégoûtante.

Elle se lève. Elle a envie de faire quelque chose, n'importe quoi. Elle a pris la moitié d'un des cachets de sa mère ce matin, mais l'effet se dissipe déjà ; elle irait bien faucher de la gnôle. Elle ne veut pas penser aux seins, aux règles, ni à ces trucs qu'elle a soi-disant lus dans un livre. Elle veut s'enfuir avec Katie et rester comme elles sont pour toujours.

Saigner. C'est ce qu'a dit Jean. *Elle ne va pas tarder à saigner. Tu devrais faire en sorte qu'elle sache ce qu'il faut prendre.*

Saigner. Elle connaît ça. Bien sûr qu'elle va avoir ses règles avant Katie. Elle saigne déjà.

52

MAINTENANT

Marilyn

Cette chaleur poisseuse ne fait qu'accroître mon irritation. Je frappe à la porte. Il y a sans doute une sonnette, mais je n'ai pas envie de la chercher. Je me fous de ce qu'elle a dit au bureau. Je vais régler cette histoire avec elle une bonne fois pour toutes. Des excuses ? Penny peut aller se rhabiller. J'ai passé la journée à revoir sa petite gueule suffisante. Je vais lui faire cracher la vérité à propos de l'argent. Même si personne ne me croit, j'ai besoin de savoir, pour *moi*.

Pas de réponse. Je cogne à nouveau.

— Julia, je sais que tu es là !

Elle ne va pas s'en tirer si facilement. Il y a de la lumière à l'intérieur, je la vois à travers les rideaux atroces, donc il y a quelqu'un. La porte s'ouvre au moment où le tonnerre gronde et que les premières gouttes se mettent à tomber. Elle me regarde et nous ne disons rien ni l'une ni l'autre.

— Qui est-ce ? fait une voix à l'intérieur. On n'achète rien !

Une voix éraillée par l'amertume et les cigarettes.

— Qu'est-ce que tu fais là ?

Sa gouaille habituelle a disparu. Elle a l'air fatiguée. Elle s'est débarrassée de ses chaussures qui traînent sur la moquette dans l'entrée, mais elle porte toujours sa tenue de bureau. Le chemisier est sorti de la ceinture, un peu froissé, les manches remontées.

— Faut qu'on parle.

Elle jette un regard derrière elle, vers le sommet d'un escalier. Il y a un drôle d'engin installé sur la rampe à l'étage. Je comprends qu'il s'agit d'un siège électrique qui permet de monter et de descendre. Un autre fauteuil roulant en bas et une pile de vêtements sales sur le palier en haut.

— C'est pour moi ! lance-t-elle. Quelqu'un du travail qui vient pour la promotion qu'on va peut-être me donner.

— La promotion ? Quelle promotion…

Elle pose un doigt sur ses lèvres et je me tais pendant qu'elle me fait signe d'entrer. Je suis un peu sidérée. Je m'attendais à un appartement de célibataire branchée. Petit, mais plus ou moins stylé. Je quitte la pluie et elle ferme la porte derrière moi, avant de me faire passer dans une pièce du rez-de-chaussée.

— Pourquoi es-tu là ? demande-t-elle d'une voix sourde.

Elle n'a plus rien d'arrogant. Elle est sur un mode défensif/agressif.

— Tu vis ici ?

Il fait trop chaud dans cette pièce, comme si le chauffage central était branché en plein été, et je mets un moment à reconnaître l'odeur âcre qui plane. Une odeur d'urine.

— C'est chez ma mère. Oui, je vis ici. Qu'est-ce que tu veux, Marilyn ?

Je suis si déconcertée que, pendant un moment, je ne sais plus *pourquoi* je suis ici.

— L'argent, dis-je finalement. C'est toi, la voleuse. Lisa ne mentirait pas sur une chose pareille. Je veux juste l'entendre de *ta* bouche.

Je regarde autour de moi avant de continuer :

— Je ne te comprends pas. Tu t'es fait blanchir les dents. T'es shootée au botox. Ne dis pas le contraire. Et tu vis comme ça…

De la main, j'englobe la maison.

— … Pourquoi dépenser ton fric comme ça ? Pourquoi voler de l'argent si c'est pour le claquer dans ces conneries ? Pourquoi piquer vingt livres à Penny si c'est pour lui offrir à boire ? Je comprends pas !

Il semble qu'il y ait de nombreuses sortes de folies en ce monde. Celle de Richard, celle de Lisa – que j'ai beaucoup de mal à accepter – et maintenant celle de Julia.

— Oui, je me suis fait blanchir les dents. Oui, je me fais du botox. Et, avant que tu le demandes, oui, je suis endettée jusqu'au cou.

Elle est en colère.

— Mais qu'est-ce que tu sais de ma vie ? Donc, ton mari te frappe et on devrait tous compatir ? C'est toi la conne qui est restée alors que tu aurais dû te barrer !

Ses mots me font d'autant plus mal qu'elle n'a pas tort. *J'ai été* idiote de rester. De perdre autant de temps.

— Au moins, toi, pour t'en sortir, il te suffisait de partir, continue-t-elle. Est-ce que tu as essayé de trouver de l'aide, d'aller voir les services sociaux ? Moi, j'ai quasiment passé toute ma vie d'adulte à m'occuper d'elle…

Elle braque l'index vers le plafond.

— Elle n'est pas mal au point d'avoir droit à des soins palliatifs à temps plein à la maison, mais elle l'est assez pour foutre ma vie en l'air. Je paie quelqu'un qui vient ici pour que je puisse travailler. Je n'ai pas de voiture. Je n'ai pas de vacances. Et c'est *dur* de trouver un boulot quand on a quarante ans, qu'on est crevé en permanence et que chaque minute de ta vie minable se voit sur ta gueule.

À présent qu'elle a commencé, elle ne peut plus s'arrêter. Elle n'a plus aucune retenue.

— Mais maintenant, elle est *mourante* ! fait-elle avec jubilation. Un an, maximum. Et je serai enfin libre, merde ! Alors oui, j'ai craqué du fric pour avoir l'air plus jeune. J'ai toute une jeunesse à récupérer. Et oui, j'ai volé de l'argent et je m'en suis servie pour acheter à boire pendant cette soirée salsa et maintenant des gâteaux au bureau. Parce que ma vie va enfin s'améliorer, parce que je vais enfin avoir des amis, que les gens vont enfin commencer à se dire que je suis intelligente, que j'ai quelque chose. Je vais enfin *compter* ! Et c'est pas toi qui vas m'en empêcher. Tu peux porter plainte, me dénoncer ou je ne sais quoi, ce sera ta parole contre la mienne ! Et, à l'heure actuelle, ta parole, c'est de la merde !

Elle est à bout de souffle, vidée par l'émotion, et je me retiens d'éclater de rire parce que, pendant ces dernières secondes, je l'ai à peine entendue. Son grand moment de diva, la confession que j'espérais tant, et c'est comme si j'avais les oreilles bouchées.

— Désolée. Il faut que j'y aille.

— Quoi ?

On dirait qu'elle vient de prendre une gifle.

— Je suis désolée d'être venue. Tu en as assez sur les bras. Je ne dirai rien.

— C'est *tout* ? Tu ne *veux* rien ?

— Non. Faut que j'y aille, c'est tout.

Je la laisse plantée là, ahurie, et, dès que je lui tourne le dos, elle se dissout dans ma tête. Mes mains tremblent quand je tire la porte d'entrée et que je respire l'air pluvieux mais qui, Dieu merci, ne pue pas la pisse. Je me fous de Julia. Je ne pense qu'à la personne que je viens de *voir*. Là, sur ma gauche. Elle se cache, mais je la vois.

Les rideaux du salon de Julia ne recouvraient pas entièrement la fenêtre et, quelque part au milieu de sa tirade, j'ai aperçu un visage, un visage de clown au maquillage dégoulinant sous la pluie, sous des cheveux bleus rasés sur les côtés. Nos yeux se sont croisés et le visage a disparu. Mais je le reconnaîtrais n'importe où.

Lisa.

— Monte, dis-je en arrêtant la voiture devant l'arbre et en baissant la vitre. Tout de suite.

53

Lisa

— Ce n'est pas elle.

— Quoi ?

Pas moyen de me concentrer. Je tremble. Je tremble depuis que je suis montée dans la voiture. Marilyn. Elle serre le volant si fort que ses articulations sont blanches.

— Julia, dit-elle en me jetant un coup d'œil. Ce n'est pas Katie.

— C'est pour ça que tu es venue ici ?

Je la fixe. Je n'arrête pas de la fixer pendant que j'essaie de comprendre ce qu'elle dit.

— Non, je suis venue pour l'argent, mais j'imagine que c'est pour ça que *toi,* tu es là.

— Je... j'étais... Comment peux-tu en être sûre ?

— Ce n'est pas elle. Crois-moi.

Et je la crois. Je la crois absolument. Mais, à l'intérieur, je m'effondre. Ici, avec Marilyn, je suis à nouveau Lisa. Lily la coriace n'est qu'un masque et Charlotte remonte à si loin que c'est une étrangère. Ava, ma belle Ava. J'étais si sûre, *si sûre* que Julia l'avait enlevée et maintenant mon espoir me file entre les doigts comme de l'eau. Je l'ai trahie. Elle me déteste. Elle va mourir en me détestant et c'est entièrement ma faute.

— Tu m'emmènes à la police ?

C'est son tour de me fixer.

— Étant donné qu'ils croient que tu as tué ton ex et kidnappé ta fille, je ne vois pas très bien à quoi ça servirait. Alors, non. J'ai pas idée d'où on va et j'ai pas idée de ce qui se passe dans ma tête, et encore moins dans la tienne, mais non, je ne t'emmène pas à la police.

— Tu me crois pour Katie ?

Elle me regarde, si longtemps que je me dis qu'on va avoir un accident.

— Autant dire que je suis folle moi aussi, mais peut-être, oui. J'arrête pas de retourner ça dans ma tête et c'est à peu près la seule explication qui paraît tenir debout. Tu ne ferais jamais de mal à Ava. Je le sais. Mais il faut qu'on retrouve Katie. Il faut qu'on trouve la *preuve* que Katie existe. Et seulement ensuite, on pourra aller voir la police et récupérer Ava.

Ma gorge est si serrée que je ne peux plus rien dire. J'entends le clignotant, je n'entends plus que ça, pendant qu'elle quitte la voie principale pour des routes plus calmes en direction de la campagne. Je pense à Ava qui y est allée, éperdue d'amour pour un homme qui n'existait pas. Elle allait le rencontrer quelque part dans un coin perdu. Mon bébé seul dans la nuit. Que s'est-il passé ? *Que lui as-tu fait, Katie ?*

— Le truc que je ne comprends pas, dit Marilyn, c'est pourquoi. Pourquoi ferait-elle une chose pareille ? Est-ce que ça a un rapport avec Daniel ?

J'ai si souvent entendu son nom ces derniers temps, à la télé, à la radio, et malgré ça j'ai l'impression de recevoir un coup de poing dans le ventre.

— J'ai tué Daniel, dis-je dans un souffle, comme si ça rendait moins mort mon petit frère.

Je voudrais pouvoir dire que je ne l'ai pas fait, mais je sens encore mes mains autour de sa gorge.

Un souvenir comme un flash. *Irréel.* Ces à-coups lancinants dans ma tête, à l'époque et maintenant.

— Je ne peux pas en parler.

— Et je ne tiens pas non plus à en parler, mais si ce n'est pas ça, c'est quoi, son problème ? Tout ceci a dû exiger de sacrés préparatifs. Te retrouver, tuer ton ex, te piéger. Elle n'est pas allée en prison. Elle a été acquittée. Alors, pourquoi te hait-elle à ce point ?

Je contemple l'obscurité derrière la vitre ruisselante.

— Parce qu'elle m'aime. Et qu'elle ne peut pas me pardonner ce que j'ai fait.

— Daniel ?

Je ris à moitié. Un son triste, accablé, prisonnier du passé.

— Non. Après Daniel.

Je ne la regarde pas, mais je sens qu'elle attend.

— Il y a eu un appel anonyme à la police, ce jour-là. Depuis une cabine de la gare. Pour dire que deux filles avaient emmené un petit garçon dans une maison abandonnée sur Coombs Street…

Venez vite ! Il s'est passé une chose horrible. Il pleurait et puis il s'est arrêté. L'une des deux était Charlotte Nevill, je crois.

— … pour lui faire du mal.

— Et ?

— J'ai passé cet appel. C'était moi. Je nous ai dénoncées.

La boule dans ma gorge est brûlante.

— J'ai rompu le pacte.

54

Elle

Ava, si tu continues à pleurer comme ça, tu vas finir par te noyer dans ta morve. Je ne vais pas enlever ce ruban adhésif. Pas avant que ce soit l'heure de manger. Putain. Il faut que tu sois vivante quand Charlotte sera là. Elle attend que tu le sois et, moi, je ne suis pas une traître. À moins que la police l'attrape, dans ce cas, tout sera terminé. Mais tu veux que je te dise ? Je crois qu'elle va y arriver. Elle nous a réservé quelques surprises à toutes les deux, hein ? Oh, bon Dieu, arrête de pleurnicher.

Ta mère, elle ne pleurait jamais. Ni après. Ni avant. Pas même quand la vieille Mme Jackson est venue raconter à la barre ce qu'elle avait vu à travers la vitre cassée de notre repaire sur Coombs Street. Comment, alors qu'elle rentrait chez elle en passant par le terrain vague, elle a entendu un hurlement et elle a vu Charlotte frapper le petit Daniel avec une brique. Ta mère n'a absolument pas bronché pendant qu'on rejouait la scène avec tous les détails. J'ai toujours trouvé ça admirable chez elle. Ça t'aurait pas fait de mal d'hériter de ta mère. D'être un peu plus comme elle. Je me demande ce que ça lui fait de se revoir partout dans les infos. Célèbre.

La Fille A, la star, et la Fille B, tombée aux oubliettes. Clyde sans Bonnie. Même elle, elle m'a oubliée. Quand elle a parlé. Elle n'a pas pensé une seule seconde à moi. On était censées fuir ensemble. Démarrer une nouvelle vie. Libres. Ah, elle l'a eue, sa liberté. Bien sûr, on l'a enfermée, mais elle avait obtenu ce qu'elle voulait. Plus de Daniel. Enfin débarrassée de sa famille. Huit petites années plus tard, boum, elle se balade dans les rues avec une identité toute neuve.

Ma sentence a été bien plus longue et bien pire. Il y a toutes sortes de prisons, crois-moi. Tu n'as pas connu *ma* mère. Elle était déjà assez grave *avant*. À m'inventer des maladies que je n'avais pas pour pouvoir s'inquiéter et me surprotéger. Ces salades que je devais raconter pour quitter la maison et aller voir Charlotte. Tous ses neurones braqués en permanence sur moi. Mais après ? C'est drôle, les gens croient qu'*acquittée* ça veut dire que tu es libre, que c'est terminé. Fille B en route vers un avenir éclatant. Quelle connerie.

Il y a eu une thérapie ordonnée par le tribunal. Des années et des années. Parler, parler, parler et j'avais beau leur répéter ce qu'ils avaient envie d'entendre, ils avaient toujours de nouvelles questions. Pour me démonter morceau par morceau, pour expliquer Charlotte. Tellement de trucs dont il fallait se souvenir. Les mensonges, c'est pas comme la vérité, c'est difficile à tenir sur le long terme, même pour quelqu'un d'aussi intelligent que moi. Alors, pendant un moment, je me suis juste effacée. J'ai joué les faibles d'esprit. Ça a bien marché avec les psys, mais dans ma vie ça m'a coûté très cher.

Katie, si douce, si stupide, si influençable. Mère ne voulait plus que j'aille à l'école, bien sûr que non. Et si je tombais sur une autre Charlotte Nevill ? Donc, il y a eu des profs à domicile, des répétiteurs, des enseignants spécialisés, et elle qui assistait à chaque leçon. Je devais continuer à jouer les idiotes, bien sûr, à cause des psys. Alors, j'ai raté mes examens – pas assez douée pour aller à l'université. Et voilà. C'était terminé. Une vie foutue. J'étais coincée. La petite fille qui ne quittait jamais la maison. La pauvre et si fragile Katie Batten.

Quand on a annoncé sa libération, j'ai su que je retrouverais Charlotte. Il me suffisait d'attendre. J'étais douée pour attendre. Je n'avais fait que ça. J'avais dû attendre des années la mort de ma mère. Les gens laissent des traces et Charlotte a toujours été très impulsive. Elle finirait bien par commettre une erreur, par trahir sa nouvelle identité, et je serais là à guetter.

Elle a dû se douter que je reviendrais. Je me demande si elle a jamais cru – *vraiment cru* – que j'étais morte ? Notre histoire ne pouvait pas se terminer de cette façon. Chacune de son côté. Il fallait qu'à un moment on règle nos comptes, tu comprends.

Je croyais qu'elle m'aimait. Qu'elle était ma meilleure amie. Et on avait conclu un pacte. Croix de bois, croix de fer… jusqu'en enfer. Un serment scellé par un baiser. Toi et moi, pour la vie.

On ne peut pas briser un pacte comme ça.

55

AVANT

1989

C'est la plus sinistre des journées.

Il pleut de grosses gouttes bien lourdes qui passent à travers le toit et qui ruissellent le long des murs. Le terrain vague s'est transformé en marais boueux d'où émergent ici et là des bouts de brique et des machins oubliés. Même dans leur « abri », cette boue leur colle aux semelles. La vodka et la moitié d'un des cachets de sa mère ne peuvent rien contre l'odeur de pourriture qui les enveloppe, Katie et elle.

Elles sont blotties l'une contre l'autre ; pendant un moment, elles restent silencieuses, les mains nouées tellement fort que Charlotte se dit qu'elles vont se fondre l'une à l'autre. Elle voudrait que ce soit possible. Elle le voudrait plus que tout. C'était déjà assez moche ce matin, avec sa mère et Daniel, et son instinct lui dit que ça ne pourra qu'empirer, mais ce que vient d'annoncer Katie, c'est abominable.

— Putain, je vais me tuer, gronde-t-elle. Je le jure.

— Chut, murmure Katie en posant la tête sur son épaule. Ne dis jamais ça. Laisse-moi réfléchir.

Charlotte se tait. Elle boit littéralement l'odeur exotique de son shampoing, tout en cherchant aussi *celle de Katie* en dessous. Elle veut la respirer, s'en emplir, et elle ferme les yeux, imaginant que Katie est en train d'entrer dans son corps. Il y a la place maintenant qu'elle a laissé sortir tout le reste.

Après que Katie, furieuse, déchaînée, poignardant les murs avec une écharde de verre, a annoncé sa nouvelle à Charlotte, ça lui a jailli de la bouche, toutes les saloperies qu'elle gardait à l'intérieur : Tony, sa mère, la baraque à frites, comment sa vie de merde était en train de la transformer en merde et comment elle a peur de finir noyée dans la merde. Ce serait moins moche si Daniel n'était pas tout le temps là, l'enfant chéri à cause de qui personne ne l'aime. Mais, au moins, elle a Katie, sa bouée de sauvetage, son cœur qui bat, son roc avec lequel elle va écraser le monde. Son unique bonne chose.

Sauf que maintenant, il n'y aura plus Katie. Plus que quelques semaines. Des jours précieux qui vont filer trop vite. Les Batten déménagent. Ils vendent la maison et ils emmènent Katie à un million de kilomètres, quelque part au sud de Londres. Maintenant, devant Charlotte, c'est le néant qui s'étale et elle se sent déjà y tomber. Que sera sa vie sans Katie ?

Ce matin, sa mère a emmené Daniel en week-end. *Une permission spéciale pour mon petit soldat*, voilà ce que disait Tony quand Charlotte a claqué la porte de sa chambre. Elle ne leur a pas dit au revoir. Pourquoi l'aurait-elle fait ? Ils s'en foutaient. Et elle les entendait encore, Tony aux petits soins avec eux, parlant doucement à sa mère et lui filant du fric.

Charlotte s'était roulée en boule sur son lit, les mains sur son ventre enflé, les yeux sur le paquet de serviettes premier prix que sa mère lui a donné hier avant que les taches de sang marron n'apparaissent dans son froc. Elle en porte une maintenant, encombrante trahison. Elle saigne. C'est dégueulasse. Elle n'aime pas ça. Elle a à peine onze ans. Elle veut que son corps redevienne comme avant, plat et dur comme celui d'un garçon. Comme il était avant Daniel. Quand tout allait mieux.

Sa mère ne l'a jamais emmenée en week-end. Elle ne l'a jamais emmenée nulle part. Et maintenant, voilà qu'elle est partie, qu'elle la laisse seule avec Tony pendant deux jours entiers, trois peut-être, et alors que la tête lui tourne à cause de la gnôle et des médocs, qu'elle a du mal à la tenir droite, ça l'inquiète. Ça lui fait peur. À elle, la fille sans peur. Charlotte Nevill, la semeuse d'embrouilles. La brute. La salope.

— C'est la faute de maman, dit Katie, le regard fixé devant elle, dur. Tout est sa faute. Je voudrais qu'elle soit morte.

— Et moi, que Daniel n'existe pas.

— On ne peut pas les laisser nous faire ça, dit Katie.

Elle se redresse et pivote de façon à faire face à Charlotte, assise en tailleur, avant de lui reprendre les mains. Les siennes sont si petites et si douces, manucurées. Celles, bien plus grosses, de Charlotte avec leurs ongles rongés, la peau autour arrachée, semblent maladroites. Garçonnes. Ça ne la dérange pas. Au contraire. Aujourd'hui, elle aime ses mains.

Elle secoue la tête.

— Non, on peut pas et on va pas. Barrons-nous. Pour de bon.

— Oui ! dit Katie. Que toi et moi ! Ensemble, toujours.

Charlotte sourit et se lève, tournoie sur elle-même comme Katie le fait parfois quand elle a trop d'énergie pour rester assise.

— Bonnie and Clyde. Clyde and Bonnie, dit-elle et soudain, elle rigole très fort malgré son ventre douloureux.

— Oui, comme eux, dit Katie. Folles d'amour et en cavale.

— Toi, tu seras en cavale, dit Charlotte qui s'immobilise parce que sa tête tourne trop. Moi, ils essaieront pas de me retrouver. Ils en auront rien à cirer. Ils seront trop contents d'être débarrassés de moi. Mais qu'ils la gardent, leur famille idéale. Ils ont pas besoin de moi, dans leur cité de merde.

Secouant la tête, Katie la tire pour qu'elle s'assoie.

— Non, on sera toutes les *deux* en cavale.

Charlotte attend que ça se calme dans son crâne. Ce demi-cachet lui fait un drôle d'effet. Ce n'était peut-être pas le même que les autres, elle n'a pas regardé la boîte. Mais elle aime bien. Elle a un peu chaud, elle dort à moitié, elle plane. Le reste du monde est comme planqué derrière une sorte de brume. Il n'y a plus que Katie et elle, comme dans leurs jeux.

— T'as une idée ?

Elle se penche en souriant avant d'enchaîner :

— T'as des yeux trop bleus. On dirait le ciel.

— Charlotte, concentre-toi ! Je suis sérieuse. C'est important.

Katie la secoue par les épaules et elle tâche de se concentrer. Elle se concentre.

— Je t'écoute, d'accord ?

— Bien, dit Katie, intense. Pourquoi veux-tu qu'ils forment une famille idéale ? Pourquoi faudrait-il qu'ils soient heureux alors qu'ils te rendent si malheureuse ? Pourquoi faut-il que maman passe sa vie à gâcher la mienne ? Elle ne me lâchera jamais. Même si je m'enfuis, elle me retrouvera.

— Elle aurait dû mourir quand elle est tombée dans l'escalier, murmure Charlotte.

Elle déteste la mère de Katie presque autant que son demi-frère. Elle déteste tout ce qui rend Katie malheureuse.

— Oui, dit Katie. Elle aurait dû…

Une pause, puis :

— … et c'est pas trop tard.

La pièce se fige autour d'elles.

— … et les enfants aussi ont des accidents, conclut Katie, calme, déterminée.

Lentement, lentement, Charlotte saisit ce que dit son amie.

— Comme le gosse qui s'est électrocuté dans Cairn Street, murmure-t-elle. Il a failli mourir. Paraît même qu'il était mort pendant plusieurs minutes.

— Exactement.

L'énormité de ce que suggère Katie est *irréelle,* et pourtant Charlotte se surprend à rigoler. Pas d'une façon agréable, mais avec colère, amertume et une espèce de joie mauvaise. Elle imagine sa mère en larmes. Tony brisé. Plus de parfait petit garçon et de petite salope à envoyer à la baraque à frites.

— On va les tuer et on s'enfuira, dit-elle, haletante.

Katie est tout excitée.

— Le même jour ! Je vais commencer par voler de l'argent à ma mère. Elle ne sait jamais ce qu'il y a dans son porte-monnaie. Et je prendrai quelques bijoux aussi. On pourrait aller en Écosse.

— Ou en Espagne, dit Charlotte. Quelque part où il fait chaud. Jean y a été une fois. Il paraît que toutes les maisons sont blanches et que les gens sont heureux parce qu'ils dorment l'après-midi.

Le rire de Katie est un joli tintement, rien à voir avec le croassement un peu vulgaire de Charlotte.

— D'accord, dit-elle. Mais si c'est l'Espagne, il nous faut un bateau. Donc, on ira d'abord dans la maison de mon grand-père, celui qui est mort. Elle est remplie de trucs utiles qu'on pourra vendre et ils n'auront pas l'idée de nous chercher là-bas, pas au début en tout cas, pas quand ils seront sous le choc. Et puis, il n'y a même pas besoin d'un vrai passeport pour aller en Espagne.

Charlotte n'a jamais eu de passeport. Bah, quelle importance. Katie s'occupera de tout. Dans sa tête, elles sont sur le bateau, un gros ferry, et elles hurlent ensemble dans le vent salé jusqu'à en rire aux larmes.

— Quand ? demande-t-elle.

Tout paraît déjà aller mieux. Même la pluie se calme.

— Bientôt, dit Katie. Laisse-moi récupérer assez d'argent d'abord.

— Je vais pas pouvoir gratter beaucoup de fric.

Elle déteste sa pauvreté. C'est comme de la crasse sous ses ongles qu'elle n'arrive pas à enlever.

— Ne sois pas idiote, dit Katie en lui prenant le visage entre ses mains. Il suffit que tu viennes, *toi.*

— Je t'aime, Katie Batten, dit Charlotte. Ma Bonnie.

— Je t'aime aussi, Charlotte Nevill. Mon Clyde. Mon complice.

Elle sourit, tenant toujours les joues de Charlotte.

— On va vraiment le faire, hein ? demande-t-elle. C'est d'accord ? On ne joue plus ?

Charlotte acquiesce.

— Croix de bois, croix de fer, si je mens, je vais en enfer.

— Croix de bois, croix de fer, si je mens, je vais en enfer, répète Katie avant de l'embrasser.

56

MAINTENANT

Marilyn

Il fait nuit quand nous retournons en ville. Je ne peux pas prendre le risque de la conduire à l'hôtel, alors je réserve une chambre dans un Travelodge près du centre ; je paie pour deux nuits en liquide au cas où la police surveillerait ma carte de crédit. Je lui donne aussi cent cinquante livres. Elle ne veut pas, mais j'insiste.

Nous nous faisons du café fort et nous nous asseyons sur le lit, Lisa en tailleur. Par précaution, elle a abandonné le couteau volé à l'auberge de jeunesse sur le bureau. Avec ses cheveux bleus et sa veste kaki, elle paraît beaucoup plus jeune ; on ne lui donnerait pas trente ans. Ce déguisement me rappelle aussi que c'est une femme qui *a dû* se battre pour survivre. Elle m'a parlé de sa vie avant, du projet de fuite avec Katie. Mais le reste ? La prison. La peur. Se cacher en permanence. Qui sait ce qu'elle a enduré pendant toutes ces années ? Toutefois, cette vie lui a aussi donné des talents qui se sont enracinés. Et qui pourraient sauver Ava. Je ne lui ai toujours pas parlé de sa grossesse. Elle a assez de soucis comme cela.

— Pauvre Jon, dit-elle tandis que les infos repassent à la télé. Ce n'était pas un si mauvais type dans le fond. Il était faible, c'est tout. Il n'aurait jamais enlevé Ava. Et, de toute manière, je savais que ce n'était pas lui. Il ne connaissait pas Pierre Lapin.

— Pierre Lapin ?

— Le jouet préféré de Daniel. Il l'avait eu pour ses deux ans. Son dernier anniversaire. Quelqu'un en a laissé un, exactement pareil, devant le portail de Mme Goldman. Jon n'aurait pas pu faire ça.

Le visage de Jon Roper réapparaît à l'écran, avec celui de Lisa – ma Lisa –, et le choc de la voir là me sidère encore.

— Il nous a donné tout l'argent qu'il avait gagné en vendant notre histoire aux journaux. En révélant mon identité. Sa mère s'était débrouillée pour en placer l'essentiel à la banque afin qu'il ne le dépense pas en alcool. Quand il a vraiment arrêté de boire, il a dû avoir des remords. Ce n'était pas une fortune, mais ça m'a permis de verser l'acompte pour la maison, de nous donner un toit à Ava et à moi. Il n'aurait jamais pu faire de mal à sa petite Crystal. C'est Katie. Je l'ai su tout de suite. Avec elle, on jouait tout le temps, on faisait semblant...

Elle boit une gorgée de café et s'absorbe dans la contemplation de l'onctueux breuvage marron-noir.

— ... jusqu'au pacte, conclut-elle.

— Pourquoi n'as-tu pas parlé de ce pacte au tribunal ? Ça aurait pu faire condamner Katie.

J'essaie de me faire une image plus claire de ce passé dans lequel elle reste enfermée. Elle m'en a raconté beaucoup dans la voiture, mais c'est encore un tourbillon dans ma tête. Qui elle était. Qui était Katie.

— Je ne *voulais pas* que Katie soit condamnée. Et, de toute manière, je n'ai pas dit un mot pendant tout le procès. Pas un. Rien. Je suis restée silencieuse. Et avant non plus. J'ai juste dit : *Je l'ai tué.* Il n'y avait rien de plus à dire. Katie a pleuré, murmuré, lancé des regards éperdus, tout ce qu'il fallait pour qu'on la libère. Je suis restée assise là comme une pierre. Plus rien n'avait d'importance.

— Parce que Daniel était mort ?

Je formule cette question avec prudence ; pas *parce que tu avais tué Daniel.*

— Parce que je n'avais rien compris.

Le regard dans le vide, elle revoit un passé que je suis incapable d'imaginer. Sa voix change, elle aussi, une pointe d'accent apparaît, du Nord, l'accent de Charlotte.

— J'étais tellement obsédée par moi-même. Par ma vie de merde. Par ma jalousie envers lui. Toutes ces faveurs auxquelles il avait droit, les attentions que lui prodiguait ma mère. Bon Dieu, je le haïssais. Je ne voyais pas ce qui me crevait les yeux.

Ses yeux, justement, sont brillants et je pense à la fille dont ils parlaient dans tous ces articles, le monstre qui ne pleurait jamais. Moi non plus, je n'ai jamais vu Lisa pleurer. Sommes-nous seulement des masques d'adultes plaqués sur l'enfant que nous demeurons ? Qu'a-t-elle gardé en elle pendant toutes ces années ?

— Qu'est-ce que tu ne voyais pas ?

— Dans le rapport du légiste à propos de Daniel, il était question de nombreuses blessures reçues sur une longue période de temps. *Récurrentes*, voilà l'expression qu'ils ont utilisée. Au début, je n'ai pas compris ce que cela voulait dire, comme si c'était un autre mot bizarre de Katie. Bien sûr, ils ont tous pensé que c'était moi et mon silence ne les a pas détrompés. Je m'en moquais à l'époque. Je *voulais* qu'ils se servent de ça contre moi. Parce que j'aurais dû voir. J'aurais dû comprendre.

— Ce n'était pas toi.

— Non. Toutes ces fois où il cherchait à attirer mon attention. Où il quêtait mon affection. Quand il me suivait… Il ne voulait pas rester seul avec Tony ou avec ma mère. Tony le frappait, lui aussi. C'est avec lui que j'aurais dû m'enfuir. J'aurais dû prévenir les services sociaux. Il devait avoir tellement peur, se sentir si seul, et j'étais son unique espoir, mais j'étais trop aveuglée par ma propre colère, par ma peur, par la douleur et aussi par les cachets et par l'alcool, pour *voir*. J'aurais dû le protéger.

Elle a une sorte de hoquet.

— Au lieu de ça, je l'ai tué.

— Chut, chut, ça va aller, dis-je tout en sachant que ça n'ira jamais. On va trouver Ava.

Je ne peux pas parler de Daniel. Ce ne sont pas quelques platitudes qui changeront quoi que ce soit. Mais Ava est en vie, je l'aime et j'aime aussi ma meilleure amie quoi qu'elle ait fait par le passé. On ne peut pas commander à son cœur et mon cœur bat pour ces deux-là.

— On va retrouver Katie, dis-je, déterminée. Et on va sauver Ava.

57

Lisa

L'aube est à peine levée, mais Marilyn est déjà debout et prête à partir. Nous n'avons pas beaucoup dormi, ni l'une ni l'autre.

— Je veux être de retour avant que Simon ne vienne, dit-elle. Je me doucherai là-bas. Je ne me sécherai pas les cheveux, pour faire croire que je viens de me lever. C'est peut-être exagéré, mais on n'est jamais trop prudente, non ?

Elle me stupéfie, cette femme. Tous les problèmes qu'elle a dans sa vie, tout ce qu'elle sait de la mienne à présent, et elle est toujours là, *pour* moi.

— Je trouverai une excuse pour partir le plus vite possible, continue-t-elle. Un rencard à la banque ou autre chose. Avec un peu de chance, je serai de retour avant midi. Ça ira ?

— J'ai de quoi m'occuper.

Sur le petit bureau dans le coin se trouve le carnet de notes sur lequel est inscrit tout ce que nous savons à propos de Katie – c'est-à-dire pas grand-chose – et maintenant c'est à moi de dresser une liste des gens qui m'entourent, des gens parmi lesquels elle pourrait s'être cachée.

— Je t'ai aussi noté mon numéro.

Elle est à la porte et elle hésite à me laisser seule. Je voudrais lui assurer qu'en dépit de la nuit dernière je peux y arriver. Je suis autant Charlotte Nevill que la Lisa qu'elle connaît.

— Je t'apporterai un portable prépayé tout à l'heure. Pour l'instant, sers-toi du téléphone de l'hôtel si tu as besoin de moi, d'accord ?

Je me lève pour aller l'étreindre avec précaution.

— Tout ira bien. Et merci. Merci pour tout.

— C'est à ça que servent les amies, non ?

Elle sourit, malgré sa fatigue et sa douleur. Peut-être que m'aider l'aide aussi ; que ça lui donne de la force.

Une fois qu'elle est partie, je mets le panneau *Ne pas déranger* sur la porte, puis je m'assieds devant la machine à café qui gargouille. Je me sens différente. Toutes ces larmes – des années, une vie de larmes – qui soudain déferlent, se libèrent, me laissent avec le sentiment d'être nue jusqu'aux os, jusqu'à la moelle, d'être propre et fraîche. Et maintenant j'ai un embryon d'espoir. J'ai Marilyn. Elle m'aime. Moi qu'on ne peut aimer. Quoi qu'il arrive désormais, j'aurai été aimée.

Nous avons dormi ensemble dans nos sous-vêtements, tous nos dégâts exposés. Les traces de nos vies cachées. Les cicatrices blêmes de brûlures de cigarette derrière mes genoux qui remontent à la pire des périodes, celle juste *après* quand je voulais me faire du mal, et les bleus plus récents, plus gros, sur la peau de Marilyn. Une fois les lumières éteintes, quand l'obscurité nous protégeait, elle m'a parlé de Richard. De sa lente métamorphose, de l'irritation qui, avec les années, s'est transformée en rage et, plus récemment, en violence ; comment elle espérait chaque fois que ça ne se reproduirait plus ; comment elle avait *honte*. C'était à moi d'écouter et de me demander comment on pouvait cacher une chose pareille pendant qu'elle révélait péniblement son histoire dans le noir.

Ce matin, nous sommes fortes, aussi bien elle que moi. Chacune a trouvé ça dans l'autre. Et je suis calme. La tête froide. Katie ne fera pas de mal à Ava – pas encore. Elle est beaucoup de choses – folle, clairement, entre autres –, mais ce n'est pas une tricheuse. Elle a enlevé Ava pour m'attirer, pour se repaître de ma faiblesse quand nous serons réunies. C'est comme dans un de ces films de gangsters des années 1940 qu'on se jouait sur le terrain vague. Elle est James Cagney, planqué quelque part avec des otages, et je suis le crétin du FBI qui la recherche. On vieillit, mais on ne grandit pas vraiment. On ne change pas vraiment. Je connais Katie.

Plus tard dans la nuit, une fois toutes les histoires racontées, quand Marilyn m'a demandé ce que Katie cherchait au fond selon moi, j'ai menti. J'ai dit qu'elle voulait ce que je lui avais promis. Qu'on s'enfuie ensemble. Elle et moi en cavale. Je ne sais pas si elle m'a crue, mais elle n'a pas insisté. Que pouvait-elle dire ? Katie n'est pas réelle pour elle, c'est juste un croquemitaine, une silhouette maléfique issue de mon passé. Pour moi, c'est différent. À l'époque, elle m'avait à la fois détruite et sauvée. Cette période *avant* a été la meilleure de mon enfance. Comment expliquer que je n'aie jamais aimé quelqu'un comme j'ai aimé Katie, que je n'aie jamais été aimée par quiconque comme Katie m'aimait ? À quel point c'est précieux d'être aimée quand votre vie est en lambeaux. Je ferme la porte sur ces souvenirs, nous, main dans la main, courant sur le terrain vague, mais je me rappelle le pacte. L'intensité de son regard.

Oui, je sais ce que veut Katie. Elle veut me tuer. C'est ma dette envers elle. Une mère pour une mère.

Et elle me tuera peut-être. Tant qu'Ava est saine et sauve, je me moque de ce qu'il m'arrive. D'une certaine façon, ce serait un soulagement. Justice pour Daniel et enfin la libération de cette immonde culpabilité qui m'accompagne chaque instant. Au moins, il ne serait plus seul dans le froid. Alors, oui, peut-être qu'elle me tuera, l'idée ne me fait pas peur. En passant dans la salle de bains, je sens l'acier de Charlotte dans ma colonne vertébrale. Mais si je n'ai pas peur de mourir, il n'est pas non plus question de lui faciliter les choses. Et peut-être que c'est moi qui la tuerai. J'ai déjà tué une fois. Ça ne doit pas être si dur de recommencer.

À huit heures, je suis lavée, habillée, et je regarde nos notes. Nous n'avons que très peu d'éléments sur Katie. Jamais mariée. Pas de gosses. S'est occupée de sa mère. Instable. Pas de travail. Nous n'avons pas non plus la moindre photo utile. Elle a quelques mois de plus que moi, donc la quarantaine maintenant, mais les rares images que nous avons trouvées d'elle sont si vieilles et si floues qu'elles ne servent à rien.

Je m'interroge sur ce manque de photos. Évitait-elle, comme moi, les objectifs ? Même si son identité n'a jamais été révélée – les journaux n'ont jamais eu ni son nom ni sa photo –, redoutait-elle d'être *découverte* ? Non. Bien sûr que non. Elle a toujours eu ceci en tête. Le moment où elle me retrouverait. Il fallait qu'elle reste un fantôme, invisible, indétectable. Qu'elle reste cachée, tout comme moi.

Je bois le café fort. Eh bien, elle m'a trouvée et à présent c'est moi qui vais la trouver. Le putain de cercle de la vie. Je crève d'envie d'une cigarette – Charlotte qui revient sur le devant, les vieilles habitudes qui ne meurent pas. Je mâchonne le bout d'un crayon, comme une gosse, avant de me mettre à écrire.

La liste de noms est d'une brièveté déprimante. Ma vie en tant que Lisa était si craintive, étriquée.

Penny. Hautement improbable. Julia. Non. J'établis la liste de toutes les autres personnes avec qui je suis en contact par le travail et aucune d'entre elles ne me paraît une candidate potentielle. Trop vieille, trop jeune, ici depuis trop longtemps, trop morne. Mme Goldman ? A-t-elle une amie ou une infirmière qui vient la voir ? Je n'ai jamais vu que des membres de sa famille et ils passent rarement. Peut-être quelqu'un quand je ne suis pas chez moi mais au bureau ? J'ajoute des tas de points d'interrogation derrière son nom. Marilyn pourrait aller lui parler. C'est une vieille femme solitaire ; elle aura envie de bavarder.

Sous le titre « Profs d'Ava », je démarre une nouvelle liste, mais, de toutes les femmes dont je me souviens des réunions avec les parents, je n'en vois aucune qui est arrivée au lycée récemment ou qui aurait cherché à se lier d'amitié avec Ava. Une prof aurait sans doute pu avoir accès à son sac pour y voler ses clés. Et l'école connaît son adresse. Bien que ce soit possible, je n'y crois pas. Les professeurs sont embauchés sur dossier, ils ont des diplômes, etc. Jusqu'à quel point Katie aurait-elle pu tricher ? *Ne la sous-estime pas. Elle a toujours été trop intelligente pour son propre bien.*

Viennent ensuite les amies d'Ava. C'est la plus grande zone grise. J'ai fait de mon mieux pour toujours en savoir autant que possible sur sa vie, mais, à mesure qu'elle grandissait, c'était de plus en plus difficile. Alison ne cessait de me répéter que je devais la laisser vivre comme une adolescente normale. *Sans blague, madame l'agent de probation. Quelle putain d'idée géniale.* Des messages Facebook secrets. Combien de personnes que je n'ai jamais rencontrées connaissaient Ava ? Des gens qui auraient pu en apprendre beaucoup sur moi à travers elle ?

Les filles du club de natation, je les connais et je les raye de ma liste. Katie n'a pas eu d'enfants et aucune vilaine belle-mère n'a surgi dans les parages. J'en aurais entendu parler.

Je fixe la page, pas plus avancée. Elle m'a retrouvée grâce à Jon. Je devrais peut-être commencer par là. Aller là-bas, parler à ses voisins. Dès que cette idée surgit, je sais qu'elle est irréalisable. La police doit surveiller sa maison et toute femme qui viendrait poser des questions dans le quartier se ferait embarquer sur-le-champ. Je regrette de ne pas avoir le portable de Marilyn. Au moins, je pourrais regarder les fils d'infos. Voir si je n'ai pas raté quelque chose à la télé.

Je me concentre tellement que la liste devient floue. Katie, Katie, où es-tu ? *Elle veut que tu la retrouves*, me rappelle Charlotte. *C'est un jeu pour elle. Elle aura fait en sorte que tu puisses la voir. De te laisser des indices.* Quelque chose remue au fond de ma mémoire. C'est là, tout près d'émerger.

Et soudain, le souvenir jaillit. Comme en plein jour. Je sais qui est Katie.

58

Elle

C'est dur de disparaître complètement. Je le sais. Je l'ai fait plusieurs fois. Il faut se préparer. Beaucoup. Et longtemps à l'avance. D'abord, déplacer de petites sommes d'argent. Oui, il peut y avoir des traces, mais si tu génères assez de paperasse, tu provoques un fouillis qui découragera quiconque de s'y plonger. L'essentiel de la préparation consiste à attendre. Je suis devenue très douée pour ça. Quand ma mère a fini par mourir – certains accidents arrivent plus facilement quand tu embauches un mécanicien ivrogne pour s'occuper des réparations –, j'ai enfin pu mettre en œuvre mes plans d'investissements pour mon héritage.

J'ai voyagé. Si on sait s'y prendre, les banques étrangères ne sont pas très regardantes à propos des comptes qu'on ouvre chez elles en liquide. J'ai vendu des biens à des compagnies offshore que j'avais moi-même fondées. J'ai cédé des sociétés à diverses entités que j'avais créées dans l'attente du moment où j'en aurais besoin.

On dirait que tu me prends pour une folle, Ava. Non, je ne suis pas allée à l'école, ni à l'université, mais je n'ai jamais cessé d'apprendre. J'ai couché avec le genre de criminels en col blanc qui pouvaient m'enseigner leurs ficelles et, une fois que j'avais tiré d'eux tout de ce que je voulais, je disparaissais. Un soulagement pour nous deux, sans doute. Je n'ai jamais été quelqu'un qu'on aime éperdument. Mère me le disait les derniers temps. Quand elle a commencé à me voir, *moi*, plutôt que la petite princesse dont elle avait toujours rêvé.

Charlotte crevait d'envie d'être aimée. Pas moi. Je l'avais et ça me suffisait. Mais je n'avais aucun doute là-dessus : elle aurait toujours besoin de quelqu'un. Et le truc avec les gens, comme tu le sais, petite Ava, c'est qu'ils *parlent*. Plus grand le secret, plus grandes les chances qu'ils se mettent à le brailler aux quatre coins, qu'ils le révèlent à n'importe qui, et c'est ce qui est arrivé avec ton père.

J'étais en Espagne quand j'ai lu l'article. Je recevais tous les journaux tous les jours, sans la moindre exception, depuis la libération de Charlotte. Il faut être méticuleuse quand tu veux retrouver quelqu'un. Ne pas risquer de rater le moindre détail, la moindre photo, qui aurait pu me conduire à elle. Bon, elle a carrément fait la une de toute la presse quand c'est arrivé. Quand il a *parlé*. J'en ai dévoré chaque mot. Tous ces détails ridicules qu'il avait inventés pour se donner le beau rôle et pour la faire paraître encore plus ignoble. J'ai tout de suite su que j'allais devoir le tuer un jour. Pas parce ça m'était absolument nécessaire, juste parce que c'était un type lamentable. Et finalement, il s'est avéré qu'il m'a été bien plus utile mort que vivant. Tout s'est enchaîné à merveille.

Où en étais-je, déjà ? Ah oui, quand il a vendu votre histoire. Après ça, ça a été beaucoup plus dur d'attendre. Bon Dieu, vraiment dur. Et s'il mourait ? Et si, à force de picoler, il s'expédiait dans la tombe ? Un coma éthylique, un accident de voiture, n'importe quoi. La vie ne semble jamais aussi fragile que quand votre succès dépend de la survie de quelqu'un d'autre pendant encore quelque temps. Cependant, le manque de patience est fatal aux meilleurs projets. Il fallait que je me concentre sur ce que j'avais à faire en espérant que la chance resterait de mon côté, que Jon ne disparaîtrait pas. J'ai dû attendre des années. Mais j'avais largement de quoi m'occuper.

D'abord, il a fallu que je tue Katie Batten. Ça a été facile. Quand personne ne t'aime, il n'y a personne non plus pour poser de questions ou te rechercher. Et encore moins les policiers espagnols qui ont déjà assez à faire avec tous ces jeunes qui viennent se bourrer et se camer chez eux. Qui allait perdre son temps avec la noyade d'une touriste anglaise ? Donc, une fois qu'elle a été déclarée morte, j'ai activé une de mes identités dormantes – il n'y a pas que les gouvernements qui peuvent s'amuser à ça – et j'ai guetté le bon moment. Je ne pouvais pas m'insérer comme ça dans le monde de Jon. Il fallait lui laisser le temps, tu comprends ? Il fallait que ce soit derrière lui. Qu'il ne se souvienne plus trop de ce qu'elle lui avait raconté. Qu'il ait oublié qu'il y avait eu une Fille B. Alors, ce temps, je le lui ai donné.

Bien sûr, je continuais à lire les journaux, tous les jours comme une horloge suisse. Après la trahison de Jon, ta mère s'est évidemment montrée plus prudente. Et puis, elle t'avait. Elle devait s'occuper de toi. T'aimer. Te protéger. Elle a toujours voulu que tu aies une vie stable. T'offrir l'enfance qu'elle n'avait pas eue. Un grand cœur, Charlotte. En miettes, mais grand.

Au bout d'un moment, j'ai emménagé dans le quartier de Jon, j'ai trouvé un boulot – caissière de supermarché – et j'ai encore un peu attendu. J'ai laissé une vie se construire autour de moi. Les gens croient *aux vies,* comme si c'était la vérité d'une personne et pas de la poudre aux yeux. Il suffit d'aller sur Facebook. Tous ces minables qui tentent de s'éblouir les uns les autres avec leurs photos de vacances, leurs vantardises déguisées et #quellechance. À s'ajouter des amis qu'ils n'ont jamais rencontrés en s'imaginant qu'ils les *connaissent* simplement parce qu'ils partagent toutes ces merdes. Un ami aléatoire en commun. Ton père n'aimait pas trop les réseaux sociaux. Après son expérience avec la presse, j'aurais pensé que tout ce qui évoque de près ou de loin un *média* l'aurait fait fuir. Mais il était seul et il n'avait plus l'alcool pour lui tenir compagnie. Ç'a été un jeu d'enfant. Lentement, très lentement, j'ai fait en sorte qu'il tombe amoureux de moi. Enfin, pas de *moi*, d'Anna. Anna, la caissière. Cette fille sympa et généreuse.

On dit que les femmes sont le sexe faible. Les plus émotives. Quel est le crétin qui a décidé ça ? Un homme amoureux est la faiblesse incarnée. Un homme amoureux vous dit tout. Partage tout. Donne tout. Et c'est ce qu'il a fait. Une fois que j'ai ouvert ce robinet en lui, toute l'histoire a coulé. Il t'aimait, tu vois, à sa façon, avec sa faiblesse. Il m'a montré la lettre que ta mère lui avait envoyée en 2006 quand il lui avait donné l'argent. Il l'avait gardée.

Ils t'avaient baptisée Crystal, mais il était persuadé qu'elle avait changé ton nom en Ava. Elle avait toujours voulu t'appeler Ava. Il ne le lui avait pas permis. À l'époque, il estimait que c'était un nom de vieille, alors que maintenant, il le trouvait très beau. Il n'arrêtait pas de geindre, à quel point il regrettait de ne pas te connaître, de ne pas savoir où tu étais, et comme c'était atroce de se dire que tu ne savais sans doute rien de lui. Ou, en tout cas, rien de bon. Il voulait que tu saches qu'il t'aimait.

Franchement, j'avais envie de me pisser dessus de rire. C'est quoi le problème avec les hommes ? Ils créent leur propre malheur et ensuite ils font comme si c'était la faute d'un autre. Ils passent leur vie à s'apitoyer sur eux-mêmes. Ça doit être dans leurs gènes. Il aurait voulu te retrouver, mais il n'avait aucune piste ; il a essayé de passer par les services de probation et ils lui ont répondu qu'il devait attendre que tu aies dix-huit ans. Qu'est-ce qu'il espérait ? À cause de lui, ils avaient dû vous payer une toute nouvelle identité et je sais le fric que ça coûte.

Je lui ai dit de t'oublier. Je lui ai dit que ce n'était pas sain, qu'il fallait tourner la page. Je lui ai dit que son avenir était avec moi. Il était faible – toujours aussi faible – et il m'a crue. Bien sûr, je lui ai pris la lettre. Pour qu'il arrête de *s'enfermer dans le passé.*

Il ne méritait pas de la garder – il n'avait pas vu l'indice qui lui crevait les yeux. Le tampon de la poste à moitié effacé. Mais moi, si. Je l'avais vu au premier coup d'œil.

59

Marilyn

J'ai bien fait de revenir de bonne heure parce que, à peine sortie de la douche, Simon appelle ma chambre pour m'annoncer qu'il a réservé une salle de réunion afin de passer certains détails en revue avec moi. Quand j'y entre, il est pâle et ses épaules voûtées trahissent sa fatigue ; je n'ai pas besoin de lui en demander la raison.

— Vous avez mauvaise mine, dis-je, accablée de le voir poser une montagne de dossiers sur la table.

Il allume le projecteur. Il y a aussi une assiette de viennoiseries à laquelle nous ne touchons ni l'un ni l'autre.

— Je manque de sommeil, c'est tout.

Je n'ai pas besoin d'explication supplémentaire. Lisa est le scoop du mois et, même si la police n'a rien révélé de nouveau, ce n'est pas ça qui va empêcher les chaînes d'infos de parler d'elle en permanence, de passer son passé au crible. Ce qui pourrait nous être utile, à Lisa et à moi, mais sûrement beaucoup moins à lui.

— Quoi qu'il en soit, continue-t-il, je veux que nous revoyions les divers programmes de formation et systèmes de gratification en vigueur au sein du groupe Manning, à la fois pour le personnel intérimaire et pour les équipes embauchées à plein temps. Je tiens à ce que chacun ait la possibilité de se réaliser pleinement.

— C'est le genre de choses que dirait Lisa.

Les mots m'ont échappé avant que je puisse les retenir.

— Désolée, je n'aurais pas dû. Mais… eh bien, quoi qu'elle ait fait ou pas, c'était sa philosophie quand elle embauchait des gens et je n'ai aucune raison de penser qu'elle n'était pas sincère.

Je suis sur la défensive ; c'est un peu comme si je le défiais de me virer. S'il le fait, ma vie sera foutue, mais au moins je pourrai me consacrer à Ava.

Je m'attends qu'il réplique sèchement. Au lieu de quoi, il me dévisage comme s'il voulait dire quelque chose, sans savoir comment s'y prendre.

— C'est bizarre, hein ? demande-t-il finalement. Je veux dire que *bizarre,* ça ne suffit peut-être pas, mais c'est bizarre.

— Que voulez-vous dire ?

Mon cœur bat trop fort. Essaierait-il de me piéger ? Penny lui a-t-elle parlé de ma petite crise hier soir ? Cherche-t-il à savoir jusqu'à quel point je suis folle ?

— Ce qu'ils disent qu'elle a fait. Ce qu'elle a fait. Je ne sais pas…

Il a la mâchoire serrée.

— … Je lui ai dit un jour que j'avais commis des erreurs autrefois. Fait des trucs que je n'aurais pas dû. J'ai été impliqué dans… eh bien, soyons franc, des activités illégales. Il paraît qu'on ne demande jamais à quelqu'un comment il a gagné son premier million. Je préférerais ne pas avoir à répondre à cette question. Pas si je devais dire la vérité.

— Nous faisons tous des choses que nous regrettons.

Je ne sais pas trop quoi dire, mais je veux qu'il continue à parler.

— Je sais juger les gens. J'ai toujours été doué pour ça. J'ai *dû* le faire souvent. (Il me regarde, direct.) Et tous ces trucs dans la presse, ce nouveau meurtre, son ex, et Ava… c'est très difficile à avaler. Je n'y arrive pas. Je veux dire, a-t-elle *réellement* fait tout ça ? Ce… cet acte dans son passé, c'est atroce et terrible et je ne le comprendrai jamais, mais cela remonte à très longtemps. Ces nouveaux crimes ? Un autre meurtre ? Pendant qu'on la fréquentait ? Je n'y crois pas. Pas du tout.

On frappe à la porte et une femme d'une cinquantaine d'années en tailleur entre dans la pièce, sourire efficace aux lèvres.

— Karen Walsh. Directrice de la formation. Je m'occupe de tout ce qui a un rapport avec les loisirs. Vous n'êtes pas forcé de vous joindre à nous, Simon.

Elle lui sourit, mais il est clair que la présence du P-DG n'est pas habituelle.

— J'aime bien me tenir au courant, répond-il, et notre discussion à propos de Lisa s'arrête là.

J'ai envie de coller une gifle à cette femme qui nous a interrompus. Simon croit-il lui aussi que Lisa est innocente du meurtre de Jon ?

Il reporte son regard sur la paperasse.

— Voici les présentations de nos journées de formation que devront lire tous les membres des nouvelles équipes. Nous avons des standards très élevés qui doivent être rigoureusement les mêmes dans chaque établissement de la chaîne. Penny me dit que vous m'êtes quasiment affectée à temps plein pour le moment. Autant en profiter pour vous familiariser au maximum avec le business.

Génial. Donc Penny lui a bien parlé de ma crise de nerfs. Je regarde la longue liste de trucs ennuyeux qu'ils veulent que je potasse. Ça va prendre des heures.

— Alors, en piste, dis-je, les dents serrées. Plus tôt nous commencerons, plus vite ce sera fini.

Pourquoi aujourd'hui, me dis-je alors qu'il éteint les lumières pour lancer la présentation. *Pourquoi, quand Lisa a tellement besoin de moi ?* Je le regarde. Il fixe l'écran, mais sa tête n'y est pas. Il est trop tendu. C'est autre chose qui lui noue le cerveau. Je le sais. Je suis dans le même état.

Au bout de la pièce, Karen Walsh entame son laïus et, malgré mes efforts, je ne parviens pas à me concentrer. Ça bourdonne trop dans ma tête. Et si Lisa se faisait repérer ? Et si elle n'arrive pas à deviner qui est Katie ? Et si nous ne retrouvons pas Ava à temps ? Et…

Simon pourrait-il être un allié ?

60

Lisa

Je n'ajoute pas de teinture sur mes cheveux, me contentant de garder la queue-de-cheval, sans forcer non plus sur le maquillage. Même si, dans ce quartier assez chic, on ne doit pas passer son temps à espionner les voisins derrière un rideau, un look trop extravagant risquerait d'attirer l'attention. De fait, les rues sont calmes, les résidents étant au travail ou alors en France ou en Espagne pour les longues vacances d'été, ce genre de gens qui s'épuisent à payer les traites de leurs grandes villas et qui trouvent ça génial.

Les rideaux sont ouverts, mais il n'y a aucun signe de vie derrière les immenses vitres et cela ne me surprend pas. Ce n'est pas ici que la piste s'arrêtera, ni pour moi ni pour Katie. C'est juste une étape vers notre destination finale. Ça ne m'empêche pas d'avoir les mains moites et la bouche sèche ; la présence du couteau dans ma poche me rassure, à défaut d'avoir Marilyn avec moi. Quant à la police, pas question de faire appel à elle avant de savoir où exactement est détenue Ava. C'est Charlotte qui est recherchée, pas Katie. On me jettera en prison, ce qui signera l'arrêt de mort de mon bébé.

Sur le côté, le haut portail du jardin n'est pas verrouillé. Elle sait que je viens, pourquoi me rendre les choses difficiles ? L'herbe un peu trop haute jure avec l'aspect soigné, stérile, de la maison. *Tu n'as pas eu le temps de t'en occuper, hein, Katie, tu avais trop à faire ?* J'ai mal à la mâchoire, tant elle est crispée par un mélange de rage et de peur.

La porte à glissière du balcon s'ouvre facilement et je me faufile à l'intérieur. Je sens aussitôt que je ne me suis pas trompée, qu'il n'y a personne. Tout est trop silencieux. La maison est comme en sommeil, maintenant qu'elle a servi son but. Il n'y a pas de *vie* ici. Pas le moindre désordre du quotidien. Si j'avais pu y venir avant, j'aurais compris. Cette demeure n'est qu'un simulacre pour quelqu'un qui en avait besoin dans un but précis.

Seuls objets incongrus dans toute cette fadeur : un paquet de cigarettes et un briquet qui traînent sur le comptoir du petit déjeuner. Je les prends. Après tout, ils me sont destinés. Ou plutôt à Charlotte. Puisque le but est de faire revenir Charlotte. Je passe dans le hall d'entrée.

Je retiens mon souffle quand j'atteins l'escalier et le moindre fragment de doute que j'aurais pu encore avoir s'évapore. Katie a été ici. Elle m'a laissé des indices. Ô Katie, toi et tes jeux.

Katie est Amelia Cousins, la mère de Jodie. Cela, je le sais désormais.

Sans cesse en déplacement à l'étranger, son amant à Paris : autant de temps pour s'occuper de Jon. Toutes ces années où elle a confié sa fille à la garde de quelqu'un d'autre. A-t-elle manipulé Jodie pour qu'elle se lie avec Ava, de façon à être assez proche de moi mais pas trop ?

Je regarde encore l'escalier. De petits coquillages ont été disposés sur chaque marche couleur crème, comme une piste de miettes de pain menant à la maison de la sorcière ; je les suis soigneusement jusqu'à la chambre principale. C'est un geste extravagant – comme si, après être venue jusqu'ici, je n'aurais pas pris la peine de monter à l'étage. Une proclamation. Katie s'amuse. Et sur le grand lit impeccablement fait se trouve la récompense.

D'abord, je vois la conque et le souvenir du coquillage pressé contre mon oreille m'assaille aussitôt, le bruit mystérieux de la mer, la petite main de Katie tenant la mienne, son expression déterminée. Je sais pourquoi elle a choisi cette conque. C'est un symbole de ma trahison.

J'ose à peine la pousser de côté, comme si Katie allait soudain surgir de cette pliure parfaite – *Écoute, Charlotte ! N'est-ce pas merveilleux ? Le bruit de la mer. On dirait celui de la liberté, non ?* –, et je ramasse avec des doigts tremblants le petit boîtier en plastique sur lequel elle était posée. Il est craquelé, usé par les années et, à l'intérieur, je trouve la page d'un carnet de notes arrachée et repliée sur laquelle est écrit : « *Les Hits de K et C !* », entouré de plusieurs couleurs fluo de surligneurs. L'écriture est soignée, mais avec cette extravagance qui n'existe que dans l'enfance. La copie de la cassette qu'elle m'avait donnée – *Pars avec moi, baby, ce soir* – et qu'elle a gardée pendant toutes ces années.

Je déplie la feuille. Il y a un mot. Cette fois, l'écriture est précise, ordonnée. Adulte. « Ne cherche pas Jodie, je l'ai envoyée en vacances. » Je fixe la phrase. Qu'est-ce qu'elle s'imagine ? Que ce serait œil pour œil ? C'est ça qu'elle pense de moi ? Que je m'en prendrais à sa fille parce qu'elle a enlevé la mienne ? *Je lui dois une mère, pas une fille, mais pour elle, c'est pareil ?* Est-ce cela la faille minuscule dans l'armure de Katie ? Si c'est vraiment ce qu'elle craint, je devrais peut-être chercher Jodie. Bien sûr que je le devrais. Mais aussitôt, je me dis non. Non ! Je refuse de faire le moindre mal à un enfant. Plus maintenant. Plus jamais.

Je fourre le mot dans ma poche, consciente qu'il ne prouve absolument rien. Elle l'a formulé avec soin. Ce pourrait être un message innocent qu'elle comptait glisser dans la boîte aux lettres de quelqu'un pour le prévenir de l'absence de Jodie. Rien là qui puisse inverser la marée de preuves que la police a contre moi.

Il y a autre chose dans le boîtier, replié et coincé derrière la cassette. Je le sors. Mon cœur s'arrête et je laisse échapper un petit cri. La photo disparue d'Ava. Mon bébé. Elle me sourit avec son visage d'il y a quelques années qui est pourtant son visage. Je presse l'image contre ma bouche pour la respirer, pour m'emplir de l'odeur de ma fille, de sa présence. Ava. Mon bébé. Je sens le goût bizarre du papier photo qui m'était si familier après la prison, avant de rencontrer Jon. Les cercles de ma vie qui se referment autour de moi, qui menacent de me suffoquer. Ce n'est pas le moment d'être faible. Je ne peux pas me laisser aller. Ava, Ava. Elle a besoin de moi. Sa vie dépend de moi.

Je m'efforce de me ressaisir pour considérer à nouveau les indices. Notre cassette. Le coquillage. Ce n'est pas très subtil, mais le but n'est pas là. Elle veut que je la retrouve.

Le bord de mer. Skegness. La maison de son grand-père. Mais où se trouve-t-elle ? Suis-je censée connaître l'adresse ? Même si cela me fend le cœur de me séparer de ma fille, je repose la photo pour fouiller à nouveau le boîtier au cas où j'aurais raté quelque chose. En vain. Il n'y a rien. La frustration me saisit. Elle ne m'aurait pas conduite jusqu'ici pour ensuite interrompre la piste. Je secoue la conque, mais il n'y a pas de bout de papier caché à l'intérieur. Je me laisse tomber sur le lit, dépitée. Je ne peux pas être idiote à ce point-là. Il doit y avoir quelque chose.

Machinalement, j'ai repris la photo d'Ava que je tourne entre mes doigts et c'est alors que je vois l'inscription au dos. *Crabstick Cafe, Brown Beach Street.* Je revis. Je décroche le téléphone près du lit pour appeler un taxi pour la gare. Skegness. Mon bébé se trouve à Skegness. Pendant les dix minutes d'attente pour la voiture, j'essaie d'appeler Marilyn, mais je tombe sur son répondeur.

« Je sais qui est Katie, dis-je. C'est la mère de Jodie. Je pars la retrouver. Je sais où elle est. C'est... » (Mon instinct de conservation me fait hésiter. Je rechigne à donner des indications trop précises.)... « C'est là où on devait fuir ensemble. Elle m'attend là-bas. Je t'appelle dès que j'ai l'adresse exacte. »

J'ai envie de lui dire que je l'aime et qu'elle est la personne la plus incroyable du monde, mais je ne le fais pas – il y a trop de mots qui se mélangent en moi –, alors je me contente de raccrocher. Elle sait que je l'aime. C'est ma meilleure amie.

Vingt minutes plus tard, je suis à la gare. Dix de plus et je m'installe dans le train. Dans moins de deux heures, je serai à Skegness. Je me laisse aller sur mon siège, la photo d'Ava toujours à la main, et je contemple la campagne qui défile derrière la vitre comme si j'étais en train de remonter le temps.

Le dénouement est proche. J'arrive, Katie.

61

AVANT

1989

Il faut qu'elle retrouve Katie. Il n'y a qu'avec elle qu'elle pourra se sentir mieux. Et Katie doit l'attendre. Mais, pour la rejoindre, elle doit d'abord quitter sa chambre. Toute la matinée, elle est restée roulée en boule dans son lit, sur son matelas trempé de pisse, une chaise coincée sous la porte. Personne n'a essayé d'entrer. Elle a très mal au crâne. Les cachets n'ont plus cet effet agréable ; maintenant, c'est comme si elle était coincée derrière un mur de verre qui la sépare du reste : tout est flou autour d'elle. Son cerveau aussi. Elle veut quand même en prendre un autre. Elle a piqué la boîte de sa mère ; qu'elle aille se faire foutre. Ça n'a jamais été aussi mal.

Sa mère a passé la nuit chez Jean. Une nuit entre filles avant d'aller faire des achats aujourd'hui pour son anniversaire… en tout cas, c'est ce que Jean a dit à Tony quand elle est venue hier soir. Elle lui a annoncé ça avec son air « pas la peine de discuter ». C'est la seule qui peut se le permettre. Quand il a commencé à se plaindre, elle a dit que Charlotte pouvait s'occuper de Daniel – *Ça ne lui fera pas de mal à cette petite d'assumer des responsabilités, elle déraille pas mal en ce moment, faut être idiot pour ne pas s'en rendre compte* – et, même si sa mère a un peu protesté, c'était réglé ; un sac a été préparé et les deux femmes sont parties. On ne discute pas avec Jean.

Si sa mère avait été là, la *chose* avec Tony ne serait pas arrivée. C'est peut-être une salope, mais elle ne l'aurait jamais tolérée. Pas pour Charlotte, mais pour elle-même. Ça aussi, c'est flou dans sa tête et, si elle n'avait pas aussi mal, elle se dirait peut-être que c'était une espèce de rêve horrible.

Il était tard. Il faisait noir. Elle dormait. Elle avait planté Daniel devant des dessins animés de merde avant de filer dans sa chambre se taper la vodka planquée sous son lit. Elle l'avait achetée avec l'argent donné par Katie. Son amie s'inquiétait pour elle. Elle voulait l'aider. Plutôt que de picoler, Charlotte aurait préféré être avec elle, mais ce n'était pas possible, alors, pour tenir, juste pour tenir, elle s'était bourré la gueule.

Il ne restait plus grand-chose dans la bouteille. Avant, elle buvait juste *de temps en temps*. Plus maintenant. Mais elle ne voulait pas penser à ça non plus. De toute façon, tout sera différent une fois que Katie et elle se seront barrées. Elle n'aura plus *besoin* de boire ; ou alors, du champagne dans de vrais verres comme ceux de Babycham et ce sera pour rigoler, pas pour noyer tous ces trucs immondes qui la brûlent à l'intérieur. *Il vaut mieux que ça sorte, chérie.* Il n'y aura plus *rien* à faire sortir quand elle sera avec Katie. La vie sera parfaite.

Il n'y aura plus de nuit comme celle qu'elle vient de passer. Elle ne veut pas y penser, mais elle n'arrête pas d'y penser. Il faut qu'elle file de sa chambre, sauf qu'elle a trop peur. Il faut qu'elle retrouve Katie. À cause du mal de crâne, elle ferme les yeux et aussitôt elle se retrouve plongée dans le noir de la nuit. Dans ce qui s'est passé. Alors, malgré elle, ça se rejoue dans sa tête.

Pendant un moment, après qu'il a ouvert la porte, il n'y a qu'une silhouette à contre-jour. Elle se souvient de la clarté soudaine et d'avoir pensé : *Et merde, Daniel, qu'est-ce que tu veux encore ?* Avant que son cerveau ne se réveille complètement et qu'elle comprenne que cette silhouette est bien trop grande pour être celle de son petit frère. Daniel dort bien tranquillement dans son petit lit. Daniel, tranquille, comme toujours.

La porte s'était refermée et elle s'était retrouvée coincée dans le noir avec le monstre qui grondait, qui grognait. Sueur. Puanteur. Un poids écrasant. Des mains, des mains partout. Son haleine, ses râles qui s'accélèrent. La douleur honteuse. Son souffle sur son visage. C'était comme à la baraque à frites, mais en pire, en bien pire, parce que c'était à la maison et que le monstre dans le noir était Tony, que c'était lui qui *le* faisait alors qu'ils ne *le* faisaient jamais à la baraque à frites même s'ils en avaient envie, autant que de l'autre truc, c'était bien pire que ce qu'elle avait imaginé et s'il *le* faisait, alors qu'est-ce qui les empêcherait de *le* faire aussi ?

Ça n'avait pas duré longtemps. Il était parti. Et elle s'était pissé dessus. Sans même être endormie cette fois. Elle était incapable de bouger. Elle l'est toujours. Mais il le faut. Katie attend. Elle prend une moitié de cachet de sa mère et se traîne hors du lit. Son pyjama mouillé est par terre, le pantalon déchiré. Elle ne le regarde pas tandis qu'elle enfile un jean et un pull. Elle ne regarde pas non plus son corps. Elle veut se laver, frotter jusqu'à ce qu'il ne reste plus rien, mais pas ici, pas avec lui dans la maison.

Habillée, elle avale le reste de vodka en deux longues gorgées. C'est bon, ça brûle. Ça la nettoie dedans. Elle déplace la chaise pour ouvrir prudemment la porte. Elle a peur, elle déteste avoir peur. Elle essaie de transformer ça en colère, et elle sait que c'est ce qui va arriver, mais pas avant qu'elle soit dehors et loin d'ici. C'est dur d'être en colère quand on se sent si petite.

Elle entend la télé, une course de chevaux. Elle descend l'escalier, les jambes toutes molles, lentement, prudemment, silencieusement – *et elle est où ma mère si seulement elle était là même pour me traiter de petite salope et d'emmerdeuse* –, grimaçant à chaque marche qui craque, de peur que Tony lui hurle dessus ou pire.

La trouille au ventre, elle risque un coup d'œil dans le salon. Des canettes de bière par terre. Un emballage de bouffe à emporter. Des jambes, habillées, étalées sur le canapé. Un bruit de moteur. Il ronfle. Le soulagement qui l'inonde est meilleur que tous les cachets. Il dort. Il dort.

— Charrotte ?

Elle est à la porte quand la petite voix l'arrête ; elle se retourne pour trouver Daniel, accroché à Pierre Lapin, sur le seuil du salon.

— Où tu vas, Charrotte ?

Sa voix n'est pas bien forte, mais elle est toujours trop forte.

— Je sors.

Un chuchotement. Irrité. Elle veut partir.

— Je viens ?

— Non.

Son visage poupin se chiffonne et elle voit les larmes enfler dans ses grands yeux ; d'une seconde à l'autre, il va se mettre à chialer et Tony se réveillera.

— D'accord, d'accord, dit-elle, *mais ferme-la, ferme-la, espèce de petite merde.* Calme-toi.

Un sourire joyeux barre le visage de Daniel ; il a déjà oublié ses larmes et il fait ce qu'on lui dit. Il s'assoit sur la dernière marche pour enfiler ses chaussures pendant qu'elle lui met sa veste bleue, celle qui vient d'une friperie et qui est trop grande pour lui. Elle lui passe une manche après l'autre puis, le doigt sur les lèvres, elle ouvre la porte en silence et ils sortent dans le froid d'octobre.

Quand il lui tend la main, Pierre Lapin coincé sous son autre bras, on dirait que Daniel va exploser de joie. Elle prend sa petite paume chaude et elle le traîne derrière elle, très vite. Elle ne voudrait pas qu'il soit là. Que va dire Katie ? Il ne pouvait pas rester là où il était ? Pourquoi faut-il qu'il soit toujours le centre de tout ?

Il chantonne en reniflant – il a le nez qui coule. Quand ils arrivent au terrain vague, elle consent enfin à ralentir l'allure. Il a du mal sur ce sol inégal. Ses petits pieds trébuchent. Et si sa mère rentrait pendant qu'ils ne sont pas là ? Cette idée la fait sourire. Tony qui ronfle et Daniel envolé ; sa mère piquera la crise du siècle. Ils se disputeront. Tant mieux. Ils se feront du souci pour lui. Ils le chercheront aux balançoires. Elle imagine la panique de sa mère et Tony qui se défend et ça lui donne envie de rire, de courir, de se saouler.

À leur tour d'en chier.

Et voilà. Elle est là. Sa colère.

Elle serre la main de Daniel un peu plus fort.

62

MAINTENANT

Marilyn

Finalement, *finalement*, on arrête. La matinée a été interminable, même Simon tapait des pieds sous la table à la fin. Au moins, il n'avait rien prévu pour l'après-midi. Si je fais vite, je pourrais être à l'hôtel de Lisa dans une demi-heure. J'ai un appel manqué d'un numéro inconnu. Merde.

— Voulez-vous manger un morceau ? propose Simon. Juste pour parler un peu. Pas du travail. Tous ces trucs aux infos, c'est…

Je lève la main pour l'arrêter en appuyant sur la touche du répondeur, le portable collé à l'oreille.

— Excusez-moi une minute.

Le message démarre. C'est elle. C'est Lisa.

— Oh, mon Dieu, mon Dieu.

Simon me fixe.

— Qu'y a-t-il ? Que s'est-il passé ?

— Elle sait qui est Katie. C'est la mère de Jodie. Elle a trouvé. Et elle sait où elles sont !

Je réécoute le message.

— Ava ! Elle sait où est Ava.

Je respire à toute vitesse. Elle s'est montrée prudente : « là où nous devions fuir ensemble », mais elle sait.

— Qui est-ce ?

— Lisa.

Il me scrute et des taches rouges apparaissent sur son cou.

— Lisa ? C'est Lisa ? Il faut appeler la police.

— Non, pas question. Ce n'est pas si simple. Écoutez, je l'ai vue. La nuit dernière. Elle…

— Bon sang, Marilyn ! s'écrie-t-il en s'approchant de moi. Vous l'avez vue ?

Aucun de nous deux ne remarque Karen Walsh qui quitte la pièce alors que je me mets à parler, les événements des vingt-quatre dernières heures coulant de ma bouche dans un torrent de mots. J'ai vaguement conscience de la porte qui se ferme, mais je tiens trop à tout lui dire au plus vite. Je ne peux plus retenir tout ça et j'ai *besoin* qu'il nous croie.

— Ce n'est pas Lisa qui a tué Jon et enlevé Ava. La police se trompe sur toute la ligne. C'est Katie Batten. La Fille B. Elle a simulé sa propre mort dans le but de retrouver Lisa. Elles avaient conclu un pacte que Lisa a brisé et maintenant elle est obsédée par une espèce de délire de vengeance, si j'ai bien compris…

Je suis haletante et plus je parle, plus j'écarquille les yeux.

— Ralentissez, dit-il. Katie Batten ?

— Il faut que nous la retrouvions.

J'en ai marre de parler. Je veux retrouver Lisa. Elle est seule là-dehors quelque part. Elle ne m'a pas attendue et je ne peux pas le lui reprocher – sa fille a disparu –, mais il pourrait lui arriver n'importe quoi. J'ai dit que je l'aiderais et je dois le faire. Elle n'a que moi.

— Et nous la retrouverons, dit Simon. Mais il faut que vous vous expliquiez. Qui est Katie Batten ?

— C'était la meilleure amie de Lisa… de *Charlotte*…

Et là, la vanne s'ouvre et toute l'histoire se déverse. Il m'écoute sans m'interrompre lui raconter leur amitié d'enfance, sa vie quand elle était petite : je lui parle même des traces de maltraitance retrouvées sur le corps de Daniel après sa mort, comment ça avait brisé Charlotte de découvrir que sa courte vie avait été aussi pourrie que la sienne.

Je suis encore en train de parler quand la porte s'ouvre à nouveau. Nous nous retournons tous les deux et je vois ma stupeur se refléter sur le visage de Simon.

C'est la flic, Bray. Pourquoi est-elle ici ? Sa colère est comme une brume qui l'enserre tandis qu'elle pénètre dans la pièce suivie par deux de ses hommes. Elle me prend mon téléphone sans me laisser le temps d'en placer une.

— Pièce à conviction, dit-elle en le tendant à l'un des agents. Il va falloir nous suivre au poste. Si vous refusez, je devrai vous arrêter…

— L'arrêter ? Elle n'a rien fait ! proteste Simon.

— Voyons, par où commencer ? rétorque Bray. Entrave à une enquête en cours ? Complicité ?

Elle se tourne vers moi.

— Où est-elle, Marilyn ? Je n'arrive pas à croire que vous mettiez la vie de cette enfant en danger. Vous avez promis de me contacter dès que vous auriez des nouvelles de Lisa. J'avais confiance en vous.

Comment le sait-elle ? Comment sait-elle que j'ai parlé à Lisa… Et c'est alors que je *la* vois, Karen Walsh, dans le couloir, juste derrière la porte. Cette salope a appelé la police.

— Non, ça ne s'est pas passé comme ça.

Je vois le bout de plastique blanc dans les mains de Bray et je comprends avec horreur de quoi il s'agit. Vont-ils vraiment me menotter et m'embarquer comme une criminelle ? Qu'est-ce qu'ils s'imaginent ? Que je vais m'enfuir par la fenêtre ? J'essaie de lui expliquer :

— Ce n'est pas Lisa. Elle n'a pas tué Jon. Jodie, du club de natation d'Ava… sa mère est Katie Batten ! Lisa l'a découvert et elle est partie à sa recherche.

— Elle vous a manipulée.

Bray me contemple comme si j'étais la plus grande idiote du monde, la femme battue qui s'est fait avoir une fois de plus.

— Nous avons trouvé des cheveux de Lisa et d'autres traces ADN à la fois dans l'appartement de Jon et dans le cottage où son cadavre a été découvert. Il y avait même des empreintes.

— Comment savez-vous que c'est bien elle qui a laissé toutes ces preuves ?

Simon se range de mon côté.

— Bon sang, on n'est pas dans une série télé. Vous aussi, vous gobez ces conneries ? fait-elle en lui lançant un regard furieux. Nous avons parlé à toutes les amies d'Ava ainsi qu'à leurs parents sans rien trouver de suspect chez aucun d'entre eux. Et, pour la dernière fois, Katie Batten est morte. Marilyn, vous venez avec nous au poste. On a assez perdu de temps. Par votre conduite, il se peut que vous ayez placé deux autres personnes en danger : Amelia et Jodie Cousins.

Impuissante, je regarde Simon.

— Je vous envoie un avocat. Ne vous inquiétez pas.

Je me jette dans ses bras pour l'étreindre ; un geste trop soudain pour que quiconque m'en empêche et, avant qu'il ne s'écarte, je lui murmure à l'oreille :

— Trouvez Katie.

— *Tout de suite,* madame Hussey.

Bray me prend par le bras, mais Simon hoche le menton de façon à peine perceptible tandis qu'elle m'embarque.

— J'aimerais bien savoir une chose, dit-il. Quand vous avez parlé à cette femme, la mère de Jodie, était-ce en face à face ?

Bray a une hésitation.

— Non. C'était au téléphone. Amelia Cousins est en France. Quant à Jodie, elle est en vacances en Espagne.

Et, sur ce, je sors, le visage brûlant tandis qu'elle me conduit à travers l'hôtel après avoir envoyé ses hommes fouiller ma chambre. Je me sens nue, humiliée et, une fois de plus, je me retrouve à l'arrière d'une voiture de police. Simon. Tous mes espoirs reposent sur lui. C'est seulement quand la bagnole démarre que je me souviens de l'endroit où comptaient fuir Charlotte et Katie. Au bord de la mer. Dans la maison du grand-père.

Skegness.

63

Lisa

Il fait gris et il pleut à Skegness, ce genre de bruine qui tombe en biais et vous pénètre par tous les pores. Ce qui me convient à merveille. Personne ne me regarde, ils ont tous le nez baissé ou alors ils se tassent sous un parapluie. La mer d'un bleu sale bouillonne sur ma gauche pendant que je remonte la promenade dans les embruns salés. J'en rêvais quand j'étais enfant, d'être ici avec Katie. Nous y voilà, enfin.

Le Crabstick Cafe n'est pas en bord de mer et je dois emprunter trois ruelles adjacentes avant de trouver Brown Beach Street. J'avais consulté un plan à la gare, gravant les indications dans ma cervelle paresseuse si habituée à ce que la technologie fasse le travail à sa place. C'est le cœur de l'été et l'endroit devrait être plus animé, mais les tables en Formica sont fatiguées et les rares clients me font l'effet d'être des personnes brisées et solitaires qui viennent ici lire des journaux et boire du thé parce qu'elles ne supportent plus de rester chez elles entre quatre murs. Des résidents, pas des touristes. Personne ne m'accorde un regard.

Il y a une télé branchée, en haut d'un mur dans un coin, une petite boîte noire qui doit être là depuis des décennies. Derrière le comptoir, vestige elle aussi d'une autre époque, une espèce de grande fontaine à eau chaude. Plus loin, à côté d'un tableau d'affichage, un téléphone à pièces est accroché au mur. Ce café semble rescapé du siècle dernier. Est-ce la raison pour laquelle Katie l'a choisi ? Pour accentuer la sensation de retour dans le passé. Peu importe. Je suis là. Et maintenant ?

La serveuse, une femme forte d'une cinquantaine d'années vêtue d'une blouse, m'apporte mon mug de café. Je regarde dehors par la vitrine. De l'autre côté de la rue, il y a une salle de jeux vidéo. Un petit groupe d'ados à la mine blasée attend devant la porte. Où est Katie ? Là-dedans en train de m'observer ? Où est l'indice suivant ?

Je suis si nerveuse que j'en ai la nausée. Il faut que je découvre où elle retient Ava pour ensuite appeler Marilyn, qui pourra alors tout dire à la police. Peu m'importe que les flics me tirent dessus à vue, tant qu'ils récupèrent Ava saine et sauve. Elle est la seule bonne chose que j'ai faite de toute ma vie.

J'ai bu la moitié de mon café, mon impatience montant à chaque gorgée, quand le panneau d'affichage attire à nouveau mon attention. On en trouvait de semblables dans les supermarchés autrefois, avant Internet, remplis d'annonces pour vendre des lits de bébé ou pour offrir ses services comme jardinier. Je l'étudie. Des messages. Bien sûr. L'air désinvolte, je me lève pour aller le consulter, mon mug à la main.

— Monte le son, mon cœur, grogne un homme quelque part à une table derrière moi, et la serveuse obéit.

Je n'écoute pas, je suis trop occupée à passer en revue les annonces soigneusement épinglées. L'écriture frêle de certaines me fait penser à des personnes âgées et mon cœur se serre d'une émotion incompréhensible. Des gens délaissés, perdus. Solitaires.

Je la vois enfin. Rédigée à l'encre noire sur une carte bleue. Mon cœur fait des bonds quand je la décroche.

Clyde ! Appelle Bonnie ! Retrouvons-nous ! Et, dessous, un numéro de portable. Ma main tremble. Je suis si près. Katie n'est plus qu'à un coup de téléphone. *Ava* est à un coup de téléphone de là. Je cherche de la monnaie dans ma poche…

— *… il s'agit probablement de Marilyn Hussey, une ancienne collègue de travail de Charlotte Nevill…*

Marilyn ?

Je lève les yeux vers la télé.

— *… la police n'a toujours pas fait la moindre déclaration, mais, d'après nos sources, Mme Hussey a été interpellée sur son lieu de travail afin d'être interrogée. Elle aurait hébergé l'infanticide en cavale, Charlotte Nevill. Pour le moment, aucune mise en examen n'a été annoncée.*

Mon Dieu, Marilyn. Mon seul renfort. Et elle s'est fait arrêter à cause de moi. Va-t-elle leur révéler où je suis ? Elle est tout sauf idiote, je sais qu'elle a deviné. Pendant que je contemple l'écran, en sentant la carte bleue se ramollir dans ma paume trempée de sueur, un calme étrange m'envahit. Je ne peux plus compter que sur moi-même. Je finirai par appeler la police, mais pas avant d'avoir parlé à Katie et de savoir où elles sont, Ava et elle. Dès que je les préviendrai, les flics rappliqueront à toute allure, croyant m'arrêter. Mais d'abord, il faut que j'ai la certitude qu'Ava est bien là. Que je la voie de mes propres yeux. Si la police débarque et qu'elle n'y est pas, Katie la tuera. Je le sais. Je l'aurai trahie une nouvelle fois.

Je ne peux pas faire grand-chose pour Marilyn. Je n'aurais jamais dû la mêler à ça, mais elle s'en sortira. Au pire, elle passera pour une idiote ; ils ne vont pas la condamner simplement parce qu'elle a eu une mauvaise fréquentation. Si tout tourne mal et qu'ils m'arrêtent, je dirai que je l'ai forcée à m'aider. De toute manière, pour eux, je suis un monstre. Ils me croiront.

Et puis, peut-être qu'il doit en être ainsi. Entre Katie et moi. Qu'on règle ça entre nous, d'une manière ou d'une autre. Je sors pour allumer une cigarette. Un petit moment de calme avant de passer l'appel. La fumée m'arrache la gorge et me fait tourner la tête, mais elle est la bienvenue. Elle se glisse en moi pour m'imprégner. Comme le reste. Je redeviens comme avant, avec la rage et la peur qui me brûlent le ventre, la clope, la solitude absolue sans personne pour me croire.

L'état idéal pour Katie.

64

Elle

Le truc, avec ta génération, c'est que vous êtes tous trop dépendants. Narcissiques. Si ce n'est pas sur Instagram, ce n'est pas arrivé. Malgré ça, il m'a fallu du temps pour te trouver. Tu n'as pas idée du nombre d'Ava de ton âge qui habitent Elleston. J'ai dû les éliminer une par une… tous ces petits détails de la vie qu'on offre si facilement et qui permettent de vous traquer… mais dès que je vous ai vues ensemble, ta mère et toi, j'ai su que c'était gagné. Pas à cause de son apparence – je défie quiconque de reconnaître une femme qu'on n'a pas vue depuis l'enfance et nous sommes toutes des reines du déguisement –, c'était sa façon d'être. Nerveuse. Anxieuse. Solitaire.

L'attente était terminée. J'ai acheté la maison et ramené à la vie le passeport numéro trois. J'ai laissé une nouvelle identité se créer, me permettant de vous observer toutes les deux, de m'intégrer petit à petit dans votre vie. La situation idéale pour étudier Charlotte. Du gâteau. Certes, c'est à ce moment-là que j'ai vraiment eu besoin de Jon. Pas de *lui*, bien sûr, mais d'un accès à sa vie. Je savais qu'il n'aurait pas beaucoup changé – les hommes sont des créatures de routine, n'est-ce pas, et il n'avait pas le talent pour se réinventer. Il a été si lamentablement heureux de me revoir. Pas pour très longtemps, évidemment.

Une fois que j'ai pu entrer chez vous, ç'a été simple comme bonjour. J'ai relevé des empreintes sur des verres, j'ai volé des mèches de ses cheveux dans la salle de bains et j'ai semé tout ça chez Jon pour convaincre la police qu'elle avait été chez lui. Pareil avec le cottage que j'avais loué via l'ordinateur portable de Jon et où je l'ai éliminé. Cet homme était aussi faible qu'idiot. Il t'aurait beaucoup déçue, crois-moi.

J'ai créé un compte Facebook pour lui, j'ai liké certaines des mêmes pages que toi et, quand j'ai été prête, je me suis mise à t'envoyer des messages. Bon Dieu, avec quelle rapidité tu as mordu à l'hameçon ! Tu étais si affamée d'amour, petite Ava. Tu avais tellement envie de devenir adulte. Tu voulais la romance. La passion. Toutes ces conneries.

J'ai aussi un peu harcelé ta mère. Quelques petites surprises pour la rendre paranoïaque. Je savais qu'elle irait trouver son agent de probation pour se rassurer et que du même coup elle passerait pour une folle. Et puis, quand le moment est venu, une fois le décor planté, il a juste suffi de pousser un môme dans la rivière et là, boum, une photo dans le journal et un appel anonyme pour dire que j'avais reconnu Charlotte Nevill.

Et nous voici. Attendant. Elle ne va pas tarder à appeler, je le sais. Donc, il est temps de te préparer, d'accord ? Le spectacle va commencer.

65

Lisa

— C'est moi.

Pendant un moment, il n'y a rien à l'autre bout du fil. Je presse le téléphone très fort contre mon oreille. Je suis tassée dans un coin du café, si près de la vitrine crasseuse que ma respiration la couvre de buée.

— Charlotte, dit-elle enfin. Tu as réussi.

— Je veux parler à Ava.

— Et tu lui parleras. Quand tu seras ici. Dans notre planque. Bonnie and Clyde, en cavale finalement.

— Nous ne sommes plus des enfants, Katie. Je n'ai plus envie de jouer. Laisse-moi parler à ma fille. Je veux savoir si elle va bien.

Je veux surtout t'éclater la gueule, sale conne.

— À t'entendre, on se croirait dans une mauvaise série B. Réjouis-toi. Elle se porte à merveille. Tu n'es pas impatiente de me voir ?

Elle a le ton léger. L'élocution impeccable. Katie, telle qu'en elle-même. Angélique, parfaite.

— Ça fait un bail, dis-je.

— Pas pour moi, je t'ai beaucoup *vue,* répond-elle d'une voix soudain sérieuse, toute trace d'humour envolée. Je vais te donner une adresse. Si tu viens seule, je laisserai partir Ava. Je te le promets. Elle ne m'intéresse pas. Mais je le jure devant Dieu, Charlotte, si tu le dis à qui que ce soit, elle sera morte avant que quiconque franchisse la porte. Compris ?

Je la crois sur parole. Après tout ce qu'elle a fait pour en arriver là, elle n'hésitera pas.

— Compris.

— Ne traîne pas, Clyde, ajoute-t-elle après m'avoir fourni toutes les indications et m'avoir dit que la porte d'entrée serait ouverte. Si tu tardes, j'aurai des soupçons. Et puis, surtout, je suis impatiente de rattraper le temps perdu.

— Oh, je viens, Katie. Tu peux en être sûre.

66

Marilyn

J'ai l'impression que ça dure depuis des heures, les mêmes questions et les mêmes réponses, encore et encore. On tourne en rond. J'ai tout raconté. Presque tout. L'avocat envoyé par Simon a assuré que cela valait mieux et c'est sans doute vrai. Je leur ai dit qu'elle était montée dans ma voiture, que je lui ai loué une chambre d'hôtel. Je leur ai expliqué ce qu'elle pensait à propos de Katie. Mais je n'ai pas parlé de Skegness. Si jamais ils l'arrêtent avant qu'elle ne trouve Katie, Ava mourra. Nous avons eu dix minutes de tranquillité quand Bray a été appelée hors de la pièce, mais la voilà de retour. Et maintenant ?

— Ma cliente est consciente d'avoir commis une grave erreur de jugement en ne vous appelant pas sur-le-champ dès qu'elle a été approchée par Charlotte Nevill, mais elle comptait réellement le faire aujourd'hui. La sécurité et le bien-être d'Ava Buckridge sont ses seules préoccupations ; voilà pourquoi elle a agi de cette manière. Permettez-moi d'exprimer mon sentiment : étant donné sa situation personnelle – une femme qui traverse une éprouvante crise conjugale tout en devant faire face à la révélation de l'identité de Charlotte Nevill –, lancer des poursuites contre elle ne serait qu'un immense gâchis. Elle regrette sincèrement sa conduite qui n'était due qu'à son épuisement émotionnel et à une loyauté mal placée envers quelqu'un qu'elle considérait comme sa meilleure amie.

— Elle a gravement entravé mon enquête, dit Bray. Charlotte Nevill est une dangereuse criminelle.

— Ce n'est pas elle, dis-je pour la millième fois, en dépit du regard consterné de l'avocat. C'est Katie. Katie n'est pas morte. On n'a jamais retrouvé son corps. C'est la mère de Jodie. Je ne cesse de vous le répéter. Si vous aviez vu Lisa, vous comprendriez.

— J'en suis certaine, dit Bray. Et il est même possible qu'elle en soit persuadée. Il se peut qu'on soit en présence d'un trouble de la personnalité. Peut-être que, *maintenant*, elle est à la fois Charlotte *et* Katie. Mais nous venons de passer la maison d'Amelia Cousins au peigne fin sans rien y trouver de suspect, hormis des preuves de la présence de Charlotte, dont une cassette avec ses initiales et celles de Katie sur le lit d'Amelia, ainsi qu'un grand coquillage de mer. Lisa est-elle jamais allée au bord de la mer, Marilyn ?

— Je ne sais pas, dis-je tandis que *Skegness* me brûle la langue.

Et si c'était Katie qui avait laissé tout cela pour envoyer un message à Lisa ? Je ne veux pas l'appeler Charlotte.

— Et si Charlotte les y avait laissés pour nous lancer sur une fausse piste ?

— Avez-vous parlé à Amelia Cousins ?

— Son téléphone et celui de Jodie sont soit éteints, soit hors réseau. Nous savons qu'elles sont toutes les deux à l'étranger. Amelia nous a dit qu'elle allait peut-être rejoindre sa fille dans la *finca* qu'elle possède en

Espagne. Je ne vois rien là de très suspect, dit Bray en se penchant vers moi au-dessus de la table. Je fais preuve de beaucoup de patience avec vous, Marilyn. Sincèrement. Toutefois, il est temps que vous compreniez que vous êtes en train de faire courir un grave danger à Ava. Et peut-être aussi à Amelia et à Jodie Cousins. Il faut que vous nous aidiez.

— Même si ma cliente croit à une autre version des événements, elle fait assurément tout son possible pour vous aider.

Il a la voix sèche. Calme et mesurée, face à l'irritation de Bray et à mon épuisement.

— Alors, reprenons tout ça encore une fois. Depuis le début. Dans le moindre détail. Nous avons dû rater quelque chose. Refaites passer l'enregistrement.

Je prends une longue inspiration et je soupire. Ça n'en finira jamais.

67

Lisa

Je m'attendais que la maison soit près de la plage. Gamine, je passais des heures à m'imaginer venant ici avec Katie, la seule merveille dans la merde de mon existence ; je voyais toujours la porte d'entrée qui s'ouvrait sur du sable blanc sous un soleil éclatant comme sur une île tropicale plutôt que dans un lotissement anglais en bord de mer où l'air sent le sel et le graillon. Or ce n'est pas en bord de mer. Ce n'est même pas en ville ; c'est perdu dans la campagne.

Le chemin qui y monte ressemble plutôt à une piste et la maison me toise. Elle est grande, dans un style vaguement Art déco, assez moderne par rapport à son âge. Quand a-t-elle été construite ? Dans les années 1920 ? Je la contemple en réfléchissant. *La porte d'entrée sera ouverte.* De quoi a-t-elle peur ? Que si je sonne à la porte et qu'elle m'ouvre, je lui plante un couteau dans la poitrine ? Elle n'aurait pas tort, à ce détail près que je ne compte pas lui porter un coup fatal. Je veux juste l'immobiliser, le temps de trouver Ava.

Je ne m'approche pas tout de suite. J'examine la bâtisse, à la recherche de caméras qui suivraient mes moindres mouvements. Je n'en vois pas. Les fenêtres, des rectangles noirs dans la pénombre, ne révèlent rien. Peut-être sont-elles fermées par des volets ou que les rideaux sont tirés à l'intérieur, impossible de le dire à cette distance. Pas moyen de passer par-derrière, le jardin est fermé par une haute clôture. Elle ne me laisse pas le choix. Suivre ses instructions et entrer par-devant, ou bien battre en retraite et appeler la police. Si j'entre, elle va tenter de me tuer. Si je pars, elle tuera Ava. Katie, la maîtresse de cérémonie. Katie, la planificatrice.

J'ai les mains moites. Ava est là, je le sais. Ava, et Katie qui m'attend. Elle a promis de la relâcher, me dis-je. Ce n'est pas Ava qu'elle veut. Je pense à Daniel. À ce que j'ai fait. Au fardeau que je porte depuis toutes ces années. Sauver Ava est tout ce qui compte. Si je dois en mourir, qu'il en soit ainsi. Mais ça ne m'empêche pas de sortir le couteau de ma poche.

Je remonte l'allée dans un silence étrange, juste le bruit de la pluie sur les fourrés autour de moi et le murmure éraillé de mes chaussures sur le gravier. Mes yeux fouillent partout, guettant quelque chose, n'importe quoi. Une menace invisible. *Elle ne te tuera pas tout de suite*, me dis-je. *Elle veut parler. Rattraper le temps perdu.* Ce qui est peut-être mon seul avantage. Je le sais. Si j'arrive à la prendre par surprise, à la poignarder, à *l'affaiblir*, j'aurai une chance.

Trois marches mènent à la porte blanche ; respirant un bon coup, je la pousse. J'entre, laissant le battant ouvert derrière moi. Il fait froid à l'intérieur et même si le plancher est verni et luisant, l'odeur de vide et d'abandon me ramène tout droit à la maison sur Coombs Street. Quelques toiles, de l'art moderne abstrait, sont encore accrochées aux murs et il y a même une armoire dans un coin, mais ce sont des objets oubliés, négligés. Bien plus coûteux que les débris de notre repaire en ruine, mais tout aussi délaissés. Le temps est en train de se replier sur lui-même. Non. Le temps est toujours replié sur lui-même. Ces ombres du passé dont on ne se débarrasse jamais : je les sens maintenant qui m'encerclent. Des spectres qui viennent m'étrangler. *Katie, Daniel, Tony, ma mère.*

L'entrée est spacieuse, rendue plus vaste encore par l'absence de meubles. Au bout, un escalier grimpe dans l'obscurité. Les volets sont fermés, ne laissant passer que des échardes de la grisaille du dehors. J'entends ma respiration. Et maintenant ?

J'avance d'un pas. Un autre. Pas de forme sombre qui se tapit dans un coin. Il n'y a personne ici avec moi. Faut-il que je monte à l'étage ? *Où est l'indice suivant, Katie ? Qu'est-ce que tu attends de moi ?*

Elle apparaît si soudainement, une silhouette miroitante devant moi, que je pousse un petit cri. Je trébuche. Katie, mais comme quand elle était enfant. Un fantôme de ma Katie, là sur la première marche. *C'est quoi, ce délire ?* J'ai à peine le temps de me poser cette question que le sol se dérobe sous mes pieds.

La maison d'un magicien, tu te rappelles ? La voix de Katie qui chuchote dans ma tête. *Remplie d'illusions.*

J'ai foncé droit dedans. Charlotte, l'idiote. L'imbécile. Je sens quelque chose se refermer autour de moi, puis un bruit sourd et sinistre quand ma tête heurte le béton, et c'est le noir.

68

Marilyn

Ils ont gardé mon téléphone, mais au moins je suis dehors.

— Merci, dis-je.

Simon Manning m'attendait dans sa voiture. Je me demande combien cet après-midi lui a déjà coûté avec l'avocat. J'en pleurerais de gratitude.

— Ils peuvent encore me poursuivre, mais pour l'instant je suis une femme libre. Je leur ai dit que je résidais à l'hôtel. Si vous êtes toujours d'accord ?

— Bien sûr. Montez.

Il se tourne vers Bray qui est sortie fumer.

— Ne vous inquiétez pas. Elle ne va pas s'enfuir.

— J'en suis sûre. Nous avons des gens qui visionnent les vidéos de surveillance à la gare et au terminal routier. Avec un peu de chance, ils vont repérer Charlotte et ce fiasco ne coûtera pas d'autres vies.

Je n'écoute que d'une oreille. J'ai vu quelque chose. Une voiture, garée discrètement de l'autre côté de la rue, une silhouette au volant. Richard.

— Tout ce que je veux, c'est une bonne douche et dormir, dis-je. On peut y aller ?

Richard. Il ne manquait plus que lui. Comment a-t-il su où j'étais ? Il ne sort pas de la voiture et démarre en même temps que nous.

— Est-ce que les gens savent que la police m'a arrêtée ?

Je tâche de prendre un air dégagé.

— Oui, je le crains, dit Simon. C'était aux infos.

Je gémis.

— Comment ?

— Ce n'était pas Bray. Elle tenait à faire profil bas au cas où Lisa tenterait de vous contacter. Je pense que c'était Karen Walsh, cette sale petite snob. Ne vous inquiétez pas, elle est déjà virée, même si elle ne le sait pas encore.

— Merci pour tout, dis-je.

Dans le rétroviseur extérieur, je vois la voiture de Richard qui slalome derrière nous. Il reste près mais pas trop.

— Je n'ai pas fait que ça, dit Simon. J'ai demandé à une équipe d'experts fiscaux, d'avocats et de détectives privés de se pencher sur la famille Batten, et notamment sur l'héritage de Katie. Ils sont tombés sur un sacré micmac. Des identités cachées au fond d'un labyrinthe de sociétés et de comptes offshore. Les Batten étaient riches, pas au point toutefois de se lancer dans de tels montages. À l'évidence, quelqu'un essaie de cacher quelque chose.

— Le fait qu'elle n'est pas morte, par exemple.

— Par exemple.

— Skegness, dis-je. La famille de Katie possédait une maison à Skegness. Je crois que c'est là que Lisa est allée. Je ne l'ai pas dit à la police. Je ne voulais pas qu'on aille l'arrêter avant qu'elle trouve la maison. Je sais que c'est stupide, mais Bray ne…

— Ne vous inquiétez pas. Je vous crois. Je *la* crois. Et je vais…

Il s'interrompt en me jetant un coup d'œil, avant de regarder lui aussi dans son rétroviseur.

— Qui est-ce ? demande-t-il en se rembrunissant. La police ?

— Pire. Mon mari.

Sa mâchoire se durcit. Il ralentit, quitte la rue principale.

— Que faites-vous ? Ignorez-le.

Je suis en train de paniquer sans savoir pourquoi. *Ignorez-le.* Comme si c'était si facile. Simon ralentit encore. Dès qu'il le peut, il se gare.

— Non, fais-je dans un couinement nerveux. Allons simplement à l'hôtel. Je vous en prie.

Je ne veux pas que Richard lui fasse du mal. Il en a déjà assez fait.

— Attendez-moi.

Il sort de la voiture.

Je veux me ratatiner sur mon siège, mais il faut que je regarde. J'ouvre la fenêtre, je me tords le cou. Richard est déjà dehors lui aussi, une boule de rage. Je connais cette posture, cette expression sur son visage quand le masque tombe.

— Tu baises ma femme ?

Je me tasse sur moi-même en le voyant foncer sur Simon qui marche tranquillement vers lui. Richard a les poings serrés. Il a complètement pété les plombs.

— J'ai dit : *Est-ce que tu baises ma femme, cette salope obèse ?*

Mon ventre se liquéfie ; j'ai envie de vomir. Il va tuer Simon et ensuite il va me traîner hors de la voiture par les cheveux et il me tuera aussi.

Simon bouge si vite que je ne comprends pas ce qui arrive. Il ne dit rien, mais soudain ses mains ont quitté ses poches. Richard n'a pas le temps d'être surpris que les coups le touchent aux côtes et au plexus, rapides, précis et puissants. Il se plie en deux. Toujours sans un mot, Simon lui tourne le dos et revient à la voiture du même pas tranquille.

Je le fixe, le souffle coupé moi aussi, moins toutefois que mon mari à présent recroquevillé par terre

— Maintenant, il sait ce que ça fait d'avoir des côtes cassées, dit-il en démarrant, toujours aussi calme.

— Où est-ce que vous avez appris à faire ça ?

Est-ce que je pourrais prendre des leçons ?

J'examine ses mains pour la première fois. Elles sont rugueuses. Solides.

— Je n'ai jamais été en prison, dit-il en faisant demi-tour pour regagner la rue principale. Mais j'aurais dû. Disons que c'est une époque qui m'a beaucoup appris. Comment rechercher certaines personnes, par exemple. Celles qui dissimulent la source de leurs revenus.

— Il faut qu'on trouve Katie, dis-je. La police ne s'en occupera pas.

Je regarde les nuages qui s'accumulent au-dessus de nous.

— Et nous devons faire vite.

69

Lisa

Je manque de rire quand j'ouvre les yeux sur elle. Bien sûr. J'aurais dû m'en douter. Cette Charlotte, quelle idiote, toujours un métro de retard. Je suis prise de nausée et une douleur atroce me vrille le crâne lorsque j'essaie de me lever.

— Tu es mal tombée, sur la tête, dit-elle en souriant. Une trappe piégée. Un des petits tours de grand-père. Comment faire disparaître quelqu'un. Un peu plus grossier que ma méthode, assez efficace, cela dit. Tu aurais dû atterrir dans un filet, mais tu t'es débattue et tu es passée à travers. J'avais oublié à quel point tu es maladroite.

Comment ai-je pu ne rien voir ? Ce sourire. Ce mouvement délicat pour ramener ses cheveux derrière l'oreille. Je redoutais le monde entier, mais je pensais que la menace viendrait d'ailleurs. De l'extérieur. Des journaux. Je montais la garde, mais je regardais du mauvais côté et le serpent en a profité pour se glisser dans mon nid.

J'ai la gorge desséchée, le corps comme du plomb. Elle m'a donné quelque chose, un cachet qu'elle a dû me faire avaler pendant que j'étais inconsciente. Je le sens coincé quelque part dans ma poitrine. Il fait sombre. Je plisse les yeux. Elle allume une petite lampe de bureau.

— Voilà qui est mieux.

Un gémissement s'élève dans le coin opposé et, malgré le flou de ma vision, je la vois enfin. Mon bébé. Mon Ava. Elle est allongée sur un matelas sale posé par terre, pieds et poings liés, bâillonnée. Elle ouvre de grands yeux pleins de larmes et je veux courir la prendre dans mes bras, lui dire que tout va bien, qu'elle ne risque plus rien, mais je refuse de donner cette satisfaction à Katie. Je dois rester forte. La seule maigre chance que j'ai de la battre est d'être à nouveau Charlotte. Et Charlotte est coriace. Elle ne se laisse pas attendrir.

— Tu as dit que tu la laisserais partir.

Ma voix est pâteuse, les mots se mélangent, si clairs qu'ils soient dans ma tête ils perdent toute forme avant d'atteindre ma bouche. Qu'est-ce qu'elle m'a filé ? Je me sens si lourde. J'essaie de bouger et c'est seulement alors que je remarque les menottes en peluche rose qui m'attachent à la chaise. On dirait des accessoires de sex-shop. Je me demande si je ne suis pas en train de perdre la boule. Tout à coup, elle éclate de rire. Ce curieux tintement à la Alice au pays des merveilles qui me fascinait tant. Maintenant, j'ai envie de la frapper pour le lui rentrer dans la gorge.

— Assez grotesque, hein ? À vrai dire, je ne voulais pas laisser de marques. Quand ce sera terminé, il ne faudra pas qu'on puisse penser que tu as eu des ennuis.

Je suis un peu trop dans les vapes pour avoir conscience de la panique qui rôde quelque part au fond de moi ; au lieu de ça, je me demande où est mon couteau. Je finis par le voir, sur une sorte de long banc à côté de ce qui ressemble à un cercueil. Un cercueil ? C'est ça qu'elle a prévu pour moi ? M'enterrer vivante ? *Katie, Katie, à quoi tu joues ?* Je regarde autour de moi. Aucune fenêtre. Sous terre, nous sommes sous terre. Une étrange horloge se dresse dans un coin, les chiffres dans le désordre. Il y a aussi un dispositif bizarre avec un appareil photo. Une boîte en verre, haute comme un homme.

— C'est ici que mon grand-père travaillait sur ses illusions, explique Katie en posant sa hanche étroite sur le banc près de mon couteau. Une pièce secrète. Il était complètement parano, craignant qu'on lui vole ses idées. Il a amassé une fortune en concevant des tours que des artistes présentaient sur scène. Évidemment, l'endroit est parfaitement insonorisé. Mais j'ai quand même dû bâillonner Ava. Elle n'arrêtait pas de hurler et d'appeler au secours. Ça me donnait la migraine et je ne pense pas que ça lui servait à grand-chose.

Elle m'hypnotise. Katie. Après tout ce temps. Elle est méconnaissable, mais j'imagine que c'était le but recherché. Elle s'est fait arranger. Pas qu'un peu. Son nez est beaucoup plus petit, en forme de bouton. Je ne lui avais jamais dit quand nous étions gosses, mais il était trop gros pour son visage. Du coup, elle en était simplement mignonne au lieu d'être belle. Ça lui a peut-être servi lors du procès. Personne ne croit les filles trop belles, en revanche, celles qui sont mignonnes vous apitoient.

— Relâche-la. Tu as dit que tu la libérerais.

— Ne nous précipitons pas.

Elle sourit, les yeux pétillants. Katie en mode joueuse. Elle pousse le banc sur lequel elle est assise et il se sépare en deux, comme le cercueil. Pas un cercueil du tout. Un truc d'illusionniste.

— Je ne l'ai jamais aimé. Tu te souviens ? Bon sang, qu'est-ce qu'il était rasoir. Mais maintenant, j'ai du respect pour sa méticulosité. J'ai appris à me soucier des détails. J'ai eu du mal à convaincre ma mère de ne pas vendre cette maison. Mais bon, j'avais eu des années pour apprendre à la manipuler, n'est-ce pas ?

Elle me dévisage avec quelque chose qui ressemble à de l'affection dans le regard. Des regrets ?

— Nous devions venir ici, ajoute-t-elle doucement. N'est-ce pas ? (Sa voix se durcit :) Si tu n'avais pas tout gâché. (Elle respire profondément. Pour se maîtriser.) Mais nous voilà enfin réunies. J'ai encore de la peine à le croire. J'ai attendu cet instant si longtemps.

Le monde se remet à tourner. Est-ce la commotion ou le cachet qu'elle m'a donné ? Tandis que les ténèbres reviennent, je me rends compte que ça n'a aucune importance. Quoi que ce soit, je vais m'évanouir. Je n'arrive plus à tenir ma tête qui retombe sur mon torse. Katie commence à disparaître.

— Charlotte ?

Sa voix me parvient comme si elle était sous l'eau.

— Charlotte ? Oh, bon sang, tu étais bien mieux avant.

J'entends ça, puis plus rien.

70

Marilyn

— Merci. Bravo. (Il raccroche et annonce :) On l'a.

Ma fatigue et ma frustration oubliées, je me redresse.

— Sans déconner ?

— Le grand-père côté maternel. Harold Arthur Mickleson…

En signe de preuve, il fait glisser sur le bureau le bout de papier sur lequel il a inscrit l'adresse.

— … À Skegness.

Je louche sur la feuille.

— Bon sang, vos types sont bons.

— Ce sont les meilleurs, mais le moment est venu de mettre la police dans le coup.

Il fait chaud dans son bureau où nous nous sommes repliés pour attendre des appels depuis notre retour du poste : la sueur perle sur son front. Deux longues heures que nous sommes là. Une éternité. La tension accumulée me donne des crampes.

— Lisa est en danger, ajoute-t-il. Si cette Katie a été capable de monter une combine pareille, elle ne fait pas le poids.

— Je suis d'accord. J'appelle Bray.

J'attrape le téléphone qu'il m'a donné en échange de celui que la police a gardé. Il secoue la tête.

— Pas vous. Elle ne vous écoutera pas.

— D'accord. Faites-le.

Je me moque de qui passe cet appel du moment que la police réagit. Il compose le numéro. Je l'écoute.

— … Non, ça n'a rien à voir avec Marilyn. Elle a pris un somnifère pour essayer de dormir un peu. J'ai fait des recherches sur Katie Batten par simple curiosité. Oui, c'est un des avantages d'être riche. Maintenant, je partage mes découvertes avec vous, ce qui vous évite les frais. Vous devriez au moins vérifier cette maison. Elle n'est plus habitée. Apparemment, elle devait être transformée en musée – c'était une sorte d'illusionniste assez célèbre –, mais cela ne s'est pas fait. De la même manière, le nouveau propriétaire ne s'est jamais montré. Quelqu'un se cache derrière une montagne de papiers, inspectrice Bray, et, qu'il s'agisse ou non de Katie, il y a de fortes chances pour que Lisa soit allée là-bas, à Skegness. C'est un endroit dont Katie et elle auront sûrement parlé. Le grand-père de Katie est justement mort *cette année-là* ; si elles comptaient fuir quelque part, une maison vide aurait pu leur servir de planque pendant un moment. Ça ne coûte pas grand-chose d'envoyer deux agents sur place. Surtout sur une affaire qui a un tel retentissement. Ils devraient pouvoir y être d'ici dix minutes et nous serions tous fixés.

Il y a un long silence pendant que nous nous dévisageons. Finalement, il hoche la tête avec un sourire.

— Merci. Oui, j'attends. Et merci encore.

Et donc, l'attente reprend. Elle est longue. Nous restons assis en silence, avec cette tension qui devient de plus en plus palpable. Je me demande s'il a conscience d'être amoureux de Lisa. Il doit croire qu'il fait tout ça pour justifier son propre jugement, se dire qu'il ne peut pas s'être trompé à ce point sur cette femme qui l'a attiré et qu'il a draguée, cependant c'est autre chose qui est à l'œuvre ici. Quelque chose de plus profond, dont il ne se rend sans doute pas encore compte. J'aime Lisa moi aussi, même en connaissant son passé. C'est une vérité avec laquelle je vais devoir apprendre à me réconcilier. Quelqu'un peut avoir commis un acte terrible, impardonnable, et pourtant, si vous l'aimez, vous lui pardonnez. Le cœur est une chose étrange.

Enfin, Bray rappelle. Simon l'écoute et, au bout d'un moment, raccroche. À le voir, je devine que les nouvelles ne sont pas bonnes.

— Il n'y avait personne. La maison est déserte. Les agents n'ont trouvé qu'un seul truc un peu bizarre : la porte d'entrée n'était pas verrouillée. Toutefois, il n'y avait pas le moindre signe d'une présence quelconque. Aucune trace d'Ava.

— Ils ont dû rater quelque chose, dis-je.

Elle est là-bas. Je le sens dans mes tripes.

Simon se laisse tomber dans son fauteuil.

— Ils sont à la recherche d'une meurtrière. Le genre d'enquête que les flics ne prennent pas à la légère. Ils ont certainement fouillé la maison de fond en comble. Elles ne peuvent pas être là-bas. Nous voilà revenus au point de départ. Espérons que la piste Amelia Cousins donnera quelque chose. En attendant, il n'y a rien que nous puissions faire. Courir dans tous les sens sans savoir où aller ne sert à rien.

Je baisse les yeux vers la feuille de papier avec l'adresse que j'ai toujours à la main. Je me fous de ce qu'il raconte, les flics ont raté quelque chose. Un indice, au moins. Katie a attiré Lisa dans cette maison. Ce n'est pas pour rien.

— Vous semblez épuisée, dit-il. Vous devriez peut-être monter prendre une douche et vous reposer un peu. Manger aussi, si vous y arrivez. Si Bray débarque ici, il vaudrait mieux qu'elle ne nous trouve pas ensemble.

Je fixe toujours le papier.

— Vous avez raison, dis-je avec un pâle sourire. Il est tard et j'ai un mal de crâne épouvantable. Je ferais peut-être bien de m'allonger une petite heure.

Je prends le portable sur la table.

— Il y a votre numéro là-dedans, n'est-ce pas ? Je vous enverrai un texto si je pense à quelque chose.

Il acquiesce avant de me dire que tout ira bien avec ce ton que les hommes prennent avec les femmes, comme si nous étions toutes des enfants, comme si nous ne savions pas à quel point la vie pouvait mal tourner, comme s'ils devaient nous protéger de toute la méchanceté du monde et comme si ce n'étaient pas eux qui le plus souvent nous l'infligeaient. Il a raison, je suis fatiguée. Je suis fatiguée de beaucoup de choses. Je suis fatiguée d'être une victime. Je suis fatiguée de devoir compter sur un homme. Je suis fatiguée de ronger mon frein.

— Je dors debout, dis-je. Il vaut mieux que j'aille me coucher, mais appelez-moi si vous trouvez une piste.

— C'est promis.

L'air las, il se lève pour se tourner vers la fenêtre. J'en profite aussitôt pour prendre autre chose sur son bureau avant de filer.

Quelques minutes plus tard, je suis dans sa Jaguar, tapant l'adresse de la maison du grand-père de Katie dans son GPS haut de gamme. Certaine que la police fait surveiller ma voiture garée devant l'hôtel, je suis sortie par les cuisines, pour gagner le parking du personnel. Personne ne se soucie du véhicule personnel de Simon Manning. Combien de temps avant qu'il ne s'aperçoive que ses clés ont disparu ? Une heure, peut-être ? Plus, avec un peu de chance. Je ne laisserai pas tomber Lisa. Skegness n'est qu'à une heure de route à peu près, moins même en pleine nuit. J'en ai marre d'attendre qu'un homme veuille bien jouer les chevaliers servants. Qu'ils. Aillent. Se. Faire. Foutre.

71

Lisa

On m'a passé la gorge au papier de verre. Ouvrir les yeux est une souffrance, malgré le peu de lumière.

— Bois ça, dit-elle, et j'avale une longue gorgée.

La brûlure me fait suffoquer. *Pas de l'eau.* Je me dis d'abord que c'est de l'acide ou un autre truc pour me tuer, puis ma mémoire redémarre. *De la vodka.* Pas du haut de gamme. Le choc me réveille. Je secoue la tête, ignorant la douleur.

Katie goûte au goulot et grimace.

— Je n'ai jamais compris comment tu pouvais boire cette cochonnerie.

— Ça m'aidait.

— Tu as toujours aimé t'abrutir. T'hébéter.

Je regarde vers le matelas et Katie voit mon angoisse. Des pieds à la tête, Ava est entièrement cachée sous une couverture. *Oh, Seigneur, non, je vous en prie, non…*

— Ne t'inquiète pas, elle n'est pas morte. Ava, tortille-toi un peu pour maman. Qu'elle sache que tu es vivante.

La couverture remue et émet un gémissement dans lequel il y a autant de terreur que de colère. Je suis contente d'entendre ça. *C'est bien ma fille.*

Katie se penche vers moi, comme pour me confier un secret.

— Elle a picolé un peu, elle aussi.

— Quand vas-tu la relâcher ? Tu as dit que tu le ferais.

Mon esprit est plus clair maintenant. Je bafouille volontairement. Pour lui faire croire que le truc qu'elle m'a donné fait encore effet.

— Oui, j'ai dit ça, n'est-ce pas ?

Elle tire une chaise près de moi. Toute cette chirurgie plastique qu'elle s'est payée, c'est une chose, mais comment ai-je pu ne pas reconnaître ces yeux ? Cette joie qui y brille un peu trop et dont j'aurais dû savoir, y compris à l'époque, que c'était la folie.

— Cependant, les gens changent d'avis, n'est-ce pas, Charlotte ?

— Je sais que j'ai rompu notre pacte. Je suis désolée de t'avoir laissée tomber. Je regrette d'avoir appelé la police. Toutefois, c'est moi qui ai fait ça, pas Ava. Ceci n'a rien à voir avec elle.

— Tu m'as trahie et tu ne t'en rends même pas compte. Je t'aimais et tu m'as trahie…

Des larmes surgissent au coin de ses yeux.

— … Et pour quoi ? Cette vie minable ? Nous aurions pu tout avoir. Nous aurions pu être *géniales*. Mais regarde-toi. Une petite souris. Si ordinaire.

Je laisse pendre légèrement ma tête et feins de la relever à grand-peine. Elle a dit un truc bizarre.

— Comment ça, je ne m'en rends même pas compte ?

— De quoi te souviens-tu, Charlotte ? murmure-t-elle en me tirant la tête en arrière pour me faire avaler une nouvelle rasade de vodka.

— Je ne me souviens pas, dis-je simplement.

Je sais ce que j'ai fait, alors pourquoi voudrais-je m'en souvenir ? J'ai passé ma vie à ne pas me souvenir. Je ne veux pas y penser. Jamais.

— Bien sûr que tu t'en souviens, dit-elle d'une voix si douce. C'est juste que tu t'en souviens mal.

72

AVANT

1989

Katie ne fait pas du tout la tête quand elle arrive avec Daniel. Il est timide et collant, mais il finit par s'installer par terre avec Pierre Lapin pour jouer avec quelques vieilles briques qu'elle a récupérées dehors. Pourtant, il a les yeux écarquillés et nerveux et Charlotte n'aime pas les regarder. Ils lui font un drôle d'effet, comme si un truc se mettait à remuer dans son ventre. Elle aurait peut-être dû le laisser à la maison.

Elle boit encore de la vodka et Katie sort une autre demi-bouteille avec des cachets de sa mère à elle, des trucs contre l'anxiété et la dépression.

— Je les gardais pour une occasion spéciale, dit-elle en souriant. Tu as envie de planer avec moi ?

— Joue avec moi, Charrotte, dit Daniel en posant soigneusement une brique en équilibre sur une autre. On fait une caserne de pompiers.

— Je suis en train de parler avec Katie, dit-elle en prenant un cachet qu'elle fait passer avec de la gnôle. Joue tout seul. Tiens, prends-en un peu.

Elle lui tend la bouteille et il avale une petite gorgée avant qu'elle ne la lui enlève. Il se met à tousser et, pendant un moment, on dirait qu'il va pleurer, puis il se calme. Il a déjà appris que, dans cette famille, les larmes ne vous rapportent pas grand-chose. Il connaît assez Charlotte pour savoir que ce n'est pas pour ça qu'elle va lui faire un câlin.

— C'est pas bon, dit-il.

D'une certaine façon, cette réaction plaît à Charlotte.

— Alors, ferme-la et joue en silence.

Elle lui dit ça sans le regarder. Elle ne veut pas avoir de la peine pour lui. Elle veut avoir de la peine pour elle-même et c'est tout.

Katie est d'une humeur électrique aujourd'hui, tandis que le monde tangue de façon un peu trop déconcertante pour Charlotte. Elles boivent encore et Katie joue leur cassette dans son Walkman rose à double lecteur. Un minuscule filet de musique s'élève dans la maison froide et humide. Une brise légère pénètre par la fenêtre cassée et fait frissonner Charlotte. C'est agréable.

— Je n'arrive pas à croire qu'on le fasse, dit Katie.

— Fasse quoi ?

Charlotte a du mal à se concentrer. Mais elle aime bien cette chaleur chimique en elle. Elle ne sent plus rien là, en bas, de la nuit dernière. Juste une petite palpitation, comme les battements de son cœur. Même sa colère a du bon. Katie se colle à elle et prend une nouvelle gorgée de vodka avant de lui passer la bouteille.

— Notre pacte ! dit-elle en se blottissant un peu plus contre elle. C'est pour ça que tu l'as amené, n'est-ce pas ? On va le faire aujourd'hui !

Charlotte est perplexe. Est-ce pour cela qu'elle l'a amené ? Veut-elle vraiment faire ça ?

— Il m'a suivie, c'est tout. J'ai pas eu le temps de voler quoi que ce soit. J'ai pas de fric.

— J'ai tout ce qu'il nous faut. Et nous irons nous cacher chez mon grand-père pendant quelques jours. (Katie lui serre le bras.) Allez, on se saoule et on le fait. Ensuite, on ira chez moi et on s'occupera de ma mère quand elle reviendra cet après-midi. Après ça, à nous la liberté ! Bonnie and Clyde !

Charlotte réfléchit un moment. Rien ne lui fait plus envie que de se barrer d'ici avec Katie. Plus de Tony ni de mère. Elle regarde Daniel qui marmonne des trucs à Pierre Lapin tout en jouant. Elle le déteste. Elle le sait.

— Peut-être qu'on devrait juste se tirer, dit-elle, la voix pâteuse. Oublier le reste. Qu'ils aillent se faire foutre.

— Ils ne me laisseront jamais partir… (Katie, aussi, a une drôle de voix.) Si elle le pouvait, ma mère me garderait à jamais avec elle. (Elle pose la tête sur l'épaule de Charlotte. C'est vrai qu'elle sent bon.) Et on avait un pacte. Croix de bois, croix de fer. Tu te rappelles.

— Croix de bois, croix de fer, si je mens, je vais en enfer, murmure Charlotte. Bon, mais d'abord, on se bourre la gueule.

Elle ne veut pas penser à leur plan. C'était un jeu qui maintenant lui paraît trop réel.

Quand l'effet des cachets se déclenche, c'est la panique. Elle ne contrôle plus rien ; elle plonge dans le noir et en émerge sans arrêt, une brume l'enveloppe, la faisant presque quitter son corps.

— C'est quoi, ce truc ? essaie-t-elle de demander.

Et, pendant un moment, elle a l'impression que Katie lui sourit et *brille,* et puis, soudain, elle s'écroule contre le mur. Le temps n'existe plus. C'est juste des séquences confuses. Tout est flou.

— Charrotte ?

Le visage de Daniel emplit soudain sa vision. Il n'y a plus que ses yeux, les yeux de Tony.

— Charrotte, malade.

Elle ne sait pas si c'est lui qui est malade ou s'il s'inquiète pour elle. De toute manière, elle n'a pas envie de le voir. Elle n'a pas envie de penser à lui.

— Ta gueule, Daniel.

Ces trois mots sont comme trois grosses briques dans sa bouche. Elle a trop bu avec ces cachets. Elle ferme les yeux, même si elle est consciente de Daniel qui la tire par la manche.

Tout est sa faute. Tout. La baraque à frites. Ta mère qui ne t'aime plus. Tony et sa ceinture. Rien de tout ça n'était là avant lui. Ils ne t'aimaient pas et ils s'en sont rendu compte quand ils se sont mis à l'aimer, lui. Voilà la vérité. Tout est sa faute.

Elle se force à ouvrir les paupières, encore un peu plus désorientée par cette voix dans sa tête. Si elle est dans sa tête, c'est que c'est sa voix. Daniel est toujours là. Il a l'air paumé, lui aussi. Lui a-t-elle redonné à boire ? Elle ne se rappelle pas. Peut-être. Elle ne se souvient même pas de ce qu'elle a bu. Est-ce que tout est la faute du gosse ? Oui. Oui, c'est sa faute. Elle le sait et la voix dans sa tête le lui répète ; sauf que c'est un bébé, ça ne peut pas vraiment être sa faute. Il a peur, on dirait, il suce l'oreille de Pierre Lapin. Elle ne veut pas qu'il ait peur. Ça remue des trucs en elle, dans son ventre.

La voix dans sa tête parle encore ; elle lui rappelle tout l'amour et l'affection que sa mère a donnés au gamin et toute la souffrance qu'elle a endurée. Et s'il arrivait un truc moche à Daniel, ce serait une punition bien méritée pour cette mauvaise mère. C'est ce qu'elle veut. Oui, c'est ce qu'elle veut et qu'en même temps elle ne veut pas. Elle ne sait pas ce qu'elle veut. Elle veut tomber dans les pommes. Dormir. Oublier. Mais la voix ne veut pas se taire, elle ne la lâche pas. *C'est une petite merde et tu le sais. Il est pourri gâté. C'est à cause de lui qu'ils te font du mal.*

Tout est flou, si trouble – *Vas-y, fais-le, serre-lui la gorge et tout ira mieux.* Elle voit ses propres mains sur son cou, sent sa peau douce sous ses doigts, la voix dans sa tête est déchaînée et les petits yeux de Daniel sont écarquillés, elle ne sait pas trop ce qu'il se passe. *Le noir, de nouveau.* Elle est là et pourtant elle n'est pas là. Son cerveau ne fonctionne plus et son corps est tout bizarre. À un moment, il y a le bruit d'une brique. Et puis, rien d'autre que la sensation de nager dans le noir.

Quand elle rouvre les yeux, elle y voit mieux, mais sa tête est sur le point d'exploser et elle a envie de vomir. C'est quoi ces cachets de merde que prend la mère de Katie ? Elle ne veut plus y toucher, plus jamais. Katie est dans les vapes à côté d'elle, affalée contre le mur, les jambes tordues bizarrement, pas du tout à la Katie.

— Katie ? dit-elle, nauséeuse. Katie, t'es réveillée ?

Elle voit Pierre Lapin, abandonné par terre. Un flash lui revient : *mains, cou, Daniel.* Un rêve ? La nausée reflue, accompagnée d'une vague de terreur glaciale. Une petite chaussure, là-bas. Une jambe très immobile. Elle ne veut pas regarder, oh, jamais elle n'a autant voulu ne pas regarder, pourtant elle ne peut pas s'en empêcher.

Merde, Daniel. Son visage n'est pas tourné vers elle, mais il y a du sang sur le sol et il ne bouge plus et il est mort elle sait qu'il est mort et elle se dit qu'elle va hurler ou bien…

— Oh, bon sang, Charlotte… (Katie se redresse péniblement, l'air un peu paumée mais aussi fascinée.) … Tu l'as fait. Tu l'as vraiment fait.

Charlotte tremble, tout son corps tremble comme si elle se tenait à proximité d'un de ces marteaux-piqueurs à la con dont ils se sont servis pour démolir la rue et *c'est si irréel tout est si irréel il ne peut pas être mort, pas vraiment mort, pas comme on en avait parlé, les mains autour de sa gorge, oh putain Daniel petite merde pardon pardon.* Katie lui prend ses mains glacées et les lève devant son visage.

— Regarde-moi, Charlotte.

Elle obéit. Tout plutôt que de regarder le petit Daniel et *oh merde qu'est-ce que va dire sa mère* et donc elle regarde droit dans les beaux yeux bleus de Katie.

— C'est fait, murmure Katie.

Son souffle chaud sur son visage froid, *Daniel ne respirera plus jamais oh merde oh merde.*

Katie l'embrasse gentiment sur la bouche.

— Tu l'as fait. C'est le commencement, Charlotte. Nous pouvons être libres ! Je n'arrive pas à croire que tu l'aies fait, mais tu l'as fait. Oh, Charlotte, tu es mon héros. On ne peut plus revenir en arrière. Au tour de ma mère, maintenant. Ensuite, on s'enfuira. On filera à la vitesse du vent. Rien que nous. Toi et moi, à jamais. Sans retour.

Charlotte se met à claquer des dents. Ça ne peut pas être vrai, comment ça pourrait être vrai, ça a toujours été un jeu, des histoires qu'elles se racontaient. Tout a l'air trop *là ;* trop réel et en même temps si *irréel.* Sans retour.

— Il faut que je repasse à la maison d'abord, s'entend-elle dire, pour que tout paraisse normal. Si ma mère est là, je lui dirai que je vais chercher Daniel. Et je te rejoins. Ils ne te connaissent pas. Ils ne savent rien de toi. Ils ne me chercheront pas chez toi... (Comment fait-elle pour avoir si normale ? Si calme ?) Et on s'occupera de ta mère, d'accord ?

À son tour, elle embrasse Katie, même s'il n'y a que de la bile dans sa bouche. *De la pourriture.*

— Dans une demi-heure ? Chez moi ?

Charlotte acquiesce. Il faut qu'elle sorte d'ici. Il faut qu'elle s'en aille. Où est sa colère ? Où est-elle partie ? *Dans tes mains autour du cou du petit Daniel, voilà où elle est partie, et merde sans retour.*

— Je t'aime, dit Katie, radieuse, tandis qu'elles émergent dans la froidure d'octobre.

— Je t'aime aussi, répond Charlotte, avec un pâle sourire plus proche d'une grimace.

Peut-être l'aime-t-elle réellement. Oui, elle l'aime. Mais tout est cassé maintenant. Elle est cassée. *Daniel est cassé, on ne peut plus le réparer jamais jamais le réparer oh merde oh merde.*

— À dans une demi-heure.

Elles partent chacune de son côté et Charlotte sait qu'elle ne reverra plus jamais Katie. Pas comme ça. Elle vomit dans un coin, la vodka et la bile giclant sur la boue. Tout sort et elle se sent vide. Creuse.

Elle se retourne vers la maison, une ruine, dont personne n'a rien à faire. Elle ne veut pas y laisser Daniel seul avec juste Pierre Lapin. Il aura peur. Il ne comprendra pas. *Il est mort, espèce de petite conne de merde, il ne comprendra plus jamais rien à rien à cause de toi, de tes cachets, de cette voix à la con dans ta tête, de tes mains à la con, et de ta colère à la con, il ne t'avait jamais fait de mal, pas vraiment, c'est pas Daniel qui t'emmenait à la baraque à frites, qui te battait ou qui te faisait ce que Tony t'a fait hier soir.*

Pourquoi tout est-il si limpide à présent ? Pourquoi a-t-elle toujours un train de retard ?

Elle sait ce qu'elle a à faire. La seule chose qu'elle puisse faire. *Sans retour.* Elle court de toutes ses forces, sans s'arrêter, jusqu'à la gare. Il y a un téléphone public là-bas. Ses poumons se déchirent, ça tourbillonne encore dans sa tête, mais ses doigts tremblants composent le 999. *Pardonne-moi, Katie,* pense-t-elle quand l'appel est passé. *Je t'en prie, pardonne-moi, Katie.*

Daniel. Pardonne-moi, Daniel.

Elle voudrait pleurer. Elle voudrait mourir. Au lieu de ça, elle rentre chez elle et attend, le cœur engourdi, jusqu'à ce que les sirènes retentissent. Bientôt, sa mère se met à gémir en repoussant Tony.

Quand ils l'emmènent dans la voiture de police, elle ne regarde pas derrière elle.

Il n'y aura jamais de retour.

73

MAINTENANT

Marilyn

Je me gare sur la route retirée, à bonne distance de la maison qui se dresse, masse sombre dans les ténèbres, et je récupère la lampe torche dans le coffre. Je la garde éteinte pour le moment, avançant avec précaution sur le terrain inégal. Je ne vois même pas mes pieds ; il n'y a aucun lampadaire pour trouer l'obscurité épaisse. Il ne pleut pas, mais l'air est humide et lourd, les nuages bas. En arrivant dans l'allée, je ne vois aucune autre voiture, rien en tout cas qui ressemble à un véhicule de police, et pour une fois je me réjouis des récentes coupes budgétaires dans les dépenses publiques. Pas de lumière. Aucun signe de vie. Si elles sont là, Katie a dû cacher la bagnole dont elle s'est servie. Sans hésiter, sans me donner le temps d'avoir la trouille, je monte les marches. Pas de ruban de police, pas de scellés sur la porte, rien qui indique que les flics ont pris cette piste au sérieux.

Quand je pousse la porte, je comprends pourquoi. La maison est vide. Vide, dans son âme. J'allume la torche, une flaque de jaune dans le noir. Il n'y a pas grand-chose à voir ; des parquets en bois, des murs pâles et un large escalier moderne qui grimpe vers un palier avant de poursuivre jusqu'à l'étage suivant. Je n'entends que le bourdonnement de mon sang dans mes oreilles.

Il n'y a pour ainsi dire pas de mobilier, la plupart des pièces sont vides, mais ma fouille méthodique révèle quelques objets abandonnés. Dans une chambre, un miroir sans tain me fait sursauter. *Un illusionniste.* Ce truc faisait-il partie d'un tour ou bien a-t-il été mis là pour effrayer des hôtes éventuels ? Des livres dans la bibliothèque d'un des salons. Un peu de vaisselle dans les placards de la cuisine. Si cet endroit devait être transformé en musée, où est tout le reste ? Dans un garde-meuble ? Et puis, tout ce décor est trop fade, trop moderne pour attirer des visiteurs. On dirait plutôt une maison de banquier ou d'homme d'affaires. Pas celle d'un magicien.

Je retourne dans le vestibule pour l'examiner en détail avec la torche. Un tapis par terre. Une espèce de vieux projecteur sur le mur au-dessus de la porte, emboîté dans un coffrage en bois peint en blanc, comme les murs, une illusion pour le cacher. Sournois. Tel grand-père, telle petite fille. Mais ça ne m'avance pas.

Je trouve la porte de la cave derrière ce qui devait être une pièce de rangement ; je l'ouvre très doucement, aux aguets du moindre bruit. Rien. « Nulle créature ne bougeait, pas même une souris[1]. » Je frissonne malgré moi.

---

1. Extrait d'un très célèbre poème américain du début du XIXe siècle, *A Visit from St. Nicholas*, attribué à Clement Clarke Moore, qui a fortement inspiré la légende du père Noël.

Je suis une adulte. Ce n'est qu'une cave. Je suis sur le point d'entamer la descente quand le téléphone dans ma poche se met à vibrer. Merde.

Simon.

— Où êtes-vous, bon sang ? Je croyais que vous alliez au lit. Vous avez pris ma voiture ?

Pendant un instant, je pense à Richard, agacé et exigeant, et mon premier réflexe est de m'excuser, mais je ne le fais pas.

— Je suis à Skegness. À la maison.

Je parle à mi-voix, mais c'est encore trop fort dans cette espèce de mausolée.

— Quoi ? Bon Dieu, Marilyn, si la police…

— La police n'est pas là. Aucune trace du moindre flic à l'horizon. Je ne peux pas rester assise sans rien faire. Cette maison est importante, je le sens. Si je ne trouve rien, je rentre tout droit à l'hôtel. Personne ne saura jamais que je suis venue ici.

— L'idée que vous soyez seule là-bas ne me plaît pas. J'aurais préféré que vous m'en parliez. Je serais venu avec vous.

Pas du tout comme Richard. Il n'est pas irrité, il est inquiet. Sincèrement. Richard s'arrangeait pour faire passer sa paranoïa pour de l'inquiétude. *Ne mets pas cette robe, tu sais comment sont les hommes.*

— Mais écoutez, reprend-il, nous avons quelque chose. J'étais sur le point d'appeler la police. Amelia Cousins…

— Vous avez la preuve que c'est Katie ?

J'en arrête de respirer.

— Non, pas tout à fait, mais son histoire ne colle pas. Pas si on remonte sur plusieurs années en arrière. C'est mince comme du papier à cigarettes et, croyez-moi, ce n'est pas le papier qui manque. Mais ce n'est pas ça.

— Quoi alors ?

Un petit silence puis :

— Il semble que Katie se soit fait passer pour *deux* autres personnes.

74

Ava

Jodie. Cette salope. Un petit sanglot s'échappe de mon bâillon. Jodie. Je lui faisais confiance. C'était ma sœur. Ma meilleure amie. J'ai mal au crâne, je suis effroyablement saoule et c'est dur de réfléchir. Non, elle n'a jamais été mon amie. C'était celle de *maman*. Katie. La Fille B. Ou je ne sais quoi.

Je vais mourir ici. Avec maman. Elle et moi, ensemble. Jodie va nous tuer, parce que Jodie n'est pas Jodie et qu'elle est complètement tarée ; j'ai tellement honte que ça me donne envie de vomir ; je ne veux pas que maman meure ici avec moi et je n'arrête pas de penser au bébé en moi qui va mourir lui aussi alors qu'il n'a rien à voir avec tout ça. Peut-être est-il déjà mort. Les larmes menacent de nouveau, je les ravale. Je n'arrive pas à respirer quand je pleure. J'ai peur de pleurer. J'ai peur de mourir. J'ai tellement peur et je voudrais juste que maman arrange tout, mais je ne crois pas qu'elle y arrivera. Je n'ai même plus honte. Ces messages à la con sur Facebook, j'ai l'impression qu'ils remontent à une éternité. J'étais différente à l'époque. J'étais conne.

Mon visage est douloureux à cause de la morve et des larmes séchées, le bâillon me fait mal à la mâchoire et je m'en veux d'être aussi impuissante. J'aurais dû résister. J'aurais dû me douter que c'était pas normal quand je l'ai vue à la voiture, mais ça a été si rapide et j'étais si déconcertée. Avant de me rendre compte de quoi que ce soit, il y a eu ce tissu sur ma figure, puis les ténèbres et ensuite je me suis réveillée ici, toute contusionnée et endolorie.

Je ne déteste pas maman. Je l'aime. Je veux le lui dire. Elle va mourir en croyant que je la déteste. Je ne peux pas la laisser mourir en croyant ça. Elle croit que tout le monde la hait. J'ai envie de vomir. Je ne peux pas vomir. Je m'étoufferais. La couverture est lourde sur mon visage, j'essaie en vain de la repousser. Je veux voir ma maman. Elle est si coriace. Pas du tout comme ma maman. Elle est venue ici mourir pour moi. Elle m'aime à ce point. Ça fait des jours et des jours que j'entends l'histoire de sa vie en tant que Charlotte. Maman avant qu'elle soit la maman de quiconque. Elle ne voulait que le meilleur pour moi et quoi qu'elle ait fait, *la chose atroce qu'elle a faite*, j'ai été égoïste, arrogante et horrible et maintenant c'est comme si j'avais cinq ans à nouveau. Minable. Je suis minable.

J'entends Katie la Tarée lui parler. Elle lui parle du jour où Daniel est mort. Elle n'en a rien à foutre de moi à présent que maman est là. Toute cette affaire ne concerne que maman. Je ne suis rien pour elle. Moins que rien. Je n'étais qu'un pion dont elle va se débarrasser. Tout ce temps à la piscine, aux entraînements, *MesSalopes,* les Quatre Fabuleuses, toutes ces conneries à propos du club des mères bizarres, rien de tout ça n'était vrai. Dire que je la prenais pour modèle, qu'on la prenait toutes pour modèle. Je souffre, oui, mais j'ai aussi la rage. Contre cette pétasse qui ose nous faire ça.

Elle en a rien à foutre de moi à présent que maman est là. Cette pensée tourne en boucle dans ma cervelle embrumée. *Elle ne me voit même pas. Je suis sous une couverture.* Quand a-t-elle resserré mes liens pour la dernière fois ? Hier ? Avant ? Après ? Je n'ai plus la notion du temps. En tout cas, pas récemment. Je me tords les poignets pour vérifier s'ils peuvent bouger. Je crève de chaud et je transpire. Tant mieux. La sueur est un lubrifiant.

75

Marilyn

Ce que Simon m'a dit m'emplit trop le cerveau pour y laisser la place à la peur de la cave. J'allume la torche et je descends les marches. Jodie Cousins n'est jamais allée à Allerton University. Elle s'est inscrite, a accompli toutes les formalités pour obtenir sa carte d'étudiante, mais elle n'a jamais assisté à aucun cours. Au moment de la disparition d'Ava, c'étaient les vacances d'été, les policiers n'ont donc pas pris la peine de se rendre à l'université pour l'interroger. Ils ont sans doute obtenu son numéro de téléphone grâce à l'une des autres amies d'Ava ou bien au club de natation. Jodie leur a ensuite donné celui de sa mère – si souvent à l'étranger pour son travail quand elle n'est pas avec son petit copain – et le tour était joué. Après tout, ni l'une ni l'autre n'étaient suspectes.

Katie était à la fois Jodie *et* Amelia Cousins. Mère pour acheter la maison, payer les factures, etc., avant de disparaître pour mener une vie imaginaire à Paris, et fille pour s'insinuer dans l'existence de Lisa par l'entremise d'Ava. Personne n'a jamais *rencontré* Amelia, seulement Jodie. Je repense à Jodie. Mince, jamais le moindre maquillage, un corps sec de garçonne. Petite. Discrète. En arrière-plan. Vous voyez ce que vous voulez voir.

Vous croyez ce qui se trouve face à vous. Une autre pensée me frappe. Katie est censée être morte noyée. Une excellente nageuse. Elle a dû se dire que la chance était décidément avec elle quand elle a découvert qu'Ava faisait de la natation, elle aussi. *La fatalité.*

La cave est encombrée et poussiéreuse. De vieux meubles empilés contre un des murs. Une armoire, qui devait probablement valoir son prix, recouverte par un drap. Des caisses de bibelots. Des bouts d'une vie dont plus personne ne se souvient. S'il y a un indice là-dedans, il va me falloir des heures pour le trouver.

Pourtant, il y a un truc bizarre ici. Je pivote sur moi-même avec ma lampe, éclairant coins et recoins. Le plâtre d'un des murs est humide et craquelé. *Va falloir s'en occuper.* J'entends la voix de Richard dans ma tête. Je regarde le mur opposé, le plus loin de l'escalier. Le même plâtre. Je m'en approche pour déplacer quelques cartons, sans me soucier d'en renverser le contenu. *Presque* le même plâtre. Celui-ci n'est pas craquelé et sa surface est plus lisse. Je me retourne pour examiner à nouveau la cave d'un œil neuf. *Elle n'est pas assez grande. Elle devrait être bien plus vaste que ça. La maison d'un illusionniste.*

Je remonte les marches en courant et je retourne dans la cuisine. Dès que mon téléphone capte un peu de réseau, je rappelle Simon.

— Il faut que vous envoyiez la police ici. Tout de suite.

Je ne lui laisse pas le temps de protester.

— Il y a une autre pièce. Une pièce secrète. Sous la maison quelque part. (J'en ai le souffle coupé : *elles sont là. Tout près de moi.*) Elles y sont. J'en suis sûre. Il faut que je trouve cette pièce. Envoyez la police tout de suite. Je me fous de savoir comment, dites que je suis là avec Lisa ou ce que vous voulez. Mais envoyez les flics !

Je raccroche et je regarde autour de moi. Une maison truquée. Il doit y avoir une porte dérobée quelque part. Et je ne peux pas me permettre d'attendre la police.

76

Lisa

L'alcool et sans doute une drogue de merde amortissent mes réactions, cependant je ne suis pas aussi défoncée que le croit Katie. J'ai passé ma vie à prendre des médocs. Anxiolytiques, antidépresseurs, Valium, somnifères, j'ai ingurgité tout le catalogue. Et ça paie aujourd'hui. Malgré toute sa préparation, Katie s'imagine que je réagis aux doses comme quand j'avais onze ans. Pas si parfaite, Katie. Je m'affale un peu sur ma chaise, l'air hébétée.

Elle me regarde avec de grands yeux.

— Tu crois que ta trahison, ça a été d'appeler la police ? Oui, ça en fait partie. Néanmoins, tu avais déjà tout gâché avant. J'ai tenté d'arranger les choses, mais le mal était fait.

— De quoi est-ce que tu parles ?

— Tu as changé d'avis.

Elle me crache les mots à la figure, écœurée. Sa voix se transforme constamment. Au moindre caprice. D'un mot à l'autre, elle peut passer d'un ton léger et amusé à la rage et à l'amertume.

— Je sais. Je suis désolée. Mais Ava n'a…

— Non, tu ne sais pas ! Tu ne sais rien du tout ! (Sa violence me fait sursauter. Elle approche son visage tout près du mien et chuchote :) Tous ces trucs qu'ils t'avaient faits et tu n'y arrivais toujours pas… Tu n'as pas changé d'avis après, ajoute-t-elle devant ma mine déconcertée. Tu as changé d'avis *avant.* Tu n'as pas tué Daniel. (Elle sourit, mais ses yeux sont froids.) C'est moi. C'est moi qui l'ai fait *pour toi.*

Pendant un instant, l'univers se fige. Qu'est-ce qu'elle raconte ?

— Non, dis-je, affolée. (Elle ne peut pas avoir raison. J'ai assassiné mon petit frère. C'est un fait. C'est la seule vérité sur laquelle est fondée toute ma misérable existence.) Non, répété-je. Je me souviens de mes mains autour de sa gorge. De ma colère… Et Mme Jackson du magasin. Elle m'a *vue.* Elle a vu ce que j'ai fait pendant que tu dormais.

Elle ricane.

— Oh, allez. Mme Jackson te *détestait.* Pour mes parents, il était impensable que je plonge avec toi. Pas leur petit ange. Maman a convaincu papa de lui parler. Ils sont parvenus à un arrangement. Mme Jackson a été plus que ravie de t'expédier en prison.

Ma tête tourne.

— Non. Non, ce n'est pas possible. Ce n'est pas… (Plus rien n'a de sens. Les Batten ont payé cette femme pour qu'elle mente au tribunal ?) Mais je me rappelle… Je…

— *« C'est qu'un gosse. C'était pas pour de vrai, hein, Katie ? On peut pas tuer des gens pour de vrai »,* fait-elle en geignant d'un air moqueur. Ça te rappelle rien ?

Ces mots réveillent un écho tout au fond de ma conscience. Ils ont quelque chose de *réel.*

— Mais, dis-je alors que tout, tout ce que j'ai été, tout ce que je suis, se met à craquer. J'étais si en colère contre lui. Je me souviens de mes mains sur sa gorge.

— Tu te souviens de ce dont j'ai voulu que tu te souviennes. Crédule Charlotte. À jamais victime. Tu étais tellement défoncée. Tu croyais que j'étais dans le même état, mais j'étais parfaitement lucide. Je n'ai jamais aimé perdre le contrôle. Si tu perds le contrôle, Charlotte, n'importe qui peut te faire faire n'importe quoi.

— Non. Je l'ai tué. Je le sais. Il y avait toutes ces pensées dans ma tête…

— C'était *moi,* la voix dans ta tête, Charlotte. Ces mots étaient les miens. Tu as mis tes mains autour de sa gorge pendant à peine une seconde avant de rigoler en disant que c'était une blague, alors qu'on avait *juré* de le faire et que tu l'avais amené. T'arrêtais pas de répéter : *C'est qu'un gosse. C'était pas pour de vrai, hein, Katie ? On peut pas tuer des gens pour de vrai.* Tu imagines ce que ça m'a fait ? Tu étais faible. Et ce n'était pas bien pour toi. Ce n'était pas bien pour nous. Je t'ai pardonné, Charlotte, mais il fallait aussi que j'arrange tout. On avait un plan. On avait conclu un pacte.

Elle fait les cent pas maintenant, irritée ou galvanisée – je ne sais pas trop – par le souvenir ou quoi qu'il se passe dans sa tête. J'ai du mal à réfléchir à ce qu'elle dit. Toute ma vie est en train de s'effilocher, et cela me terrifie.

— Tu as changé d'avis et j'ai continué à jouer le jeu jusqu'à ce que tu perdes complètement les pédales, continue-t-elle. Pendant que tu étais encore vaguement consciente, j'ai fait semblant de m'évanouir, puis, quand tu as sombré dans une espèce de stupeur, quand j'ai été sûre que tu n'étais plus capable de faire la différence entre ce qui était réel ou pas, je suis devenue la voix dans ta tête. Qui t'amadouait, te persuadait. Pourtant, ça n'a pas suffi. Tu l'as préféré, *lui*, à moi. Tu imagines à quel point ça m'a fait mal ? La fierté que j'ai dû ravaler pour surmonter ça ? Après tout ce que tu m'avais promis, tout ce que nous avions préparé, et puis voilà que d'un coup tu ne voulais plus.

Elle me fixe. Folle. Folle à lier.

— Je savais que tu ne parlais pas *sérieusement*... (Elle hausse les épaules.) Alors, je l'ai fait pour toi. Il était à moitié endormi et effrayé. Il n'avait pas aimé l'alcool. Il s'inquiétait pour toi. Ça a été facile de le convaincre de venir à moi. Et voilà. Après, j'ai serré tes mains autour de sa gorge encore une fois, et je me suis servie de la brique pour assurer le coup. Je t'ai encore murmuré des choses pour planter toutes ces graines qui ont si bien germé, je t'ai obligée à agripper la brique assez fort pour laisser des marques et puis j'ai feint de dormir jusqu'à ce que tu émerges.

Tous les fils qui me constituent se défont. Je n'ai pas tué Daniel. Est-ce possible ? Puis-je oser le penser ? S'agit-il d'une espèce d'hallucination induite par la drogue et l'alcool ? Je suis peut-être plus défoncée que je ne le crois.

— Et après tout ça, gronde-t-elle, les dents serrées, tu m'as encore laissée tomber.

Je n'ai pas tué Daniel. Je ne l'ai pas fait. Je ne sais pas comment traiter cette information. Si j'en suis capable.

— Relâche Ava, dis-je. Tu n'as pas besoin d'elle.

— Ah, mais si !

Son visage s'illumine d'un coup et mon ventre se glace. *Quel nouveau jeu tu as encore inventé, Katie, espèce de tarée ?*

— Tu vas recommencer, Charlotte. (Elle sourit en me saisissant par les cheveux pour me forcer à avaler de la vodka.) Exactement comme avant. Pauvre Charlotte Nevill, elle a piégé et tué son ex, puis elle a tué sa fille exactement comme elle a tué son petit frère il y a si longtemps. Ce sera Broadmoor pour toi, à perpétuité. Tu pourras dire tout ce que tu voudras à mon sujet, personne ne te croira. Katie Batten est morte et tu es la cinglée qui tue des enfants. J'estime que c'est le châtiment que tu mérites pour m'avoir fait ça, tu ne penses pas ? Me laisser avec ma mère. Pendant toutes ces putains d'années.

Tout est flou désormais, le monde tourne autour de moi, et ça me panique. Je suis peut-être habituée aux médicaments, en revanche ma tolérance à l'alcool est quasiment nulle à présent. Je ne peux pas m'évanouir. Je ne peux pas.

— Et tu veux savoir la meilleure ? murmure-t-elle. Ava est enceinte. Après tout, tu me *dois* une mère. Je ferai d'une pierre deux coups.

Mes yeux se ferment, mes lèvres s'entrouvrent légèrement.

— Tu es encore avec moi, Charlotte ? Dors si tu en as besoin. Je peux me débrouiller seule à partir de maintenant. Il est temps de s'y mettre. Il va nous falloir tes empreintes sur son cou. Les détails, le diable est dans les détails.

Elle sort une clé de sa poche et commence à déverrouiller une de mes menottes.

Je n'ai pas tué Daniel. Je n'ai pas tué Daniel. Lentement, lentement, cette vérité entre en moi. Toute ma misérable vie repose sur un mensonge. La colère se ramasse en une boule de feu dans mon ventre, mais je me force à rester inerte. *Oh oui, Katie. Il est temps de s'y mettre.*

77

Marilyn

Réfléchis. Je cours de pièce en pièce, à la recherche d'un détail que j'aurais manqué. Je finis par trouver ce qui ressemble à une trappe sur le sol du vestibule, mais il n'y a pas de poignée pour la soulever. Est-ce l'entrée de la pièce secrète ? Ou bien s'agit-il d'une autre illusion ? Comment suis-je censée l'ouvrir ? J'essaie tous les interrupteurs pour voir si l'un d'entre eux la commande. En vain. L'électricité n'est pas branchée. Pas de lumière, pas de porte qui s'ouvre.

Seule conclusion possible : elle s'ouvre de l'intérieur. Bon, il doit bien exister un accès quelque part. J'essaie à nouveau la cave, mais c'est trop évident. Le temps passe. Celui de Lisa et d'Ava. *Elles sont peut-être déjà mortes.* Je ne m'attarde pas sur cette pensée. C'est la panique qui entraîne mon esprit vers les pires horreurs. Si elles étaient mortes, Katie aurait voulu que leurs corps soient retrouvés. Elle les aurait exposés bien en évidence. Ce décor qu'elle a créé devait servir à son coup de théâtre final. C'est une illusionniste comme son grand-père, mais d'un genre différent. Mortel. Tout ceci est une mise en scène. Elle veut que le monde soit épaté par son plan tordu.

J'ai encore un peu de temps. Je respire un bon coup. *Réfléchis.* Sers-toi de ta cervelle. Le rayon de la torche braqué devant moi, je remonte pour étudier l'escalier qui mène à la petite cave. Les marches sont larges, ce qui à mes yeux implique un sous-sol plutôt vaste. De l'espace. J'ai toujours été douée avec les espaces. Regarde *l'espace.* Sous quelles pièces du rez-de-chaussée devrait se trouver l'accès au sous-sol ? Pas la cuisine. Quand la maison était habitée, il devait y régner trop d'activité pour y ménager une porte dérobée. Surtout s'il y avait une cuisinière ou une gouvernante ou Dieu qui on emploie dans ces vieilles familles friquées. Ailleurs, donc.

— J'arrive, Lisa, j'arrive, je marmonne en suivant les murs et les couloirs, les doigts posés sur les parois, tapotant ici ou là à la recherche d'un bruit anormal.

Rien. J'entre dans un salon et soudain je comprends. J'en souris presque.

La bibliothèque. Ces vieux livres n'ont pas été laissés là par hasard. Dans des tas de films, le passage secret est caché derrière une bibliothèque.

Le cœur battant, je les enlève, les jetant par terre pour dégager les étagères. L'un d'eux refuse de bouger, comme s'il était collé. *Il fait partie de l'étagère.* Je m'arrête, le souffle court, et je l'éclaire avec ma torche. Très doucement, je le pousse vers l'avant. Un déclic retentit et tout le rayonnage bascule vers l'intérieur. J'en reste bouche bée tandis qu'un courant d'air froid m'enveloppe.

J'ai trouvé.

Je crois entendre une sirène, guère plus forte qu'un bourdonnement de moustique. Si ce sont les policiers, ils sont encore loin. J'ai les pieds brûlants. Tout mon corps frémit d'impatience. En guise d'arme, je n'ai que ma torche. Je devrais les attendre. Je *sais* que je ferais mieux d'attendre. Descendre là-dedans sans arme, c'est de la folie furieuse.

Mais quand un hurlement s'élève de la cave, je me surprends à dévaler les marches.

78

Lisa

Elle voulait que je redevienne Charlotte. Or je ne le suis plus. J'*étais* Charlotte. Maintenant, je suis Lisa. J'ai ma propre rage, à laquelle s'ajoute toutefois celle de Charlotte, et, quand la deuxième menotte s'ouvre, je les canalise toutes les deux et je me jette sur elle en hurlant.

— Espèce de salope ! je lui gueule au visage en la repoussant. Espèce de salope de merde !

Il y a tant de choses que je veux lui dire, lui crier, tout ce chagrin, toutes ces années de remords, ce qu'elle m'a fait, ce qu'elle a fait à Daniel, mais ce sont les seuls mots qui me viennent.

Elle se cogne lourdement à la table et je titube, plus incertaine sur mes pieds que je ne m'y attendais. Je m'immobilise ; le monde continue à tourner. *Merde.* Le choc et la surprise de Katie se transforment en ricanement et, alors qu'une violente envie de vomir menace de me plier en deux, je comprends pourquoi elle rit. *Le couteau. Mon couteau.* Elle veut s'en emparer et je plonge pour l'en empêcher, mais elle n'est ni saoule ni droguée et elle m'esquive sans peine avant de me refaire face le couteau dans la main. Elle sourit, triomphante, pendant que je chancelle.

— Décidément, tu es toujours aussi minable, dit-elle.

— Va te faire foutre.

Derrière elle, je vois un mouvement sous la couverture. Pas comme quelqu'un qui se tortille, paniqué, non, un geste plus déterminé. Je dois continuer à faire diversion. Il faut que je reste vivante assez longtemps pour que mon bébé s'enfuie.

— Alors, tu vas me poignarder, c'est ça ? Et foutre en l'air ton super plan ?

— J'improviserai. Je trouverai quelque chose.

Mais je vois son irritation. La couverture remue davantage. Ava s'est-elle libéré une main ?

— Je préférerais que tu croupisses en prison, mais si vous êtes mortes toutes les deux, ça me va aussi.

Elle fond sur moi et je parviens à m'écarter tant bien que mal. Elle éclate de rire et je comprends qu'elle ne fait que s'amuser avec moi. Je tiens à peine debout.

— Lisa ?

Cette voix est si inattendue que je me retourne machinalement. Elle est debout sur le seuil, les yeux écarquillés, l'air choquée. *Marilyn.* Marilyn nous a trouvées. Je laisse échapper un petit sanglot à la vue de ma meilleure amie, ma seule et véritable meilleure amie… Soudain, elle bondit vers moi et me repousse de côté violemment.

Alors que je bascule en arrière, je vois Katie, le visage enlaidi par la folie et l'amertume, flanquer un grand coup de couteau là où je me tenais une fraction de seconde auparavant et où se trouve maintenant Marilyn.

Marilyn qui halète, non de douleur, mais de surprise. Elle baisse les yeux vers le manche du couteau planté dans sa poitrine. Pendant un moment, il ne se passe absolument rien, puis elle tourne la tête vers moi. Elle essaie de sourire. Sa bouche remue, tentant de former un mot et, de là où je suis par terre, j'entends le gargouillement dans sa gorge.

— Fuis, dit-elle finalement avant de s'effondrer comme une marionnette dont on a coupé les fils.

Je ne fuis pas. Je ne peux pas fuir. J'en ai assez de fuir. Je détourne mon regard du corps brisé de ma meilleure amie et je hurle. J'entends le bruit et je sais que c'est moi, pourtant c'est comme s'il venait d'ailleurs, de quelqu'un d'autre, d'un endroit loin hors de moi. Je n'ai plus aucune pensée rationnelle. Je suis une arme forgée dans la douleur et je me lève d'un bond, sur mes jambes désormais solides, et je me jette sur Katie ; sous mon poids, nous tombons toutes les deux ; elle a le souffle coupé ; ma main lui saisit la gorge et je commence à serrer.

Marilyn. Daniel. Moi. Ava. Toutes ces années. Ma vie entière. Elle se débat, mais ma poigne est un étau autour de son cou si mince. Je vois la peur dans ses yeux et je la savoure.

— Va te faire foutre, Katie Batten, dis-je entre mes dents, les larmes aux yeux. Va te faire foutre, espèce de tarée.

Des sons atroces montent de sa gorge broyée ; elle essaie désespérément de respirer, mais je serre encore plus fort, tellement fort que les muscles de ma main demandent grâce. Je vais la tuer. Je le sais. Et j'en suis heureuse.

— Maman, non !

Des mains sur mes bras, qui me tirent, qui s'efforcent de m'arracher à elle.

— Non, maman, arrête !

Ava. Mon Ava. Elle est sale, maculée de morve et de larmes séchées, les cheveux ternes et emmêlés, mais ses yeux sont limpides tandis qu'elle saisit mon visage.

— Tu n'es pas une meurtrière. Ne la laisse pas faire de toi une meurtrière. Je t'aime, maman. Ne fais pas ça.

Je plonge mon regard dans ses yeux, si semblables à ceux de Jon, mais aussi, derrière l'écran de la couleur, dans le tréfonds de son être, si semblables aux miens. Mon bébé.

— Je t'en prie, maman. Je t'en prie.

Sous moi, Katie se met à tousser à mesure que je lâche prise ; mes bras sont incapables de ne pas embrasser Ava alors qu'elle est si proche de moi. Je l'attire contre moi et nous nous accrochons l'une à l'autre, nous pleurant dans les cheveux tandis que je murmure : *Tout va bien, tout va bien, mon bébé, maman est là maintenant, c'est fini, c'est fini* et qu'en haut des voix retentissent, des pieds descendent les marches et que je sais que nous sommes sauvées.

Katie se raidit sous moi et tente de se relever. Je me libère d'Ava et, d'un prompt mouvement, je la frappe au visage. Elle n'essaie plus de bouger.

ÉPILOGUE

Il y a toujours des cauchemars. Il y en aura sans doute pendant très longtemps encore, cependant ils sont différents à présent et elle parvient à se convaincre que ce ne sont que des rêves. Katie est sous les verrous. Katie ne s'échappera pas pour les traquer. On lui dit qu'elle lui écrit des lettres, mais elle ne les lit pas. Elle a demandé à l'administration pénitentiaire de les brûler, toutes sans exception. Les mots de Katie ne l'intéressent pas.

Elle est à nouveau Charlotte et elle trouve que ça lui convient tout à fait. Cette fois, la thérapie est un succès, même si ce n'est pas simple d'évacuer une vie de honte et de remords. Lors des séances, elle parle beaucoup de son enfance, de Daniel. Et elle pleure.

Quand elle n'a pas de cauchemar où Katie est à ses trousses, elle rêve encore qu'elle tient la main de Daniel. Elle pense que ces rêves vont rester. Mais ça aussi, ça lui convient. Il est en elle, il y sera toujours, et elle a fait la paix avec lui. Il est parti et rien ne pourra changer ça. Il est temps de regarder devant. De vivre. D'embrasser une nouvelle existence. Elle doit essayer d'être heureuse. Elle *peut* être heureuse désormais. Elle en a le droit. Aujourd'hui, elle est heureuse. Aujourd'hui, elle est pleine d'espoir.

Ava, pâle, superbe et béate d'admiration, tient le bébé, si minuscule, si fragile, si neuf, et Charlotte se dit que ce sont les deux plus belles créatures de l'univers, sa fille adolescente et son nouveau-né. Ils sont sa force. Ils le seront toujours. Courtney est rentré chez lui après être venu à l'hôpital, assez secoué et abasourdi, mais Charlotte pense que ça ira pour lui. C'est un bon garçon et elle a le sentiment que, si on l'aide assez, il sera un bon père. Ce bébé ne manquera pas de gens qui l'aiment.

— Il est magnifique, dit-elle en souriant à sa fille, les larmes aux yeux.

Les larmes viennent facilement, ces temps-ci. C'est drôle comme les choses changent.

— Salut, les filles !

Marilyn vient d'entrer, ouvrant la porte avec son bras valide. La route a été longue pour elle aussi, mais c'est une battante. Il a bien fallu. Son entrain naturel revient peu à peu. Son sourire n'est plus forcé. Elle a des cauchemars, elle aussi. Charlotte l'entend crier dans son sommeil. Après sa sortie de l'hôpital, il a semblé normal que Marilyn emménage avec elles, et ce qui était censé être temporaire est devenu permanent sans qu'elles aient besoin d'en parler. Charlotte, Ava et Marilyn, une étrange petite famille, mais dont elle ne changerait pour rien au monde. Ensemble, ce sont des survivantes. Elles surmonteront cette épreuve ensemble. Le reste du monde peut attendre. Elle sait que Simon voudrait aller plus loin. Peut-être un jour. S'il a la patience.

— Donc, on a un petit homme qui va s'installer avec nous, dit Charlotte, assise au bord du lit.

Elle tortille son doigt coincé dans la menotte fripée du bébé, fascinée par sa splendeur. Il n'a jamais été question d'un avortement. Ava ne voulait pas et Charlotte n'a jamais remis en question sa décision. À une autre époque, dans une autre vie, peut-être. Mais pas dans la sienne aujourd'hui, ni dans celle d'Ava.

— Tu lui as trouvé un nom ? demande Marilyn.

Curieuse, Charlotte relève les yeux. Pendant toute sa grossesse, Ava n'a jamais voulu révéler son choix, ignorant si ce serait un garçon ou une fille.

Ava hoche la tête, la sueur plaquant ses cheveux contre son visage.

— Daniel, dit-elle. Je veux l'appeler Daniel.

La minuscule main du bébé serre très fort le doigt de Charlotte, et les larmes affluent, brûlantes, salées, revigorantes, tandis qu'il refuse de la lâcher.

Daniel. C'est parfait.

REMERCIEMENTS

Comme toujours, merci à Veronique Baxter, mon agent chez David Higham, et aussi à Grainne Fox chez Fletcher & co. Mesdames, vous êtes géniales – grâce à vous, j'hésite moins ! Un grand remerciement à toute l'équipe d'HarperFiction UK, tout particulièrement à Jaime Frost et bien sûr, comme d'habitude, à mon amie et géniale éditrice : Natasha Bardon. Un grand merci également à David Highfill, chez William Morrow aux États-Unis d'avoir autant aimé le livre et de m'avoir permis d'accéder au réseau mondial d'HarperCollins.

Merci aussi à ma famille et à tous mes amis qui m'aiguillonnent pour que je continue et qui se moquent que je sois attifée comme l'as de pique, gardant très souvent toute la journée la tenue que j'enfile pour sortir le chien. Je vous dois une bonne bouteille.

UNE JEUNE ATHLÈTE OTAGE DE SON CORPS VOIT SA VIE VOLER EN ÉCLATS

AVANT QUE TOUT SE BRISE

MEGAN ABBOTT

N° 34622

Elle a les épaules élancées, les hanches étroites et mesure moins de 1,55 mètre. À quinze ans, Devon est le jeune espoir du club de gymnastique BelStars, l'étoile montante sur qui se posent tous les regards, admiratifs ou envieux. Quand on est les parents d'une enfant hors norme, impossible de glisser sur les rails d'une vie ordinaire. C'est du moins ce que pense Katie, la mère, qui se dévoue corps et âme à la réussite de Devon, même si cela demande des sacrifices. Lorsqu'un incident tragique au sein de leur communauté réveille les pires rumeurs, Katie flaire le danger et sort les griffes. Rien ni personne ne doit entraver la route toute tracée pour sa fille. Reste à déterminer quel prix Katie est prête à payer.

QUAND COMMÉRAGES ET RUMEURS EMPOISONNÉES SURVIENNENT, DIFFICILE DE DÉMÊLER LE VRAI DU FAUX

PETITS SECRETS, GRANDS MENSONGES

LIANE MORIARTY

N° 34837

À la fête de l'école, quelqu'un a trouvé la mort. Qui est responsable du drame ? Trois femmes à la croisée des chemins, des ex-maris et leurs nouvelles épouses, des familles recomposées (ou décomposées), qui cachent tous de redoutables petits mensonges, se retrouvent au cœur de l'affaire. Après Le Secret du mari, *best-seller international, Liane Moriarty nous plonge une nouvelle fois dans l'univers clos de ces quartiers résidentiels qui dissimulent derrière leurs jolies façades des secrets inavouables. La chaîne américaine HBO s'est inspirée du livre pour créer une minisérie,* Big Little Lies, *diffusée sur OCS, avec Nicole Kidman et Reese Witherspoon – lectrices enthousiastes du roman ! – dans les rôles principaux. Elle a obtenu cinq Emmy Awards en 2017, dont celui de la meilleure minisérie.*

PAPIER À BASE DE
FIBRES CERTIFIÉES

Le Livre de Poche s'engage pour
l'environnement en réduisant
l'empreinte carbone de ses livres.
Celle de cet exemplaire est de :
450 g éq. CO_2
Rendez-vous sur
www.livredepoche-durable.fr

Composition réalisée par PCA

Achevé d'imprimer en décembre 2018 en Italie
par Grafica Veneta
Dépôt légal 1re publication : mars 2018
LIBRAIRIE GÉNÉRALE FRANÇAISE
21, rue du Montparnasse – 75298 Paris Cedex 06

43/7213/5